ジョイスの迷宮《ラビリンス》

『若き日の芸術家の肖像』に嵌る方法

金井 嘉彦・道木 一弘 編著

言叢社

「ジャパニーズ・ジェイムズ・ジョイス・スタディーズ」（Japanese James Joyce Studies）発刊の辞

真理は、時に外的な力によってその形を歪められはしても、その本質が変わることはない。真理は光となって人間にまなざしを与え、未来を照らす。人に強さを、命を与えるのは真理の光である。真理はすべての人間の目の前に、いつ何時も、人を隔てることなく、なにものにも縛られることなく自由に、あらねばならない。いかなるものであれ、そこに余計な力が介在することがあってはならない。時に何者かが、みずからの利益を得んがために、真理を隔離し、独占し、隠蔽し、われわれの目に触れないように画策をすることがある。それに取りこまれ、真理を別のものに換え、真理を放棄・ないがしろにする行為をジョイスはシモニー（聖職売買、simony）という言葉で批判した。ジョイスが魂の鍛冶場のなかで鍛えあげた真理と向き合おうとすることは、すなわち、真理を愛し、自由を愛し、そして良心を持つことだ。ジョイスをひとつの手がかりに、未だ言葉の与えられていない真理を求める場として、ここにジャパニーズ・ジェイムズ・ジョイス・スタディーズ（略称 JJJS）を発刊する。

（金井嘉彦）

まえがき

道木一弘

僕は一人になることを恐れない、愛想をつかされることも恐れないし、手放すべきなら何だって手放すよ。過ちを犯すことも怖くはない、たとえ重大な過ちだとしても、一生続く過ち、もしかすると、永遠に続く過ちだとしても。

ジェイムズ・ジョイス『若き日の芸術家の肖像』

すべて肖像画とは、心をこめて描かれたものなら、画家自身の肖像であって、モデルのそれではない。モデルは単なる偶然、きっかけにすぎない。画家がカンバスの上に写し出すのはモデルではなく、己自身なのだ。

オスカー・ワイルド『ドリアン・グレイの肖像』

今年、二〇一六年は、ジェイムズ・ジョイスの『若き日の芸術家の肖像』が出版されて百周年にあたる。文学離れが言われて久しいこの国で（そしておそらくこの世界で）、前世紀初頭に書かれた、いわゆるモダニズムの代表作の一つと目されるこの小説を読むこと、また研究することの意味は何だろうか。本書に収められた十の論文を読んで頂ければ、その答えは自ずと見えてくるものと信じているが、ここでは物語（ストーリー）と語りのスタイル（ナレーション）という二つの観点からこの小説の現代的な意義を確認しておきたい。

物語は、主人公スティーヴン・デダラスの幼年期から青年期までの成長過程をたどる教養小説の体裁をとる。教養小説自体の説明は「『肖像』を読むための二一項」の中山の項に譲るとして、スティーヴンが身をもって体験する既存の社会システムや慣習との格闘は、現代の日本社会を生きる多くの若い人たちにとって決して遠い世界の出来事ではないはずである。確かに、圧倒的存在感を示すカトリック教会や大英帝国による植民地支配は、当時のアイルランドに特有の歴史的状況であろう。しかし、社会的な地位を得るための教育制度やいじめ、政治不信や宗教に対する幻滅、歪曲された性のイメージ、過熱気味のナショナリズムと文化・教養に対する無理解、さらに父親の失業と家族崩壊の危機等、スティーヴンを取り巻く様々な問題は、今を生きるわれわれの状況と少なからず重なって見えるだろう。

冒頭においた最初の引用は、小説の終わり近くで主人公が友人に語る、そのような社会への拒否表明である。中産階級（プチブルジョワ）的価値観を信じて疑わない父サイモンや抑圧的なカトリックの神父から逃れ、さらにはそうした「父たち」に従順な友人や恋人を離れ、自ら信じた芸術の化身としてギリシャ神話の工匠ダイダロスを「父」とすることで、単身エグザイルとなるスティーヴンの姿は、若さゆえの傲慢さとアイロニーを帯びるとしても、今でも（今だからこそ）共感を呼ぶのではないだろうか。

語りのスタイルについて言えば、スティーヴンの成長に応じて語り自体も変化し、しかも一見客観性をもつ三人称を用いながら、その大半が彼の意識を反映した主観性を帯び、実質的にモノローグに近い語りとなっている。その一方で、彼の言葉は社会に流通する様々なディスコースによるモザイクでもあり、その意味では彼の主体性は限りなく曖昧な状態に置かれているのである。フランコ・モレッティ（Franco Moretti）は教養小説というジャンルが十九世紀末以降は時代遅れとなったことを指摘するが、にもかかわらずジョイスの『肖像』が二十世紀モダニズムの（さらにはポストモダニズムの）作品と目される理由があるとすれば、何よりこのユニークな語りのスタイル自体にあるだろう。そして、これは単なる文学技法の問題として片づけられるものでは決してない。この語りのスタイルは、物語以上に重要な問題を含んでいる。なぜなら、まさにわれわれ自身の意識のありようを誠実に探究した必然的な帰結として、ジョイスはこの語りのスタイルに到達したはずだからだ。われわれは主観の牢獄に閉じ込められながら、同時に主体性をもちえないという、なんともアイロニカルな状況に置かれていることをこの小説は教えるのである。

私たちは、このような状況、あえて言えば「迷宮」から脱出できるだろうか。少なくともジョイス自身はそれを作品化すること、すなわち、自らが「迷宮」の作り手となることで結果的にそこから脱出したといえるだろう。その意味で、小説の最後でアイルランドを旅立つ決意をするスティーヴンと彼を描く作家ジョイスの間には、無限とも見える隔たりがあると言わざるをえない。

しかし、冒頭で引用した二つ目の引用、同郷の先輩作家オスカー・ワイルドの『ドリアン・グレイの肖像』からとった言葉にあるように、『肖像』で描かれる「肖像」が作者自身を反映するのなら、私たちはこの作品を読み込むことで、ジョイスがいかにして「迷宮」から脱出・飛翔しえたのか、その技を発見することができるはずであろう。ここに収められた十の論文はそのような「飛翔」の試みとしてある。試みが成功しているか、失敗してイカロスのごとく海に墜落したか、あるいは未だ迷宮を彷徨っているか、最終的な判断は読者諸氏のご高覧にゆだねるしかないが、以下、各論文を簡単に紹介する。

南谷奉良の「おねしょと住所——流動し、往復する生の地図」は、『肖像』冒頭で語られるおねしょの描写が、作品の主題と方法論を示しているという観点に立ち、十九世紀の衛生思想とキリスト教の罪の意識が結びつき、おねしょを「罪の小川」と呼ぶようになったこと、スティーヴンの罪の告白の語りにはこの隠喩が働いており、おねしょが境界を越えて流れ出す流動性が『肖像』の語りの重要な特徴であることを指摘する。

平繁佳織の「『若き日の芸術家の肖像』における音響空間」は、現象学者ドン・アイド（Don Ihde）の理論を援用し、『肖像』において、スティーヴンが聴覚を通して空間を構築するプロセスを明らかにしようとする。反復される音、「知覚される音」と「想像上の音」、演劇的描写における音（声）、そして外部の声と内なる声のせめぎ合いといった観点から重層的な分析が試みられている。

田中恵理の「自伝性と虚構性の再考——『若き日の芸術家の肖像』におけるずれた時間軸の狭間から」は、『肖像』の時間の流れをジョイス自身の伝記的事実と対比しながら、そのずれがもつ意味を、先行研究を踏まえたテクストの丹念な読み込みに基づいて明らかにしている。最近はライフ・ライティング（life writing）として自伝と自伝的フィクションの境界が曖昧視される傾向があるが、両者の関係をあらためて問い直す論考である。

小林広直は「〈我仕えず〉、ゆえに我あり——間違いだらけの説教と狡猾なスティーヴン／ジョイスの戦略」において、アーノル神父の地獄の説教がもつ間違いを、その種本および関連する先行研究を基に検証し、それがジョイスによる狡猾なテクスト操作によることを明らかにする。ジョイスは、アーノル神父を「信頼できない説教者」として描き、また彼の論理矛盾を暴露することで、自らが若き日にカトリックから受けたトラウマを克服したとする。

横内一雄の「盲者の視覚——『若き日の芸術家の肖像』における語りと視覚」は、スティーヴンが海岸で鳥のような少女と交わす視線の描写に注目し、テクストを成立させるものが「盲者の視覚」であること、また、こちらを見ていない眼に「想像的視覚」を幻視するスティーヴンの姿は読者の陰画でもあることを指摘する。現実の視覚世界を一旦否定し、記憶の眼によってそれを再構成することで、ジョイスは独自の世界を立ち上げることに成功したと論じている。

金井嘉彦は「アクィナス美学論の〈応用〉に見る神学モダニスト的転回」において、スティーヴンが自らの美学論を「応用アクィナス」と呼ぶ理由を、当時のカトリック教会内における保守派と改革派の論争から解き明かしている。「応用アクィナス」は、スティーヴンがこうした論争に巻き込まれることから身を守る「隠れ蓑」なのであり、ジョイスの最終的な目的は、保守派の拠り所となったアクィナス自身が実は中世においては改革派＝モダニストであったことを再認識し、美学と神学の統合を目指すことにあったと結論づける。

道木一弘の「ヴィラネル再考――ジョイスとイェイツの間テクスト性について」は、スティーヴンがエマを妖婦に見立てて作るヴィラネルとイェイツの「彷徨えるアンガスの詩」が、シェリーの「月に寄せる」を介在として間テクスト性をもつことを明らかにする。そして、このイェイツの詩が『肖像』のプロットとして機能することで、隠れた〈原テクスト〉と呼ぶべき存在であると結論づけている。

中山徹の「象徴の狡知――『若き日の芸術家の肖像』あるいはジョイス版「実践理性批判」」は、『肖像』をカント哲学で読む異色の論文である。筆者によれば、スティーヴンが目ざす「自由の実現」を象徴する芸術家像を、飛翔するダイダロスのイメージによって表象する試みは失敗せざるをえない。なぜなら、前者が反省の形式に依拠するのに対して、後者は感性的経験に支えられているからである。さらに筆者は、モダニズムの美学の根底に「理性の要求」を見いだしている。

下楠昌哉の「スティーヴンでは書けたはずがなかろう――ヒュー・ケナー『肖像』論における作者ジョ

イスとスティーヴンの関係性」は、第二次世界大戦後のジョイス研究を牽引し、二〇〇三年に亡くなった米国の学者ヒュー・ケナーの代表的な論文の比較検討である。ケナーはジョイスとスティーヴンを安易に同一視することに一貫して警鐘をならす一方で、『肖像』のスティーヴンと『ユリシーズ』のそれを連続した人物として読むことを躊躇しないなど、つねに論争の渦中にいた。筆者によれば、その「アクロバティック」な批評精神は今でも色あせない。

田村章は「スティーヴンと「蝙蝠の国」――『若き日の芸術家の肖像』における「アイルランド性」」において、スティーヴンの成長をたどりながら、彼の人格形成さらに芸術理論に、アイルランドが異民族の侵略を受け続けた歴史的な問題、すなわち文化混交状態（hybridity）が色濃く反映していることを明らかにする。「蝙蝠の国」とはそのような状況にあるアイルランドの現実のことであるが、スティーヴンは文化混交に新たな芸術の可能性を見いだすとする。

冒頭でも述べたように、本書は『若き日の芸術家の肖像』出版百周年を記念する論文集であるが、共同編集者である金井嘉彦の発案により、ジャパニーズ・ジェイムズ・ジョイス・スタディーズ（Japanese James Joyce Studies）の第一巻としての位置づけも持っている。その趣旨と目的については、金井による「発刊の辞」および「あとがき」を読んで頂きたい。私自身を含め、今回本書に寄稿した執筆者は、基本的にこうした趣旨に賛同するものである。なお、ピア・リーディングを含め編集方針の大きな部分は、今年二月に出版された、金井、吉川信両氏の編集による『ジョイスの罠――「ダブリナーズ」に嵌る方法』を継承している。

日本における『肖像』の受容と研究の歴史は、作品自体と同様にすでに百年近くあり（『肖像』を読むための二一項」の田村および小林の項参照）、あらためて日本の英文学研究者の反応の早さと息の長さに驚かされる。今回、このようなかたちで論集を出版することができたのも、こうした先達の多年にわたる積み重ねのお陰であることは言を俟たない。ただ、あえてつけ加えるなら、日本で『肖像』に限った論文集はおそらく本書が初めてであり、本書の意義は先ずはここにあると思う。第二の意義は、学術論文だけでなく、作品をよりよく理解するためのコラムと、執筆者各自の個人的なアイルランド・ジョイス体験にもとづくフォト・エッセイを合わせて掲載することで、『肖像』を初めて手にする読者のためのガイドブック的な役割を持たせたことである。

こうした編集方針には異論もあろう。しかし、現在のとくに若い人たちに見られる文学離れは、単に英文学研究の存続云々のレベルを超えて、この国の文化さらには知的営みそのものを危うくするような地点にまで達していないだろうか。このような現状認識に立つとき、それに対抗するためには、アカデミズムを基本に置きつつ、そこへ至る道標あるいはアリアドネの糸を同時に示すことが不可欠に思われたのであった。また、学会活動としては、創立以来四半世紀余の歴史をもつ日本ジェイムズ・ジョイス協会（The James Joyce Society of Japan）があり、歴代会長である大澤正佳氏、清水重夫氏、結城英雄氏のもと、この国におけるジョイス研究をリードしてきている。本書が第一巻となるジャパニーズ・ジェイムズ・ジョイス・スタディーズはこうした学会活動を補完すると同時に、ジョイスに馴染みのない一般読者のための一つの入り口になることを目指している。

ジョイスよ、エグザイルの芸術家よ、これからも我らを助けたまえ。

一九一六
二〇一六

目次

附編

『若き日の芸術家の肖像』を読むための二一項

凡例

一、『若き日の芸術家の肖像』（以下『肖像』）からの引用は、Gabler版、およびこれに準じたNorton版のAuthoritative Textを用い、（略号*P*、章数、各章を通しての行数）の形式で引用箇所を示す。（*P* 2, 135は『肖像』第二章一三五行目を示す。）

二、『肖像』の登場人物名の原語表記については、煩瑣となることを避けるため本文中には含めず、巻末索引「ジョイス」の項にまとめてある。

三、註は章末にまとめてある。註が煩瑣とならないように、出典箇所・参照文献を示すものについては本文中に（著者名、ページ数）の形式で書き入れてある。同一著者に複数の著書がある場合は、著者名に年号を加え、（著作名、年号、ページ数）で記してある。なお、ページ数が漢数字になっている場合は、和書を参照していることを示す。文献については巻末にまとめてある。

四、ジョイスの他の作品からの引用は、基本的に（　　）内に略号で示した作品名、ページ数という形で示してあるが、『ダブリナーズ』の場合は、略号*D*の後に作品略号、各作品の行数で示している。その際に用いた略号は以下の通りである。

S　　「姉妹たち」（"The Sisters"）

En　　「遭遇」（"An Encounter"）

A　「アラビー」（“Araby”）
Ev　「エヴリン」（“Eveline”）
AR　「レースの後」（“After the Race”）
TG　「二人の伊達男」（“Two Gallants”）
BH　「下宿屋」（“The Boarding House”）
LC　「小さな雲」（“A Little Cloud”）
Cp　「複写」（“Counterparts”）
Cl　「土」（“Clay”）
PC　「痛ましい事件」（“A Painful Case”）
ID　「蔦の日の委員会室」（“Ivy Day in the Committee Room”）
M　「母親」（“A Mother”）
G　「恩寵」（“Grace‘）
D　「死者たち」（“The Dead”）

『ユリシーズ』の場合には、略号 *U* に続けて章数と各章を通してつけられた行数で示している。また『フィネガンズ・ウェイク』の場合には、略号 *FW* に続けて、ページ数、行数で示している。

作品の略号および典拠とした版は以下の通りである。作品名の後の年号はもともとの刊行年を示す。

D　『ダブリナーズ』（一九一四）*Dubliners: Authoritative Text, Context, Criticism*. Ed. Margot Norris. New York: Norton, 2006.

P　『若き日の芸術家の肖像』（一九一六）*A Portrait of the Artist as a Young Man*. Ed. H. W. Gabler with W. Hettche, New York: Garland, 1993; *A Portrait of the Artist as a Young Man: Authoritative Text, Backgrounds and Context, Criticism*. Ed. John Paul Riquelme. New York: Norton, 2007.

E　『エグザイルズ』（一九一八）*Exiles*. London: Jonathan Cape, 1952.

U　『ユリシーズ』（一九二二）*Ulysses*. Ed. H. W. Gabler. New York: Garland, 1984.

FW　『フィネガンズ・ウェイク』（一九三九）*Finnegans Wake*. London: Faber, 1975.

SH　『スティーヴン・ヒアロー』（死後出版）*Stephen Hero*. 1944; London: Jonathan Cape, 1975.

L I　*Letters of James Joyce*, vol. I. Ed. Richard Ellmann. London: Faber, 1957.

L II　*Letters of James Joyce*, vol. II. Ed. Richard Ellmann. London: Faber, 1966.

L III　*Letters of James Joyce*, vol. III. Ed. Richard Ellmann. London: Faber, 1966.

SL　*Selected Letters of James Joyce*. Ed. Richard Ellmann. London: Faber, 1975.

MBK　Stanislaus Joyce, *My Brother's Keeper*. Ed. Richard Ellmann. London: Faber, 1958.

DD　*The Complete Dublin Diary of Stanislaus Joyce*. Ed. George H. Healey. Ithaca, NY: Cornell UP, 1971.

CW　*The Critical Writings of James Joyce*. Ed. Ellsworth Mason and Richard Ellmann. London: Faber, 1959.

WS　*The Workshop of Daedalus : James Joyce and the Raw Materials for* A Portrait of the Artist as a Young Man. Ed. Robert E. Scholes and Richard Morgan Kain. Evanston. Ill: Northwestern UP, 1965.

五、ジョイスの他の作品（評論を含む）、およびその登場人物名についても、本文中では原語を表記せず、巻末索引「ジョイス」の項にまとめてある。

六、今後『肖像』研究の基本図書となる本書の性質に鑑み、巻末にまとめた文献表にはできるだけ多くの文献を挙げてある。アステリスク（＊）のついているものは本書内で引用・言及されている文献、アステリスクのついていないものは参考文献である。

七、中略・省略については、筆者によるものにのみ断り書きを入れてある。それ以外はすべて原著者によるものである。引用文内での傍点（英文では斜字体）による強調箇所についても同様である。

八、ジョイスの親族については、巻末の索引に原語表記してある。

九、本書内で使用している写真は基本的に本書執筆者によるものであるが、そのほかに著作権フリーのものも使用している。

十、『肖像』および本編所収論文の理解に役立つように、本編前に『肖像』の構成の解説およびあらすじを付してある。また本編の後には『肖像』を読む際に必要となる基本事項についての簡潔な解説を付してある。

十一、本書内では、断りがなくても『肖像』と表記されている場合にはジョイスの『若き日の芸術家の肖像』を指す。

ジョイス『若き日の芸術家の肖像』

——構成とあらすじ、主な登場人物相関図

ベルヴェディア校入口

1 『若き日の芸術家の肖像』の各章節の構成

本節は本論集が底本とする「ノートン版」（二〇〇七年出版）所収のジョン・ポール・リケルム（John Paul Riquelme）による「『肖像』の各部分と構造的リズム」（307-09）を土台に、小林と南谷が大幅に加筆・修正を施して作成した。［ ］の数字はノートン版における各章の行数を示す。

第一章

第一節　序章［1-41］
第二節　クロンゴウズ（運動の時間、算数の時間、自習の時間、就寝の時間、医務室）［42-715］
第三節　クリスマス・ディナー［716-1151］
第四節　クロンゴウズ（上級生たちの事件、壊れた眼鏡、懲罰棒、校長への直訴）［1152-1848］

第二章

第一節　ブラックロック（チャールズおじさん、『モンテ・クリスト伯』、牛飼い場）［1-185］
第二節　ダブリン（引っ越し、鉄道馬車、E—C—（エマ）への詩、父とコンミー）［186-455］
第三節　ベルヴェディア（聖霊降臨祭での劇、ヘロン、エッセイ、「馬の尿と腐った飼葉」）［456-945］
第四節　コーク（父サイモンの故郷へ、父と息子、「胎児《フィータス》」の文字）［946-1275］
第五節　ダブリン（作文での賞金獲得、湧きおこる情欲と夜の街）［1276-1458］

第三章

第一節　ベルヴェディア（夜の娼婦街と昼の教会、静修の告知）［1-230］
第二節　ベルヴェディア（静修の開始、四終について、死と審判の説教、罪の意識、地獄の説教／肉体

的苦痛、英語の授業、地獄の説教／精神的苦痛）［231-1201］
第三節　チャペルでの告解、自宅の台所、ベルヴェディアの礼拝堂）［1202-1584］

第四章

第一節　ベルヴェディア（スティーヴンの精神修養と禁欲の実践）［1-235］
第二節　ベルヴェディアの校長との対話、聖職への誘《いざな》い、自宅への帰路（運命の自覚）、「いくたびか静かなる夜」の合唱［236-605］
第三節　バイロン酒場とクロンターフ礼拝堂の門までの往復、ドリーマウントからブル島の橋へ、「バード・ガール」との邂逅［606-922］

第五章

第一節　自宅での朝、大学へ、象牙《アイヴォリー》と蔦《アイヴィー》、ダヴィンの話の回想、花売りの少女、学監との会話、物理学の講義、世界平和の請願書、リンチとの美学論、図書館の階段でエマを見る［1-1522］
第二節　早朝の目覚め、ヴィラネルの作詩［1523-1767］
第三節　図書館の階段から鳥を眺める、信仰と今後についてクランリーと会話［1768-2608］
第四節　日記（三月二十日〜四月二七日）［2609-2792］

2 『若き日の芸術家の肖像』のあらすじ

第一章［*P* 1.1-1848］

〈第一章第一節〉「むかしむかし……」とおとぎ話を聞かせるひげもじゃのお父さん、ベッドにオイルシートを敷いてくれる「いいにおいがする」お母さん、チャールズおじさんとダンテ、そして近所に住むヴァンス家の女の子アイリーンへと、幼いスティーヴンの世界が同心円状に広がってゆく。テーブルの下に隠れるスティーヴンに母とダンテが呼びかけ、四行詩のようなリズムを形づくる――「おめめをぬいてしまいます／ごめんなさいしなさい／ごめんなさいしなさい／おめめをぬいてしまいます」。

〈第一章第二節〉 寄宿学校クロンゴウズ・ウッド・カレッジの校庭の風景。外の世界に放り出されたスティーヴンは、早くもホームシックにかかっている。学校は上級組と中級組と下級組、敵チームと味方チームに、白薔薇組と赤薔薇組に分けられて競争をする場所だ。地理の教科書の折り返しに詩のようにして書いた住所のならびを見て、自分が世界のどの位置にいるのかを確認する。汚水溜めに突き落とされたことで体調が優れなかったスティーヴンは医務室のベッドで横になりながら、自分がいなくても学校の一日は過ぎていくことを観察する。外では何か大きな出来事があったようだ。自分を包む大きな世界を意識するなかで、政治家チャールズ・スチュワート・パーネルの棺台がアイルランドの港に帰還する光景を幻視する。

〈第一章第三節〉 ブレイに戻ったスティーヴンの前に、暖炉の火に照らされたクリスマス・ディナーの食卓が広がる。彼が初めて大人に交じって参加することを許された晩餐だ。ところが家族の会話はいつしか、死んだパーネルを巡る政治に関する激論へと発展する。父サイモンとその友人ケイシーは親パーネル派、一方家庭教師のダンテは（既婚女性キティ・オシェーとの不義を犯した）パーネルを糾弾する。サイモンとケイシーが「祭壇の上から政治のことを説教する」カトリック教会を揶揄すると、敬虔な信者であるダンテは教会の正しさを声高に主張する――「司祭さまたちはいつだって正しいんです！いちばん最初に来るのが神さまと道徳とキリスト教なのです！」スティーヴンの想像していたクリスマスはそこにはなかった。家族が囲むテーブルは激しく二つの陣営に引き裂かれる。

〈第一章第四節〉クロンゴウズのグラウンドに生徒たちが集まって、こそこそと噂話をしている。上級生たちが事件（盗難もしくは同性愛的行為）を起こしたらしい。学校側の恐怖の処罰の方法がさまざまに想像される。体罰の悲劇はスティーヴンにもふりかかる。自転車に乗った上級生に突き飛ばされたことで眼鏡を壊してしまったスティーヴンは、その旨をあらかじめ申し出て課題を免除されていた。それにもかかわらず、見回りに来た生徒監ドーラン神父は彼を嘘つきの怠惰な生徒だと断定し、生徒たちの前でひざまずかせ、パンディバット（懲罰棒）による打擲を彼の両手に与える。この「残酷で不当な」罰について、スティーヴンは校長のコンミー神父に直談判しに行き、自分の無実を訴えに行く。彼の主張は無事校長に聞き入れられ、グラウンドに戻ってきたスティーヴンはその勝利を同級生たちと分かち合う。

第二章［*P* 2.1-1458］

〈第二章第一節〉ダブリン郊外のブラックロックの夏。スティーヴンは、（父方の大おじである）チャールズおじさんと運動をしたり、オーブリー・ミルズという少年と冒険団を組織したりして、この夏の休暇を過ごす。とくにのめりこんだのは夜に一人になってから読む『モンテ・クリスト伯』で、彼は自分を「暗い復讐者」であるダンテスに重ね合わせ、メルセデスに思いをはせる（この女性のイメージは後にE─C─、娼婦、聖母マリア、「バード・ガール」へと転じる）。夏も終わって九月になったときに、クロンゴウズには復学しなくてもよいことがわかる。スティーヴンはその理由が父の経済的没落にあることにぼんやりと気づくと同時に、変わることがないと思っていた自分の世界に何らかの変化が訪れつつあることを意識する。

〈第二章第二節〉父の借金のため家財道具が差し押さえられ、一家は快適なブラックロックからダブリン市内の陰気な家へと引っ越しをする。チャールズおじさんにも老いが目立ちはじめ、学校もないスティーヴンには自然と一人の時間が多くなり、物語の世界をダブリンの街に重ねながら通りを歩きつづける。ある日、パーティからの帰りの鉄道馬車で、スティーヴンは少女（エマ）に恋心と情欲を抱く。彼女へ詩を贈ろうと思いつき、バイロンの詩に真似て題名を「E―C―へ」と書き、詩行をしたためるが、それを実際に贈ることはなかった。やがてスティーヴンの生活にも転機が訪れる。帰宅した父親が興奮した様子で語ることには、道端でばったり会ったコンミー神父（当時アイルランドのイエズス会の最高指導者である管区長となっていた）の計らいで、弟とともに、クロンゴウズとおなじくイエズス会系の学校ベルヴェディアへの入学が可能になるというのだ。

〈第二章第三節〉ベルヴェディアに入学して二年目の聖霊降臨祭の劇の夜。劇がはじまる前に、スティーヴンは同級生のヴィンセント・ヘロンからE―C―が劇を観に来ていることを知らされ、「（彼にお気に入りの女の子がいることを）認めろ！」とからかいを受け、ステッキで軽く足を叩かれる。そのことが彼の脳裏に入学当初の記憶をよみがえらせる――書いた作文に異端思想があると先生から指摘を受けたこと――その日、学校からの帰り道に「この異端者を捕らえろ！」、「（バイロンはへぼ詩人だと）認めろ！」とヘロンとその仲間たちに詰め寄られ、ステッキで足を打たれたこと――去ってゆく「拷問者」たちを目で追いながら一人すすり泣いたこと……。劇が終わったとき、スティーヴンは彼女が自分を待ってくれていると期待していたが、その姿がないことに幻滅し、心を痛める。しかし夜のダブリンをさまよい歩いた末にたどりついた暗い路地で「馬の尿と腐った飼葉のにおい」を吸いこんだときには、乱れた心も落ち着きを取り戻していた。

〈第二章第四節〉父サイモンは債務処理のため残った財産を競売に掛けるべく、故郷であるコークへと里帰りし、スティーヴンはその旅に付き添う。父が通った大学の階段教室の机に彫られた「胎児《フィータス》」の文字にスティーヴンは在りし日を幻視し、血がざわつくのを感じる。昔の知り合いとともに酒を飲んでは過去を美化し、センチメンタルになる父にスティーヴンはうんざりし、父との間に距離感を覚える。さらには自分という人間の単独性を疑わしく感じ、そこから乖離していくような気分のなかで、自分の位置を定めるかのように「名前」を心のなかで繰り返す。

〈第二章第五節〉 スティーヴンは中間試験とエッセイで得た奨学金を使って、崩壊しかけた家庭にある種の秩序を取り戻そうとする。しかし結局は一時的な歓楽のために散財しただけで、家庭はまたいつもの暮らしに戻っていった。スティーヴンが感じたこの幻滅のなかで、母や妹、弟たちとの血縁関係すら疑わしくなり、目指していた生き方も遠ざかったように感じられた。抑えがたい肉欲の焔がますます勢いを増し、彼はふたたび夜のダブリンをさまよいはじめる。そしてある晩、彼は娼婦街へと迷いこむ。そこは彼にとって「別世界」で、まるで「何世紀ものまどろみから目覚めたかのようであった」。彼はついに娼婦と体を交える。

第三章 ［*P* 3.1-1584］

〈第三章第一節〉 聖母マリア信心会の監督生に任命されるも、スティーヴンは怠惰な生活を送り、娼家になおも通いつづけて罪を重ねていた。しかし肉体と魂はすでに「密かな協定」を結んでおり、罪の加増によってそれらが傷つくことはなく、ただ「冷たく澄んだ無関心」がその心を支配するようになっていた。日に日に荒んでいく生活のなか、ベルヴェディア校の守護聖人であるフランシスコ・ザビエルの祭日に合わせて、水曜日から金曜日の三日間にわたる静修が行なわれることが校長より告げられる。

〈第三章第二節〉 アーノル神父の説教が行なわれる。初日（水曜日）で静修の開始が告げられ、翌日（木曜日）は死と審判について、最終日の金曜午前と午後では地獄の説教が行なわれる。そこでスティーヴンは自分の魂がいかに穢れているか、地獄という空間がいかに肉体的・精神的に苦痛であるかを徹底的に擦りこまれる。神父の説教はスティーヴンを芯から震え上がらせ、最後にはあまりの恐怖で彼の舌を麻痺させて、祈りの句を封じてしまうほどだった。打ちのめされたスティーヴンはすでに罪を告白することを考えはじめていた。この金曜日の午後にはロザリオの祈禱の後に、告解の時間が生徒たちのために用意されていた。

〈第三章第三節〉金曜日の夕飯後、スティーヴンは自室にこもる。もはや涙の一粒も流れないほどに、彼の全存在が、記憶が、意志が、悟性が、肉体が、すべてが疲れ果て、痺れ果てていた。ベッドで祈りを捧げるうちに見えてきたのは、彼のためだけに用意された地獄のヴィジョンであった。スティーヴンはその光景のあまりの怖しさに激しく嘔吐する。彼は告解を決意し、日が暮れた後に、神の恩寵を求めて街の礼拝堂へと向かう。彼は魂をふりしぼるようにしてそれまでの罪を告白する……告解は終わった。するとと彼に感じられたのは、体に染みわたるような恩寵であり、見るものすべての華やぎだった。スティーヴンは悦びにうち震えたまま、翌朝の土曜日に行なわれるミサで聖体拝領を受ける。彼の口が開いて、その舌はいままさに聖餅《ホスチス》を迎え入れようとする。

第四章［*P* 4.1-922］

〈第四章第一節〉すべてを信仰に捧げる禁欲生活がはじまる。すなわち道を歩く時は目を伏せ、視覚的な認識自体を避け（女性と目を合わすことは言語道断）、神経に響くような不快な音は避けることがなかった。味覚については、規定の断食を厳格に守り、あえて美味しくないように工夫を施し、嗅覚に至っては、悪臭に対する生来的な耐性があるために、意図的に不快な匂いを嗅ぐことを求めた。なかでも触覚はあらんかぎりの創意でそれを懲らしめようとした。しかし滑稽とも言える禁欲の努力の一方で、彼は先に行なった告解が、地獄への恐怖から逃がれるためだけの、性急な、その場しのぎのものではなかったか、と疑念を抱きはじめる。

〈第四章第二節〉ベルヴェディアの校長はスティーヴンを聖職へと誘い、聖職の偉大さを説き、その畏るべき力をちらつかせた。それはかねてよりスティーヴンが胸に秘めていた姿のひとつだった。ところが彼は「イエズス会士スティーヴン・デダラス」になる直前になって、その厳粛で規律だらけの、情熱のない信仰生活に対して急速に関心を失くし、彼を縛り付けていた教会の力を抜け出す。彼はいま「堕ちること」をも厭わない自由と無秩序に惹かれながら、家路へとつく。そして自宅の台所で彼は弟たちや妹たちが声を合わせてうたう歌「いくたびか静かなる夜」のなかに、倦み疲れた精神を聴きとる。

〈第四章第三節〉スティーヴンは聖職への誘いを断わり、大学への進学を決意している。仲間がからかって呼んでいた自分の名前《デダラス》にいまひとつの予言を、「幼年期と少年期の霧のなかで絶えず追い求めてきた」生を、ダイダロスとして誇り高く創造する人生を見いだす。目の前に海鳥《うみどり》のような少女（「バード・ガール」）の姿が現われる。スティーヴンは突然少女に背を向けて駆け出す。説教時に叩きこまれた声「地獄！　地獄！　地獄！　地獄！　地獄！」の代わりに、新たな生のリズム――「前へ、前へ、前へ、前へ」――が彼の胸に響いていた。

第五章 ［*P* 5.1-2792］

〈第五章第一節〉朝食の場面からはじまる。スティーヴンは自堕落な大学生活を送っている。大学への道すがら、農村出身の友人ダヴィンが語った妊婦から誘惑を受ける話を回想していると、花売りの少女に呼び止められる。大学構内に入り、学監と会話をする。物理学の講義の出席後には社会主義者のマキャンから世界平和のための請願書に署名することを求められる。また民族主義者のダヴィンに対して、ウルフ・トーンからパーネルに至るアイルランド史は裏切りの連続であったことを指摘する。その後、散歩をしながら友人のリンチに美学論と芸術論を語る。にわか雨を避けるために入った国立図書館の階段から、入り口で仲間と立ち話をする彼女（エマ）を見かける。

〈第五章第二節〉 明け方、エマを讃えるヴィラネルを創作する。彼女の仕草や交わした会話を思い出し、彼女に言い寄る若い司祭とその司祭におもねるような彼女に憤り、「アイルランドの女性のひとつの典型、蝙蝠のような魂」だと断罪する。しかし彼女への想いは欲情と混ざりあい、ほとばしる想いが止むことはない。ヴィラネルが完成を見る。

〈第五章第三節〉 ふたたび図書館の階段に座って、スティーヴンは鳥を眺めている。閲覧室でクランリーら学生たちと雑談を交わし、その後クランリーと信仰について語る。スティーヴンは復活祭での聖体拝領を望む母の願いにどうしても従えないと打ち明けるが、クランリーは母の愛こそがこの世で唯一の確かなものであると反論する。スティーヴンは彼のやりたいこととやりたくないこと、恐れているものと恐れていないものを語るなかで、まもなくアイルランドから去る決意と、芸術家として自分自身を表現するために「沈黙、流浪、そして狡智」を選びとると宣言する。

〈第五章第四節〉 クランリーとの話を記録した三月二十日の日記からはじまり、母との口論、旅立ちへの不安、アイルランドの田舎が表象するものへの恐怖が語られるなか、エマへの鬱屈した恋心が散見される。四月十五日、グラフトン通りでエマと出くわすが、どちらも素直に互いの気持ちを告げることはないままに、握手をして別れる。四月二十六日、「ぼくは旅立つ、そして体験という現実に百万回でも突きあたって、ぼくの魂の鍛冶場で、未だ創られざるぼくの民族の良心を鍛え打とう」と記し、翌二七日の日記で彼の名祖であるダイダロスへと呼びかける――「古代の父よ、古代の工匠よ、今より永遠に我の力となりたまえ」。

（小林広直・南谷奉良）

3　主な登場人物相関図

第一章　クロンゴウズ・ウッド・カレッジへ

父サイモン・デダラス　酒飲み、道楽者、浪費家で家の代々の財産を失う。過去の賛美者。
母メアリ・デダラス　カトリックということもあり子だくさん。傾いていく家を支える。
ダンテ（リオーダン夫人）　敬虔なキリスト教徒。クリスマスのディナーでサイモン・ケイシーと決裂。
チャールズおじ　スティーヴンの父方の大おじ。
ジョン・ケイシー　スティーヴンの父の友人。パーネル親派。
アーノル神父　クロンゴウズの教師。
ドーラン神父　懲罰棒でスティーヴンの手を叩くクロンゴウズの教師。
ジョン・コンミー神父　クロンゴウズの校長。無実の罪を訴えにきたスティーヴンを迎える。

第二章　ベルヴェディア校へ

モーリス　スティーヴンの弟。
E―C―（エマ）　スティーヴンの好きな女の子。
ヘロン　スティーヴンの喧嘩早い競争相手。
（鳥はこの小説を束ねるイメージ。ダイダロスは「鷹のような男」として第四章・五章で言及される。ほかに第四章の「バード・ガール」など。）
娼婦　スティーヴンの性体験の相手。

第三章　ベルヴェディア校

娼婦　スティーヴンが売春街通いを続けていることを示す。
校長　静修の開始を告げる。
アーノル神父　静修中に行なう「地獄の説教」はスティーヴンを絶望に突き落とす。

第四章　ベルヴェディア校

校長　スティーヴンに聖職者の道を勧める。
「バード・ガール」　浜辺にいた鳥のような少女。スティーヴンに芸術家になる運命を悟らせるきっかけとなる。第五章の鳥占い参照。
スティーヴンの弟妹　長男スティーヴンと異なり自由が許されない。

第五章　ユニヴァーシティ・カレッジ・ダブリン

スティーヴンの弟妹
学監　スティーヴンの美学論を聞こうとする。
マキャン　スティーヴンの友人。平和主義者・女性参政権論者。
ダヴィン　スティーヴンの友人。民族主義者。
リンチ　スティーヴンの友人。スティーヴンの美学論を聞く相手となる。
クランリー　スティーヴンの友人。スティーヴンは悩みを打ち明ける。
E―C―　スティーヴンが恋い焦がれる女性。ヴィラネルに歌われる。
母・父　『肖像』は父・母・親族への言及で始まる。終わりはその逆順となる。

（金井嘉彦）

本編

第一章　おねしょと住所

――流動し、往復する生の地図

サンディマウントの干潟で遊ぶ犬と子ども

第一章　おねしょと住所
――流動し、往復する生の地図

南谷奉良

はじめに

『若き日の芸術家の肖像』（以下『肖像』と省略する）の冒頭に描かれているのは、主人公スティーヴン・デダラスの幼少期の原風景だろうか。伝記的には二歳から五歳の頃とされているが（Anderson, 1976, 141-42; *L* III 212）、幼い子どもの感覚世界が、まるで彼が現にそう感じて、現にそう発話しているかのような語彙と構文で印象的に描出されている。日本におけるジョイスの初期の紹介者である芥川龍之介はまさにこの点に着目し、自身でもその一部を試訳した第一章を念頭に、その方法論を高く評価している。

> 小供の時分の事を書きたる小説はいろいろあり。されど小供が感じた通りに書いたものは少なし。大抵は大人が小供の時を回顧して書いたと云う調子なり。その点では James Joyce が新機軸を出したと云うべし。ジヨイスの *A Portrait of the Artist as a Young Man* は、如何にも小供が感じた通りに書いたと云ふ風なり。こんな文章を書く人は外《ほか》に一人もあるまい。[1]

確かにとりわけ冒頭の二ページ（*P* 1.1-41）は原風景のごとく映るため、「小供が感じた通りに」書かれているように見える。しかし、そこでは子どもの精神が穢れなく表現されている、とでも考えてしまえば、致命的な誤りをおかすことになるだろう。『スティーヴン・ヒアロー』から『肖像』への改稿の諸段階を精査したハンス・ヴァルター・ガブラー（Hans Walter Gabler）の推察によれば、冒頭の二ページのみは、執筆過程のかなり後半に生成されたと考えられている。ゆえに冒頭部を「小供が感じた通りに」書かれていると考えるのではなく、「物語の主題や展開をあらかじめ示す序曲」としてジョイスが誘引を行なっている箇所と読むほうが妥当だろう（Gabler, 1976, 34-35）。実際そうみなすことによって、つづく物語のなかでの目や眼鏡、牛や鷲といったモチーフの再発見が可能になるのだ。

本章ではまずはじめに、「序曲」に登場する主要モチーフのうちでも、未だ充分な精査を受けていない「おねしょ」の描写とその行為に焦点を当て、それを文化史のなかで意義づけることを試みる。この試みがひいては、物語の各ページがいかに互いに連絡しあう回廊をつくりあげているかを示し、合わせて「序曲」の解釈を誘引する力を解き明かすはずである。事寄せた比喩ではなく、『肖像』というテクストは、世紀転換期のアイルランドにおける文化や諸事象、その新しい小説的技法を用いた語り、そして主人公スティーヴンの記憶や想念が複雑に入り組んだ迷宮の観を呈しており、解釈のたびにその内部の回廊が増殖し、幾重にも階層化がなされるような、読解がきわめて難解な長篇小説となっている。本章ではこの迷宮の案内を行なうためにも、「序曲」のうちで主人公の生における二つの特徴的な動きを示す流動性と往復性に着目する。これらの動きはいずれも物語のなかで意義深く反復と挑戦、克服を受けて、「歓喜と恐れに震える若さの翼」をもって飛翔する芸術家の重要な精神的素地をつくっている。本章の目的は、あちらこちらへと動きまわる主人公の生を丹念に追いかけることで、もってジョイスがつくりあげた複雑な迷宮の地図とすることである。

一　不潔な癖と罪の小川

『肖像』のおねしょ（bedwetting）の描写を歴史化する困難は、その類例の少なさにある。アイルランド王立外科医学院の小児科医教授デニス・ギル（Denis Gill）は時代ごとの夜尿症（enuresis）の治療史を分類する小論文の冒頭で、その症状が医学的観点からは長年にわたって無視されてきた孤独な問題だと指摘し、『肖像』の描写を希少な例として引きながら、同症状に関する自伝的な記述例が際立って不足している事態を嘆いている（121）。しかしながらそれも無理のないことで、おねしょに関する記述が表面化しないのは、その体験に恥辱的な出来事が結びついていたり、罪悪感を植えつける躾や懲罰が伴ってきたためであろう。ジョイスもその幼年期におねしょをして両親から叱られていただろうことは想像に難くない。父親ジョンが放つ罵倒語は殊に有名だが（第五章の「怠け者のあばずれ兄貴」を参照；*P* 5.41）、彼の豊富なボキャブラリーには「このうす汚ねえ小便垂らしが！」（"Ye dirty pissabed"）という罵倒語も含まれているからだ（Jackson & Costello, 265）。ジョセフ・ストリック（Joseph Strick）監督による映画版『若き日の芸術家の肖像』（一九七七年）でも、おねしょと罰が特定の効果を狙って印象的に結びつけられている。原作にはないダンテの台詞「おねしょをしたのね」（"You wet the bed"）が新たに追加され、その台詞につづけて、謝らないと鷲が来て目を刳り貫かれてしまいますよ、と躾を受けるスティーヴンの後ろ姿が映されているのだ。むろん原作の文面からすれば誤った解釈だが（本書「『肖像』と映画」の項を参照）、そのような翻案自体が、伝統的ともいえるおねしょと懲罰の結びつきを例証していると言えるだろう。

懲罰の報告事例も応じて限られてくるが、十八世紀ヴァージニア植民地の裕福な農園主ウィリアム・

バード二世（William Byrd II）の告白的日記に残された懲罰は有名である。使用人の少年があるときにおねしょをしてしまったことで、バードは少年とそれを隠した少女に鞭打ちを食らわせる。しかし彼の懲罰は、少年がふたたびおねしょをしたときにもっと苛烈になる。バードは少年に（誰のものかは不明だが）「一パイントの尿」（"a pint of piss"）を無理やり飲ませて罰したというのだ（Gill, 121）。この懲罰法から、フランスの作家ジュール・ルナール（Jules Renard）の自伝的体験を交えた代表作『にんじん』（*Poil de carotte*）（一八九四年）を思い出す読者もいるだろう。さすがに一パイントという量ではないが、「《にんじん》にはまだきたないところがあった」（強調は筆者）と書きだされる逸話で、母親がシーツから彼の尿を少量掬い取り、それを朝食のスープに混ぜて彼に飲ませる場面がある。これらはつまり、おねしょの不潔さを思い知れという懲罰なのである。

実におねしょが罰されるのは、ベッドシーツの洗濯と交換の仕事を増やすという物質的理由の他に、それが未成熟な行為、また不衛生な行為だという文化的価値観が存在してきたためだ。前掲のギルが『肖像』と合わせて希少な自伝的記述例として引用する劇作家ジョン・オズボーン（John Osborne）の自伝は、こうした「おねしょ」にまつわる文化を鮮烈に記録している。彼は「私は何年ものあいだ、常習的なおねしょ癖の屈辱に耐えねばならなかった」と十歳の頃（一九三九年）を振りかえり、当時の学校生活ではおねしょが「不潔な癖」（"filthy habits"）という符牒表現となり、一度それが周囲に露見すれば、さまざまな脅しや残酷な仕打ちを向けられる恐怖の行為だったことを明かしている。友人の前でお漏らしをしてしまった痛ましい記述にもみてとれるが、彼にとって相当な精神的外傷となったのであろう。オズボーンはその行為を強い比喩表現を使って、「罪の小川」（"a sinful stream"）や「罪の垂れ流し」（"the guilty overflow"）とまで呼んでいるのだ（92-93）。

ある場合には、深い傷を与えうるおねしょだが、果たしてそれはいつ「不潔な癖」に、「罪の小川」になったのだろうか。おねしょの治療史を膨大な参照例とともに紐解いたルシール・グリックリッヒ（Lucille Glicklich）の美しい言葉「夜尿は文明の夜明けとともに生まれた」（"Enuresis was born with the dawn of civilization"）（874）が語るように、その症状に関する治療法の記載は、古くは紀元前一五五〇年頃のエジプトの医学書にまで遡ることができる。しかしその因果関係は初期近代の時点ですらほとんど究明されておらず、十六世紀には膀胱の尿の保持機能の弱さに帰せられるのみで、未だ秘匿すべき個人の恥や秘密とは捉えられていなかった。（ある年齢を過ぎても症状がつづく）夜尿症として相当の社会的・医学的意義が認められ、その症状に対する見方が変わったのはおよそ十八世紀頃である。それまでの中世的な魔術療法が衰退する代わりに、多種多様な化学薬品や、懲罰的な要素が色濃い機械器具の使用が顕著になり、（男児の場合には）薄い被膜をつくるコロジオン溶液を包皮に流しこんだり、不随意の排尿を防止するために鋼鉄製の拘束具を装着させる試みが行なわれた（Glicklich, 860-68; Wilks, 681）。「密閉」による治療法の発達は都市化と人口増加を経験した近代社会における衛生思想の発展と軌を一にしており、境界を侵犯し秩序を脅かすという点で、尿や糞便、唾液、精液や経血など、体内から体外へ漏れだして感染源となる液体や不衛生な流動物に恐怖を示す文明の心性を具象化したものだと言えるだろう。(2) その心性はヴィクトリア朝の厳格な性的規範とも親和的であり、その頃には悪しき癖である自慰行為と夜尿症の関連が疑われはじめたために（Gill, 121; Glicklich, 864）、（ペニスを刺激しないように仰向けにさせる）鉄製のスパイクがついたベッドなども発明された。また当時最新の魔術的テクノロジーである電気を使って、不随意の排尿が起こった時点で電流を流れる仕掛けをつくり、行為の途中で目覚めた本人の自力の意志で断尿をさせる試みもあった。これらの治療の出現が少しずつ自分自身を律する力の弱さという因果関係を招き寄せたことで、中世ではたわいもなかった「おねしょ」はいつしか衛生概念や自己規律の近代的思考と分かちがたくなじんでいき、ついには「仕事場や家庭、下宿学校、孤児院において、当人にとっての経済的・社会的障害」とまで考えられるようになったのである（Hurl, 45-55; Glicklich, 863）。ルナール、ジョイス、オズボーンらが共有する「不潔な癖」の誕生である。

おねしょが家庭や仕事場で懲罰の対象となる社会的な穢れになったことと並行して、「罪の小川」にみる宗教的な穢れにもいくらかの説明が必要だろう。この点を的確に指摘できるのが歴史家キース・トマス（Keith Thomas）の重要な論考「初期近代イングランドにおける清潔さと敬神」である。[3] 彼はそこで「入浴や全身を洗浄したいということへの必要性を感じていなかった」十六世紀や、「カフスや襟などの外から見えるリネンのほうが、下着などのように外から見えないものより重視されていた」十七世紀から、「石鹸こそ精神を磨き、敬神に通ずる道具」とまでなった十九世紀中期へと至る「清潔さ」の概念の複雑な変遷を追っている。トマスは宗教的・道徳的義務として清潔さが追求されはじめた境界を、綿布や石鹸が大量に普及した一八〇〇年前後に見ているが（59）、身体や衣服の清潔さに関する描写は『肖像』にも意義深く登場する。たとえばスティーヴンがイエズス会士に抱くイメージ——「きびきびと冷水摩擦をして、清潔でひんやりしたリネンの下着を履いている人びと」（*P* 4.311-12）——はトマスの論証を支える好例であろう。また面白いのは、こうした清潔なイエズス会士たちとカトリック教会に背を向けるのが、頭に虱《しらみ》を這わせる当の青年であることだ（*P* 5.2111）。第五章では母親から「情けないね、大学生にもなってこんなに汚くなって、お母さんに洗ってもらわなければならないなんて」とたしなめられているように（*P* 5.28-37）、不潔なスティーヴンの身体は、体の一部を定期的に洗浄する習慣が世紀転換期のダブリンでも確実に根づいていたことを間接的に示している。[4] 次節でも確認されるように、おそらくはこの十八世紀以降の近代的な衛生思想に、キリスト教の宗教的営為において古くから結ばれてきた「汚れは罪の象徴」(Thomas, 61-62) という隠喩が合流したときに、かの「罪の小川」は生まれたのだろう。

二　ずぶ濡れのどぶ鼠

前節の文化史を念頭においたうえで、「序曲」に描かれたおねしょのイメジャリーが『肖像』という迷宮作品のなかで、どのように変奏されているかを確認してみてよう。実にスティーヴンの尿は、アリアドネの糸ではないが、『肖像』内部の通路の一部を示す「流れ」となるのだ。

おねしょをするとさいしょはあったかくてそれからつめたくなる。おかあさんがオイルシートをしいてくれた。それはへんなにおいがした。(When you wet the bed first it is warm then it gets cold. His mother put on the oilsheet. That had the queer smell.) (*P* 1.13-14)

冒頭のページでお漏らしをした少年の姿は、はじめに「屋外小便所の溝」("square ditch") に突き落とされてずぶ濡れになる様、次いで汚水溜めのうわずみに飛びこむ大きな鼠の姿で反復される (*P* 1.122-27, 270)。この水が小さな穴から一日中滴りでている小便所 ("water *tricked* all day out of tiny pinholes") (*P* 1.1271-72、強調は筆者) にうろつく不潔な鼠という動物にはのちに、父サイモンの罵倒語「下水溝のどぶ鼠」("rats in a sewer") (*P* 1.944) によって唾棄すべきイメージが与えられ、「溝」や「下水溝」も同様に、劫火の説教のなかで奈落の底となる。アーノル神父は十七世紀のイエズス会士ジョヴァンニ・ピエトロ・ピナモンティ (Giovanni Pietro Pinamonti) の著作をもとに (本書第四章小林論文を参照)、汚れと罪悪の隠喩的関係を執拗に用いながら、この世のあらゆる汚物、あらゆる屑と滓が流れこむ「巨大な悪臭を放つ下水溝」("a vast reeking sewer")(*P* 3.650-51)たる醜悪な地獄のヴィジョンを描きだす。「地獄！ 地獄！ 地獄！ 地獄！ 地獄！」という声が頭のなかを占領し、恐怖のどん底に突き落とされたスティーヴンはついに告解を決意する。そして彼が告解室で罪を絞りだすように口にするとき、その汚い頭は話すペニスと化して、醜悪なおねしょを、「悪徳の不潔な流れ」を吐露するのである。

彼の罪がその唇から、ひとつ、またひとつと滴り落ちた(trickled)。膿み爛れた魂から穢らわしい悪徳の流れ(a squalid stream of vice)が恥辱の雫となって滴り落ち(trickled)、それから最後に残ったいくつかの罪が、穢らわしく、じわりと滲みでた。もう何も出なかった。彼はぐったりと頭を垂れた。(*P* 3.1504-08)

「不潔な癖」と「罪の小川」が生まれた歴史をたどると同時に見えてくるのは、おねしょのエピソードは物語のはじめに描かれてそれきりの出来事ではなく、振り返ってみれば、尿と関連する複数の記述を結びつける源流として、主人公の穢れや罪を予示していたのである。無論それは「序曲」の解釈を誘引する力であるが、「冒頭箇所は子供が感じた通りに書かれている」と考えることの解釈上のリスクがわかるだろう。

おねしょには「濡れたスティーヴン」の姿を関連づける誘引作用もある。先にも一部示したが、彼の心身ならびに魂は、「濡れた」／「乾いた」の形容をまとうことがある。たとえば娼家に通って罪を重ねていたとき、彼の生活は情欲と懶惰にまみれ、神の恩寵がその魂を「洗い清める」("refresh")こともなく（*P* 3.60-61）、その心も冷たい無関心に支配され、まるで「砂漠の花のように萎れ切っていた」（"withered up like a flower of desert"）（*P* 3.229-30）とある。しかし告解によってその魂から「悪徳の不潔な流れ」が絞りだされると、声をかける神父の言葉が「甘美な雨」（"sweet rain"）となってその干乾びた心（"parching heart"）を潤わせ、帰り道の「ぬかるんだ通り」（"muddy street"）を歩くスティーヴンの四肢にも恩寵が「染みわたる」（"pervading"）ように広がっていく（*P* 3.1504-48）。ある夜には、E―C―の指の感触の記憶が「目には見えない暖かな波」となって彼の体を流れ（*P* 2.813-16）、ある夜明けには甘美な音楽を感じて「魂がすっかり露に濡れた」状態で目覚め、朝の冷たい光の波が四肢を通り過ぎるなかで、「魂が冷たい水のなかに浸っている」気分に包まれている（*P* 5.1523-26）。彼が動揺したり、その情動が充溢したときには、小波や大波、潮や洪水が発生することもあるが（*P* 2.1400-04; 3.48; 3.1379; 4.204; 4.633-34）、この主人公は冒頭のページ以降、あちこちで濡れたり、流されたりしている。おそらくそれはジョイスが最初期のエッセイ「芸術家の肖像」の時点から構想していた、過去を「複数の現在が連なりあう流れ」（"*a fluid* of a succession of presents"）（Joyce, 1991, 211、強調は筆者）のなかで描く実践の一つなのである。

三　おねしょとオイルシート

前節では「序曲」の解釈を誘引する力とスティーヴンの濡れた身体を確認した。ここであらためて第一章を中心に、おねしょとオイルシートにみる象徴的な対比を、幼い主人公の流動的な内的世界と、そこに向けられる現実世界における切断の諸力を見てみよう。

むかしむかしのとってもたのしいむかしにみちをやってくるうしモーモーがおったとはてさてみち

をやってくるこのうしモーモーがでくわしたのはくいしんぼうやというなのちっちゃなかわいいおとこのこ……（*P* 1.1-4）

この『肖像』の第一文がカンマを一つも挟まない文体で描かれていることは、未だ不分明な幼い感覚世界を描くうえで重要な模倣である。連載時の『エゴイスト』誌や初めて書籍化されたヒューブシュ社版（一九一六年）では、この冒頭の文およびおねしょを描く文に余計なカンマが挿入されているが、本書の底本であるノートン版が準拠する「ダブリン自筆原稿」にはそのようなカンマは存在しない（図1）。おそらく出版社や植字工が読みやすさを考慮して挿入したのであろうが、お伽話の一節がスティーヴンの耳に縷々と流れこむ音、また、漏らされた尿がその幼児の四肢を生暖かく伝うも、時間が経つにつれて、シーツのなかで冷たくなってゆく感覚を模倣的に表現するにあたっては、カンマによる中断はその文の効果を損傷することになるだろう。そこで描かれるのは、幼いスティーヴンの流動的な生の感覚なのである。おねしょを描く文の方では、first や then の語を伴って「ある状態から別の状態への移行」が描きだされているが、この構文は就寝の時間を想像するスティーヴンの脳裏でも用いられており、彼は身ぶるいとあくびを幾度も繰りかえ

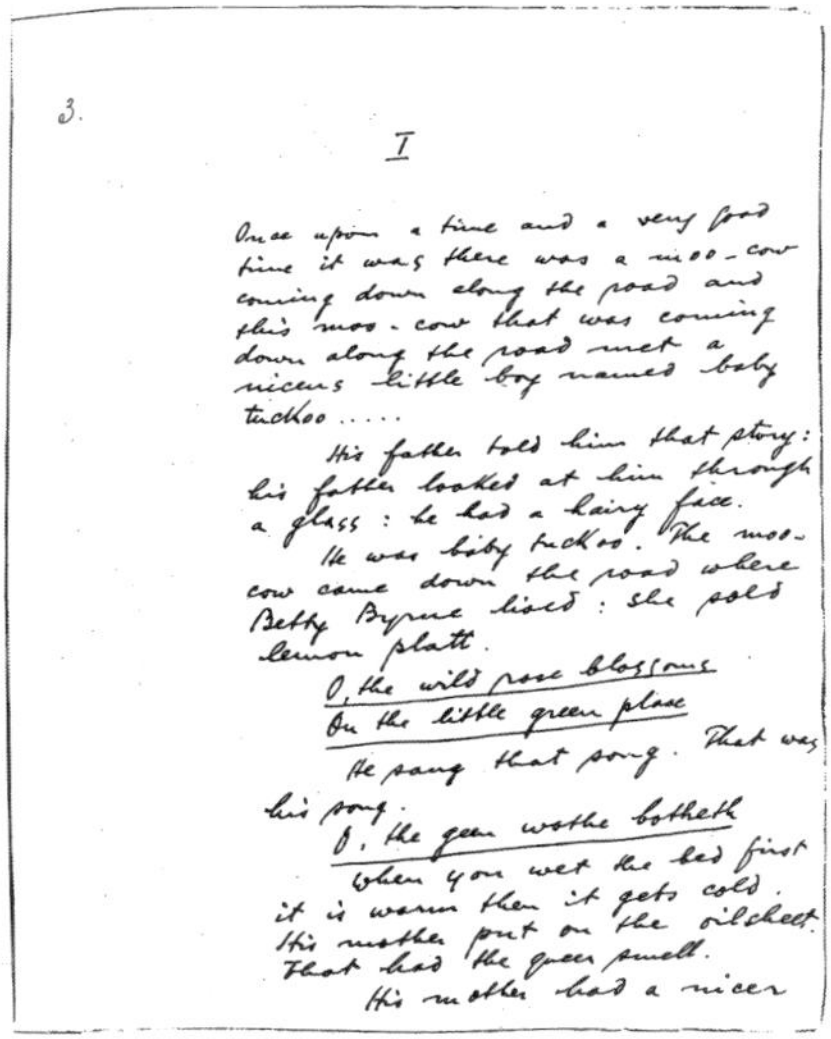
3.

I

Once upon a time and a very good time it was there was a moo-cow coming down along the road and this moo-cow that was coming down along the road met a nicens little boy named baby tuckoo . . . .

His father told him that story: his father looked at him through a glass: he had a hairy face.

He was baby tuckoo. The moo-cow came down the road where Betty Byrne lived: she sold lemon platt.

O, the wild rose blossoms
On the little green place

He sang that song. That was his song.

O, the geen wothe botheth

When you wet the bed first it is warm then it gets cold. His mother put on the oilsheet. That had the queer smell.

His mother had a nicer

図1　『肖像』冒頭ページの自筆原稿

しながら、冷たいベッドシーツがじわじわと暖かくなってゆく様子を注目すべき文体で思い浮かべている。

> 彼は身ぶるいをしてあくびをした。シーツが少しあったかくなってからのベッドのなかは気もちいいだろうな。さいしょに入っていくときはとってもつめたい。さいしょのつめたさをかんがえると身ぶるいがする。でもシーツがあったかくなると、それからねむれるようになる。つかれるのって気もちがいいんだ。彼はまたあくびをした。夜のお祈り、それからベッド。彼は身ぶるいをして、またあくびをしたくなった。あと数分でいい気分になれる。ふるえるほどつめたいシーツからじわりとぬくもりが広がって、じわじわと、じわじわとあったかくなって、ついに体じゅうぜんぶがあったかくなって、さいこうにあったかくなって……さいこうにあったかくなるけどちいさく身ぶるいをして、またあくびをしたくなった。（P 1.356-66）

単に彼の感覚や温度の変化が叙述されているのでなく、それを語ること自体に多くの言葉と多くの時間が費やされている。「冷たいシーツが暖かくなる様」を描くために、冷たいシーツがゆっくりと、じわじわと暖かくなるまでの時間を、描き出す文自体がまとおうとしている。ベルクソンの持続の概念を説明する有名な言「私がコップいっぱいの砂糖水をつくりたいとすれば、どのようにしても、私は砂糖が溶けるのを待たねばならない」が自然と思い起こされるが、実際この描写は、分節しえない、相互に浸透する内的な諸瞬間が、生きられた時間のなかでしだいしだいに豊かになってゆく「純粋持続」を読者に想像させるだろう。ある状態から別の状態へゆっくりと移行することにスティーヴンが快を覚えているのは明らかで、医務室で前よりも気分がよいと気づいたときには、「ゆっくりなおっていくのがいいな」(P 1.691)と考えており、また、第一章の終盤で噴水の水盤に水滴が「ゆっくりと」滴って――まるでラテン語の〈海(mare)〉が格変化を刻むように――ピック……パック……ポック……プックと音を立てる様子を想起するときにも、彼は幸せで自由な気分に満たされている。ゆっくりとした変容が幼いスティーヴンの流動する生の感覚に調和するのだ(P 1.1212-14, 1846-47)。

一方、「不快」とまではいかないが、彼が「変な、奇妙な」(queer, strange)という形容詞を用いて違和を表明するものが第一章には多く現われる。それは、(水と油を分離する)オイルシートの匂いをはじめとし、分割や停止、固定といった作用を働かせる、切断の諸力である。たとえば彼はその流動的な観念連合を示す記憶のなかで、同級生が言った奇妙な言葉「サック」("suck")から、ウィックロウ・ホテル("Wicklow Hotel")の洗面台で(おねしょを喚起させる)「汚い水」("dirty water")が排水口に吸いこまれ、その流れが消え去るときの奇妙な音「サック」("suck")を想起すると同時に、男性器を思わせる形状と排出機能から蛇口《コック》("cock")を思い出す。その二つの蛇口には、「冷たい」("cold")と「熱い」("hot")という名前が印字されていた。「さいしょはあったかくてそれからつめたくなる」おねしょをしていたスティーヴンにとって自然なのは、出てくる水が「つめたい感じがしてそれからちょっと熱くなる」("He felt cold and then a little hot")ことである。それゆえ変化を前提とせず、一つの状態がラベル付けされて固定されている「熱い蛇口」そのものは「とっても奇妙なもの」なのである(P 1.150-63)。

この「奇妙な」の類義語として第一章に頻繁に現われるのが、「違った、異なっている」(different)という形容詞と「線」(line)である。物事を截然と区別するそれらは、主人公の流動的な内的世界を悲しく切断すると同時に、現実の世界が宗派や党派、等級や階級、陣地や領土に分割されていることを彼に学ばせる。自分とは違った父親と母親がいるヴァンス家のアイリーン。地理の教科書に載っている、違った大陸の違った国にある違った名前をもつ違った場所（*P* 1.293-97）。異なる服を来て、異なる声で異なる話し方をして、異なる歩き方をする生徒たち（*P* 1.210-11, 233-38）。学校のヒエラルキーを体現する「上級組」から「下級組」（"higher line"／"lower line"／"third line"）（*P* 1.233-38）。運動グラウンド場では敵と味方に（*P* 1.46, 68）、算数の時間には（薔薇戦争の構図を反映した）ヨークの白薔薇組とランカスターの赤薔薇組のチームに分けられる（*P* 1.170-80）。平和で楽しく見えたわが家にも「線」は隠れていた。プロテスタントであるアイリーンとの付き合いを隔てる宗派的障壁（*P* 1.999-1003）や、食卓を親パーネル派と反パーネル派の「二つの陣営」（"two sides"）に分裂させる政治的党派性（*P* 1.340-44）。後者の分裂はすでに「序曲」に登場する二つのブラシ背面の色に象徴されていたわけだが、パーネルの失脚後、一つのブラシから緑のビロードが切断されるとき、ダンテの鋏は（ペニスと頻繁に結びつけられる）幼い少年にとって象徴的な去勢道具と見えただろう（*P* 1.337-39）。

ただし切断の諸力は幼いスティーヴンの流動的な世界に対し違和や脅威として現われるが、彼の成長それ自体を阻害するわけではない。たとえば自習時間に地理の教科書を開きながら学んでいる「あらゆるものの周りにある細い細い線」（*P* 1.320-21）は、後に展開される美学理論における「認識されるべき対象の周囲に引かれる境界線」（*P* 5.1359-60）となっており、「すべての生徒たちが奇妙な感じに思えた」という弱々しい感慨も、「クロンゴウズで感じていたよりもさらに痛切に、自分は他の人間とは違っている（that he was *different* from others）」（*P* 2.173、強調は筆者）という彼のアイデンティティや、「孤独になる喜び」（*P* 2.310）のなかで克服されている。切断の諸力は若き芸術家の知覚の鋏ともなれば、その孤立性を切り抜く道具ともなりえるのだ。

四　踵を返す癖と飛翔への助走

前節では主人公の流動的な世界と、それに向けられる切断の諸力を見たが、本節ではもう一つの特徴的な動きである往復性と、それを克服する動きとしての「前進」という物語的展開を追ってみたい。まず『肖像』の物語にはこれまで、イカロスの飛翔と墜落を模倣した「上昇と下降のパターン」（Mitchell, 69-70; Thornton, 88-92、および本書第三章田中論文を参照）のほか、キアスムス（chiasmus）の構造、つまりＡＢＢＡないしはＡＢＣＢＡといった交差配列的な秩序が指摘されてきたことを述べておかねばならない。たとえばガブラーは第一章と第五章、第二章と第四章に対称性をみて、その中心で蝶番となる第三章というＡＢＣＢＡ構造を提示している（1974, 49-51）。一方ヒュー・ケナー（Hugh Kenner）は、第一章から第四章の文章中の至るところに交差配列的なリズムやパターンが顔を出すとしながらも、「バード・ガール」の記述をもって第五章以後はフェードアウトしていくとしている（1987c, 7-8）。彼らの解釈を可能にしている最初の契機は、「序曲」の最後に置かれ、互いに類似する音Ａ（*"Pull out of his eyes,"*）とＢ（*"Apologise,"*）を反復させる、かの二つの四行詩である[5]（*P* 1.34-41）。

Pull out of his eyes,　おめめをぬいてしまいます、
Apologise,　ごめんなさいをしないと、
Apologise,　ごめんなさいをしないと、
Pull out of his eyes,　おめめをぬいてしまいます、

二つの四行詩は「ＡＢＢＡ　ＢＡＡＢ」という構造を提示しており、いずれも中心で反転して対称性を

形づくっているため、静止した鏡像的イメージを読みこむ見方もあるが（Gose, 260）、それが実際に文字として書きとられた詩ではないことに注意しなければならない。これは母親とダンテが口にした言葉がスティーヴンの脳裏で互いに絡まりあって編み上げられた音の流れである。口にして発音してみれば、Aの響きがBのなかに含まれるだけでなく、Bの響きもAのなかに含まれており、いわばその閉じた循環性が聴こえてくるだろう。実にキアスムスは「もっとも簡単に認識できるスティーヴンの思考パターンの一つ」（Kershner, 1986, 883）だが、「迷宮」のなかを動き回る青年の常習的な行動パターンとして彼を呪縛しているリズムでもあり、そこに着目すると、スティーヴンの踵を返す癖、あるいは前進しつづけることを途中でやめる癖が再発見されてくる。

たとえば第一章の運動の時間、彼のホームシックの症状にふさわしく、味方の陣地から敵の陣地へと走りこむとき、彼は足を止めて考える――「前に走りつづけてもむだだ（useless）。もうじき休みがきてみんなお家に帰れるんだから」（*P* 1.98-100、強調は筆者）。学期中にもかかわらず彼の思考はすでに帰宅の途にあるようで、夕食の時間が終わった後には、机の内側に貼り付けてある（家に帰れるまでの日数を表わす）数字を77から76に後退させることを考えている（*P* 1.281-83）。自習の時間にはフレミングの書いた四行の韻文や自分の「詩」を逆向きに読んでみたり、ラテン語の時間に受けた「フェアではない残酷な仕打ち」を直訴しにコンミー校長の部屋へと向かったときにも、ドアの直前までやってきたにもかかわらず、彼の脳裏には一瞬、引き返す意識がかすめている（*P* 1.1705-07）。これらは「わが家」と学校を往復する時間意識――「最初に休みがきてそれから次の学期があってそれから休みがきてそれからまた次の学期がきてそれから次の休みがあって……」（*P* 1.349-51、省略は筆者）――にも表われているが、どうやらこの主人公「ボウス・ステパノウメノス」（"Bous Stephanoumenos"）（*P* 4.764）には――「牛耕式」

（Boustrophedon）ではないが――AからBへ行くと、そこで踵を返して、またBからAへと戻ってくる癖があるようだ。アーノル神父による掛け声「それ行け、前進だ！」（"Go ahead"; "Forge ahead"）という命令が、そのような彼にとっていかにもプレッシャーであったことが想像できるだろう。

すでに「序曲」で「ヴァンスのおうちはななばんち」（*P* 1.27）というミニマルな住所でそのモチーフが予告されていたが、スティーヴンの往復性への強い偏向は「自分がどこにいるのか」という問い、「住所」の概念のなかにも姿を表わす。ダンテに「アメリカでいちばん長い川」や「月でいちばん高い山」を教えてもらったり、あるいは、教科書の一ページ目に描かれた地球の絵に学んだのだろう。自習時間に地理の教科書を開いた少年は、世界を改行して分節を試み、自分を俯瞰する地平を上げながら、さまざまな境界で区切られた長いリストを、〈世界住所〉ともいうべき「詩」をつくりあげる。

スティーヴン・デダラス／初等クラス／クロンゴウズ・ウッド・カレッジ／サリンズ／キルデア州
／アイルランド／ヨーロッパ／世界《ザ・ワールド》／宇宙《ザ・ユニヴァース》（*P* 1.300-08）

彼はこの住所をはじめ下から上に読んでいき、視線が自分の名前に突き当たると、今度は上から下に向かって住所を読みかえす。そして今度は「宇宙」に突き当たったとき、おそらく往復できる構造がないと気づいたのだろう。彼は「宇宙の後には何があるんだろう」（"What was *after the universe*?"）（強調は筆者）と問いを立てて、すべてを俯瞰する存在としての「神」を「宇宙」の後に置いている。これは、ステイーヴンに地理を教えていたダンテがのちに「何よりも前にあるのが神さまと宗教です！」（"God and religion *before everything*!"）（*P* 1.1118、強調は筆者）と口走ることからも、彼女の教育指導と合わせ読むこともできるのだが、いずれせによ、スティーヴンは「彼の名前がスティーヴンであるのと同じように神さま《God》の名前は神さま《God》だ」（*P* 1.324-25）と考えて、自分の名前と神の名前を両端に置くことで、往復できる構造を導き入れるのである。

　前進を拒み、踵を返し、ある区間を往復するような彼の癖は根深い。罪を告白した後の改心時にも「彼には全世界が一つの巨大な神の力と愛の対称的表現（symmetrical expression）を形成しているように見えた」（*P* 4.95-96）という記述があるが、シンメトリーやキアスムスを表現した構造やリズムは、「迷宮」の回廊を歩む読者をうんざりさせるほどにしつこく反復される。だがそれに応じるかのように、この主人公にも反復への倦みが生まれてくる。

> ぼくはこれからも告解をしては悔い改め、そして許されて、告解をしてはまた悔い改めて、そして許される……無益なただの繰りかえし（fruitlessly）（*P* 4.227-28）。

かつて「前に走りつづけてもむだだ（useless）」と考えた主人公が、往復の無益さを認識しはじめる。確かにそうなのだ。彼がこの構造やリズムに安住する限り、完全に自由になることはできない。往復の呪縛から脱出しなければならないのだ。おそらく彼が「いくたびか静かなる夜」（*Oft in the Stilly Night*）に倦み疲れた精神を聴きとったことが、自らのうちに滾《たぎ》る何かを、「もうこれ以上は待てない」（*P* 4.606）という「前進」の気分を予告していた。

　彼はある日、大学の入学に関連する情報を手に入れるべく父親と一緒にいたが、なかなか父親は戻ってこなかった。彼は父親を待ちながら「バイロン酒場の戸口からクロンターフ礼拝堂の門まで、クロンターフ礼拝堂の門からバイロン酒場の戸口まで、それからふたたび礼拝堂へ、それからまた酒場へ」と何度も往復した。しかしついに待ちくたびれて、父親に呼び戻されないように、急ぎ足でブルへと向かう（*P* 4.607-20）。そのとき、大学《ユニヴァーシティ》という進路を目前に控えたスティーヴンのなかには、すでに荒々しく躍動する生命が流れはじめていた。だからこそ――かつて教室で77から76に数字を後退させていた青年にとって――海辺から聞こえてくる古めかしい自分の名前と前進する数を唱える「一、二、三、それ！」の声は、明確な号令と聞こえたであろう（*P* 4.793）。そして少年期の記憶が遠ざかって薄れゆくなか、「ぼくはどこにいるのか？」（*P* 4.847）とあらためて〈世界住所〉を問う彼の前に「バード・ガール」が姿を現わす。それが一つの答えに、一つの顕現となった。彼は胸のなかで滾《たぎ》る情熱に駆り立てられながら「前へ、前へ、前へ、前へと大股で」進みはじめる（*P* 4.880）。ついに〈世界住所〉のなかにあった自分の名前の意味を、そして芸術の創造という彼の天命を悟る。かつて頭のなかを占領した、堕落の恐怖を叩きこむ呪いのような声「地獄！　地獄！　地獄！　地獄！　地獄！」が書き換えられる――「前へ！　前へ！　前へ！　前へ！　前へ！」（On and on and on and on!）（*P* 4. 889-90）。もはや「うしもーもー」でも「どぶ鼠」でもなく、翼をもった鳥となって飛翔するために――何か奇妙な違和感を読者に残しながら――前へと駆け出すのである。

おわりに

スティーヴンは果たしてどれほど成長したのだろうか。『肖像』の最初と最後のページだけを見てみよう。はじめに父親が語り聞かせるお伽話の一節がスティーヴンの耳に流れこみ、次いで幼児のスティーヴンが“*O, the geen wothe botheth*”と喃語をもらし、それから母親が現われて、おねしょをする息子のためにオイルシートを敷いている（"His mother *put* on the oilsheet."）（*P* 1.13-14、強調は筆者）。ここで本を一気にたぐっていちばん最後のページを見ると、今度はスティーヴンの日記のなかで、買ったばかりの中古の服を仕立て直している、またも息子の布類を世話している母親の姿が描かれている（"Mother is *putting* my new secondhand clothes in order."）（*P* 5.2785-86、強調は筆者）。何かの構造が現われてくる。そう、この物語が新しい生（"O life!"）と「古代の父」（"Old father"）たる工匠ダイダロスを召喚する頓呼法をもって終わるとき（*P* 5.2788-92）、読者はついに看破するのである——この物語と主人公が「父・母・母・父」という大きな枠構造に庇護されていることを。

実際、『肖像』の最後では主人公が「歓喜と恐れに震える若さの翼」を手に入れることもあり（*P* 5.2784）、言ってみれば教養小説《ビルドゥングス・ロマン》然とした上昇的結末、この場合にはＡＢＢＡからの飛翔を望む読者が多いだろう（Ellmann, 1982, 403-04 のエドワード・ガーネット［Edward Garnett］の寸評を見よ）。だがジョイスは「父・母・母・父」という枠構造を物語に与えることで、そのような期待をあっけなくへし折り、もってスティーヴンの未だ知られざる運命を予示する。伝記的には、その後パリへ飛び立った青年のもとにかの有名な電報「ハハ キトク キタクセヨ チチ」（"MOTHER DYING COME HOME FATHER"）（Ellmann, 1982, 128）が舞いこむことで、[6] 彼はまるで呪いのようにして父親にダブリンへと呼び戻されるからだ——彼は未だ迷宮のなかである。

注

（1）「小供」（『芥川龍之介全集』第七巻、一一四—一一五頁）および「ディイダラス（仮）」（『芥川龍之介全集』第二二巻、三五一—五二頁）を参照。『肖像』が芥川に与えた影響のみならず、日本におけるアイルランド文学の初期受容については、鈴木暁世（二〇一四）が大いに参考となる。
（2）近代社会の秩序と「流動物」の関係に意義深い変化が起こった経緯についてはTurnerおよびHurlを参照。
（3）邦訳は『歴史と文学——近代イギリス史論集』中島俊郎編訳（みすず書房、二〇〇一）所収。本章では中島訳を一部参考にしながら、Thomas, 1994から筆者が訳出した。
（4）レモン石鹸を買ってトルコ式風呂へ向かう「水を愛するもの」（"waterlover"）ことブルームを「流れに浮かぶもの、流れに住むもの」として論じた浅井（二〇〇四、一—二六頁）も参照のこと。
（5）四行詩の出典をめぐる注解としては、Gabler, 1974, 167-68およびCitinoを参照せよ。
（6）『ユリシーズ』でこの電報が描かれるときには、"Nother dying come home father"（*U* 3.199、強調は筆者）と誤植が混じったものとして記述される。

湾口の音楽

ホウス波止場

ここはダブリンの中心部から出ている北方面行きダートの終着駅「ホウス」（Howth）からほど近い、ダブリン湾を臨むヨットハーバーだ。『フィネガンズ・ウェイク』の冒頭に出てくる言葉を使えば、この「ホウス城とその周辺の場所」（"Howth of Castle and Environs"）（*FW* 1. 3）は、『ダブリナーズ』の短篇「エヴリン」（*D* Ev:115-16）や『ユリシーズ』の各所で（*U* 12.1830; *U* 18.1573）、また『肖像』の第四章でも新たな生に目覚めたスティーヴンが「北のホウス岬を見やった」（*P* 4.822）として言及されるように、ジョイス作品に登場する数多くの地名のうちでももっとも重要な場所の一つである。写っている埠頭はそのホウス岬の北部分に位置する「ホウス波止場」（Howth Pier）と呼ばれる一角だ。大きく輝く夕陽の光芒の下、何十隻もの係留された船が湾内で静かに安らいでいるのが見えるだろう。しかし私が撮影したかったのは、景色それ自体ではなかった。このとき埠頭に近づくにつれて強い海風に混じって聴こえてきたのは、辺り一面に響きわたる無数の金属音であった。音の正体はすぐにわかった。海風でしなったロープが係留船の金属製のマストに打ちつけられて、まるでウィンドチャイムのような透き通る音色を奏でていたのである。これは私がそのあまりにも自由な音楽を撮りたくて――撮れるはずもないのに――思わずシャッターを押したときの写真である。

（南谷奉良）

第二章　『若き日の芸術家の肖像』における音響空間

海に浮かぶマーテロ塔

第二章　『若き日の芸術家の肖像』における音響空間

平繁佳織

はじめに

『ユリシーズ』の第三挿話において、サンディマウントの浜辺を歩くスティーヴン・デダラスは目をつむり、盲者が杖で周囲のようすを把握する過程を想像する。「トネリコの剣は腰にぶらさがっている。そいつでこつこつ叩くんだ。連中はそうする」（*U* 3.16）。視覚を自ら閉ざすことで、靴の下で海藻や貝殻が踏みつぶされていく音が強調され、杖が叩き出す音は詩脚になぞらえられる（「リズムが始まるぞ、ほら。うん、聞こえる。不完全詩行で弱強四歩格の行進調だ」（*U* 3.23-24））。「ぼくはいま、サンディマウントの海岸を歩いて永遠の中へ入っていこうとしているのか」（*U* 3.18-19）と自問するスティーヴンは、聴覚を通して世界における自身の位置を特定しようとしている。『若き日の芸術家の肖像』（以下『肖像』とする）はその題名からして視覚芸術に言及しており、先行研究も肖像画や映画など視覚芸術との関連において進められることが多かった（本書第五章横内論文を参照）。『肖像』最終章において展開され、スティーヴンが「応用アクィナス学」と呼ぶ彼の美学論も、視覚世界に根差した思考体系となっているが、以下見ていくように、芸術家としてのスティーヴンの成長、とりわけ彼の内面の成長は聴覚のモチーフによってたどることもできる。アメリカの現象学者であるドン・アイド（Don Ihde）は、主著『聴くことと声―音の現象学』の中で、西洋の哲学的思考が視覚偏重であったために、経験の包括的な理解が妨げられてきたと指摘する。いわく、古くはギリシャ哲学において、見ることと理解することは同義とみなされていた。ギリシャ語の「見える」（eidomai）は完了形になると「知る」（oida）となる（Ihde, 6-7）。視覚を知に接続させる哲学の伝統を受けたうえでアイドが主張するのは、聴くことの現象学の必要性である。しかし、このように西洋哲学は視覚を中心に発展してきたため、聴くことの現象学を実践するには考え方そのものの抜本的な再構築を要する（Ihde, 13）。先の場面において、スティーヴンは視覚を空間芸術、聴覚を時間芸術とするゴットホールト・エフライム・レッシング（Gotthold Ephraim Lessing）の芸術論を念頭に置いている。『肖像』でもまた、スティーヴンはレッシングを引き、「聞こえるものは時間の内に現われ、見えるものは空間の内に現われる」（*P* 5.1362-63）と繰り返す。だが、盲者の白杖になぞらえられたトネリコの杖を用いて『ユリシーズ』のスティーヴンが実践しているのは、彼を取り囲む空間を聴覚を通して構築する、まさに聴くことの現象学であり、『肖像』における「若き日」のスティーヴンは、聴覚を通した空間認識を段階的に習得していく。

本章では、『ユリシーズ』におけるスティーヴンの聴覚的理解の萌芽が『肖像』にも認められることを示すために、『肖像』における音に関する描写を拾い、音が場面に空間的広がりを持たせる効果を発揮していることを確認する。その中で、「知覚される音」と「想像上の音」というアイドの聴覚経験の分類を適用し、スティーヴンがこの二種類の音をどのようにして共存させていくかを模索することが、そのままスティーヴンの成長をたどる作業になることを明らかにしたい。

一　スティーヴンには何が聞こえているか——音の多層性

文学研究において、聴覚と関連づけてもっともよく論じられるのは音楽である。ジョイスの作品中で言及される楽曲の典拠をまとめたものはこれまでにいくつもあり、ジョイス研究に欠かせない貴重な情報源となっている。だがこれは同時に、音楽への言及を多く含む作品ほど、その点に着目した批評を生み出してきたということでもある。(1) 逆に言えば、『肖像』のように、ジョイスの他作品に比べても音楽への言及が少ない作品については、聴覚的観点から読解する先行研究が少ない。(2) だが、聴覚に訴える刺激は、何も音楽に限られるものではない。私たちは日常生活において、雑音、声など「実際に知覚される」外部刺激以外に、記憶によって呼び起こされる音、頭の中で考えを巡らせているときの声といった、「想像上の音」(こちらについては第二節で詳しく見る) など、多種多様な音の中で生活している。これらは同時的に存在しうるため、私たちはつねに複数の音を耳にしているわけであるが、そのすべてに一様に耳を傾けているわけではない。これらの音はつねに存在しているがゆえに、一種の慣れを生じさせ、したがってつねに意識されているわけではない。私たちが何かを聞いていると気づく時、それは意識的な理由 (聴きたいという願望) あるいは無意識的な理由 (音量やリズム) によって、ある特定の音が現前したときである。木の葉が風に揺れる音や隣の部屋から漏れる話し声など、私たちはつねに雑多な音を聞き過ごして生活しているのだ。とりわけ幼い時分には、それぞれの音が個別に認識されることは少ない。むしろ、各々の音のみならず、五感それぞれが独立して意識されること自体が稀だ。『肖像』冒頭のシーンは、そのように五感のすべてに訴える、まさに包括的な経験の描写である。

むかしむかし、とってもたのしかったそのむかし、うしさんモーモーがやってきた。やってきたうしさんモーモーはタックーぼうやとよばれるちいさいよいこにあったとさ……。
おとうさんがこのおはなしをしてくれました。おとうさんはメガネのむこうからのぞいてきます。ひげだらけのおとうさんのかお。
かれがタックーぼうやでした。うしさんモーモーがやってくると、そこにはベティー・バーンがすんでいました。かのじょはレモンあめをうっていました。

ああ野ばらが咲いている
あの狭い緑の上に

かれはこのうたをうたいました。これはかれのうたでした。

ああみどいのばらしゃく

おねしょをするとはじめはあたたかくて、そしてつめたくなります。おかあさんがオイルシートをしいてくれました。それはへんなにおいでした。(P 1.1-14)

ここではメガネの向こうから覗く父親の目（視覚）、レモン飴の味（味覚）、歌（聴覚）、おねしょをしたときの感触（触覚）とにおい（嗅覚）、すべてが矛盾することなく混在し、一つの全体的な経験を織りなしている。一つの感覚が突出することなく、五感が均等に混ざり合った、スティーヴンの原風景である。しかし成長するにつれ、五感はそれぞれに独立した器官の反応であり、分化されたものとして認識されるようになる。クロンゴウズ・ウッド・カレッジに入学したてのスティーヴンは、食堂で一人、耳という器官が聴覚を司るという事実に心奪われる。

彼は机に肘をつき、手で耳を閉じたり開いたりした。耳を開くたびに、食堂の音が聞こえてきた。まるで夜に汽車が立てる唸り声のようだ。そして耳を閉じると、唸り声は汽車がトンネルに入った時のように鳴りやむのだった。あの夜、ドーキーで汽車は同じように唸り、トンネルに入ったとき、その唸りは止まったのだった。汽車が唸り、黙り、再びトンネルから唸りながら出て、そして静かになるのを聞くのは心地よかった。(*P* 1.222-32)

音と無音が交互にやってくることで規則的なリズムが生み出され、研ぎ澄まされた聴覚は、食堂のざわめきや、過去に聴いた汽車の轟音(とその不在)の記憶までをも呼び起こし、普段は意識されない日常の雑音を前景化する。アイドはハンガリーの生物学者ゲオルグ・フォン・ベーケーシ(Georg von Békésy)の研究を引き、瞬時に人の注意を引きつけるには、メロディー(音楽)よりも規則的なリズムのほうが効果的だと指摘する(Ihde, 78)。これらの音は、雑多な音によって構成される聴覚的背景から突如として表出し、意識を引きつける効果があるという。盲者の白杖が地面をつつく音は、自身が周囲の様子を把握するためのみならず、周囲の人に自分の存在を知らしめるのにもっとも適した音であるというわけだ。一方、メロディーは、劇場やコンサート・ホールなど聴くための準備が整った場において、人の注意を引く効果を高めるために使用されることが多い。幼いスティーヴンが重層的な聴覚体験の中から、まずリズミカルな音に注意を引かれるのには、このような理由があると考えられる。

スティーヴンが意識を傾ける汽車のリズミカルな音は、第一章において繰り返し想起される。「まず休みが来て、新しい学期が来て、そしてまた休みがやってきて、そしてまた新学期がやってきて、そしてまた休みだ。それは汽車がトンネルに入ったりトンネルから出てきたりするのに似ていて、それは耳を開けたりふさいだりしたときの食堂での学生たちの立てる音に似ていた。学期、休み。トンネル、外。雑音、休止」（*P* 1.349-55）。休暇と学期が交互にやってくるという時系列上の反復が聴覚と結びつけられていることは、のちにスティーヴンが時間芸術としての音楽という概念にたどり着くことと整合性が取れている。だがここで注目したいのは、それが空間移動を連想させる汽車と結び付けられていることである。この場面におけるスティーヴンは、親元を離れて新しい環境に一人送り込まれた不安から、自分の置かれた場所にとりわけ敏感である。反復する汽車の音は、実家から遠く離れた学校にいる自分の所在を確かめる一種の白杖として機能している。第一章第二節において、クロンゴウズに入学して初めての休暇に両親のもとに帰ることを想像しながら眠りについたスティーヴンの記憶に、再び汽車の音が呼び起こされる（*P* 1.469）。ゆっくりと目が覚めると、朝の支度を始める同級生の立てる雑音が耳に入ってくる。「音がする……。カーテンリングがレールに沿って開かれる音、洗面器に水が飛び跳ねる音がした」（*P* 1.482-84）。夢うつつのスティーヴンは、目覚める直前に両親があたたかく自分を迎えてくれる様子を想像しているが（「おかえりのにぎやかな声（Noises of welcome）」（*P* 1.479））、これは目覚める前からすでにまわりの学生たちが音を立てているのが聞こえていることを示唆している。「音がする」と意識がはっきりしたとき、初めてスティーヴンはその音を音として認識するのだ。このとき、すでに風邪をひいているスティーヴンは、その後、病床で夢と現実の間を移ろいながら、チャールズ・スチュアート・パーネル（Charles Stewart Parnell）の死を幻視する（本書「『エピファニー集』からの抜粋」の項参照）。病が想像の中のパーネルの死によって昇華される印象的なシーンだが、この二重写しは、彼を取り囲む音による連想で成立している。ゆらゆらと壁に映る火の影が波のイメージに継承されると、遠くから聞こえる話し声は、波のさざめきに変化する。すべての境界が曖昧になり、医務室の風景は、闇に包まれた波止場でパーネルの遺体を運ぶ船のまわりに集う人々の場面にとって代わられる。

［スティーヴン］は［マイケル助修士］が人々に向かって片手を挙げるのを見て、海に響き渡る悲しみに満ちた大きな声でこう告げるのを聞いた。

――彼は亡くなられました。棺に横たわっているのを確認しました。悲痛な嘆きが人々の間に湧き上がった。

――パーネル！　パーネル！　パーネルが死んだ！

そしてスティーヴンはダンテが栗色のベルベットのドレスに緑色のベルベットのマントを肩に羽織り、水辺で跪く人々の間を勝ち誇ったように無言で通り過ぎるのを見た。（*P* 1.707-15）

ここでは波止場という一つの空間に多種多様な音が響き渡っている。打ち寄せる波、悲嘆にくれる人々の声、そして沈黙したまま去るダンテ。月明かりのない暗闇に包まれる中、岸壁に集う大勢の人の喧騒、その中から届いてくる甲板に立つマイケル助修士の大きな声、その間を沈黙して通り過ぎるダンテが、場面に奥行きを与え、よりドラマティックな演出が施されている。多層的に重なり合う音は、空間と時間の境を取り払い、夢と現実、現在と過去の自由な行き来を可能にしている。

音を巧みに利用した時間的・空間的連想は、何も小説内の場面に限られたものではない。先に触れたように、音はいつも意識されるわけではなく、何らかのきっかけである特定の音が表出すると、私たちはその音がすでに聞こえていたことに遡及的に気づくことになる。遡及的に聞こえるということを反転させると、音がある種の予兆として作用しているともいえるだろう。キャサリン・オキャラハン

(Katherine O'Callaghan) はジョイスの作品における「呼応 (call and response) のライトモチーフ」という概念を提唱し、呼びかけと応答がテクストの至るところに散りばめられることで、読者の読む行為における時間・空間軸を揺さぶると指摘する。ライトモチーフとはある登場人物やテーマに関連づけられ繰り返し用いられる短い楽節で、リヒャルト・ヴァーグナー (Richard Wagner) の作品に関連して使われるようになり、のちに文学批評にも援用されることになった (Martin, 31)。オキャラハンによれば、これは呼びかけと応答という二つの地点の間に解釈の「余地」を与えるがゆえに重要であるという。テクスト上に散りばめられたモチーフは物語のレベルだけでなく、言語のレベルでも作用し、それぞれのライトモチーフのつながりが意識されるよう促している (O'Callaghan, 188-89)。

パンディバット (懲罰棒)

第一章を通して反復されるリズミカルな音は、幼いスティーヴンの成長の初期段階を象徴するライトモチーフの一つとして作用していると言えよう。不当な体罰を受けたスティーヴンが校長に直訴し、その願いが聞き入れられると、校庭でクリケットのバットが紡ぐ「ピック、パック、ポック、パック」(*P* 1.1847) という印象的な音が響いてきて第一章は閉じられる。「水盤にぽたぽたと垂れる水滴」(*P* 1.1848) に重ねられるクリケットの音は、幼いスティーヴンを魅了した規則的な汽車の音に反響する。と同時に注意深い読者には、この章末尾のノスタルジックで夢心地な風景の中に、不当な罰としてスティーヴンの手に振り下ろされたパンディバット (懲罰棒) の音も聞こえてはこないか (金井、二四一―四三)。パンディバットの音は終始擬音語で表現されることはなく、このトラウマ的体験を抑圧しようとするスティーヴンの意思の表われとも取れるが、章を通して繰り返されたリズミカルな音は、遠くから響いてくる勝利を祝うようなクリケットの音に苦い記憶を反響させる。幾度も反復されることで、これらの音は無時間的に現在に入り込み、次第に倍音のようにふくれあがることで、物語中の複数のシーンを重ね合わせ、空間的な厚みを生み出している。

二　内なる声

第一章では主に外部からの聴覚刺激に魅了されるスティーヴンが描かれたが、第二章に入り思春期に突入すると、彼の関心は次第に自身の内へと向けられるようになる。ベルヴェディア・カレッジにて聖霊降臨祭の劇に出演することになったスティーヴンは、まわりの高揚した雰囲気に反して苛立ちを隠せず会場の礼拝堂を後にする。

> 突然、箱舟から音楽がこぼれ出した。ワルツの前奏曲であった。……冒頭の数小節の情緒、その物憂げでゆったりとした動きは、彼を一日中いらいらさせていた言葉にできない感情を呼び覚ました。……苛立ちは音の波のように彼から流れ出た。そして流れる音楽の潮に乗って、箱舟は提灯の列を澪のように引きながら旅していた。（*P* 2.527-35、省略は筆者）

彼は自身の中にあるわだかまりが何なのかまだ理解しておらず、それを言語化する術を持っていない。言葉にならない鬱屈としたスティーヴンの感情をのせて、遠目に見える会場から漂ってくる音楽は、彼の心のよどみを一時的に押し流す。

家計が傾き、財産を処分するために父親とコークに向かうスティーヴンは、幼い頃を思い出させる「汽車の絶え間ないリズムに合わせて意味のない言葉を紡いでいく」が、「この怒れる音楽は彼の怖れを鎮めた」（*P* 2.978-83）と感じる。だが、彼の内なる衝動が強くなればなるほど、外の世界の知覚は薄れていく。「そこに激高する内なる叫び（cries within him）の残響を聞き取れない限り、現実世界の何一つとして彼を動かすことも彼に語りかけることもなかった」（*P* 2.1145-47、強調は筆者）。徐々に大きくなる「内なる叫び」と折り合いをつける術を学ぶことが、今後のスティーヴンの課題となる。

アイドによれば、私たちの聴覚的経験は「知覚される音と想像上の音という二重の様相」から成る和声（polyphony）だという（117）。実際に耳を通して知覚される音とは別に想像上の音が存在し、アイドはその主たる例として「内なる声（inner speech）」を挙げる[3]。内なる声は音声化こそされないが、聴覚的経験の一種として捉えられる。私たちは日頃から自身の内なる声を聞いているが、それは「音声化された言語の想像上の様態として思考に局所的に埋め込まれている」（134）。内なる声は継続的に存在しており、その状態が当たり前になっているがゆえに、日常の多層的な聴覚経験において普段意識されることは少ないという。あたかも実際に知覚される聴覚的経験の「伴奏」のように日常の経験の背後に隠れているもの、それが内なる声だ。だが、知覚される音と内なる声のバランスはつねに一様というわけではない。すなわち知覚される音と想像上の音のヴォリュームは相対的であり、一方が大きくなれば、もう一方は小さくなるのだ（132）。

これは、目の前で起きた出来事に圧倒されて「言葉が出ない」状態を想像すればわかりやすいだろう。第一章の有名なクリスマス・ディナーの場面では、パーネルのスキャンダルをめぐって激しい応酬をする大人たちの言葉の強烈な印象が、幼いスティーヴンの記憶に鮮烈に焼きつけられる様子が描かれる。

途中、二度スティーヴンの考えが挟まれるものの、九ページに及ぶこのシーンにおいて、スティーヴンは実に一言も声を発することはない。アイドが指摘するように、英語の「従う（obey）」という言葉は、ラテン語の「聴く、注意を払う（oboedīre）」という動詞に由来する（178）。音は聞くものに浸透し、ひいては圧倒する力をも秘めている。小説冒頭部の原風景に登場する家族は、いまや目の前で激しく罵り合っており、スティーヴンはその争点を理解することができない。事態をただ傍観せざるをえない幼いスティーヴンの姿は、第三章で三日間の静修に出かけ、祭壇から恐怖の説教をする神父の姿を見つめる彼の姿にも重なっていく。

第三章はその大半が神父による「四終」の説教に充てられている（本書第四章小林論文を参照）。『スティーヴン・ヒアロー』が『肖像』に書き換えられたとき、多くの固有名詞や具体的な描写が削られ、スティーヴンの内面に焦点が当てられるようになったことを考えると、スティーヴンの内面の描写と比較した説教のテクストの多さは他の章と照らし合わせてもあまりにもバランスが悪い。三日目の地獄の説教と呼ばれる部分はジョヴァンニ・ピエトロ・ピナモンティ（Giovanni Pietro Pinamonti）の『キリスト教徒に開かれた地獄（*L'Inferno aperto al Cristiano perchè non v'entri*）』が元になっていることが指摘されているが、スティーヴンや他の生徒の反応は説教が終わるまで描かれず、第三章を読んでいるとまるでジョイスではなくピナモンティを読んでいると錯覚させられるほどだ。しかしこれもまたクリスマス・ディナーの場面同様、スティーヴンの恐怖心の表われと解釈することができる。すなわち、第三章の紙幅の配分そのものが、教会に響き渡る神父の声に圧倒され、消え入りそうなスティーヴンの内なる声の小ささ、そして説教の内容を理解できない彼の思考を反映していると考えられるのだ。響き渡るのは、恐怖を煽るような神父の説教の声だけだ。「まるで暗く大きな廊下の中心に立っているようである。大きな時計の針がカチカチと進む音以外何も聞こえない……針の音はこの言葉を永遠に繰り返すのであった。いつまでも、けっして、いつまでも、けっして」（*P* 3.1089-93、中略は筆者）。第一章で繰り返されたリズミカルな音は、再びスティーヴンの罪の意識を苛む地獄の説教に呼応し、恐怖に慄く彼の鼓動とも重なり、聴覚を刺激する。神父の声はスティーヴンの思考を支配し、想像上の声となって「耳を固く塞ごうとも」（*P* 3.1256）響いてくる。第二章末尾で言語化できない衝動を解放できたかに見えたものの、スティーヴンの内なる声は再び抑圧されてしまう。

ヒュー・ケナー（Hugh Kenner）を代表とする多くの批評家は、スティーヴンの姓が由来するイカロスの神話を引き、「上昇と下降のパターン」を『肖像』の構造に見いだしてきた（Kenner, 1976, 129、本書第三章田中論文を参照）。ケナーらにとっては、一時的な上昇（成功体験）とそれに次ぐ下降（成功体験の否定）は、ジョイスによるスティーヴンの描写にアイロニーを読みとる格好の手立てとなってきた。だが、近代以降の教養小説、とりわけ現代の教養小説において、成長は単なる過去の積み重ねや、経験からの吸収によって得られるものではない。むしろ、それまでに学んだことを一度否定した先にこそ、新しい理解が開けるというのだ（Gohlman, ix）。スティーヴンの描写に皮肉が含まれていることは確かだとしても、スティーヴンが何らかの変化を遂げていることまでは否定できまい。とすれば、直前の経験の否定のうえに到達する新たな価値観とは、まさに第四章においてスティーヴンに訪れる、一つのエピファニー的体験を想起させないか。

静修を経て、模範的なカトリック信徒として生きていくことを誓ったスティーヴンは、第四章冒頭で禁欲により罪を贖おうと、五感のそれぞれを「厳しい自己管理」（*P* 4.122）のもとにおく。聴覚に関しては、声変わりしかけの喉をいたわらず、歌も歌わず口笛も吹かず、不快な音から逃げない努力を重ねる彼だったが、ベルヴェディアの校長に聖職に就くよう誘いを受けたのもつかの間、校長の部屋を離れて帰途に就く中、若者たちが奏でる音楽が流れてくると、心に抱いていた聖職者になるという淡い憧れがいとも簡単に崩れるの感じる。「不意に流れてくる音楽の最初の数小節がいつもするように、彼が心に織りなす幻想の上を瞬時に通り過ぎ、まるで不意に打ち寄せる波が子どもの作った砂の塔を溶かしてしまうように、彼の幻想を苦もなく音もなく洗い流してしまった」(*P* 4.469-72)。そしてスティーヴンはダブリン市内北部を流れるトルカ川に面した自宅へと向かう中で、ほのかに香る腐ったキャベツのにおいに、笑みをもらす。秩序だった教会組織よりも、自宅の無秩序こそが、「今日の日の彼の魂を勝ち得るのだろう」(*P* 4.550)と。

掛け金の外れた扉を開けて家に帰ったスティーヴンは、幼い弟や妹たちとトマス・ムア(Thomas Moore)の「いくたびか静かなる夜」("Oft in the Stilly Night")を歌う。このシーンは、小説中のどの音楽シーンとも異なる密度をもって描かれている。そもそも、曲名は言及されているものの、歌詞は引用されず、描かれるのは歌が歌われている周囲の環境、そしてスティーヴンの思考のみである。それでもなお、このシーンが強く印象を残す理由は、歌が始まる前より、ムアの歌へ向けたノスタルジックな雰囲気をジョイスがすでに演出しているからである。スティーヴンが家に入ると、窓からは「終わろうとしている一日の悲しい静かな灰青色の光」(*P* 4.568)が差し、背景に暖炉の火が燃え、子どもたちがテーブルを囲んでいる。「弟妹たちがテーブルのまわりに座っている。お茶の時間はほとんど終わり、コップ代わりのガラス瓶やジャム瓶の底に二番煎じのお茶がわずかに残っているだけである。……テーブルのそこかしこにお茶の小さな水たまりがあり、壊れた象牙の柄のナイフが食べ散らかしたパイのまんなかに突き刺さっている」(*P* 4.559-67)。デダラス家の貧しさを強調するこの描写は、登場人物の配置、時間設定、小道具の指示などが細かにされ、さながら演劇の脚本のト書きのようである。部屋の奥からムアの歌を歌う末弟の声が響き、合唱の輪が広がる様子をスティーヴンは眺める。「この子たちはこうして次から次へと歌や合唱曲を歌い続けるだろう。最後の薄明が水平線に消えるまで、そして最初の暗い夜の雲がやってきて夜のとばりが落ちるまで」(*P* 4.587-91)。スティーヴンは同じ空間にいながら、まるで客席から舞台を観ているように一定の距離を持って弟妹を見つめる。ムアの曲は、失われた子ども時代を懐かしむ内容であり、まだあどけないスティーヴンの弟妹が歌うには不適切な歌詞である。「人生という旅に漕ぎ出す」(*P* 4.595)前から、すでに疲れ切っているという旅のメタファーは、スティーヴン自身が歩んできた人生の旅、彼の幼少期へと記憶を引き戻す。長男として生まれた自分には与えられてきたものが、弟や妹たちには与えられていない。彼らにはスティーヴンには許されたクリスマス・ディナーの豊かな食事は与えられないのだ。

この場面がそれまでのどの場面とも異なるのは、スティーヴンがそれまで敬遠してきた家族からの、そしてナショナリズムからの呼びかけ、すなわち「紳士であれ、何よりもよきカトリック教徒であれと する父親と先生たちの声」(*P* 2.841-43)、そして「国に忠実であり、失われた言語と伝統を取り戻せという声」(*P* 2.847-49)を認知し、賛同せずとも耳を傾けている点である。端から否定するのではなく、響いてくるそれらの大きな声を聞き分け、まだそれらを認識する以前からその影響を逃れることのできない幼い子どもたちに、深い共感を寄せている。少しの間をおいてからスティーヴンは合唱の輪に加わる。外から響いてくる声と内なる声を重ねるとき、スティーヴンは初めて自分の声が「何世代にもわたる子どもたちによる果てしない合唱の残響にこだまする」(*P* 4.597-99)のを聞き取る。世紀転換期、ムアの『アイルランド歌曲集』は真にアイルランド的ではないと敬遠される傾向にあったが、この場面におけるスティーヴン（そしてジョイス）は、風刺的な姿勢を一度崩し、音楽が生み出す一体感、そして人びとの精神を一時でも解放する力を認めており（Nolan, 69）、それゆえに誠実さを感じさせる。本シーンはその直後に起こるドリーマウントの浅瀬で少女を目撃する本作で「もっとも重要なエピファニー」（Beja, 100-01）と名高い場面の陰に隠れがちだが、それまで外から響いてくる声を退ける、もしくはその声に沈黙させられてきたスティーヴンが、外界とのある種の調和を経験し、内なる声を表現することに成功した初めての経験として非常に重要なものであると思われる。[4]

ムアの「いくたびか静かなる夜」の場面にいたるまで、スティーヴンは『肖像』という小説の主人公でありながら、物語内で起こる主な出来事に対しあくまでも観客に徹していた。クリスマス・ディナーでのセリフの応酬、祭壇というステージから鳴り響く神父の独白は、スティーヴンの内なる声を限りなく小さくし、それが実際に声となり発せられることを妨げていた。外から響いてくる声に対し、自身の声をどう発していくのか。第五章のスティーヴンはその問いに応えるべく、それ以前と比べて非常に雄弁になる。大学の同級生相手に自らの美学論を展開するスティーヴンは、それまで聴き手に徹していたところから、話し手に転じ、最終的にヴィラネルというかたちで自身の声を結実させることになる。日常会話、日記、そして芸術的表現としての詩など、様々な形でスティーヴンの内なる声を聴くことのできる第五章は、私たち読者がスティーヴンの声に耳を傾け、芸術家を志す彼の正統性を吟味するために提示された最初の場であると言えるだろう。

おわりに

本章では、音の多層性が『肖像』においても表現され、場面に厚みを持たせていることを認めた。さらにアイドの「知覚される音と想像上の音」という区別に示唆を得て、第四章までのスティーヴンが、知覚される音である外部からの要請に沈黙させられていたのに対し、ムアの歌の場面以降は内なる声が表現手段を得られるようになったことを確認した。本章で示されたジョイスの音響空間の重層性は、以降さらに推し進められ(その最たる例が『ユリシーズ』第十一挿話「セイレーン」である)、彼の作品を特徴づけることになる。『肖像』は聴覚的刺激が多層的に重なり合う「うるさい」この世界において、自身の声を聴きとり、その表現手段を模索する若い芸術家・スティーヴンの物語であるとまとめることができよう。

内なる声を発することで世界に応答する準備ができたスティーヴンは、ナショナリズム、宗教、家族、死、芸術家としての使命など様々な呼びかけに挑んでいくことを宣言する。これらの網を「沈黙・亡命・狡猾」(*P* 5.2579-80)という自身の信念に基づきくぐり抜ける宣誓で小説の幕は閉じられる。ただし「くぐり抜ける(fly by)」とは、必ずしもその呼びかけを無視することと同義ではない。ジョイスは音の多層性を利用し、スティーヴンの声に現在と過去の様々な声が重なり合う様子を印象づける。スティーヴンが果たして宣言通り飛翔することができるのか小説末尾では明らかではないが、飛翔の準備ができるまでを描いていることこそ、本作品が「若き日の」スティーヴンの肖像である所以なのだろう。

注

(1) 先行研究において、『ユリシーズ』第十一挿話「セイレーン」と音楽を論じるものは枚挙にいとまがない。一極集中しているといっても過言ではないだろう。

(2) 特定の音楽作品とのテーマ上のつながりを扱ったものとしては、Sebastian D.G Knowles, ed, *Bronze*

by Gold: The Music of Joyce (NY: Garland, 1999) や Timothy Martin, *Joyce and Wagner: A Study of Influence* (Cambridge: Cambridge UP, 1991) が重要である。後者はとくにヴァーグナーの『ニーベルングの指輪』に登場するジークフリートをスティーヴンのモデルとして挙げ、芸術家を英雄として描く伝統がすでに確立されていたこと、それをジョイスはヴァーグナーを経由して採用していると論じる。

（3）アイドはこの概念を文学批評に援用することはないが、「意識の流れの作家たちは、これらの現象に敏感で、内なる声を別の形で再構築しているとはいえ、頭の中で流れや連想によって紡がれる『遊び』をうまく表現している」（140）と指摘する。

（4）アイドが現象学の潮流に聴覚を持ち込むことが考え方そのものの抜本的な見直しを要すると指摘したように、『肖像』に聴覚を持ち込むことは『肖像』批評史そのものの見直しも同時に含むことになる。エピファニーという概念で説明されることの多い『肖像』であるが、しばしば顕現と訳されるこの言葉は、そのものの本質が「視覚的に」現われることを含意する。紙幅の関係で省かざるをえないが、この概念もまた、聴覚という観点から見直すことができよう。

ダブリンの交通事情

ダブリン・バス

ダブリンは歩くのにいい街だ。市内中心部と言われるのは、東西に走るリフィー川を長径に、南北をそれぞれ走るグランド・カナルとロイヤル・カナルによって囲まれた、ごく小さな楕円状の部分である。この中を当てずっぽうで歩いていれば、そのうちにイェイツやワイルドなど、アングロ・アイリッシュと呼ばれた富裕層が住んでいた家に出くわすだろう。こんなうれしい発見があるから、ダブリンを歩くのはやめられない。と言えば聞こえがいいが、私がダブリンを歩くのは交通機関が不便だからである。ジョイスの時代、街の主要交通機関はトラムであった。リフィー川をはさみ南北を結ぶルートが三〇ほどあったようだ。トラムは一九五〇年までにバスにとって代わられ、現在に至るまでダブリン・バスが市内の主要交通機関として君臨している。バスのルートを示す番号は、トラム時代の番号を踏襲したものが多い。つまり、ルートは昔とそう変わっていないのだが、その多くが楕円の中心から放射状に延びている。すなわち、東西に移動する手段がない。また、時刻表は各ルートの始点のものしか存在せず、ダブリン・バスのアプリがなければ、バスがすぐに来るかどうかは運任せに等しい（主なバス停には次のバスまでの時間を示す電光掲示板が設置されているが、主なバス停には頻繁にバスが来るのであまり必要がない）。ダブリンはつまるところ、歩かざるをえない街なのだ。同時に、ダブリンは歩きたくなる街であることも間違いない。築一五〇年近いジョージアンの建物が織りなす赤レンガの街並みは見ていて異国情緒にあふれているし、何よりジョイスを愛読する者にとってなじみ深い場所が狭い楕円の中にひしめいている。交通機関が不便なのは、ダブリンに限っては不満要因にならないのかもしれない。

（平繁佳織）

第三章　自伝性と虚構性の再考

――『若き日の芸術家の肖像』におけるずれた時間軸の狭間から

クロンゴウズ・ウッド・カレッジ

第三章　自伝性と虚構性の再考
――『若き日の芸術家の肖像』におけるずれた時間軸の狭間から

田中恵理

はじめに

「ダブリン一九〇四　トリエステ一九一四」(*P* 5.2793-94)――『若き日の芸術家の肖像』(以下『肖像』と略す)の巻末には、『肖像』の原型とされるエッセイ「芸術家の肖像」と『肖像』、それぞれの創作の都市名と年号が記されている。興味深いのは、これら末尾における具体的な表記に比して、年号に関しては本文中にその明示がないことである。このことは、スティーヴンの成長過程がジョイスの経歴に基づいている点を考慮するとなお示唆的であり、『肖像』に流れる時間の解明へと探求心がかきたてられよう。とはいえ、スティーヴンが生きる時間の流れには不明瞭な箇所が多く、『肖像』の時間軸の確定には困難を伴う。一方、物語の時間軸をジョイスの実人生の時間軸に重ねあわせようとすると矛盾が生じ、両者の間にあるずれに気づかざるをえない。むろん、『肖像』が半自伝的小説である限り、ブルース・ブラッドリー(Bruce Bradley)の忠告――「『肖像』の時間の流れとジョイスの生涯のそれとを混同すべきではない」(5)――に従い、スティーヴンとジョイスが生きる二つの時間軸の不一致をことさら問題にする必要はないのかもしれない。とはいえ、エピソードの多くが事実に基づいている『肖像』が、自伝ではなくあくまで半自伝的小説とされるのならば、その理由のひとつには、主人公と著者が生きる時間軸の不一致が関係していると考えられはしないか。そこで本章では、これまで明確にされてこなかった『肖像』に流れる時間を捉えなおした上で、スティーヴンとジョイスそれぞれが生きる時間軸を比較し、そこにあるずれが何に起因しているのか、どのような意義があるのかを探る。『肖像』をめぐる時間を考察の対象にすることによって、『肖像』の自伝性／虚構性に新たな解釈を提示したい。

クロンゴウズ・ウッド・カレッジ時代

ジョイスはクロンゴウズに一八八八～九一年まで在学したとされる。一方、第一章第二～四節で描かれるスティーヴンの在学期間は、〈一八九一年秋～九二年春〉であるとする説があるが、この説に積極的な意味を見いだしたのは、ハンス・ヴァルター・ガブラー（Hans Walter Gabler）である。ガブラーは、アイルランド自治運動の指導者チャールズ・スチュアート・パーネル（Charles Stewart Parnell）の失脚と死をめぐって大人たちが激論を交わすクリスマス・ディナーを描いた第一章第三節が、パーネルが死去した一八九一年と同年の十二月二五日になる点を踏まえて次のように論を展開する。まず、クリスマス・ディナーの場面が『肖像』の初期の草稿では第二章に置かれていたこと（1998, 104）、そして、机の内側に貼ってあるクリスマス休暇までの日数を77から76に変更しようと考え（*P* 1.100-02）、実際に変更するスティーヴンの姿（*P* 1.281-83）や、スティーヴンが見るパーネルの棺を乗せた船の着港の夢（*P* 1.700-15）が、第二節の冒頭から末尾にかけて描かれていることなどから、「ジョイスがクロンゴウズで過ごした時間は、スティーヴンの一年、一八九一年秋～九二年春に凝縮されている」（1998, 106）。スティーヴンの退学年〈一八九二年春〉説は、クリスマス休暇明けの学期中に夕食で出される「まっ黒な魚のフライ」（*P* 1.1633）から、第四節を一八九二年の四旬節とするエドマンド・L・エプスタイン（Edmund L. Epstein）

の指摘によって補強される（1971, 36）。一方、スティーヴンの入学年は、デイヴィッド・ライト（David Wright）の論文において〈一八九一年秋〉として継承されている（49）。

スティーヴンのクロンゴウズ在学期間を〈一八九一年秋〜九二年春〉とする説は、一見、合理的である。しかしながら、スティーヴンの入学年をめぐる見解には、やや単純化があるのではないか。というのも、クロンゴウズの入学規定年齢とされる「七歳」（Sullivan, 14）に照らしあわせると、彼が一八九一年、すなわち九歳半のときに入学したとするには幼すぎると感じられる描写が見られるからである。[1] たとえば、フットボールの最中スティーヴンは、ほかの生徒たちと比べて「自分の体が小さくて弱い」（*P* 1.48）と嘆く。また、寝る前の母親とのキスをめぐり友人たちにからかわれるのは、まだあどけない幼児の姿を髣髴させる（*P* 1.246-65）。こうした描写に示唆されるのは、ほかの生徒との歳の差である。スティーヴンの組が「下級組」（"the third line"）（*P* 1.50-51）の「初等級」（"elements"）（*P* 1.184）である点を踏まえても、彼の入学年齢は、ジョイスと同じ六歳半くらいと捉えるべきではないだろうか。そこで本章では、スティーヴンのクロンゴウズ在学期間を〈一八八八年秋〜九二年春〉としたい。[2]

ベルヴェディア・カレッジ時代

ジョイスは、クロンゴウズの元校長であったコンミー神父の世話で一八九三年四月、無償でベルヴェディアに入学し一八九八年六月に卒業する。一方、第二章第三節〜四章で描かれるスティーヴンのベルヴェディア在学期間について詳細に分析した論考はあまりみられない。その理由として考えられるのは、入学年と卒業年の特定に直接繋がる記述がない点に加え、第二章第三節で描かれる聖霊降臨祭の時期を不明瞭にする表現が散見される点である。聖霊降臨祭の時期については後ほど再び取り上げることにし、まずは、ベルヴェディア在学期間の特定を試みたい。

第二章第一節から見てゆく。冒頭の「ブラックロックでの夏のはじめ」(*P* 2.23)という記述に、一家がブラックロックに引っ越したこと、そこへスティーヴンもクロンゴウズから戻ってきたことが示唆され、この場面は、クロンゴウズ退学後の一八九二年夏となる。続く第二節は、ダブリン市内に転居した家の暖炉の様子(*P* 2.195)から一八九二年秋か冬に始まり、次の二つの手がかりから一八九三年初めまでと考えられる。そのひとつは、女優メイブル・ハンター(Mabel Hunter)への言及である。冬のある日、親戚の家を訪ねたスティーヴンは、親戚の女の子が新聞を眺めながら「美しいメイブル・ハンターね」(*P* 2.258, 265)とつぶやくのを耳にする。ピーター・コステロ(Peter Costello)によると、このエピソードは一八九二年のクリスマスに少年ジョイスが眼にした光景――パントマイムの定期公演でゲイエティ座(the Gaiety Theatre)に主演するメイブル・ハンターの写真が掲載された新聞を眺める従妹アリスの姿――に基づいている(114)。またギフォード(Gifford)によると、この新聞の切り抜き自体は失われるもリンカン・センター図書館(The Lincoln Center Library)内の索引表にそのリストは残されている(162)。これらの指摘は、メイブル・ハンターの写真が一八九二年十二月の新聞に掲載された事実を証明する。

もうひとつの手がかりは、収税の仕事が市自治体に引き継がれたという歴史的事実を反映する記述である。第二節末尾、父サイモンがコンミー神父の話を家族に伝える際の一節、「市のあの仕事(that job)を誰が引き継ぐことになったと思う?」(*P* 2.435-36)がそれに該当するが、「あの仕事」が指す収税の仕事の移管は、一八九三年一月に実施されている。さらに、サイモンはコンミー神父がスティーヴンたちのベルヴェディア入学を世話する話もしていることから(*P* 2.398-424)、一八九三年以降が入学年になる。具体的な年号は、彼が初年度の「早春」(*P* 2.680)に受けたいじめを回想する次の引用から導きだせる。

それは彼が六組にいた時分、この学校での最初の学期が終わるころだった。彼の鋭敏な心性は、冒瀆的で惨めな暮らしぶりの苦しみのせいでいまだ疼いていた。彼の魂はダブリンのくすんだ情景によってかき乱され打ちのめされていた。彼は夢想の二年間から姿を現わし、気がつくと新しい情景のただ中に自分を見つけ出していた。すべての出来事や人物が彼に深いところで影響を与え、落胆させたり魅惑させたりしたが、魅惑させたにせよ落胆させたりしたにせよ、彼の心をつねに不安と悲痛な思いで満たした。（*P* 2.653-61、強調は筆者）

まず、「夢想の二年間」という表現から、入学年は一八九四年になる。「夢想の二年間」はクロンゴウズ退学後からベルヴェディア入学までの期間を指すと考えられるからだ。次に、「この学校での最初の学期が終わるころ」が「早春」ならば、三学期制を採用するベルヴェディアへの入学時期は一月となる。この入学年と「六組」（"number six"）という表現から、一八九九年が卒業年として浮上する。「六組」は、学年を卒業までの年数で表わすベルヴェディアの規則に則って、上から六番目の学年を示すからである。

次に注目したいのは、『肖像』では例外的に日付を明示する第三章第一節での神父の発言、「聖フランシスコ・ザビエルの祭日は土曜日」（*P* 3.182）である。ザビエルの祭日とは、ザビエルの命日十二月三日を指すが、この日が土曜日ならば、ヒュー・ケナー（Hugh Kenner）の指摘どおり一八九八年が該当する年としてもっとも可能性が高い(3)（1980, 161）。そしてこの年号は、ザビエル祭の前日、娼婦との関係を告白する場面でのスティーヴンの年齢発言「十六歳」（*P* 3.1511）によって裏付けられる。加えて、『ユリシーズ』第十七挿話でもこの日を一八九八年としていることから（*U* 17.144）、ザビエル祭とそれまでの数日間の静修を描いた第三章の日付は一八九八年十一月三十日〜十二月三日と特定できる。

続く第四章は、校長から聖職になることを勧められる第二節が「学校生活の最後の年」("the last year of his school life")(*P* 4.324)の夏であるのが「長い夏の日ざし」("the long summer daylight")(*P* 4.240)からわかる。ただ、この誘いは卒業直前になされているはずであるため、校長が話題にする「ちょうど終わったばかりの休暇」("the vacation which had just ended")(*P* 4.246-47)および「教師たちの移動」("the transference of masters")(*P* 4.247-48)の話が示す時期は、コステロが述べるようにイースター休暇の後、すなわち五月頃になる(133)——ただし、コステロはここでの年号を一八九五年とする(133)。五月頃というのは、神父と別れた後スティーヴンが家へ向かう場面にある、菜園から腐ったキャベツの臭いが漂ってくるという描写によってもキャベツ収穫の終期として示される(*P* 4.546-48)。以上のことから、スティーヴンのベルヴェディア在学期間は〈一八九四年一月〜九九年六月〉となる。

それでは、先に触れた第二章第三節で描かれる聖霊降臨祭の時期を不明瞭にする表現について確認しよう。「彼は今やベルヴェディアの二年目で二組であった」(*P* 2.481-82)がそのひとつである。「二組」("number two")は、上から二番目の学年を指すが、一方で「ベルヴェディア二年目」("at the end of his second year at Belvedere")という表現も混在するため、スティーヴンの在学期間と照合すると、聖霊降臨祭の時期は一八九五年なのか一八九八年なのか混乱を招く。続いて「一組の生徒たちが平凡でどうしようもなかったので、スティーヴンとヘロンがその年は事実上学校のリーダーであった」(*P* 2.583-85)という一文には、スティーヴンが「一組」("number one")である最上級生たちよりも一学年下、つまり上から二番目の学年であることが再度示唆される。一方、E—C—という少女とのベルヴェディア入学直前の出来事を回想した「あの頃と今の間には少年期の二年の成長と知識が立ちふさがっている」(*P*

2.619-21）という記述からは、スティーヴンがベルヴェディア二年目であることが示される。したがって、聖霊降臨祭の時期は、学年を示す語をたどると上から二年目の年、つまり一八九八年と仮定でき、ベルヴェディア二年目であることを考慮すると、一八九五年の可能性が高くなるのである。

こうした聖霊降臨祭の曖昧な時期設定こそ、スティーヴンのベルヴェディア在学期間の特定を困難にしてきた要因の一つと言える。しかしながら、『肖像』の聖霊降臨祭は、一八九八年にジョイスが参加したものの再現である点を考慮し、そこで描かれる演目から判断すると、学年を示す語から導きだされる一八九八年が聖霊降臨祭の年として適切ではないかと考えられる。その演目とは、体操競技の発表であるが、ベルヴェディアの体操競技は一八九八年より前にはなかったとされる（B. Bradley, 168）。これは、各教育機関において体育が奨励され始めたのが、アイルランド復興運動の一環としてスポーツの復興が叫ばれた十九世紀後半以降だったことによる。『肖像』では、復興運動の波を受けて体育館がスティーヴンの在学中に開館されたことも明示されているように（P 2.844-49）、復興運動による体育の推奨をジョイスは意識的に『肖像』の中で描いている。体操競技が『肖像』の聖霊降臨祭の演目のひとつとして組みこまれているのも、ジョイスがアイルランド復興運動の影響を意図的に示しているからに違いない。であるならば、聖霊降臨祭の時期は、歴史的事実に基づく年号――ベルヴェディアで体操競技が始まったのは一八九八年以降――に合わせられているはずである。

ユニヴァーシティ・カレッジ・ダブリン時代

第五章の舞台、ユニヴァーシティ・カレッジ・ダブリン（以下、ＵＣＤ）にジョイスが在学したのは、一八九八年九月～一九〇二年六月である。一方、スティーヴンのＵＣＤ在学期間は、巻末の日記に日づけが付記されているものの年号を明示する記述がないため、いまだ特定には至っていない。卒業年については、日記の年号を『ユリシーズ』で示唆される記述との関連性から分析したライトが、一九〇三年と特定している(44)。本章では、ライトの〈一九〇三年〉説を支持し、その根拠を次の二点に示す。ひとつは、四月十二日の日記の欠落である。日記の年号を一九〇三年と仮定すると、記録された三月二十日〜四月二七日の間で、連続して記された四月十日〜十六日の一週間のうち、四月十二日のみ記入がないのが暗示的だからである。一九〇三年四月十二日はイースターにあたり、イースターの折に受ける聖体拝領の義務に関する母親との口論(*P* 5.2285-95)を考慮すると、書き残したくない何かがこの日にあったことが暗示され、それをスティーヴンはあえて書かなかった/書けなかったのが浮きぼりになる。

もうひとつの根拠は、第二節にある乗合馬車《トラム》での出来事を回想した「十年経ってまた彼女(E—C—)に詩を書いた」(*P* 5.1706)というくだりである。第二章第二節で描かれるこの出来事は、一八九二年末〜九三年初めと推算されるため、それから十年後の一九〇二年末〜〇三年初めが第二節の年になる。第五章が特定の数日間を描いている点やスティーヴンの祖国脱出が四月下旬であるとされる点を踏まえると(Wright, 44)、卒業年は一九〇三年になる。一方入学年は、ここまでの考察からベルヴェディア卒業後の一八九九年秋になり、スティーヴンのUCD在学期間は、〈一八九九年秋〜一九〇三年四月下旬〉となる。

第五章各節の日付も特定できる。第一節は、スティーヴンが新聞で確認するように「木曜日」(*P* 5.131)だが、その時期について注釈は、スティーヴンが四旬節前に催される謝肉祭の舞踏会について考えていること、イースターに受ける義務をめぐって母親と口論していること、および、第三節のクランリーとの議論が第四節から始まる彼の日記に三月二十日の出来事として記載されていることを根拠に「四旬節の木曜日」とする（Gifford, 227）。そして第二節は、「四旬節の木曜日」（第一節）と三月二十日（第三節）の間の一日になる。一九〇三年の暦によると、この年の四旬節は二月二五日～四月十一日であるため、第一節と第二節はそれぞれ二月二五日～三月二十日の間の木曜日とその後日、第三節は三月二十日の金曜日、さらに第四節の日記は三月二十日（金）～四月二七日（月）を綴っていることになる。

	第1章		
	第1節	1882-87	乳幼児期
クロンゴウズ時代	在学期間	1888秋-92春	the Class of Elements (the Third Line)
	第2節	1888-91秋	入学 学校での出来事 パーネルの死の幻視
	第3節	1891.12.25	クリスマスディナー
	第4節	1892春	鞭うち事件、直訴、退学
	第2章		
	第1節	1892夏	ブラックロックへ転居
	第2節	1892末-94.1	秋or冬：ダブリン市内へ転居 12月：親戚の家への訪問、 乗合馬車での出来事 1月1日：収税の仕事の移管
		1893.1-94.1	「空白の時間」 （クリスチャン・ブラザーズ？）
ベルヴェディア時代	在学期間	1894.1-94.6 1894.9-95.6 1895.9-96.6 1896.9-97.6 1897.9-98.6 1898.9-99.6	“number six”(Third Grammer) “number five”(Preparatory) “number four”(Junior Grade) “number three”(Junior Grade) “number two”(Middle Grade) “number one”(Senior Grade)
	第3節	1898.5下旬or6上旬	聖霊降臨祭
	第4節	1898夏	コーク旅行
	第5節	1898秋	試験と作文で賞金33ポンド獲得、浪費、娼婦体験
	第3章		
	第1節	1898.11-12	怠惰な生活
	第2節	1898.11.30-12.2	静修
	第3節	1898.12.2-12.3	2日：告解（16歳） 3日（土）：ザビエルの祭日
	第4章		
	第1節	1899冬-春	敬虔な行動
	第2節	1899夏	校長から聖職への誘い、拒否
	第3節	1899夏	海辺に佇む少女の姿
UCD時代	**第5章**		
	在学期間	1899秋-1903.4下旬	
	第1節	1903.2or3	木曜日：大学での出来事
	第2節	1903.2or3	E—C—への詩の創作
	第3節	1903.3.20	クランリーとの議論
	第4節	1903.3.20-4.27	日記

表1　スティーブンの年譜

エピソードの再配列——「上昇と下降の波動パターン」

以上の考察を踏まえて本章では、スティーヴンの時間を表1のように捉えなおしたい。[4] 表2のジョイスのものと比べると二人の経歴は一致していないのが明白であろう。二つの時間を比較して見えてくるのは、エピソードが『肖像』においては伝記的年代順ではなく新たな配列で並べられている様子である。

		1882	2月2日：誕生
クロンゴウズ時代	在学期間	1888-1891	the Class of Elements(the Third Line)
		1888	9月：入学
		1891	10月：パーネル死去 12月：クリスマスディナー、退学
		1892初旬	ブラックロックへ転居
		1892末-1893初旬	ダブリン市内へ転居 クリスマス、親戚を訪問
		1893初旬	クリスチャン・ブラザーズ
ベルヴェディア時代	在学期間	1893.4-1893.6 1893.9-1894.6 1894.9-1895.6 1895.9-1896.6 1896.9-1897.6 1897.9-1898.6	Third Grammer Preparatory Junior Grade Junior Grade Middle Grade Senior Grade
		1893	4月：入学 夏：コーク旅行※コステロ・バウカー説。 エルマン、イーゴは1894年2月とする 12月14日：コーク資産競売
		1894	秋：ラテン語2ポンド、 奨学金20ポンド獲得 2月8-16日：コーク資産処分
		1895	秋：奨学金20ポンド獲得（3年間） ドミニコ派の司祭からの誘い バイロンをめぐって友人と喧嘩 12月7日：聖母マリア信心会へ入会
		1896	初性体験 9月25日：聖母マリア信心会の監督生になる 12月3日(木)：ザビエルの祭日
		1897	秋：作文3ポンド、奨学金30ポンド獲得 (2年間※エルマン、コステロ説。 ブラッドリーは3年間) 12月17日：聖母マリア信心会の監督生になる
		1898	5月末or6月上旬：聖霊降臨祭 秋：奨学金なし、作文4ポンド獲得 6月：卒業
UCD時代	在学期間	1898-1902	
		1898	9月：入学
		1902	6月：卒業
		1903	4月：パリから帰省 8月：母親死去

表2　ジョイスの年譜

※エルマン、サリヴァン、ブラッドリー、スタニスロース、コステロ、バウカー、イーゴなど参照。伝記作家によって見解が異なる場合あり。

とくに①クリスマス・ディナー②聖霊降臨祭③娼婦体験（初性体験）の三つのエピソードに再配列が見られる。こうしたエピソードの再配列が二つの時間軸にずれをもたらしていると言えよう。つまり、『肖像』は事実を題材としながら、その配列を変えることで事実の時間軸を解体して虚構の時間軸を形成していると見なすことができるのだ。

各エピソードが創作過程で並べかえられている様子は、ガブラーの研究を参照すると明白だ。周知の通り『肖像』は、一九〇四年一月に雑誌『ダーナ』（*Dana*）に掲載を拒否された「芸術家の肖像」と一九〇四〜〇六年の間に執筆された『スティーヴン・ヒアロー』の素材を利用しながら改稿が重ねられ、一九〇七〜一一年に手稿としての段階を経て、一九一三〜一四年に完成した。これら手稿やゲラ刷りをもとに草稿段階の『肖像』を分析したガブラーは、削除・追加された文、執筆の順番、位置が変更されたエピソードなどを明らかにしている。ここから、『肖像』は先立つ二作品よりも各章で展開されるエピソードの配列に十分な配慮を払っているのがわかる。

注目したいのは、『肖像』全五章のうち、第四章のみが一九一一年までに完成し、その直後第一〜三章が執筆開始から五年以上の歳月を経てまとまり、第五章の執筆は第四章の後に開始されたというガブラーの指摘である（1998, 85, 90）。第一〜三章における執筆期間の長さから、これらの章におけるエピソードの配列調整に比較的長い時間が費やされたと推察できる。前述した再配列が顕著な三つのエピソードもこの期間に執筆されている。むろん、作家は物語の有機的な流れを作り出すためエピソードの配列に気を配るものである。とはいえ、『肖像』の場合、エピソードの多くが事実に基づくため、それらの再配列は事実と虚構の時間軸の間にずれを生むという、作品の自伝性／虚構性に関わるのである。

そうしたエピソードが何を再配列の基準としているのかは、『肖像』の構成に目を向けると明らかだ。『肖像』は、各章がスティーヴンの姓「デダラス」によって暗示されるギリシアの名工ダイダロスの息子イカロスの飛翔と墜落の軌跡をたどるように整えられている。このことは、多くの批評家がその重点の置きどころや方法論は異なるにせよ意見の一致をみているが(Carens, 285-98; Connolly, 1962a, 4-5; Kenner, 1962, 56-59; Riquelme, 2007, 307-09; Tindall, 1955, 228-31; 結城、九二—九三)、本章ではスティーヴンがたどる飛翔と墜落の構図をエピソードの再配列基準とし、事実と虚構の時間軸のずれとの関係性から論じたい。つまり、各エピソードは、スティーヴンが自己形成の過程で幾度となく成功を手にしながら必ず転落するよう再配列され、それによって事実とは異なる虚構の時間が『肖像』に形成されているのだと見なす。そして、飛翔と墜落を繰り返すスティーヴンの気分が、波の高低のごとく周期的に浮き沈みしていることから、この構図を「上昇と下降の波動パターン」と呼ぶ。[5]

この周期的な波のような動きは、二十世紀初頭に流布した循環的歴史観・人生観をおそらく反映している。雑誌『エゴイスト』(*Egoist*)に連載を開始(一九一四年二月二日)した二年前にイタリアのパドヴァで書かれたエッセイのひとつ、「文芸におけるルネサンスの世界的影響力」に文明人のたどるサイクルへの言及があることから(Joyce, 2000, 187)、ジョイスが『肖像』執筆時に循環的概念を意識していたのは間違いないだろう。この観念は、オズワルト・シュペングラー(Oswald Spengler)によって、著書『西洋の没落』(*The Decline of the West*)の中で体系化された。本著では、やや独断的な理論も展開されるが、あらゆる文化は予兆的に定まった運命によって有機的な生成、没落の過程を反復するというシュペングラーの見解は、成功と転落を繰り返す『肖像』の主人公のライフサイクルと共鳴しているのは疑えない。[6]言うなれば、『肖像』ではエピソードが「上昇と下降の波動パターン」に沿って再配列されることで、スティーヴンはシュペングラー的運命——成功から没落の一途をたどる人生——を歩むように描きだされている。それゆえ、スティーヴンが描く軌跡は、逆説的に循環的世界観の普遍性を象徴してもいるのである。

それでは、「上昇と下降の波動パターン」が再配列の基準としてどのように『肖像』に虚構の時間軸を形成しているのか、前述した再配列が見られる三つのエピソードを中心に具体的に見てみよう。

まずは、第一章で描かれる①クリスマス・ディナーの場面について。前述のように、この場面は第二章から第一章第三節に移されたのだが、その配置はスティーヴンの心的状態が「上昇と下降の波動パターン」を取るように操作されているのが前後の文脈からわかる。クリスマス・ディナーの席で受けたスティーヴンの動揺は、第二節の劣等感や悲壮感を際立たせ、第四節で得る高揚感とのギャップをより深め、そしてその高揚感は、第二章第一節と第二節での家庭の経済状況の悪化や神父たちの裏切りによって消滅しているのだ。一方、事実と虚構の時間軸にはずれが生じる。スティーヴンのクロンゴウズ在学期間は、クリスマス・ディナー（一八九一年）の挿入によって、ジョイスのそれよりも延長される。

次に、第二章で描かれる②聖霊降臨祭の場面。ジョイスの実人生の時間軸を反映させれば、このエピソードは、ベルヴェディアでの最後の年を描く第四章に置かれるべきところ、第二章第三節に差しこまれ、ほかの挿話は後ろに追いやられている。ただ、この前置操作によって第二章第一節と第二節でのスティーヴンの挫折感は強調される。友人たちから嫌がらせを受けたり、E—C—から裏切られたと感じたりするスティーヴンの絶望が聖霊降臨祭の場面では描かれているからである。続く第四節と第五節では、スティーヴンの鬱憤が如実に示されるよう、机に彫られた文字「胎児」（*"Foetus"*）（*P* 2.1050）への反応を描いたコーク旅行と賞金浪費の話がそれぞれ配置されている。そして、この二つのエピソードの後に③娼婦体験が置かれることで、事実と虚構の時間に再びずれが生じるが、その配置によりスティーヴンは、下降から上昇、下降のプロセスをたどる。鬱屈した気分は高揚感（性的興奮）へと変化し、そして第三章での地獄の説教によって恐怖感へと移行するよう描き出されているのが見てとれよう。

このように第一〜三章の各エピソードは、スティーヴンの高揚感と悲壮感とが交互に現われるように再配列され、それに随伴して事実と虚構の時間軸がずれてゆく。そして、第三章までに生じた時間軸のずれは第四章と第五章にも反映され、同時に「上昇と下降の波動パターン」も繰りかえされる。「上昇と下降の波動パターン」は、エピソードの再配列基準として『肖像』から事実の時間軸を退け、虚構の時間軸を『肖像』に形成しているのだ。虚構の時間軸に沿って生きるスティーヴンは、成功と転落の波に乗りながら成長し、しかしながら、結局は没落の一途をたどる。というのも、「上昇と下降の波動パターン」は、『肖像』の結末から『ユリシーズ』第一挿話への流れにもダイナミックに継承され、『肖像』以降のスティーヴン――芸術家としての使命を胸に意気揚々と祖国を飛び立った若い芸術家（a young artist）の、企てが失敗して祖国に舞い戻った芸術家（a failed artist）――の姿を予兆させるからである。

ここから、予知された運命をスティーヴンにたどらせようとするジョイスの、とくにスティーヴンが得る勝利や成功に向けられたアイロニカルな視線が暗示されよう。『肖像』は、事実に基づいた題材が時間軸上で操作され、そこに著者の痛烈で軽妙なアイロニーが反映されることにより、自伝ではなく虚構としての立場を確立する。『肖像』を「自伝ではなく芸術的創作」（*MBK*, 39）と捉えるジョイスの意図、ならびに『肖像』を自伝として読むべきではないというジョイスの警告は、「上昇と下降の波動パターン」が仕組まれた事実と虚構の時間軸の狭間から浮かびあがってくるのだ。

「スティーヴンが生きる時間」と「語り手が伝える時間」のずれ

ここで再び『肖像』に流れる時間に目を向けてほしい。スティーヴンが生きる時間には、語り手が伝える時間と合致しない箇所があるのに気がつくだろう。その最たる例が、第二章第三節にある一文「彼は今やベルヴェディアの二年目で二組であった」である。本章では、ベルヴェディア入学から聖霊降臨祭までの時の経過を四年とし、「二組」が示す時間を重視した。だが、そうなると時間を示すもう一つの表現「二年目」と矛盾する。これをジョイスの間違いと解釈することも不可能ではない。とはいえ、組や年数をめぐる記述が他にもある点や『肖像』が何度も改稿されている点から、ジョイスが自分の誤りに無自覚だったとは言いがたく、むしろ、異なる二つの時間は意図的に併記されていると解釈するべきではないだろうか。『肖像』にはスティーヴンが生きる時間とスティーヴンの人生を語る語り手が伝える時間の二つの時間が存在し、それらの間にずれが生じる場合があると考えられはしないだろうか。

　先の文について、「二組」を実際の時間、「二年目」を語り手が伝える時間として二つの間にずれがあるとするならば、語り手が伝える「二年目」は何の時間を示しているのだろうか。ここではその一つの解釈として、スティーヴンの願望の時間を示していると考えたい。というのも、この文の後に「二年目」が記された「あの頃と今の間には少年期の二年の成長と知識が立ちふさがっている」という、スティーヴンがE—C—を偲ぶ一節があり、ここに彼女とは乗合馬車《トラム》での出来事以来会っておらず、彼女との物理的かつ心理的距離感を縮めたいというスティーヴンの願望が読みとれるからである。実際は四年経過しているが、聖霊降臨祭の劇を観にくるE—C—のことが気になるスティーヴンは、彼女との隔たりを埋めたいと望むあまり、馬車の中で二人きりになった日から今日までの時間を意識の中で二年に短縮させた。そのスティーヴンの願望の時間が語り手によって描きだされていると捉えられるのである。

　語り手が伝える時間にスティーヴンの願望が反映されているとする解釈は、別の例からも導きだせる。その一つは、クロンゴウズ時代を描く第一章第二〜四節の時間の流れにある。本章では、この期間を〈一八八八年秋~九二年春〉の三年半と確認した。ところが、語り手が伝えるのは秋~春への季節の移行のみで、それに従うと時間の経過は半年になる。「季節の移行を注意深く述べている」(Peterson, 19)語り手は、スティーヴンが生きる時間を客観的に反映していないのがわかる。そして、ここでも語り手が伝える時間は、実際の時間よりも短縮されている。母親と離れ、いじめや体罰に耐えながらつらい日々を送る様子やクリスマス休暇までの日数を数える姿によって示唆されるように、スティーヴンは早く時間が過ぎるのを望み、その願望が語り手に反映されて半年として表示されているとすることができよう。

もう一つの例は、第二章第一~二節で描かれるクロンゴウズ退学後からベルヴェディア入学までの期間で確認できる。実際の時間経過は〈一八九二年夏~九四年一月初旬〉のはずが、語り手は季節を一巡する描写を通して〈一八九二年夏~九三年一月初旬〉として提示する。語り手が伝える時間は先の二例と同様、実際の時間よりも短い。ただ、ここでは具体的に〈一八九三年一月初旬~九四年一月初旬〉の一年間が抜けおちているのが明白になっている。ということは、この空白となった一年間を隠すことがスティーヴンの願望となりはしないか。なぜなら、空白がかえってその存在意義を強調し、そこに流れているはずの時間の存在を隠蔽しようとする作為の跡を窺わせるからである。

興味深いことに、この空白の時間の一部は、ジョイスの実人生の時間軸におけるクリスチャン・ブラザーズ・スクール時代と重なる。ジョイスは、ベルヴェディア入学前の一八九三年、この学校に一時在学したが、『肖像』ではクリスチャン・ブラザーズのことが一度だけ両親の話題に上るのみで(*P* 2.404-10)、スティーヴンの在学状況については曖昧にされている。もし在学していれば、父が「鼻つまみパディに泥まみれミッキー」("Paddy Stink and Mickey Mud")(*P* 2.407)たちが通う所と蔑むこの学校での時間はスティーヴンにとって耐えがたく、在学していないとしても、実際に在学したジョイスにとってはそうだっただろう（Ellmann, 1982, 35）。それゆえに、クリスチャン・ブラザーズ時代を隠したいというスティーヴン／ジョイスの願望が、語り手が伝える時間に反映されて空白の時間を生じさせたと考えられる。

こうした語り手が伝える時間は、一見中立的な立場から語っているように見える語り手の言葉の中に作中人物の意識が反映している点において、「チャールズおじさんの原理」（"the Uncle Charles Principle"）と同じ性質の語りの技法として捉えることも可能だろう。「チャールズおじさんの原理」とは、『肖像』にある一節「チャールズおじさんは物置小屋に赴いた」（"uncle Charles repaired to his outhouse"）（*P* 2.12-13）の「赴く」（"repair"）という言葉にチャールズおじさんの独特な言い回しが侵入しているとケナーが指摘し、命名した『肖像』で確立された語りの技法である（1978, 17-18、本書同名の項参照）。この技法は、語り手の言葉の中に作中人物の言葉が取りこまれることで、その人物に対するアイロニーが生まれる（Fludernik, 333）。したがって、先の文にある「赴く」という言葉は、おじさんの気取った態度を暗示する。この考え方からすれば、語り手が伝える時間にスティーヴンの願望の時間が反映されることでアイロニーが生じ、彼の願う時間が実際の時間とはかけ離れた幻想として揶揄されていると読みとることができる。『肖像』に流れる時間を捉えなおしたことで、スティーヴンが生きる時間と語り手が伝える時間のずれが顕在化され、読者はスティーヴンの願望の時間とそこにある著者のアイロニーに気づく。『肖像』を自伝ではなく虚構ならしめる仕掛けは、語りの技法としても施されていると見なせよう。

おわりに

『肖像』の巻末にある併記された二つの年号が誘う時間への探求――時間をめぐる描写の複雑さによっ

てわれわれ読者は『肖像』に流れる時間の迷宮に迷いこむ。一つ明らかなのは、スティーヴンが生きる時間軸をジョイスの実人生の時間軸に重ねたり、逆に両者を断絶させてスティーヴンが生きる時間軸を単純に混乱したものと見なしたりすべきではないということである。ジョイスが半自伝的小説『肖像』で創りあげたのは、自分の過去の時間をモデルにしつつ精巧に構成された虚構の時間である。虚構の時間軸は、事実の時間軸との比較を通して捉えられるべきであり、それによって、二つの時間軸の狭間から『肖像』を自伝ではなく有機的流れとアイロニカルな要素をそなえた虚構として創造するジョイスの意図が浮かびあがる。『肖像』の時間を捉える上で重要な事実の時間軸と虚構の時間軸――これら二つの時間軸の存在は、自伝的要素の強い「芸術家の肖像」と虚構的要素が多く盛りこまれた『肖像』、それぞれの創作年を示す巻末の二つの年号の表記に含意されているのだ。

付記　本章は二〇一六年六月十一日に開催された日本ジェイムズ・ジョイス協会第二八回研究大会（於法政大学）でのシンポジウム：「*A Portrait of the Artist as a Young Man*――自伝と虚構（フィクション）の間」での発表原稿「事実と虚構の間に生じる時間軸のずれ」に加筆修正を施したものである。

註

（1）スティーヴンの出年は『ユリシーズ』第十五挿話での台詞「僕は二二歳」（*U* 15.3718）から窺える。

（2）エプスタインが指摘しているが、『ユリシーズ』第十五挿話でのスティーヴンの回想――眼鏡が壊れたのは「十六年前」（*U* 15.3629）――によると第四節は一八八八年（一九〇四－十六＝一八八八）になる（1971, 36）。本章ではこれをスティーヴンの計算ミスとする。年数の計算ができず、この日の日付（六月十六日）と混同するほどスティーヴンは酩酊状態にあるのが強調されていると言えるからである。ただ、直後にクロンゴウズのドーラン神父が登場して当時と同じ台詞を述べているため、眼鏡が壊れたのはクロンゴウズにいたときだという記憶を間違えているとは考えにくい。加えて、その後、スティーヴンは自分の年齢（二二歳）を正確に述べているので、二二－十六＝六という簡単な計算はできているとするならば、スティーヴンは六歳のときクロンゴウズにいたことをこの回想が証明しているとも言える。

（3）サリヴァンは、スティーヴンの三三ポンドの賞金引きだしと娼婦体験の時期を一八九七年十月とし、直後に描かれるザビエル祭の年との時間の不整合を説く（125-26）。ただ、これら二つの出来事の時期を示すのは、秋という季節のみであり、一八九七年はジョイスの実人生の時間軸に沿って推算された年号にすぎない。本章では、聖霊降臨祭の年からこれらの場面をすべて一八九八年とする。

（4）小林広直は、第一章においては「時間の圧縮と逆行」がなされていると述べる（26-29）。

（5）トマス・E・コノリー（Thomas E.Connolly）も『肖像』の構成を「波動パターン」と呼称する（1962a, 4）。ただコノリーは、時間の問題や自伝性／虚構性との関わりから「波動パターン」を論じてはいない。

（6）ジョイス作品における循環的歴史観については、サミュエル・ベケット（Samuel Beckett）の評論「ダンテ・・・ブルーノ・ヴィーコ・・ジョイス」（"Dante. . . Bruno. Vico . . Joyce"）以降、ジャンバッティスタ・ヴィーコ（Giambattista Vico）の影響を指摘する研究が多くある（Atherton, 28-34; Church, 70-81; Gilbert, 46-47, 103; Tindall, 1950, 70-77 などを参照）。とはいえ、シュペングラーの循環的歴史観をジョイス作品の中に見いだす論文も『ダブリナーズ』、『ユリシーズ』および『フィネガンズ・ウェイク』を対象とした分析では少なくない（Davis, 92; Davenport, 10; Gordon, 282; Spoo, 184; Tindall, 1950, 68; Sherry, 69; Rybert, 733 などを参照）。本章が提唱する『肖像』の「上昇と下降の波動パターン」がシュペングラー的なサイクルと呼応している点は、県立広島大学教授高橋渡氏にご指摘いただいた。記して感謝する。

ジョン・コンミー神父

ジョン・コンミー神父（Father John Conmee SJ, 1847-1910）は、ジョイスがクロンゴウズ・ウッド・カレッジに入学したときの校長である。『若き日の芸術家の肖像』では、スティーヴンの無実の罪への訴えを優しく聞く校長として実名で登場し、他の教師と比べると寛容で温和な人物として描かれている。

実在のコンミー神父も評判が良かったようだ。コンミー神父は、母校のクロンゴウズに一八八三年教師として着任、一八八五～九一年、同校の校長を務めた。その後ベルヴェディア、UCDの生徒監、聖フランシスコ・ザビエル教会の修道院長、管区長、ミルタウン・パークの校長を歴任。親しみやすい彼は多くの生徒から好まれていた（B. Bradley, 75-77）。写真はクロンゴウズ校の展示室で撮影されたものだが、彼の優しさが窺えよう。

コンミー神父の人望の厚さは、『ユリシーズ』第十挿話内の描写でも見られる。孤児院へ向かうコンミー神父に皆が嬉しそうに挨拶するのだ。一方で、彼の否定的な面も描かれる。一本足の水兵に（モリーとは対照的に）コインを恵まず、ベルヴェディアの生徒に対するのとは異なる態度をクリスチャン・ブラザーズの生徒に示し、感傷的に往時を回顧する。コンミー神父には、ジョイス自身もベルヴェディア入学の世話をしてもらったことを考えると、こうした描写はやや手厳しく思える。

ジョイスは、コンミー神父の人間らしさをリアリスティックに描いたのではなかろうか。嫌悪の目ではなく、アイロニカルで情愛的なまなざしをコンミー神父描写の背景に見てとることもできよう。とはいえ、コンミー神父が『ユリシーズ』に描かれた自分を目にしたらどう思っただろう。教え子の描く自分に出会うことなくコンミー神父は一九一〇年五月十三日、その生涯を閉じる。

（田中恵理）

第四章　〈我仕えず〉、ゆえに我あり

——間違いだらけの説教と狡猾なスティーヴン／ジョイスの戦略

HELL OPENED
TO
CHRISTIANS
TO
CAUTION THEM
From
ENTERING INTO IT

ピナモンティ『キリスト教徒に開かれた地獄』表紙

第四章　〈我仕えず〉、ゆえに我あり
――間違いだらけの説教と狡猾なスティーヴン／ジョイスの戦略

小林広直

はじめに

「彼は目を閉じ、彼のすべてを、体と心を彼女に預けた。世界でただひとつ彼が感知できるのは、彼女がゆっくりと開く唇の暗い重みだけだった」（*P* 2.1452-55）――第二章末尾で娼婦と交わり大罪を犯したスティーヴン・デダラスは、第三章第一節において罪悪感を抱くと共に「罪への誇り」（pride）も感じていた（*P* 3.68）。続く第二節はベルヴェディア校での三日間の静修（retreat）におけるアーノル神父の説教が描かれ、これによってスティーヴンは「地獄のヴィジョン」を叩き込まれる（*P* 3.1089, *U* 10.1072）。そして第三節で、恐怖におののく彼は、神の恩寵たる赦しを求めて街の礼拝堂で告解を行なう。

本章が着目する第三章第二節の説教の場面は、四つに分かれている。まずは水曜日の午後に、静修への導入とも言える最初の説教がなされ、「四終」、すなわち「死、審判、地獄、天国」（*P* 3.278-79 / 322）をつねに眼前に置いておくことの意義が語られる。続く木曜日は、四終のうち死と審判が語られ、スティーヴンはここであらためて自分が犯した罪の大きさを痛感する。(1) そして彼が己の罪を自覚するに至って決定的であったのが、金曜日の午前と午後になされる「地獄の説教」（hell sermon）である。

この地獄の説教を、本章は精神分析批評の知見を借り「トラウマ的体験」と見なす。キャシー・カルース（Cathy Caruth）は「トラウマ的体験」における「パラドクス」について次のように述べている――「［トラウマ的体験の］直接性・無媒介性（immediacy）は、遅延・事後性（belatedness）という形を取ることがある」（91-92）。すなわちトラウマ的体験は、それが衝撃的であればあるほど、時間差をもって主体に理解されるということだ。第三章においては言うまでもなく、第四章第一節で徹底的な禁欲生活に励むスティーヴンは、その恐怖体験が自身の人生にもたらす真の影響をまだ充分には認知することができていない。つまり地獄の説教というトラウマ的体験との対峙は、結果として第五章第三節で語られる彼の信仰の喪失と自発的亡命への決意（*P* 5.2466, 2514-23）に繋がっているはずだが、それに至る過程はテクストで明示されない。第四章第二節で校長から聖職への誘いを受けるものの、「自分の運命は社会的であれ宗教的であれ、秩序から逃れることだ」（*P* 4.530-31）と考えるスティーヴンが、実際に誘いを断った場面は直接的に描かれず、さらに、第三節ですでに大学への進学を決意した彼は、申し出を固辞したときを回想して「誇り」を感じるその一方で（*P* 4.633, 650）、「なぜ断ったのだろうか」とも自問している（*P* 4.656）。その後、大島一彦が述べるように、海辺でスティーヴンは「幼少時代から問はれて来た自分の名前［ダイダロス］の意味をはつきりと理解」することを通じて、「輝ける自己の宿命」をも「発見」するわけだが（四四）、それは信仰喪失の確かなひとつの遠因ではあっても、芸術家への目覚めが信仰喪失に即座に結びつくわけではない。つまり、第三章の地獄の説教と第四章の芸術家という天職の発見からいくらかの時間を経て、スティーヴンは信仰を喪失すると共に、アイルランドからの脱出を決意したのだと読者は推測するしかない。

しかし作者ジョイスの信仰喪失については、今日私たちは彼の手紙から窺い知ることができる。出会ってから約三か月の恋人、後に妻となるノーラに、一九〇四年二二歳の彼は次のように述べている。

六年前［一八九八年］、僕はカトリック教会から離れた。心の底から強く憎んだんだ。自分の性分から言っても教会に留まることはできないと思った。そのとき僕は［ベルヴェディアの］学生だったので、教会が差し出した身分を固辞することによって、教会との密かな闘い（*secret war*）をしかけた。そうすることで、僕はずいぶん貧乏もしたけれど、自分の誇り（pride）は保つことができたと思う。そして今では、自分が書くもの、述べること、その行動によって、教会との公然たる闘い（*open war*）を行なっているんだ。（*L* II 48、強調は筆者）

もちろんこれは私信であるから、すべてを額面通り受け取るわけにはいかない。だが、この手紙から約一か月後、彼がノーラと共にダブリンから亡命することを思い出せば、まさしく彼はその「行動」をもって教会と「公然」と闘っていたことがわかる。だが、要は駆け落ちであり、逃亡である。リチャード・エルマン（Richard Ellmann）が述べるように、「背後に埋葬してきたはずのダブリンは彼の思考に取り憑いていた」（1982, 244）。遠い異国の地でジョイスは終生ダブリンだけを執拗に描き続けた。それは（一種の）狂気であると共に、狂気に陥らないための唯一の手段でもあっただろう。『肖像』との関連で言えば、ジョイスは分身であるスティーヴンに自己と同じようなトラウマ的体験をさせることによって、作者は自身のトラウマに対して一種の自己治療を行なっていたのではなかろうか。本章ではこの仮説に対するひとつの解答として、地獄の説教というトラウマ的体験から、自らの芸術家たるべき信条を引き出すスティーヴン／ジョイスの「狡智」（cunning）を再検討してみたい。

一　「間違い」だらけのアーノル神父の説教

本章が着目する地獄の説教については、その種本がイタリア語で一六八八年に出版された、イエズス会士、ジョヴァンニ・ピエトロ・ピナモンティ（Giovanni Pietro Pinamonti）の『キリスト教徒に開かれた地獄』（*Hell Opened to Christians, To Caution Them from Entering into It*、以下『地獄』と略す）であることが、偶然にも同年の一九六〇年に発表された二本の論文、ジェイムズ・スレイン（James Thrane）とエリザベス・ボイド（Elizabeth Boyd）によって突き止められている。[2] とりわけスレインは『肖像』と『地獄』を比較し、神父の説教のどの部分がピナモンティに依るものであるかを徹底的に検証した。[3] 一方、ドン・ギフォード（Don Gifford）の注釈書は、スレインを参照しつつ神父の言葉の源をひとつひとつ探り当て、いくつもの事実誤認や誇張、つまり「間違い」があることを明らかにした（188, 190-91, 193, 195）。本章はこれまでの研究を踏まえ、『肖像』全五章のまさしく「中心」に置かれた第三章第二節で展開されるのは、ジョイスがしかけたカトリシズムへの「密かな闘い」であると考える。

では、静修の開始を告げるアーノル神父の最初の説教、その冒頭の言葉を見てみよう。

――「汝の最後に待ち受けていることのみを覚えておきなさい。そうすれば永久に罪を犯すことはありません」――キリストのもとに集いし、我が親愛なる幼き兄弟たちよ、これは伝道の書第七章第四十節からの引用の言葉です（—*Remember only thy last things and thou shalt not sin for ever*—words taken, my dear little brothers in Christ, from the book of Ecclesiastes, seventh chapter, fortieth verse）。父と子と精霊の御名によりて。アーメン。（*P* 3.231-35）

神父は自らの生の終わりをつねに心に留めよと厳命する。だが、現在では注釈付きのものであればどの版でもその間違いが指摘されているように、四終への言及があるのは「伝道の書／コヘレトの言葉」（Ecclesiastes）ではなく「集会の書／シラ書」（Ecclesiasticus）である。ここで興味深いのは、他ならぬピナモンティ自身が『地獄』の「まえがき」において集会の書からこの箇所をラテン語で引用しているということだ。しかし原文では "*Eccl.* 7, 40." と書かれているのに対し、英訳では "Eccl. vii." となっており[4]（4/4）、何らかの理由で英訳版では「第四十節」の部分が削除されてしまっている。もうひとつ着目すべきは、Eccl という略語である。今日では一般的に伝道の書は Eccl / Eccles、集会の書は Ecclus と省略するわけだが、『聖書文学学会編表記便覧』（*The SBL Handbook of Style*）によれば、集会の書も Eccl と略すことがあるという（139）。事実ピナモンティは Ecclus という表記は一切使わず、集会の書には Eccl、伝道の書には Eccles の略号を用いている。ここからわかるのは、ジョイスが集会の書における四終についての記述を正確に記憶していたこと、あるいは『地獄』の原書を読んでいたこと、または少なくとも英訳版から聖書の該当箇所にあたって「第四十節」であることを確かめたということだ。

それでもなおジョイス自身が思い違いをしていた可能性は残るわけだが、私は作者が意図的に神父に間違えさせた可能性の方を取りたい。なぜなら「間違い」や「誤り」に関しては、『ユリシーズ』の有名な文言――「天才は間違いなど犯しませんよ。天才の誤りは意図的なものであり、発見の入り口なのです」（*U* 9.228-29）――があるからだ。文脈から言えば、スティーヴンはシェイクスピアの天才性をこう評するのだが、この台詞はジョイス批評の中で、自己言及的に解釈されてきた。つまり、ジョイスのテクストが間違えるときには、つねに何かしらの発見がある、ということだ。

ここで先に引用した初日の説教の言葉と、金曜日の午前と午後の説教冒頭の言葉を比べてみると、ジョイスの神父への批判精神が一層明瞭になる。午前では「『地獄の力はますます強まり、その口を限りなく広げる』」、午後では「『我は御眼の前から投げ捨てられたり』」と、神父はまたしても聖書の引用から説教を始めている。しかも、初日と同様に、引用の直後に「(イエス・)キリストのもとに集いし、我が親愛なる幼き兄弟たちよ」と呼びかけ、聖書の典拠を詳細に述べ、「父と子と精霊の御名によりて。アーメン」(*P* 3.538-42, 885-88)と、(ほぼ)同じ文言で締めくくっているのだ。だが、ここで注目すべきは、いずれの開始の言葉においても、神父はわざわざ "words taken . . . from" と述べ、聖書を正確に引用しているかのように振る舞っていることだ。事実初日の説教において、神父は四終を眼前に置いておくことの意義を繰り返すが、「伝道の書が言うように、これらのことを覚えておけば、永久に罪を犯すことはありません」(*P* 3.323-24)と述べ、またしても出典を間違えている。もっとも、この引用では "says Ecclesiastes" とだけ書かれているため、神父が聖書の言葉を自分なりに言い換えても聖典への不敬にはあたらないだろう。だが三つ各々の説教の冒頭では、毎回 "words taken" と断っている以上、聖書から一言一句違《たが》わずに引用されなければならないのではないだろうか。

金曜日の午前と午後の聖書の引用元を、あらためて『地獄』の原書と英訳版に探ると、大変興味深い事実が浮かび上がってくる。午前については、『肖像』のイザヤ書からの引用 "*Hell has enlarged its soul and opened its mouth without any limits*" の部分が、原書ではラテン語で引用されている一方で、英訳版では "Hell has enlarged its soul, and opened its mouth without any limits." と訳されており(19/12)、カンマの有無という些細な違いはあるものの、神父のものとほぼ同じである。だが、午後の説教における詩篇からの引用 "*I am cast away from the sight of thine eyes*" は、ピナモンティの原文には見られない。見られるのは、**図1**にあるように、英訳版の挿絵の説明文においてなのだ(英訳版の p.20 と p.21 の間)。さらに、十九世紀のカトリック・アイルランドにあって参照すべき聖書の英訳は、ドゥエー聖書であり(Gottfried, 2008, 70)、一九二〇年にジョイスの書棚に並んでいたのは、ウルガタ聖書に加え、欽定訳とイタリア語訳であった(Ellmann, 1977, 101)。しかし初日と金曜午前の聖書からの引用は、ドゥエー聖書はもとより、欽定訳聖書にも見つからない。その出典は、他でもないピナモンティの英訳版なのである。[5]つまり、アーノル神父は初日の説教の冒頭において、自らの説教の正統性に権威付けを与えようとしたまさにその時誤りを犯してしまい、[6]さらには『地獄』の英訳版における聖書の引用が"authoritative bible"であるドゥエー聖書に基づいていない場合があることに気づかずに「そのまま」引用してしまう――この二点を鑑みると、神父は「信頼できない語り手」ならぬ「信頼できない説教者」であると言えそうだ。

そもそもピナモンティの原書にはこの非常にグロテスクな挿絵を含む八枚の木版画は一切入っていないが、英訳版においては一七一五年の初版から、ジョイスが参照したとされる一八八九年版に至るまで入っている。先行研究は説教が「恐怖」による教会支配を象徴することを指摘しているが[7](Kenner, 1948, 376; Sullivan, 128; Thrane, 187; 宮田、一九八八、二六;道家、二〇〇六―〇八)、読者や信徒に恐怖を与えるという点では、挿絵の有無によって大きな差が生じることだろう。本章の表紙で掲げた英訳版の

THE PAIN OF LOSS.
Facing p. 21.
"I am cast away from before thy eyes."—Psalm xxx. 23.

図1『地獄』英訳版(1889)より

表紙が視覚的に示すのは、まさしく信者を飲み込むように口を開ける、擬人化された地獄（神父を想起させる男性）である。

しかし静修自体がイグナティウス・ロヨラの『霊操』（*The Spiritual Exercises*）（1548）によって確立されたものであることを思い出すとき、金曜午後のアーノル神父の次の発言は意味深長だ——「今日の午前中私たちは、地獄について瞑想することで、聖なる私たちの創設者［ロヨラ］が霊操という本で言うところの場所の構成（the composition of place）を行ないました」（*P* 3.892-94）。確かに第一週の「第五霊操」である「地獄の黙想」、その「第一前備」は「場所の構成」、すなわち「地獄の長さ、広さ、そして深さを、想像力を働かせて見ること」だとロヨラも述べている（141）。実際神父は午前中に地獄の「もっとも大きな物理的苦痛」（*P* 3.669-70）を語っていた。しかし、ロヨラの「第二前備」には次のようにある——「もし仮に私の過ちのために、永遠なる主の愛を忘れることがあるならば、少なくとも（*at least*）このような［地獄の］痛みへの恐怖が、私を罪から守ってくれるであろう」（141、強調は筆者）。この譲歩がもたらす差異は決して小さくない。なぜなら、ロヨラは神の愛を覚えておくことを先に説いているにもかかわらず、ピナモンティとアーノル神父がまず始めに語るのは、四終と地獄の身体的苦痛であり、その後になってようやく罪に赦しを与える神の恩寵が述べられるからである。

よって、ジョイスの批判の矛先は、アーノル神父だけでなくピナモンティにも向けられているのではなかろうか。スレインも述べるように両者は「罰への恐れを超えて、神の愛や慈悲へと読者の想いを導くものではない」（187）。つまり愛ではなく恐怖によって信徒をまとめ上げようとするその発想に対して、ジョイスは疑義を呈している。なぜ愛の宗教であるはずのキリスト教がこれまで多くの侵略と殺戮と無縁でなかったのか——ジョイスがベルヴェディアの校長にフランシスコ・ザビエルを「神の偉大なる兵士」、「たった一か月で神のために一万の人々を勝ち得た」「真の征服者」(*P* 3.213-19)と戦争のメタファーをもって語らせていることを思い出すとき、私たちはレオポルド・ブルームの言葉に耳を傾けなくてはならない。「でもそんなものは何の役にも立ちませんよ……力とか、憎しみとか、歴史なんてものは、みんな。そんなのは男であれ女であれ、大事なもの(life)じゃないんです。侮辱や憎しみなんて。それにみんなわかっているはずです、本当に大切なものはむしろ正反対のものなんだって」(*U* 12.1481-83、省略は筆者)。おそらくジョイスは「心の底から強く憎んだ」「教会との公然たる闘いを行なっている」と恋人に宣言したときですら、想いをめぐらせていたのだろう——「愛です。つまり、憎しみの反対のものですよ」(*U* 12.1485)。

二 「狡猾な」スティーヴン/ジョイスの戦略

本章はこれまで、神父の「間違い」やサディスティックなまでの地獄の描写の根底にあるのが、巧みに隠された、しかしなお強烈なジョイスのアイロニーであることを確認した。以後、若い頃には地獄のヴィジョンに苦しんでいたであろうジョイスが(Ellmann, 1982, 49-50; Beja, 1992, 8)、スティーヴンという分身を通じて、それを執拗なまでに細密に描くことを通じて、そのトラウマを乗り越えようとしていたことを明らかにしたい。

まずは、金曜日の午前中の説教に強いショックを受けたスティーヴンの姿を確認しよう。

礼拝堂の通路を歩いていると、両脚が震え、頭皮はまるで亡霊の指に触れられたかのように揺れていた。……階段を上がるごとに、自分はもう死んでしまったのではないかという恐れを抱いた。

魂は肉体という名の鞘からねじり取られ、真っ逆さまに空間を堕ちてゆくように思われた。……僕はすでに死んだのだ。そう、神の裁きを受けたのだ。炎の波が彼の体を押し流した。これが、最初の波。再び波がやって来て、彼の脳髄が燃えて光る。再び波。亀裂の入った頭蓋の中で、頭の中が沸騰して、ぶくぶくと泡立つ。火炎が花冠のように彼の頭蓋から爆発して溢れ出し、悲鳴のような声を上げる。

——地獄！　地獄！　地獄！　地獄！　地獄！（*P* 3.802-22、強調・省略は筆者）

頭皮に触れる"ghostly fingers"というのは実に秀逸なメタファーである。神父の言葉に触発されて、スティーヴンの脳裡には「地獄！」という叫び声が、まさしく亡霊のように取り憑いている。同時にこの引用はいわゆる「語り」の部分で、説教に対する彼の反応を内面から描いたものであるわけだが、この沸騰する血や脳髄というきわめて不気味なイメージは、他ならぬ神父が業火に焼かれる者たちを描写する際に用いた言葉に基づく（*P* 3.698-702）。言うなればピナモンティが描いた地獄の炎は、神父の舌を通じて、スティーヴンの脳裡に燃え移っているわけであり、語り（手）もまた神父の言葉を借りて、主人公の脳裡で起きている様子を描いていることになる。

この後、午後の説教を経て、スティーヴンは帰宅後に夕食を取り、「自分の魂と向き合うため」（*P* 3.1202-03）に部屋に閉じこもる。すると、罪の記憶が次から次へと彼の脳裡に湧き上がり、「眼をきつく閉じようとも」、「耳を固く塞ごうとも」（*P* 3.1255-56）、地獄のヴィジョンからは逃れられず、ついに彼は「助けてくれ！」と叫び、激しく嘔吐してしまう（*P* 3.1283-93）。本章の冒頭で述べたように、自らの意思とは無関係に、彼の脳裡には繰り返し地獄のヴィジョンが反復されるという点において、これらの経験はスティーヴンにとってまさしくトラウマ的であったことがわかる。そこでカルースが「トラウマ的体験」を定義する際に言及した、フロイトの「事後性」、すなわち影響の時間差の問題を、ふたつの側面から採り上げてみたい。つまり、この第三章における十六歳のスティーヴンと、第五章で大学生となったスティーヴンの間にある時間的隔たり、そして同時にスティーヴンと作者ジョイスとの距離である。

まずは、ふたりのスティーヴンを検討する。以下は『肖像』でも頻繁に引用される彼の台詞だ。

僕はもはや自分が信じないものには仕えない（**I will not serve**）。それが自分の家庭だろうと、祖国だろうと、教会だろうと。自分の生き方、あるいは芸術の形を借りて、できる限り自由に、そしてできる限り包括的に、自分自身を表現してみようと思う。そのために僕が用いうる武器こそ、沈黙、流浪、そして狡智なんだ（**silence, exile and cunning**）。（*P* 5.2575-80）

第五章第三節の末尾を飾るこの場面のすぐ前で、すでにスティーヴンは友人クランリーに、信仰の喪失とアイルランドを去る決意を告げている。それ故「沈黙、流浪、そして狡智」とは、彼が自らを芸術家たらしめるためのいわば三種の神器である。ただし、このあとクランリーが「狡智だって、まったく！」と驚き呆れて聞き返したことは（*P* 5.2584）、「狡智」がもっとも重要な武器であることを示唆するのだろう。以後この言葉の意義を、本章がこれまで分析した神父の説教との関係で探ってゆく。なぜなら、**"I will not serve"** は他ならぬ地獄の説教に由来するからである。よって、スティーヴンが『肖像』第五章で初めて「僕は仕えない」と述べたときのクランリーの返答（「その言葉は前にも聞いたことがあるな」（*P* 5.2297-98））は意味深長だ。つまり物語レベルでは、クランリーは以前にもスティーヴンからこの言葉を聞いた、あるいはクランリー自身が説教やミサなどでこの言葉を聞いたことがあるという意味に解することができる。その一方で、テクスト・レベルでは他ならぬ読者が、神父の説教の中でこの言葉を以前に聞いているわけで、ジョイスはきわめて自己言及的な身振りで、この箇所と地獄の説教に明確な繋がりがあることを指し示している。

では、**"I will not serve"** がテクストで初めて言及される地獄の説教の該当箇所を見てみよう。

> ルシファーはかつて暁の息子であり、光り輝く力強い天使であったと言われています。しかし、彼は堕ちました。……彼は堕ち、彼に従う反逆の天使たちと共に地獄へと投げ堕とされました。彼の罪がいかなるものであったのか、私たちにはわかりません。神学者によれば、それは傲慢の罪（the sin of pride）、一瞬の間抱いた罪深い考えだったと言います。「ノン・セルウィウム、我仕えず（*non serviam: I will not serve*）」[8]。その瞬間が彼の破滅だったのです。（*P* 3.550-57、省略は筆者）

堕落（fell）と地獄（hell）が音声的にも反響しあう中で、ルシファー、すなわちサタンは「傲慢という罪」の一瞬の反抗のために地獄に落とされたのだと神父は熱弁する。ピナモンティもまた、真っ先に考慮すべきは「魂が行なう第一の不正義」であるところの「我仕えず」（9／7）であると述べていた。しかし、興味深いことに『地獄』ではテクスト内で一度としてルシファーの名は見られない。つまりあれほどまでに『地獄』に依拠していたアーノル神父の説教に、作者がルシファーを登場させたことの意味はもっと深く追求されるべきである。つまり、ここにはジョイスの狡猾な戦略が隠されているのではなかろうか。種々の注釈が指摘するように、「我仕えず」が出てくるエレミヤ書第二章第二十節を紐解くと、この言葉は元来あくまでも神に従わなかったイスラエルの民のものであって、ルシファーの言葉ではないことがわかる。つまり、これはキリスト教の長い歴史の中で、神への反逆の言葉として、堕天使に割り当てられた文言にすぎない。アーノル神父が説教で多くの間違いを犯したように、神学者たちは「我仕えず」を悪魔の言葉に勝手に読み換えた、あるいはある意味では読み間違えたとも言えるだろう。そして神父はまたしても、聖書の原典を確認しなかったのである。

ルシファーとサタンを結ぶ等号は、私たちがよく知るように蛇へと換喩的に横滑りする。事実神父が堕天使の名を挙げたのは原罪について語るためであった。「[アダムとイヴ]もまた堕ちました。かつては輝く天使であり暁の息子であった悪魔、その下劣な悪鬼は、今度は地上の獣の中でもっとも狡猾な(the subtlest)蛇に姿を変えてやって来たのです」(*P* 3.569-72)。着目すべきは、この蛇の描写が、初日の説教冒頭の引用では神父が参照しなかったドゥエー聖書に基づくということである(“Now the serpent was more subtle than any of the beasts of the earth which the Lord God made”)。他の英訳聖書では蛇のずる賢さを表わす際に cunning や crafty が用いられることもあるが、ドゥエー聖書では一貫して subtle が用いられている。いずれにせよ、この後の場面でスティーヴンは自らのペニスを蛇に擬えていることからもわかるように(*P* 3.1335-41)、彼の罪は性欲という名の蛇に誘惑されたが故であった。そして彼が娼婦体験という己の大罪に対して第三章冒頭では誇り(pride)を抱いていたことを思い出せば、エデンの園では知恵を与えたように、蛇はスティーヴンに誇りを与えたのだとアナロジカルに解釈できる。そして言うまでもなく、楽園から追放されたアダムとイヴは、堕天使ルシファーに加えて、〈父〉に逆らい海に墜落したイカロスとも“fall”という共通点において『肖像』において重層化されている。

もう一度、ルシファーについて語る神父の言葉に耳を傾けよう。「[我仕えず]」。その瞬間が彼の破滅でした。彼は一瞬の罪深い考えで神の尊厳を汚し、神は彼を天国から地獄に永久に追放したのです」（*P* 3.556-59、強調は筆者）とある。ここで目を向けるべきは、繰り返される"instant"とその対義語である"forever"だ。ほんの一瞬の罪のために未来永劫苦しみを味わう――これこそ、地獄の説教で繰り返し強調される論理である。たとえば、神父は「地獄の永遠性」について語るとき、続く十行において永遠に類する単語を十一回も使い（*P* 3.1048-58）、その一方で地獄の説教の最後で、再度ルシファーと失楽園を語る際には、それが「一瞬」の罪であったことをあらためて強調している（*P* 3.1132-36）。そして神父は、だからこそ永遠の神の裁きが下る前に告白せよと、いわば恐怖を「武器」にして生徒たちをそそのかすのである。

しかし、大罪を犯したにもかかわらず、スティーヴンは生きている。どれほど生きた心地がしなくとも、どれほど地獄のヴィジョンに恐れおののこうとも、脳裡で起こる激しい震えや、嘔吐という身体反応は彼の生を証明している。つまりは神父が一瞬を強調すればするほど、それを耳にしている間はその一瞬がまだやってこないことが強調される。先に見た性器を蛇に擬える場面においても、「でも永遠に終わりはない。僕は大罪を犯した。一度でも大罪は大罪だ。それは一瞬で起こるんだ」（*P* 3.1331-33）とスティーヴンは考え、神父の永遠と瞬間の論理を一度は受け入れてしまっている。しかし、管見の及ぶ限り未だ誰も指摘していないが、彼がこの論理矛盾にやがて気づくことが第五章の会話からわかる。

友人クランリーは、もし罪を告白しないまま聖体拝領を行なったら、「カトリックの神は君を打《う》ち殺して、地獄に堕とすかもしれない（strike you dead and damn you）のが怖いのか」と尋ねる。すると、スティーヴンは「神は今でも（now）やろうと思えばできるはずさ」と返答する（*P* 5.2454-58）。この"now"に注目したい。第三章第三節でスティーヴンは地獄のヴィジョンを見る前に、大罪を犯したにもかかわらず

「なぜ神は自分を打ち殺さなかったのか（How came it that God had not struck him dead?）」（*P* 3.1250）と自問していた。つまりクランリーが述べたままの表現（strike~dead）で、すでにスティーヴンは一瞬の罪が永遠の地獄堕ちに繋がっていないことに漠たる疑問を抱いていたわけだ。ゆえに、「神は今でも」と述べる第五章のスティーヴンは、神父の論理を受け入れた上で、あえて今この瞬間に起こっていないことの方を信じると言えよう。地獄の説教と「狡猾さ」がもっとも劇的に交わる瞬間がここにある。つまり、一瞬の罪が永遠の地獄に繋がるというアーノル神父の論理を逆手に取り、神が今この瞬間において自分に手をかけていない、すなわちその一瞬が今起こっていないのであるから、永遠の地獄もまたありえないと彼は考えているのである。よって彼が「我仕えず」と呟くその瞬間毎に、その言葉はむしろ彼の生や存在を保証することだろう。スティーヴンにとっては、「〈我仕えず〉、ゆえに我あり」なのだ。

おわりに

もっとも、もしスティーヴンが地獄のヴィジョンから完全に解放されていたとしたら、第五章でクランリーに対して、「我仕えず」とわざわざ宣言する必要はなかったであろうし、「信仰は捨てたと言ったはずだよ」とあらためて述べる必要はなかったであろう。つまり、自発的亡命を果たす直前のスティーヴンは、かつてのトラウマ的体験と未だ対峙し続けていた。先に本章は、説教というトラウマ的体験における事後性の二番目としてスティーヴンとジョイスの距離を指摘した。スティーヴンがルシファーを経由して蛇の狡智を身につけつつあること、「我仕えず」が神への反抗だけでなく、実存の呟きであること――ここから、ジョイスは地獄の説教に悶え苦しんだかつての自分（十六歳のスティーヴン）と、それを乗り越えようとするかつての自分（大学生のスティーヴン）の両方を描いていたと結論づけられよう。本章は、トラウマ的体験への自己治療としての創作活動という仮説を証明することが目的であったわけだが、次の引用は第三章のスティーヴンと『肖像』執筆時のジョイスとの距離が最大化している箇所だと言えそうだ。

先にもっともトラウマ的であると指摘した、「地獄！　地獄！　地獄！　地獄！　地獄！」と繰り返す内面からの執拗な炎の声のすぐあとで、同級生へロンとテイト先生の、別の声が聞こえてくる。


——地獄についてでした。

——しこたますり込まれたってとこかな。

——はい、確かにその通りです。僕たちみんな震え上がっちゃいましたよ（in a blue funk）。

——君たちにはそうする必要があるんだよ。そうでもしなきゃ勉強せんからな。（*P* 3.824-28）

事実スティーヴンは、彼らの会話の日常性に魂が慰められる心持ちがするのだが（*P* 3.841）、この落差こそが実にジョイス的である。つまり、スティーヴンが恐怖に押し潰されそうになっているその一方で、生徒たちは地獄の存在を本当のところは信じていないばかりか、教師の側もそれを容認しているのである。もちろんスティーヴンはこの場面の意義にまだ十全には気がついていない。つまり、主人公には地獄の説教を徹底的に怖がらせるその一方で、少なくとも『肖像』を執筆しているときのジョイスはすでに、地獄の説教を相対化することができていた。より正確に言うならば、圧倒的な密度と正確性をもって地獄を再現・表象（represent）する過程こそが、彼にとっては自身のトラウマを克服する手立てであったのだ（同時に自分にも地獄絵図は描ける、という己の技芸に対する作者の矜持でもあっただろう）。

ヒエロニムス・ボスの『七つの大罪と四終』が示すように、アーノル神父の説教は天国に至る喜びよりも、罪の概念や地獄のヴィジョンによって信徒を恐怖に陥れ、支配しようとしている。その説教が『地獄』の英訳版に大幅に基づくだけでなく、実は間違いを含んだ信頼できないものであるということ――これはまさに謎を埋め込む作者ジョイスの「狡智」であり、密かとも公然とも言える教会への傲岸なる闘いである。第三章冒頭でも言及される「七つの大罪」(*P* 3.145-52) のうち、もっとも罪深いのは傲慢 (pride) であるという。地獄の説教によって一度は挫かれたプライドを、スティーヴンはルシファーと蛇の狡智の力を借りて、第五章で取り戻そうとしている。「我仕えず」とは、神を全く畏れない者の言葉ではない。むしろ行為遂行的に「我仕えず」と呟くからこそ、彼は神と対峙することができる。

先に本章は、ジョイスがノーラに送った手紙を引用したが、その前の段落で、彼はいくぶん感傷的に次のように書いていた――「母はゆっくりと殺されたのだと思う。父に酷い扱いを受け、長年の心労と、僕自身のシニカルであまりにも明け透けな振る舞いのせいで」。そして、「母を犠牲者にしたそのシステムを呪った」と彼は言う (*L* II 48)。ここでのシステムとは言うまでもなく、カトリック教会である。たとえ母を死に至らしめた教理からであっても、「間違い」だらけの説教からであっても、自らの芸術家たるべき信条として学べるものは何でも学んで、おのれの「武器」として狡猾に用いる。どうか自分を理解して欲しいとノーラに懇願する彼が「自分の誇りは保つことができたと思う」と書いたとき、彼はその pride という一語にいかほどの想いを込めたのだろうかと思わずにいられない。

付記 本稿は二〇一六年五月二八・二九日に開催された第八八回日本英文学会全国大会(於京都大学)での口頭発表用の原稿に加筆修正を施したものである。また、JSPS科研費 **JP16K16794** の助成を受けた。

註

（1）説教が木曜日のみ間接話法で描かれることの意義は、金井、一九九―二〇〇を参照。

（2）日本ではほとんど知られていないピナモンティであるが、一八九〇年にロンドンで出版されたJ・M・ウィーラー（J. M. Wheeler）の著作によれば、『地獄』は「二百年以上カトリック教徒の間ではもっとも有名なもののひとつ」で、「プロテスタントの間でも出回っていた」という（12）。

（3）「地獄の説教」を巡っては、スレインとボイドに対する建設的批判としてジェイムズ・ドハティ（James Doherty）が、ジョイスが『地獄』をいかに効果的に書き換えたかについて分析し（113-16）、デイヴィッド・シード（David Seed）はバフチンを援用して、一度は地獄の説教によって自身の声を失うものの、教会のディコースを「我有化」するスティーヴンを析出している（163）。また、近年ではスレインとドハティを参照して、ヴィンセント・チェン（Vincent Cheng）が、主にモダニスト的文体の観点から、説教の表象を通じて言を肉に変えるカトリシズムの伝統をジョイスは成し遂げていると指摘している（174）。

（4）以下『地獄』からの引用は、断りがない限り、原文、英訳の順でページを表記する。

（5）神父がドゥエー聖書を踏まえず「勝手に」翻訳していること、そして「伝道の書」と勘違いしていること、この二点についてはは「ジョイスの意図」であり「説教者の学識を風刺している」とスレインも（はなはだ簡潔にではあるが）指摘している（179）。

（6）神父の「誤り」については、進化論に代表される近代諸科学の発展によってその信仰基盤が突き崩されていた当時のカトリック教会の歴史的文脈の中に置いてみると、より一層ジョイスの意図が皮肉に満ちていることがわかる。すなわち一八七〇年に当時の教皇ピウス九世によって宣言された教理、教皇不可謬説（Papal Infallibility）である。この点については、道家、二〇八および木ノ内、三一〇―一三を参照されたい。

（７）神父の説教が脅威的であることに対しては、ウィリアム・ヌーン（William Noon）は「カトリック的でもなければ、ロヨラ的でもない」として（1957a, 13）、『肖像』の説教はあくまでも「フィクション」である（1961, 273）と抗弁する。それとは対照的に、おなじくイエズス会士のブルース・ブラッドリー（Bruce Bradley）は、神父の説教は当時としては「一般的」であったという見解を示している（126）。

（８）『ユリシーズ』第十五挿話でも、スティーヴンは改悛を迫る母の亡霊に対してこの言葉を叫んでいる（*U* 15.4228）。

サンディマウントの浜辺

Open the book, read aloud and then shut your eyes.

I'm studying James Joyce ——私が拙い発音でそう言うと、この街で返ってくる反応はおおよそ以下の三通りであった。UCD（ユニヴァーシティ・カレッジ・ダブリン）の修士課程に留学中の二〇一四年のことである。①素直にびっくり感心してくれる、②さしたる興味はないとばかりに話題をやんわり変える、③こちらのことはお構いなしに自身のジョイス体験を蕩々と語り始める。

アルバイト先のインターナショナル・スクールで出会った老先生は、まさしく三番目のタイプであった。驚くほど小柄で、皺だらけ、草臥れたスーツを着たその男性は、どうやら「国語」の先生らしく、ジョイスがいかに自分の人生において重要であったか——「あるとき授業で『フィネガンズ・ウェイク』の冒頭のページを解説したんだけどね」——を熱弁するのだった。目の悪かったジョイスにとっては、ホメロスやダンテよりミルトンが大事であるというのがその先生のご意見で（なるほど）、最後に彼は両手を広げて、やや芝居がかっていると思えなくもない調子で私に言った——「本を開けたら、声に出して読む。そして目を閉じるんだ」。

事実、当時も今も、種々の課題や締め切りに追われる毎日にあって、音読は疎か、目を閉じて味わう余裕は全くない。それは研究者の宿命でもあるわけだが、やはり文学研究は楽しみ味わうことがその根底にあるはずで、あの老先生の言葉が耳を離れないのはそのせいなのだろう。写真にあるサンディマウントの海岸を歩きながら、スティーヴンも言っているように（"Shut your eyes and see." (*U* 3.9)）、目を閉じなければ見えないこと、わからないこともあるのだ。

（小林広直）

第五章　盲者の視覚

――『若き日の芸術家の肖像』における語りと視覚

ドリーマウントの浜辺

第五章　盲者の視覚

――『若き日の芸術家の肖像』における語りと視覚

横内一雄

はじめに

『若き日の芸術家の肖像』およびその原型となったエッセイ「芸術家の肖像」の表題は、視覚芸術との類縁性を示唆する。ジョイスが選択した「芸術家の肖像」（"A Portrait of the Artist"）という言葉は、ふつう画家が自身をモデルに描いた肖像画――いわゆる自画像――を意味する表現で、そこには言語（書き言葉／話し言葉）による自己表象を示唆する「自伝」（autobiography）や「告白」（confession）とは違ったニュアンスが感じられる。

一方、ジョイスが同作の執筆にいそしんだ一九〇四年～一九一四年という時期は、もうひとつの視覚芸術＝映画が人びとの生活および知覚様式に影響を与えはじめた時期で、ジョイスもその例に漏れなかった。ジョイスと映画の関係については、モダニズム文化という大きな枠組においてとらえたもの（Spiegel; Cohen; Trotter, 87-123）からジョイス個人に焦点をあてたもの（Burkdall; McCourt, 2010; 須川）、さらには具体的な作品論（Ryf, 171-90; 金井、一八五―二四九）にいたるまで、先行研究は枚挙にいとまがない。なかには『肖像』における映画の影響を論じたものもある。(1) ジョイスは右にあげた『肖像』執筆時期のちょうど折りかえし地点にあたる一九〇九年に故郷ダブリンで映画館開設に乗りだしており、その影響を作品に見いだそうという誘惑に駆られるのも無理はないのだ。

その『肖像』のなかでもっとも映画的な場面をあげるとすれば、おそらく第四章末尾でスティーヴンが浅瀬の少女を見つめる場面になるだろう。それまで聖職者になるための道を歩みつつ、つのる疑念にさいなまれていた彼が、ついに芸術家としての使命を自覚する場面、『肖像』全編の山場といってもいい箇所である。

ひとりの少女が前方の流れのなかに立っていた――ただひとりじっとして沖を眺めながら。その姿はまるで、これまでに見たことのない美しい海鳥の姿に魔法で変えられたかのようであった。長くほっそりとした生脚は鶴の脚のように華奢で、エメラルド色の海草がひとすじ肉の上に印を付けているほかは一点の汚れもない。むっちりとした太腿は象牙のように淡い色で、尻の近くまでむき出しになり、柔らかい綿毛のようなズロースの白い房飾りに続いている。灰青色のスカートを腰のあたりまで大胆にたくし上げ、後ろで鳩の尾のように結んでいる。胸は鳥の胸のように柔らかそうで小さい――羽の黒い鳩の胸のように小さくて柔らかい。でもその長い金髪は少女らしい、いかにも少女らしくこの世の美の奇跡をたたえているのはその顔。

彼女はただひとりじっとして沖を眺めていた。そして彼の存在と彼の崇拝する眼に気づくと、彼女の眼は恥じらうことなく淫らにもならず黙って彼の眺めに耐えた。そしてずっと、ずっと彼の眺めに耐えていたが、やがて静かに眼を彼の眼からそらして流れに眼を向け、足元の水をあちこちと静かに掻きまわしはじめた。（P 4.854-72）

精巧な細部と繊細な色彩、それに比喩の多用がかもし出す幻想性は、一九一〇年前後の初期映画よりもむしろ後年のロマンス映画を髣髴させるが、ここにはローラ・マルヴィー（Laura Mulvey）が古典的ハリウッド映画に見いだした男性の欲望の視線が劇化されているという意味においても、映画的といってよい描写である。(2)

しかし、本章が注目したいのはその先にある眼の主題である。右の引用の第二段落第一文を原文で引くと、"She was alone and still, *gazing* out to sea; and when she felt his presence and the worship of *his eyes her eyes* turned to him in quiet sufferance of *his gaze*, without shame or wantonness"（強調は筆者）となり、青年と少女が視線を交換する様子が強調されている。すなわち、視覚にかかわる表現が彼女の視線（*gazing*）、彼の眼（*his eyes*）、彼女の眼（*her eyes*）、彼の視線（*his gaze*）という順に交互に配置され、さらにちょうど真ん中で二人の眼が文字通り衝突するように仕組まれているのである。これを解釈するに、青年と少女の至福の視線交換が描かれていると見て、スティーヴンが世俗の美に開眼する啓示《エピファニー》の瞬間を読みとるのがひとつの立場。一方、欲望の視線を相手に悟られた気まずさ、見る主体が一瞬にして見られる客体に転落する不安など、視線の衝突に何か不吉な兆候を読みこむのがもうひとつの立場であろう。(3)しかし、本章がとるのはそのどちらの立場でもなく、むしろどちらの読みをも破棄してしまうまったくラディカルな読みである。ポイントは、ここでの「視線」（gazing/gaze）と「眼」（eyes）の使いわけ、もしくは乖離。前者は見る行為を表わすが、後者は他者に見られた対象であることに留意されたい。すなわち、「眼」は厳密にいうと見ていない。以下、この一文への長い注釈のような議論に入るが、本章の終わりには右の場面はよりいっそう謎めいて見えるだろう。ジョイスが視覚芸術への接近を試みたがゆえに持ちこむことになった眼の主題を読みといてみたい。

一　盲者の肖像

本論に入るにあたり、以下の議論にもかかわりの深いある議論を紹介しておこう。というより、答えはそこにほとんど書かれているといってもよい。その議論とは、ジャック・デリダ（Jacques Derrida）の『盲者の記憶』。デリダはそこで、近代西洋絵画に盲者の主題が多いこと、それもとりわけ自画像に盲者をモチーフとした作品が多いという謎から出発する。なぜ視覚芸術にたずさわる者が盲者にならなければならないのか。そこでデリダは二つの仮説（鵜飼訳では仮設）を立てる。第一に、「素描は盲目である。……つまり、素描という作業は、それ自体として、それ固有の契機において、盲目性となんらかのかかわりがあるのではないか」（三、中略は筆者）。そして第二に、「**盲者**の［＝を描いた］素描は盲者**の**［＝が描いた］素描である……。一人の男の素描画家が盲者に魅惑されるにまかせ、盲者を自分の**主題**とするたびごとに、彼は素描画家の形象を……投影し、夢見、幻覚することになる。さらにより正確には、作用している最中の素描の力を、素描という行為そのものを、**表象し**始めるのだ」（三―四、中略は筆者）。デリダの要点は、素描者は素描する瞬間に素描対象を見ていることができない、ということである。すなわち、モデルを見ているときには手元の筆を見ることができず、手元の筆を見るときにはモデルから視線を外さなければならない。だから画家はつねに盲者の立場に置かれているのであり、記憶を頼りに不在の対象を描かざるをえず、それが描くことの本質である。絵画史に氾濫する盲者の肖像はそのことの顕われであるというのが、デリダの見解である。

　さて、ここで『肖像』に目を転じてみれば、同作が奇妙なまでに盲目の主題にとり憑かれていることがわかる。もっとも、表向きにはひとりの盲者も登場しないが、スティーヴンは幼児期にダンテ叔母から「ワシが来て、おめめをくり抜くよ」（*P* 1.33）と脅され（第一章第一節）、学校では眼鏡を壊されて学習を妨げられ（第一章第五節）、迷路のような夜の街では売春宿を前にしてかすみ目に襲われ（第二章第五節）、教会の静修に参加すれば視覚剥奪の恐怖を刷りこまれる（第三章第二節）――「呪われた者たちは完全に縛られて身動きもとれないので、列福された聖者、聖アンセルムが寓話書でいうように、眼を蝕む虫をとり除くこともできません」（*P* 3.632-35）。こうした説教に重い衝撃を受けたスティーヴンは、もう二度と世間の誘惑に屈しまいと、みずから盲目を求めるようになる（第四章第一節）――「おのおのの五感は厳格な管理のもとに置かれることになった。彼は視覚を抑制するために、街を歩くときには視線を落とし、右も左も後ろもけっして見ないようにした。彼の眼は女性の眼と少しでも合うことを避けるようになった」（*P* 4.122-26）。こうしてスティーヴンの人生には一貫して視覚喪失の恐怖が付きまとい、彼の物語を一種の盲者の肖像に仕立てあげる。考えてみれば、初めに引用した浅瀬の場面は、こうした視覚の禁制をついに破る瞬間であるだけによりいっそう感動的な場面だったわけだ。

『肖像』がこうして盲者の肖像になりがちであることについては、次の二通りの説明が考えられるかもしれない。第一に、ジョイス自身が若いころから視力低下と度重なる眼病に悩まされてきたことが関係しているという説明。第二に、眼は性的欲望の、視覚剥奪は去勢不安の、それぞれ常套的な隠喩であるという説明。[4] これらの説明はそれぞれに的を射たものであり、一見否定のしようがないが、かといって十分な説明になっているとも思われない。第一の説明に対しては、ジョイスの視力は『肖像』執筆の段階ではまだ視覚喪失を意識させるほど悪化していなかったこと、第二の説明に対しては、盲目の主題は性的主題に還元できない部分にまで及んでいることを、それぞれ反論に挙げることができよう。[5] 後者にかんして、盲目の主題が性的主題を離れて一種奇妙な方向に展開している例を以下に見てみよう。

二　盲者の視覚

第一章第五節、クロンゴウズ校に学ぶスティーヴンは、前日に眼鏡を壊されたために学業を免除されていたところ、事情を知らない教師から怠け者とみなされて体罰を受け、校長に抗議する。要するに、全編をとおしてスティーヴンは眼鏡を外された状態、すなわち視力を剥奪された状態にあり、彼の視点をとおして提示される世界も一貫してぼやけているエピソードである。実際、ジョイスはスティーヴンの視覚世界をくりかえし楽しげに描いてみせる――「だから友達はみんないつもより小さく離れて見えるし、ゴールポストも細く遠く、ふんわりと灰色の空は高く見えるんだ」（P 1.1205-07）、「彼は見だしの言葉を自分で見わけようとした、もっともそれは教科書の最後に載っているからすでに知っていたけれど。思慮なき熱意は漂える舟の如し。しかし文字の線は細くて見えない糸のようで、右眼をぎゅっとつぶって左眼だけで眺めてようやく大文字の曲がり具合が理解できる程度だった」（P 1.1368-74）。そして事情を知らないアーノル神父に誤解を受けて詰められる場面では――「彼の顔は黒々としていて、声は静かだったが眼はにらんでいた」（P 1.1425-27）、「スティーヴンはおそるおそるアーノル神父の黒い顔を一瞥し、怒りで真っ赤になっているのを見てとった」（P 1.1436-37）。さらに、アーノル神父の加勢に入ったドーラン神父に対しても眼を上げる。

スティーヴンはいぶかしげに眼を上げ、しばらくドーラン神父の白みがかったもう若くはない顔、禿げて側面にだけ産毛の残る白っぽい頭、かけている眼鏡のスチール製の枠、そしてそのレンズをとおしてこちらを見ている色のない眼を見た。（P 1.1520-23、傍点は筆者）

われわれはふとここで、奇妙な違和感を覚えないだろうか。本節をつうじて、スティーヴンは眼鏡を失い明瞭な視覚を喪失した状態であるにもかかわらず、彼の視点を明示して提示される右の描写は、細部に焦点をあて、いかにも精緻なのである。近視の人間であればだれしも知っているように、眼鏡を外した状態で相手の産毛や眼鏡の枠、さらにはレンズの奥の視線を知覚するのはきわめて困難である。なぜジョイスはこうした描写を挿入したのだろうか。

筆者はかつてこの問題への回答を試みたことがある。そこでは、スティーヴンが記憶と恐怖で現実の知覚を補っているのだと結論した（Yokouchi）。ここでそのときの議論をさらに敷衍してみると、たしかにひとは自分を叱責する他者を目の前にした場合、そのひとの眼を直視できないにもかかわらず想像力で視線を感じとってしまうことがある。ましてやスティーヴンはドーラン神父の顔を眼鏡のある状態で見慣れているため、彼の顔の細部をすでに知っている。だから彼の顔を見あげたとき、スティーヴンのぼやけた視野にはドーラン神父の顔の記憶が鮮やかに甦ってきたのだ。このように解釈することができる。ちなみにこのとき、右の描写は客観的な現実描写から逸脱して一種の幻想描写の領域に踏みこんでいることになる。いや、それは正確な言いかたではないかもしれない。そもそもわれわれの現実認識が、記憶の補正を受け、想像の混入を許しながら紡ぎだされるものなのだ。右の描写は、眼鏡の欠如という特殊な条件のもとにおいて、現実認識の構築性が露呈した瞬間であるといえるかもしれない。(6)

こうした議論はいささか理に落ちると感じられるかもしれない。しかし、ジョイスはその読みを補強する材料を同節に用意してくれている。先に引用した、スティーヴンが眼鏡のない状態で文字を読もうとするくだりを想起してみよう。そこでは彼が文字を読みそこなったにもかかわらず、当の文字列「思・

慮なき熱意は漂える舟の如し」が正確に転写されている。これもスティーヴンの主観世界を描く語りにおいては一見矛盾に見えるが、ここにはその理由がきちんと提示されている――「もっともそれは教科書の最後に載っているからすでに知っていたけれど」（傍点は筆者）。すなわち、スティーヴンは読めなかった文字列を記憶で補っているのだ。これはまさに右の議論と同じ論理に依拠しており、ジョイスがこうした視覚描写を意図的に行なっている証左になる。

これと同じ論理にもとづく描写は、同節の後半にも用意されている。スティーヴンがドーラン神父から受けた体罰に抗議するため、校長のもとへ直訴に行く途中の場面である。

彼は狭く暗い廊下を歩き、修道士の部屋に通じる小さなドアのわきをいくつも通りすぎた。薄暗がりのなか、前方や左右に眼をやり、肖像画が並んでいるのだなと思った。ただし辺りは暗く静かで、彼の眼も弱くまた泣き疲れてもいたので、よく見えなかった。それでもそれらは聖人や修道会のお偉方で、彼が通りすぎるのを静かに見おろしているのだと思った。開いた書物を持ち、神ノ大イナル栄光ノタメニという言葉を指す聖イグナチウス・ロヨラ、自身の胸を指す聖フランシスコ・ザビエル、生徒監の誰かのように法冠をかぶっているロレンツォ・リッチ、そして聖なる若者の三人の守護、聖スタニスラウス・コストカ、聖アロイシウス・ゴンザガ、福者ジョン・バーチマンズ、これらはみな夭折したため若い顔をしている、そして大きな法衣を着て椅子に座っているピーター・ケニー神父。（P 1.1711-25）

ここでも語り手はスティーヴンの視力に注意を喚起しておきながら、彼が見ていないものを描写している。もっとも、ここでスティーヴンの知覚を補っているのは彼自身の記憶というよりも語り手ないし作者ジョイスの知識というべきかもしれない。いま、ジョイスがこの描写を綴っている姿を想像してみよう。彼はスティーヴンの限定された視覚世界を思いえがき、それを言葉で描写していく。すると、しだいに彼の想像上の視覚はスティーヴンの限定された視覚を凌駕していき、かくてスティーヴンが認知しえなかった聖人の数々が名ざされていくことになる。ここが本作で唯一「肖像」が実際に登場する場面であることもあわせ考えると、ジョイスがその提示に無自覚であったとは考えにくい。この逸脱は、むしろ本作における視覚描写の方法を象徴的に表わしていると考えられないか。すなわち、描写は本質的に盲者のそれであり、現実に見ていないものを書くことを宿命づけられているがゆえに、たえず描写対象を幻視しなければならない。そうした盲者の視覚がテクストを織りあげているのである。これが、作者自身の視力低下や性的主題に還元されない眼の主題の展開である。(7)

三　盲者の眼球

ところで、ここまでの議論において、スティーヴンが実際には見ていないものを見てしまう、その代表的な対象が「他者の眼」であることに気づかれたかもしれない。すでに引用した例でも、スティーヴンがアーノル神父に関して「彼の顔は黒々としていて、声は静かだったが眼（his eyes）はにらんでいた」（*P* 1.1425-27）と意識するとき、彼はおそらくその「眼」を実際には見ていない。先にも述べたように、相手に叱責されているときには眼を合わせなくてもその視線を感じるものである。同じことはドーラン神父の「レンズを通してこちらを見ている色のない眼（his nocoloured eyes）」（*P* 1.1523）についてもいえるが、そもそも「色のない」という形容詞は「眼」の非現実性を裏書きしているようにも思える。そして、聖人たちの肖像画は「彼が通りすぎるのを静かに見おろしている（looking down）のだと思った」（*P* 1.1716-18）。ここには絵であるがゆえに本来視力を持たない「眼」のなかにも視線を感じとってしまう感覚が描かれている。いずれも実際にはこちらを見ていない（かもしれない）「眼」のなかに勝手に視線を補ってしまうスティーヴンの想像的視覚を扱っている。そしてこの想像的視覚こそは、『肖像』において隠れた主題を形成しているのである。

その主題が前景化するのが、第三章。第二章の末尾で娼婦と関係を持って以来、売春宿通いを重ねていたスティーヴンは、静修に参加して地獄の説教を聞き、おのれの罪を意識してはげしく後悔の念にさいなまれるようになる。まずは第一節冒頭で、ノートに書かれた方程式が「孔雀のように眼と星を付けた（eyed and starred）尾を広げ」（*P* 3.27-28）、その明滅する指数が「開閉する眼（eyes）」（*P* 3.31）に変貌するというのが前触れ。第二節に入ると、いまなお街角の少女に情欲を刺激されてしまう自分を恥じ、眼をそむけて暗闇を見ながら歩くものの、そこにかつての恋人の視線を見いだしてしまう――「エマの姿が彼の前に現われ、彼女に見られていると思うと（under her eyes）恥の洪水が彼の心臓から新たにほとばしった」（*P* 3.483-85）。彼は続いて慈愛に満ちた聖母マリアの眼も想像するが――「彼らに向けられた眼（eyes）は怒るわけでも叱るわけでもなかった」（*P* 3.514-15）――その一方で、説教では絶えず神の視線を内面化し、おのれの罪を自覚するよう促される――「神はご自身の知識を分け与えてくださるため、罪は人びとにも神の眼（the eyes of God Himself）に映るのと同じように醜悪な悪意の姿をとって現われるのです」（*P* 3.968-70）。その結果、彼は他者の視線を極度に恐れる存在となり、ついには眼のないところにまで眼を見いだしてしまう。

彼はドアの前の踊り場で立ちどまり、磁器製のノブをつかんでドアをすばやく開けた。胸のうちが締めつけられ、そのままおびえて立ちつくし、敷居をまたいでも死神に囚われませんように、暗闇に棲む悪魔に襲われませんようにと静かに祈った。まるで暗い洞窟に入るのをためらうように、敷居の前で立ちつくした。いくつもの顔がそこにあった。眼だ（eyes）。それらがこちらを待ちかまえて見ていた（watched）。

——われわれはもちろん完全に知っている、いずれ明るみに出るだろうが、やつが魂の全権委任を取りつけようと務め励むべくその気になるように務め励むだろうが、それができないだろうということを。だからわれわれはもちろん完全に知っている——

ぶつぶつとつぶやく顔が待ちかまえて見ていた（watched）。つぶやきの声が洞窟の暗い壁に響きわたった。（*P* 3.1206-19、傍点は筆者）

暗い部屋のなかに現われ、待ちかまえ見つめながら、スティーヴンの改心を冷ややかに疑う顔、眼、声。それらは実在するものではなく、何もないところにスティーヴンの想像力が補ってしまった想像上の他者である。彼はこうして眼に憑かれ、他者の視線を恐れるあまり、自身の眼の光を消し、ひたすら暗闇を求めて歩く存在になりさがる——「彼は視覚を抑制するために、街を歩くときには眼を落とし、右も左も後ろもけっして見ないようにした」（*P* 4.123-25）。それでも「彼は自分の顔が影のなかの眼（eyes）に探られているのを感じた」（*P* 4.305-06、傍点は筆者）。

それら非実在の眼は、実際には視線を放っていないいわば盲者の眼である。ところがそこに架空の視力を想定してしまい、ないはずの視線を感じとるところにスティーヴンのおちいる陥穽がある。しかし、こうして眼のイメージ（客体としての眼）に視力を与え、それに見られている感覚を抱くのは、ひとが他者と交わり社会を形成する上で不可欠の錯誤ではないだろうか。われわれは厳密な意味で他者に主体性があることを知りようがないわけで、ただ慣習的に他者の眼に眼差しを想定し、相手も自分と同じ主体であることを仮定することによって、他者との間に生きた関係を築きあげているにすぎない。肖像画がいきいきと生気を帯び、とりわけ自画像の場合――それはおそらく（鏡を通して）こちらを凝視しているだろうから――見る者を戸惑わせるほどの衝撃を与えるのも、同じ作用によるだろう。そして、われわれが架空の存在にすぎないスティーヴンに主体性を想定し、彼の内面ドラマを読みとることができるのも。だとするならば、眼のないところに眼を見いだし、盲者に視覚を与えるスティーヴンは、われわれ読者の陰画にほかならないということになる。彼が「奇怪な夢」（*P* 3.492）のなかで見る娼婦たちの「輝く宝石の眼」（"gleaming jewel eyes"）（*P* 3.493）は、まさに現実世界の想定が中断された瞬間に露呈する盲者の眼球をおそらくは形象化している。(8)

おわりに

以上の議論を踏まえて、もういちど冒頭の浅瀬の場面を読みなおしてみるならば、われわれはそこに至福の視線交換も、はたまた主客転倒の不安をも、読みとることにためらいを覚えるにちがいない。それどころか、精巧な細部と繊細な色彩、それに目くるめく比喩に彩られた少女の映像を、眼の悪いスティーヴンが本当に見たのかどうかさえ疑わしく思えてくる。彼が暫時生起したという視線の交換は、本当にあったのだろうか。彼の視線に応えてこちらに向けられたという少女の眼は、スティーヴンが作りあげた想像上の眼ではないのか。そもそも、浅瀬で生脚をさらしながらスカートを尻までめくりあげ、欲望の視線に気づきながらも「恥じらうことなく淫らにもならず」じっとそれに耐える、そんな都合のよい少女がこの世にいるものだろうか。ジョイスがこの場面を執筆した現場を想像してみるに、彼は眼を閉じ、若き日に出会ったかもしれない場面を想起／想像する。その光景を言葉に移して綴るうち、彼の視覚は記憶と願望により補われてしだいに現実の光景を凌駕していく。そのように綴られた盲者の視覚が、くだんの描写を構成しているのではないか。

そのように読みなおしてみるならば、浅瀬の場面は映画的であるどころか、現実の視覚世界を否定しているがゆえに、むしろ反＝映画的であるとさえ言うべきかもしれない。かりに新しい芸術としての映画に触発されたとしても、その方法を語りの芸術である小説に移植するにさいして、語りが映像にいつまでたっても追いつかないだけでなく、そこから必然的に逸脱してしまうものでもあることを洞察し、それを実践したのが『肖像』だったのではないか。

ちなみに、浅瀬の場面においてスティーヴンが自身の芸術的使命を自覚したあと、物語は彼の芸術的創造へと主題を移していくが、そこでもやはり芸術的イメージが視覚と盲目の戯れ、「記憶の言語」と「記憶の眼」（*P* 5.2092, 2094）、いわば盲者の視覚から生まれるものであることを最後に付言しておきたい。たとえばある夕方、黄昏のなかを恋人が通りすぎた感覚を覚えたスティーヴンは、その光景を詩的イメージでとらえようと思いをめぐらすうち、トマス・ナッシュ（Thomas Nashe）の詩句にたどり着く――

粗末な服を着、粗末な物を食い、虱に食われたおのれの身体の生活を想うと、彼は絶望のあまり思わずまぶたを閉じた［傍点は筆者］。そして暗闇のなかを、多数の虱のもろく明るい体が空から降り、降りながら回るのを見た［傍点は筆者］。そうだ、空から降るのは闇ではない、光だ。

空から光が降ってくる。（*P* 5.2119-25）

註

（1）ロバート・S・リフ（Robert S. Ryf）は、スーパーインポーズ、視角の調整、および照明の観点から『肖像』における映画的手法を論じている（181-90）。また、金井嘉彦はジョイスが『肖像』の段階からすでに映画的手法を自作に取りこんだ可能性を探りつつ、描写の直接性、意味の映像化、そしてクローズアップの手法を論じている（一八七—二〇一）。

（2）マルヴィーは、古典的ハリウッド映画において、女性の身体を見つめる男性の性的視線が聴衆に視覚的快楽を提供している仕組みを分析した。古典的例として引き合いに出されたジョゼフ・フォン・スタンバーグ（Josef von Sternberg）監督の『モロッコ』（*Morocco*, 1930）では、生脚を晒すマレーネ・ディートリッヒ（Marlene Dietrich）をゲイリー・クーパー（Gary Cooper）が陶然と見つめる。マルヴィーはスタンバーグ以前の作品には言及していないが、同様の構図はおそらくジョルジュ・メリエス（Georges Méliès）の『海辺の覗き魔』（*L'Indiscret aux bains de mer;* 英題 *Peeping Tom on the Beach*, 1897）あたりから見られるものだろう。この最初期のポルノ映画は現在失われて見ることができないが、海辺で男性が女性を見つめるという主題が『肖像』の浅瀬の場面と共通していて興味深い。ちなみに、『肖像』のこの場面は、従来の批評ではむしろヘンリク・イプセン（Henrik Ibsen）の劇中場面との類似（Gifford, 221-22）、古典文学およびケルト文学起源のイメージ使用（Radford）、ジョージ・ムア（George Moore）など先輩作家の影響（Weaver, 132-33）など、テクストの濃密な文学的引喩に着目して論じられることが多かった。

（3）この前後でスティーヴンは芸術家としての使命を自覚することから、たとえばモリス・ベジャ（Morris

Beja）はこの場面を「もっとも重要なエピファニー」と断じ（1971, 100-01）、これに同調するウェルドン・ソーントン（Weldon Thornton）はそこに少女との世俗的な出会いを超えた一種の「霊的交渉」(communion）を見いだす（99）。一方で、スゼット・ヘンケ（Suzette Henke）はスティーヴンが少女との間に視線の交換を行なうも、一定の距離を置いて肉欲を昇華していることを指摘（1982, 94-95）、さらにクリストファー・ディヴォート（Christopher Devault）は、少女が意図的に視線を逸らすところに彼女の拒絶の意思を見てとり、ここに暗示されたエピファニーの不完全性とスティーヴンの愛情誤認を読む（70-71）。また、デイヴィッド・ウィア（David Weir）のように、少女はスティーヴンの幻想の産物であってそもそも実在しないという見方もある（29）。ロバート・クルックス（Robert Crooks）は『肖像』における視線と去勢不安の主題を読みとくが、この浅瀬の場面については視線の交換を想定する前者の立場に近い（397）。

（4）前者の例に Gottfried, 1995, 22、後者の例に Brivic, 1993, 252 がある。

（5）ジョイスは一九〇七年以来、強度の虹彩炎に悩まされることになるが、虹彩切除手術を受けるのは一九一七年になってからである。ジョイスの眼病の進行状況については、書簡や伝記に情報が散りばめられているが、これらを手がかりにカスリーン・フェリス（Kathleen Ferris）がまとめた年表が見やすく便利である（155-59）。

（6）桃尾美佳は同じジョイスの「アラビー」論において、視覚の喪失とそれを補う諸感覚および想像力に関し、本章を先取りするような議論を展開している。本章はこの桃尾論文につながるものであるといえるだろう。

（7）本作ではこれ以外にもしばしば「盲者の視覚」が主題化されている——「彼の眼はしっかり閉じられていたが、彼は自分が罪を犯した場所を見た」（*P* 3.1255-56、傍点は筆者）、「涙と神の慈悲の光により視覚を奪われたまま（Blinded）、彼は頭を垂れ、赦しの重い言葉を聞き、その印として司祭の手が彼の上に挙げられるのを見た」（*P* 3.1537-40、傍点は筆者）、等々。

（8）ジョイスが眼の主題に囚われつづけた作家であることは、『肖像』のほか『ユリシーズ』も視野に入れてセアラ・ダニアス（Sara Danius）が論じている。ダニアスは映画の影響も含め、また本章では紙数の関係で扱えなかった『肖像』第五章の美学論にも言及しながら、ジョイス文学における視覚と聴覚の主題を包括的に論じている（147-88）。

ジョン・マコーマックのＣＤ

ジョン・マコーマック

オペラ好きのわが家には、ジョン・マコーマック（John McCormack, 1884-1945）のＣＤが三枚ある。イタリア・オペラのアリア集と、ドイツ物を中心としたリート集、そしてアイルランド歌謡集。このうち後の二枚は一九三〇年前後の録音を集めたものだが、一枚目はすべて一九一〇年前後。クラシック音楽の世界では、だいたい第二次世界大戦前の録音をヒストリックと呼ぶようだが、第一次世界大戦前の録音となると、もう神話の領域に近い。雑音混じりの乏しい録音から、まるで神の声でも聞き取るかのように、必死に耳を傾ける。

マコーマックは言わずと知れたアイルランド出身の世界的名テノール。エンリコ・カルーソ（Enrico Caruso）らとともにその芸術を録音で残せた最初の世代だが、マコーマックは英語圏に生まれたことも手伝い、フォークソングを含めて膨大な録音を残したうえ、後年には映画で主演も務めた（*Song O' My Heart*, 1930）。その彼が頭角を現わすきっかけになったのが、一九〇三年にダブリンで開かれた音楽祭（Feis Ceoil）であった。当時弱冠十九歳。そしてそのころ、彼のあとを追って歌手になる野心に燃えていたのが、二歳年長のジョイスである。ジョイスは翌年、マコーマックと幾日かをともに過ごし、歌の練習に励んだ。結局、彼は歌の道を選ばず、ダブリンを脱出して作家になったが、その音楽的感性は作品から、その美声は自作を朗読して吹き込んだ録音から窺い知ることができる。

しかし、まさにジョイスが歌っていたころの雰囲気をおそらくはもっとも直接的に伝えてくれるのが、マコーマック初期の録音である。後年の歌手には見られない伸びやかさ、悲痛なアリアでも軽めの声で流麗な技巧を聴かせるその抒情的な歌唱は、今聴いてもみずみずしさを失わない。

（横内一雄）

第六章　アクィナス美学論の〈応用〉に見る神学モダニスト的転回

聖トマス・アクィナス、Pflugbeil 口絵より

第六章　アクィナス美学論の〈応用〉に見る神学モダニスト的転回

金井嘉彦

はじめに

『若き日の芸術家の肖像』（以下『肖像』と略す）第五章で主人公スティーヴン・デダラスが友人リンチを相手に美学論を展開する場面は、『肖像』でもっとも重要な場面のひとつに挙げられる。そこで彼は、憐憫と恐怖の定義をすることから始め、[1] トマス・アクィナスにのっとって美を目で見て快いものとした上で、美が本質的に動的《キネティック》ではなく静的《スタティック》であることを説明する。加えて、インテグリタス（*integritas*）、コンソナンティア（*consonantia*）、クラリタス（*claritas*）、すなわち全一性、調和、光輝の概念をアクィナスから援用する。これらを用いた美学をスティーヴンは「応用アクィナス学」（“applied Aquinas”）と呼ぶ。[2] この美学論は、厳密に言うなら小説の主人公スティーヴンの美学論であるはずだが（Noon, 1957b, 73; Kenner, 1962, 44）、『肖像』が持つ「自伝的」小説の要素からの要請もあって、『肖像』全体を説明する美学論、ひいては、ジョイスの美学論、つまりはジョイスの芸術に関するマニフェストと取られる向きがある（Connolly, 1981, 166; Hope, 183; MacGregor, 221）。

しかしスティーヴンの美学論をつぶさに見ていくと、部分部分としてはそれでよいにしても、全体として落ち着きの悪い、スティーヴンの美学にならって言うなら「調和」に欠けたところがある。初めて

『肖像』を読む者がまず戸惑うのは、美学の柱にアクィナスが用いられていることであろう。なぜ中世の、しかも読む者の多くが神学者、聖人として想起するアクィナスでなくてはならないのか。しかもそれを〈応用〉するとはどういうことか。アクィナスを前面に出しているかのように見えるわりには、スティーヴンが引用する原文のラテン語に間違いがあることは何を意味しているのか（Santro-Brienza, 144）。アクィナスを〈応用〉した美学論と名前をつけつつも、たとえば、スティーヴンが展開する「叙情的／叙事的／劇的」（lyrical／epical／dramatic）という芸術様式の発展は、順序の入れ替えこそあるものの、ヘーゲルに負っていることに示されるように、ドイツ観念論の影響を示している（McGrath, 259-75）。こちらもまたスティーヴンの美学の柱といえるものであるはずなのに、一方のアクィナスのように名前を出されることなく、その影響が明示されないのはなぜか（McGrath, 273）。

これまで『肖像』の美学論は、概して典拠探しに終始してきた。この段階は、スティーヴンが美学論で述べる美に必要な三段階で言うならば、線引きをすることで他との違いを認識するインテグリタスに相当する。これから求められることは、細かい齟齬、意味の方向性の違いを含む、調和に満ちたものとはいえない集合体を、個別に見るのではなく調和に満ちた全体へと高める、『肖像』の美学論で言うならば、コンソナンティアの作業であろう。その中にスティーヴンが言うようななんらかのリズムが見えたとき、スティーヴンの美学は新しい輝きを内側から示す、クラリタスの段階にいたるのであろう。本章は『肖像』の美学論を当時の文化的・社会的コンテクストのなかに位置づけることでスティーヴンの美学の全体像を再考し、新たな意味の可能性を探る。

『肖像』第五章でスティーヴンが、「見られて喜びを与えるものは美しい」（"that is beautiful the apprehension of which pleases."）というアクィナスの美の定義を友人リンチに話すと、リンチはその定義のラテン語の原文 "*Pulcra sunt quae visa placent*" を口にする（*P* 5.1193-96）。ジョイスはここでその原文をリンチに言わせているが、スティーヴン自身が七〇〇行ほど前のところで同じ文を学監相手に発していることからすると（*P* 5.420-21）、スティーヴンがアクィナスの美学論を普段から口にしていて、それを日頃聞かされているリンチも覚えやすいとはいえないそのラテン語を覚えてしまっている、ということなのだろう。友人や学監に自らの理論を話すのに、それなりの準備と理論武装をしてきているはずのスティーヴンであるが、興味深いことに彼が引くその原文には間違いが含まれている。先行研究がすでに指摘をしているように、引用文中の "*Pulcra*" は本来ならば "*Pulchra*" でなくてはならないし、文全体としてもアクィナスの『神学大全』（*Summa Theologica*）にある原文は "*Pulchra enim dicuntur quae visa placent*"（I q.5 a.4）であるから、スティーヴンが一部を省略し、なおかつ変更を加えていることがわかる。[3]

　このような状況を踏まえ、ウンベルト・エーコ（Umberto Eco）は、ジョイスはアクィナスの原典を読んでいないとし（1989, 6）、ジャック・オーベール（Jaques Aubert）は、ジョイスが読んでいたのは原典ではなくアクィナスの思想をまとめた概説書であろうと判断する[4]（100-01, 167）。「応用アクィナス学」と言いながら、スティーヴンおよびジョイスがどうやら原典にもあたらず[5]、原典全体を読んでいるのではないとすると、ジョイスが示すスティーヴンの美学論議は、大学生の議論によくある、もっともらしくはあるが細かく見ていくと間違いが多い、はったりをきかせた議論にすぎないということになりはしないか。アクィナスへのこれ以上の言及がないことも妙であるし、スティーヴンがアクィナスの哲学のほんの一部を切り出していることはさらに注意を要する。

リベラト・サントロ＝ブリエンツァ（Liberato Santro-Brienza）が説明するところによれば、中世のキリスト教世界においては、神は存在するものすべての作り手であると同時に存在の源と考えられていた。万物は、程度こそ異なれ、神の存在の完全さにあずかるものと見なされていた。この理由によって、宇宙における多様で異なった存在は、その具体的な多様性にもかかわらず、存在を互いに共有するものと考えられていた。それがつまりアナロジー（analogy）の原理となる。この世のすべてのものは、互いに異なり、互いと区別され、同一性をそれら自身としか持たないが、それでも同時にすべてのものは、存在の広大な領域を超えて互いを指し示しあうものとなる。存在は、兄弟のようなもので、それぞれが異なりユニークであっても、それでも同じ親に属する点で共通なのだ（134-35）。そのような世界観に裏打ちされたアクィナスの哲学のほんの一部だけを切り出して、現代に当てはめようとするスティーヴンの試みにどれほどの無理があるかは容易に想像できる。

そもそもアクィナスの美学論は神学論の一部である。乱暴なもの言いとなることを承知の上でアクィナスがやろうとしたことをまとめるなら、神の属性が、程度は異なるものの、この世にあまねく行き渡り、充溢していることを右に示したアナロジーの原理に基づいてスコラ学的に示すのに加えて、美をもその属性のひとつに加え、同様に世界に行き渡っていることを示そうとしたのが『神学大全』である（Santro-Brienza, 136）。スティーヴンがもしその美学論だけを取り出しているとすると、アクィナスが神学の一部として構想した美学を、その神学を置き去りにしたまま使っていることになる。それはまた、部分と全体の調和がなければ美として認められないと主張するスティーヴンの美学論自体とも矛盾することとなるだろう。

スティーヴンの美学論を見ていくと突き当たるこのようなアポリアが、スティーヴンの思想に起因することは間違いないにしても、それに劣らずスティーヴンの生来的なあり方にもよるのかもしれない。サントロ＝ブリエンツァが指摘するところによれば、スティーヴン・デダラスの「デダラス」には「迷宮」を意味する *dedalo* が含まれるというのだ（Santro-Brienza, 64）。しかし、スティーヴンが、あるいは読者のわれわれが知らず知らずのうちに迷宮に入り込んでいるとしても、まだ入り口にいるにすぎない。

ドイツ観念論

「応用アクィナス学」とも称せられるアクィナス中心のスティーヴンの美学論に新しい側面を見いだしたのはF・C・マグラア（F. C. McGrath）である。スティーヴンの美学論におけるドイツ観念論（ヘーゲル、カント）の影響を考察した論考「心の中でほくそ笑む――スティーヴンの美学の典拠」（"Laughing in His Sleeve: The Sources of Stephen's Aesthetics"）で、彼は、たとえばスティーヴンのリズムを説明する部分の出典を、コールリッジの『文学的自伝』の一節、「美の感覚は、部分と部分の関係、部分と全体との関係の自然発生的な直観に存在する。それは直接的・絶対的な満足を引き起こし、したがって感覚や知性に由来する、いかなる関心の介入も受けることはない。美しいものはこうして、その下位にある感じのよいものと、その上位にあるよいものからすぐさま区別される」に求め、そこにコールリッジ経由で入ってきたカントの影響を見る。[6] 彼はまた、スティーヴンが美の属性として「運動」（kinesis）と対比させて考えている「静」（stasis）の概念もまたカントの「観照」を経由したものとする。一方、スティーヴンの美学の中心概念であるインテグリタス、コンソナンティア、クラリタスについては、概念はアクィナスでも、そこにヘーゲルの弁証法的発展が組み入れられているのをマグラアは見る。スティーヴンの文学形式の三段階の発展――「叙情的」、「叙事的」、「劇的」――については、ヘーゲルの文学形式の三段階の発展――「叙事詩」、「叙情詩」、「劇」――の順序を入れ替えたものとする。[7]

しかし、奇妙なことにマグラアがスティーヴンが負っていると指摘するドイツ観念論の哲学者の名前は、アクィナスの場合とは違ってテクスト中には出てこずに、隠されている。アクィナスの場合のように、それを〈応用〉していることをスティーヴンが意識の上にのぼらせることはなく、テクストもそのことを認めない。それればかりか、ドイツ観念論に友人が会話の中で触れても、スティーヴンはなぜかそれに反応しない（McGrath, 273）。スティーヴンとリンチが美学論議をしながら街を歩いていると、街で会ったドノヴァンという友人は、役人登用試験で誰がどのような成績で受かったのかを伝えたあと、次のように話す。

――君［スティーヴン］が美学についてエッセイを書いているって聞いたよ。

スティーヴンは曖昧なジェスチャーで否定した。

――ゲーテとレッシングは、とドノヴァンは言った。美学についてたくさん書いている。古典派、ロマン派などね。『ラオコーン』は読んだけどおもしろかったな。もちろん観念論的で、ドイツ的で、超深遠だけどね。

二人［スティーヴンとリンチ］ともなにも話さなかった。ドノヴァンはきざったらしいいとまごいをした。（*P* 5.1321-26）

曖昧にであっても美学論を書いていることを否定し、ドノヴァンの切り出した美学論の話題にのることのないスティーヴンは、『肖像』第五章冒頭部での学監との会話において美学論を積極的に話そうとし、今もまたリンチと美学談義にふけっているスティーヴンと奇妙な対照をなす。二人がドノヴァンと話したくないのは、ドノヴァン自身に問題があることによるのか。それともドノヴァンの触れたドイツ観念論に問題があるのか。[8] 二人はこのあと、ドノヴァンが提起した観念論にはまったく触れず、なにもなかったかのように、ドノヴァンと出会うまでやっていた美学論議に戻る。この謎はわれわれの目の前にいるスティーヴンをさらに迷宮の奥へと押し進める。

ジョイスの罠

これまで見てきたように、スティーヴンの美学の中心とされるアクィナス美学論には、その扱い方において不完全なところがあった。一方スティーヴンの美学論で同程度重要な発展段階を示す部分にはドイツ観念論の影響が明らかだが、ドイツ観念論の哲学者の名前が明示されることはなかった。この二つの謎は何を意味するのだろうか。

ジョイスが大学生生活を始めた十九世紀末から『肖像』を書き上げる二十世紀初頭の時期においてアクィナスがカトリックの社会においてどのような意味を持っていたかを見てみると、特殊な位置を与えられていたことがわかる。彼はカトリック教会の「オフィシャル」な哲学者であったのである（Lilley, 109）。「オフィシャル」ということの意味は、それ以外は教会が認める立場ではないという意味である。この姿勢は教皇レオ十三世（Leo XIII）が一八七九年八月四日付で出した回勅「エテルニ・パトリス」（"Aeterni Patris"）で打ち出された。[9] 三四節からなるこの書簡の中で教皇はまずアクィナスをスコラ学の最高峰と呼び（第十七節）、これまでの教皇もアクィナスを賞賛してきたし（第二一節）、これまでの教会会議でもアクィナスには特別な名誉が与えられてきた（第二二節）歴史的経緯を確認する。続いて、好ましくない哲学の流行によって教会の基盤の揺るぎ、弱体化が生まれている現在の危機を指摘し、そのような危機に結びつく余計な詮索より今重要なのは神学を信仰の揺るぎない防波堤にすることであることを訴える（第二四節）。その上で名高いアクィナスの教えを復興し、それをかつての美しい状態に戻すことを呼びかけ（第二五節）、大学で今広まっている誤った考えに反論するためにアクィナスを使用せよと命ずる（第三一節）。こうしてアクィナスは中世の哲学者でありながら、現代に呼び戻され、特別な地位を与えられることになる。これにより、いわゆるネオ＝トーミズム（Neo-Thomism）が花開く。

これに対して、回勅では明示されていないが、「教会の基盤の揺るぎ、弱体化」をもたらしている「好ましくない哲学」とされたのが、ドイツ観念論である。そのことがよくわかる例として、ジョイスの『肖像』が雑誌に掲載される前年の一九一三年に出た、同じアイルランドの作家ジェラルド・オドノヴァン（Gerald O'Donovan）の『ラルフ神父』（*Father Ralph*）の一節を挙げておこう。

> 彼［ラルフ］は、哲学は神学に隷属する小間使いと教えられていた。しかしヘイ先生が教えると、単なるナンセンスだった。カントやヘーゲルを論駁するのに、永遠に聖トマスと聖アウグスティヌスの考えに訴えるジッリアーリのテクストはおぞましかった。しかしヘイ先生はもっとひどくて、愚かしかった。多分哲学は重要ではないのだろう。彼の疑念は神学を勉強するようになれば解消され、彼の心は安らかになるのだろう。（O'Donovan, 229）

『ラルフ神父』は、主人公ラルフが司祭になることを夢見て、実際に司祭になるまでの様子と、司祭になってから教会に幻滅し、教会を離れるまでを描く、これまた自伝的な小説である。ここでは、メイヌースの神学校で組織的に哲学を神学に従属させようとしている様子、その一環としてアクィナスやアウグスティヌスを用いてカントやヘーゲルが間違っていることを示すジリァリ（Zigliari）のテクストを用い、それゆえに中身のない、つまらない授業が行なわれていることにラルフが不満を感じている様子が描かれている。彼はいずれ大きくなる懐疑をすでに体制側に感じているが、神学を学ぶようになれば理解のできる事柄であろうとして、ここでは問題を先送りにしている。

もうひとつの例として、イエズス会士で哲学者のジョゼフ・リカビー（Joseph Rickaby）が一九〇八年に著わした本の一節を引用しておこう。

> ［モダニストが基盤とする哲学は］教会が特別の地位を与えて認める聖トマス・アクィナスのスコラ哲学ではない。モダニストはスコラ学を忌み嫌う。モダニストはスコラ哲学は教会を鉄の檻に入れると言う。モダニストがその着想を得る哲学者はイマヌエル・カントである。カントは『純粋理性批判』で、人文科学のもととなる人間の知性は現象《フィノミナ》――つまりは感情とか感覚とか意識の状態とか、思考の形であるとか――を超えたものはなにひとつ扱えない、と主張する。彼は、それらが人文科学が扱う対象となり、一方の神は確かに現象《フィノミナ》ではないゆえに、知性によって知ることはできない、とする。カントは、学問は神に触れることはできないとし、神の存在を証するために引き合いに出される証拠は無効と言う。（Rickaby, 15）

ここにもアクィナスを擁護し、カントを敵視する姿勢が明確に見てとれるが、この引用部については若干の補足をしておいたほうがよいだろう。リカビーがここで名を挙げているモダニストとは、通常連想される二十世紀初頭の前衛的芸術運動に関わる者ではなく、神学モダニズムに関わる人のことである。文学を研究する者にはあまり馴染みがないが、時代的には文学のモダニズムよりも神学モダニズムのほうが先行する。その名が示すように、モダニストとは教会をモダナイズしようする人のことを指す。[10] ローマ教会がアクィナスを中心とするスコラ哲学にしがみつくことでキリスト教を宗教改革前の中世にとどめ続けようとしたのに対し、モダニストは、歴史的・科学的批判（criticism）に照らしてキリスト教の再解釈を迫った。キリスト解釈、すなわち聖書の解釈とそれにともなう教会組織のあり方を、近代において蓄積されてきた新しい知の集積のもとでとらえなおし、脱神話化、脱中世化をすることで、モダンへの適合、モダナイゼーションを図ろうとした。それはしかしキリスト教の解体を目指すアナーキーではなく、そのような新しい解釈をほどこしてもなお残るゴスペルの精神、キリスト教の原点に戻ることで、キリスト教の持っていた原初的な力を取り戻す動きであり、それによって普遍的《カトリック》な宗教へと再生する動きであった。旧体制に閉じこもり、麻痺した現状では未来がないとの強い危機感にもとづき、改革によりカトリシズムに新たな息吹を吹き込み、カトリック教会の再生を目指す彼らの運動を、モダニストはまたキリスト教に本来的にあった護教論《アポロジェティック》の歴史に位置づける。しかしそれもカトリック教会側からすれば、歴史的に行なわれてきた、また当時にあっても行なわれていた、リベラル・プロテスタント、不可知論者、ラショナリスト、自由思想家《フリー・シンカー》たちからの攻撃のひとつにしか見えず、カトリック教会を危機に陥れるものにしか見えなかった。この危機感は、カトリック教会が十八世紀末のフランス革命以来一八七〇年のイタリア統一による教皇領の喪失を経由しつつ、一九〇五年のフランスの政教分離に至るまで世俗的権力の喪失を相次いで経験してきたことによってさらに強められた。世俗的権力に加えて宗教的権力の喪失があってはならなかった。[11] モダニスト側が感じていた改革なきカトリシズムへの危機感と、モダニストの意図を理解せずに、モダニズムを世間からの攻撃の一部と受けとめた教会側が抱いた危機感は、十九世紀末から二十世紀初頭にかけて大きな対立と衝突となって現われる。前述の「エテルニ・パトリス」は問題をなきものにするために時間を中世へと逆行させようとした試みであり、ヴァチカン公会議が定めた教皇不可謬説（infallibility）は、薄れゆく権力を絶対的なものに戻そうとするあがきであった。この強硬姿勢はさらに強まり、一九〇七年に教皇は、教令「ラメンタビリ・サネ」（"Lamentabili Sane"、以下「ラメンタビリ」）と回勅「パスケンディ・ドミニキ・グレギス」（"Pascendi Dominici Gregis"、以下「パスケンディ」）を出し、モダニストを弾劾し、弾圧にかかる。リカビーの著書『モダニスト』（*The Modernist*）は、回勅「パスケンディ」で打ち出された強硬的な姿勢を擁護するために書かれた。話を引用部に戻すならば、リカビーはあくまでもアクィナスにすがろうとする教会側の立場と、それとは対立するカントを思想的バックボーンとするモダニストの立場を示し、「パスケンディ」の精神にのっとって後者の批判をしているのである。

以上の例から明らかなように、カトリック教会にあっては、アクィナスとカント、ヘーゲルのドイツ観念論は対立する状況にあった。アクィナスは称揚すべき哲学者であり、ドイツ観念論は目／口にしてはならない哲学者であった。このことが、ジョイスがアクィナスをテクスト中で名を明示し、さらには〈応用〉という言葉を使って前景化するのに対し、ドイツ観念論を明示せずに隠す理由となっている。つまり、ジョイスのテクスト中での両者の位置づけ方は、当時のカトリック神学における両哲学の位置づけ方を見事に反映しているのだ。

アクィナスの隠れ蓑

スティーヴンがアクィナスの名前は出すがドイツ観念論の名を出さないことが、当時の神学論争において前者が称揚され後者が弾圧されてきた状況と平行関係にあるとするならば、その上でなぜスティーヴンあるいはジョイスがアクィナスを美学論の中心に据えるのかという問題が出てくる。スティーヴンは教会側のイデオロギーに従っているのか。それともそれは見せかけなのか。

『肖像』第四章で聖職者とはならない選択をし、最終的に教会と対立する立場に身を置くと宣言するスティーヴンが、そもそもアクィナスを称揚することが態度として矛盾をしていることは明らかである。「応用アクィナス学」などといって無邪気にアクィナスを称揚しているとするならば、それは教会から離れようとしながらそのイデオロギーから離れられないスティーヴンの芸術家としての限界を示すものとなろう。自らがなそうとしていることと、その信条が矛盾しているならば、ダイダロスのような未知のものに挑戦する芸術家として旅立てる可能性はない。その上でジョイスがあえてスティーヴンにアクィナスを信奉させているとするならば、それは結局旅立つことのできない芸術家スティーヴンの限界を示すためのものとなろう。その一方で、スティーヴンがアクィナスの原典を知らず、一部を、しかも不完全な形で使う様子は、スティーヴンが教会が考えるようなネオ＝トーミストではないことを示唆しているのであろう。であるとすると、もうひとつのとらえ方として、スティーヴンがアクィナスを隠れ蓑として使っている可能性が浮上してくる。当時の神学論争において、アクィナスこそが口／目にすべき哲学者で、ドイツ観念論が口／目にすべき哲学でないとするならば、アクィナスの名をとりあえず挙げておけば安全だと考えたとしても不思議はない。たとえば、第五章冒頭で学監と美学について話す場面で、スティーヴンはアリストテレスとアクィナスの名を挙げるのであるが（*P* 5. 466-67）、この場面で使われている語のいくつかは、両者のやりとりが見かけほど単純ではなく、互いに腹の探り合いをし、牽制している様子を示している。『スティーヴン・ヒアロー』では名前を与えられていたが、『肖像』においては名前の与えられることのない学監は、単なるイエズス会という組織の一員、不気味な顔なき存在になる。その彼が、美学の問題は深遠で、モハーの崖から海の深いところをのぞき込むようなもので多くの人がその深みに入るが浮かび上がって来られないことがある、きちんと訓練を受けた者でなければ扱うのが難しい、と謎めいたことを言う（*P* 5. 457-61）。この後で繰り広げられるスティーヴンとリンチの美学談義において、スティーヴンの美学論が「応用アクィナス学」といいながら、実はドイツ観念論をも柱にするように、美をめぐる議論が最新の哲学を基盤にするであろうことは容易に予想できる。その上で学監がスティーヴンに美学の話をさせているのだとしたらどうだろう。深みから浮かんで来られないこともあるから注意しろという台詞は、美学に関心を持つことが最新の哲学に惑わされ、教会の推奨するアクィナスから離れることになり、場合によってはそれが身の破滅につながる可能性もあるとの脅しに聞こえるだろう。その直後にスティーヴンが「自由思想《フリー・シンキング》などないと思っている」と奇妙な受け答えをするのも、学監からの教会の教えから離れたところでものを考える危険性への警告に対し、学監が危惧する自由思想《フリー・シンキング》につながる思想にかぶれないから安心してほしいというメッセージを伝えるものと読めよう。スティーヴンがアクィナスの名前を出すのは、まさにその直後なのである。一見他愛もないやりとりのように見えるが、実はかなりの緊張を帯びた駆け引きを見せる二人の会話の流れの中で、スティーヴンがアリストテレスとアクィナスの名前を出すのは、それらが絶対的に相手を安心させる哲学的よりどころであることを知っているからである。アクィナスの名を使えば、スティーヴンはなんら怪しまれることなく美学を展開できる。アクィナスを〈応用〉する意味のひとつは、そこにある。

アクィナスを隠れ蓑に使う様子は、『肖像』よりも『スティーヴン・ヒアロー』を見るとはっきりとわかる。『スティーヴン・ヒアロー』においては重要な意味を与えられていたが、『肖像』から削除されてしまうことになる逸話のひとつとして、スティーヴンが大学の文学・歴史協会で論考を発表する話がある。彼はイプセンやメーテルリンクに基づく新しい劇のあり方について話そうとしているのであるが、学長の「検閲」により発表を差し止められそうになる。そこで彼は、『肖像』第一章において校長に直訴に行ったのとまったく同じように、学長に直談判に行く。スティーヴンが考えているような美の理論を学生に広めることは認めがたいとし、その理由を大学で教えている理論と異なるからと言う学長に対して、スティーヴンは、学長が批判する点をひとつひとつ取り上げ、それを論駁していくのであるが、それでも拭いきれない批判を一掃する最後の切り札として使うのが、アクィナスである（*SH*, 96-100）。アクィナスを有用な隠れ蓑に使う、そのときのアクィナスはアクィナスであって、アクィナスではない。スティーヴンはのちに沈黙と亡命と狡猾さとを用いて、国と教会と言語に対抗すると宣言するが（*P* 5.2579-80）、狡猾さの行使はすでに始まっている。

このように考えるならば、アクィナスを〈応用〉することの意味にも合点がゆくが、問題はそれで終わるわけではない。アクィナスの名を出すのが隠れ蓑であるとすると、アクィナスの思想はスティーヴンの芸術論の中で意味をもたないのか。単に世を欺くためにアクィナス信奉を打ち出し、本当の考えは、ドイツ観念論のように、「沈黙」の中に置いて隠すのであれば、アクィナスは単なるスティーヴンの身の回りにいる者をだますと同時に、小説としての『肖像』を読む者を結果的にだます、ジョイスの罠にすぎないのか。この点が考察すべき最後の点となろう。

〈応用〉アクィナス学

スティーヴンがアクィナスを〈応用〉しようとする姿勢を考えるにあたって、ひとつの手がかりを与えてくれるものが当時モダニストが繰り広げた議論の中に見られる。先に触れた「パスケンディ」が出た一年後に、『モダニズムのプログラム――教皇ピウス十世の回勅「パスケンディ・ドミニキ・グレギス」への応答』（*The Programme of Modernism: A Reply to the Encyclical of Pius X, Pascendi Dominici Gregis*）と題された本が出る。著わしたのはアルフレッド・レスリー・リリー（Alfred Leslie Lilley）である。この本で、リリーは自分たちのモダニズムが目指すところを説明し、回勅がモダニズムを批判する点をひとつひとつ検証し、それらが当てはまらないことを論証していく。この著作の中で、彼はアクィナスが中世において持っていた位置について重要な見解を示す。回勅「パスケンディ」はモダニストを非難するのに、中世の教皇グレゴリウス九世（Gregorio IX, 在位 1227-41）が書簡の中で一部の神学者たちを非難したときに用いた言葉を用いるのであるが、リリーは教皇グレゴリウス九世が非難していたのが実はスコラ哲学者であった事実を指摘する（146-47）。中世においてヨーロッパにまだ知られていなかったスコラ哲学は教会にとって脅威で、教会は読むことを禁止していたが、時代の趨勢に逆らえずついに受け入れたのであり、その「調和」（"harmonization"）を行なった「偉大な匠」（"artificer"）がアクィナスであったというのである。その事実をもとに、リリーはアクィナスが中世におけるモダニストであるといい、二十世紀のモダニストは、時代によってつねに形を変えていく哲学と文化に順応していくキリスト教の能力を見極めている点において、スコラ学派の真の後継者であることを主張する（167-68）。同じような危機が何度もあったキリスト教の歴史において、キリスト教はその都度柔軟さを発揮し、時代に即した進化をしてきたとリリーは言う。キリスト教の本質的真実は不変だが、時代に即した護教論《アポロジェティック》が必要であり、アクィナスも自分たちモダニストも同じキリスト教護教論《アポロジェティック》の流れの中にあるとするのである。

ジョイスが『肖像』を執筆していた時期に、あるいはより正確に言うならば、ジョイスが『肖像』への書き直しを図りつつも、ハンス・ヴァルター・ガブラー（Hans Walter Gabler）が「失われた七年」と呼ぶほどに長い期間『肖像』の形が定まらなかったその時期に世間で起こっていたのは、モダニストと反モダニストとの間で繰り広げられていた激しい応戦であった。『肖像』執筆前にはなるが、一九〇二年から〇三年にかけてジョイスがパリに滞在していたときに起こっていたのは、フランス随一のモダニストと目されたアルフレッド・ロワジー（Alfred Loisy）の『福音書と聖書』（*The Gospel and the Church*）の刊行とそれをめぐる騒動である。ジョイスが『ダブリナーズ』の原稿を一通り揃え、『スティーヴン・ヒアロー』から『肖像』への書き直しを始める一九〇七年には、教皇ピウス十世の教令「ラメンタビリ」と回勅「パスケンディ」が出る。[12] 前述のように、リリーの『モダニズムのプログラム』は回勅への反論であったし、リカビーの『モダニスト』は回勅の擁護であった。このようなモダニズムと反モダニズムの激しい応戦が行なわれ、どちらに流れが行くのか緊張が高まる中で、一九〇八年に世を代表するモダニスト、ロワジーとジョージ・ティレル（George Tyrrell）が破門され、ティレルが一九〇九年に他界したことはモダニスト側にとっては大きな痛手となる。ジョイスが『肖像』への最後の書き直しを始めるのは、この戦いの趨勢が見えてきた時期にあたる。教会からは離れたもののキリスト教のあり方には関心を持ち続けたジョイスが、世を揺るがしたモダニズムの運動に目を向けなかったはずがない。「モダニズム危機」とも呼ばれたこの時期に、数度にわたる書き直しを経ながら、『肖像』がようやく形をなしていったことは、モダニズムの影響をなんらかの形で受けていたことを強く示唆する。

その上で右に述べたようなモダニストが回勅「パスケンディ」への反論として展開していたアクィナ

スの読み直しをジョイスの「応用アクィナス学」にあてはめるならば、以下の解釈が成り立つであろう。つまりは、ジョイスが応用するアクィナスとは、モダニストたちが構想する、中世におけるモダニストとしてのアクィナス、キリスト教を時代に即した形に合わせようとする彼ら自身の運動にも〈応用〉可能なアクィナスであり、さらにその〈応用〉とは、アクィナスが本来持っていた、キリスト教を時代に適合させるモダニスト的な応用力のことにほかならない。

おわりに——美学の神学化あるいは神学の美学化

スティーヴンの美学論は、アクィナスに基づくと言いながら、小説中のアクィナスの引用の仕方には必ずしも正確と言えない要素が見られた。またアクィナスを〈応用〉した中世的な美学と見せながら、そこにはドイツ観念論に代表されるモダンな哲学が吸収され、一体化していた。本章は、この謎をジョイスがスティーヴンの美学論を「応用アクィナス学」と呼ぶ、その〈応用〉の仕方を再検討することから解こうと試みた。従来アクィナスを美学に応用するという程度にしか考えてこられなかったその〈応用〉の意味を、当時の神学モダニズムのコンテクストを背景に置くことで、当時のカトリック信仰を硬直化・麻痺させていたアクィナスを、中世におけるアクィナスが本来持っていた改革者の役割に引き戻すことで、再生させることととらえた。それはジョイスからすれば信仰の枠組みを変える意味を持った。ジョイスがアクィナスを「応用アクィナス学」に変えることが持つ意味は二つある。そのひとつは、中世においてキリスト教を時代に合わせるモダニスト的な役割を果たしたアクィナスに、もう一度モダニストの役割を果たさせることで、当時危機を生んでいた教会対モダンの対立を乗り越える方途を見いだしたこと。もうひとつは、アクィナスが中世において行なおうとした神学と美学の統合というプロジェクトを二十世紀初頭のアイルランドにおいて再び展開したこと。それは、美学を神学に統合する神学化ともいえるであろうし、神学を美学に統合する美学化ともいえるであろう。そのいずれの意味でとらえるにせよ、ジョイスの試みは、近代以降キリスト教から離れてしまう美学を再度キリスト教と接合し直す意味を持ち、神学モダニストたちがキリスト教とモダンとの融合を図ったときよりももう一段階大きいスケールで両者を融合することを意味する。この融合により、美学と神学が、より大きな枠組みの中で関係性をもって統合されること、これこそが、ジョイスの美学論の言葉で言うならば、コンソナンティアであろう。そのとき、美学と神学は新たな命を得て、新たな輝きを放つこととなる。その光はクラリタスとなって、ジョイスの作品世界を内側から照らす光となる。

註

（1）スティーヴンが、アリストテレスは憐憫と恐怖の定義をしていないと言うのは正しくない（Gifford, 247-49; Aubert, 85）。

（2）『肖像』ではマカリスターならそう呼ぶだろうとしているが（*P* 5.1267-68）、『スティーヴン・ヒアロー』ではスティーヴン自身がそう呼んでいる（*SH*, 81）

（3）ただし、会話においては"*Pulcra*"と"*Pulchra*"の違いは出ないし、スティーヴンが使うような簡略化した表記をする伝統もあったので必ずしも間違いとも言えない部分がある。この点については本書第五章執筆者の横内一雄氏に指摘をいただいたことを謝意とともに記しておく。

（4）その概説書を、オーベールはサン＝ジュヌヴィエーヴ図書館に所蔵されている Thomas Aquinas, *La Somme théologique de Saint Thomas, Latin-français en regard, par l'abbé Drioux,* Translated into French by Abbe Drioux.（Paris: Eugène Belin, 1854）か、*Synopsis Philosophiae Scolasticae ad Mentem Divi Thomae, ad Utilitatem*

Discipulorum Redacta. 2nd ed.（Paris: Apud A. Roger & F. Chernoviz, 1892）と考える（Aubert, 100-01, 167）。アクィナスの美学論についてはEco,1988参照。Ecoのアクィナス理解に間違いがあることを指摘しているLevyも参照のこと。

（5）『ユリシーズ』のスティーヴンはアクィナスを原典で読んでいると第九挿話（*U* 9.778-79）で主張している（Noon, 1957b, 4）。

（6）マグラアは、しかし、コールリッジからの引用部の前にあるはずの「美のもっとも安全でなおかつもっとも古い定義は、ピタゴラスのそれである」という一文を、なぜか見逃している。

（7）このほかのドイツ観念論の影響の考察については、Caufield、Bainesを参照。

（8）『スティーヴン・ヒアロー』では愛国主義者の行動の矛盾をスティーヴンが鋭く指摘するくだりに役人登用試験への言及が出てくる（第十七章）。

（9）節の数字は、教皇庁のウェブページに掲載された版においてパラグラフに付けられている数字による（http://w2.vatican.va/content/leo-xiii/en/encyclicals/documents/hf_l-xiii_enc_04081879_aeterni-patris.html）。ちなみに、*The Great Encyclical Letters of Pope Leo XIII*（New York: Benziger, 1903）では数字は打たれていない。

（10）ここに挙げるモダニズムの説明はLilleyをまとめたものである。

（11）世俗的権力の喪失に対する反動としてのモダニズムについては、Jodock参照。

（12）教令「ラメンタビリ」と回勅「パスケンディ」がアイルランドの宗教界にもたらした衝撃は、『ラルフ神父』に描かれている。

アイルランドで買って食べた魚

アイルランドはおいしい——魚編

ラネラ（Ranelagh）というダブリンのどちらかというと南側にある通りに住んでいたときに、一本隣の通りに新鮮な魚を置いている店があって重宝していた。近海で取れたまさに新鮮な魚を置いていて名前がよくわからなかったりしてもとりあえず塩焼きが基本だろうと塩を振って焼いて食べていた。日本ではそれほど簡単には手に入らないレモン・ソールとかも置いてあって、楽しめた。

当時シンプルな魚の食べ方という本が出ていたから、そういうブームがあったのかもしれない。テレビの料理番組でも果物を意味するフルート（fruit）をフルーシュとフラットに発音する料理家が、バターで焼いたりとかクリームで煮たりする、（日本人からすれば）決してシンプルとは呼べないであろう魚の調理法を、シンプルと称して紹介していた。

宗教上の理由で金曜に肉が食べられないカトリックが多く住むアイルランドには、魚を食べる風習がある。そのときに食べる魚の代表はニシンを燻製にしたキッパー（kipper）だろう。パトリック・カヴァナー（Patrick Kavanagh）は、ロンドンにいたときに下宿先でおそらくはこのニシンを焼いて食べたところ、その匂いを嫌った家主に出ていくよう申し渡された話を自伝的なエッセイ集『グリーン・フール』（*The Green Fool*）に書いている（260）。ニシンのほかにサバの燻製も日本人好みでおいしい。

フィッシュ・アンド・チップスに使う魚にもいろいろな種類があることを知ったのもアイルランドにおいてであった。代表的なのはコッド（cod 鱈）だが、ほかに鱈の一種ハドック（haddock）とかレイ（ray エイ）といった魚を選べたのも新鮮な経験だった。

（金井嘉彦）

第七章　ヴィラネル再考

――ジョイスとイェイツの間テクスト性について

モード・ゴン

第七章　ヴィラネル再考
――ジョイスとイェイツの間テクスト性について

道木一弘

はじめに

「賞賛すべきか、笑うべきか。」『肖像』最終章第二節でスティーヴンが作るヴィラネルをいかに解釈するかをめぐって、一九六〇年代初頭にウェイン・ブース（Wayne Booth）が発した問いかけが、この奇妙な詩をめぐる批評史の始まりであった[1]（329）。この問いを受けるかたちで、ヴィラネルが若きジョイスによる自作の詩に基づくことを重視したロバート・スコールズ（Robert Scholes）は、「賞賛すべき」と答え、詩作を通してスティーヴン自身が詩人になるとした（1968, 480）。一方、『肖像』をアイロニーの視点から読むことに徹したケナーは「笑うべき」と答え、この詩を「世紀末的華美な語法による極端に陳腐な作品」（Kenner, 2007, 360）と突き放したのであった。その後、七十年代の『ジェイムズ・ジョイス・クオータリー』（*James Joyce Quarterly*）誌上での議論を経て（Day, 52）、八十年代には、ヴィラネルを、『肖像』の語りのスタイルにおいて持つ機能から論じたり（Riquelme, 1983, 75-76）、スティーヴンの美学論との関係で分析したりする試み（Day, 62-63）がなされた。いわば詩自体の評価から、それが小説全体の構造の中でもつ役割へと関心が移ったのである。ただそれ以降、この詩が中心的に取り上げられることはほとんどないまま現在に至っており、その意味ではこの詩に対する批評的関心は今のところきわめて低いと言わざるをえない。

本章の目的は、こうしたヴィラネルがたどった批評の流れを踏まえた上で、作品が書かれた歴史的なコンテクストに今一度立ち返り、その新たな解釈の可能性を探ることである。その際、単なる歴史的な事実だけでなく、ヴィラネルが生まれる上で重要な役割を担った他の詩作品との間テクスト的（intertextual）関係性を分析する。具体的には、ジョイス自身がヴィラネルを書いたとされる一九〇一年頃、彼が熟知していたはずのイェイツ（W.B. Yeats）の『葦間の風』（*The Wind among the Reeds*）に収められた「彷徨えるアンガスの詩」（"The Songs of Wandering Aengus"）であり、もうひとつは『肖像』全体の語りのリズムにおいて中心的な役割を担っているシェリー（P. B. Shelley）の未完の詩「月に寄せる」（"To the Moon"）である。他の作品との関わりを多面的に探求することを通して、詩に込められた歴史的（伝記的）な意味についてもひとつの解釈を提示したい(2)。

世紀末のイェイツとジョイス

ヴィラネルは循環的な構造を持ち、第一連で導入された二つの詩行が続く四つの連で交互に繰り返され、最終連で再び二つが一緒に繰り返される。したがって、特定の気分や感情、また記憶を力強く訴えることに適した詩形である（Strand and Boland, 8）。スティーヴンの詩の場合、繰り返される二つの詩行は「倦み疲れていないのか熱情のそぶりに／もはや語るなかれ　魅了されし日々のこと」（"Are you not weary of ardent ways?/ Tell no more of enchanted days."）（*P* 5, 1552-54）であり、自分を魅了し翻弄する女性への問いかけと愁訴となっている。スコールズはこの詩が、伝統的に詩の霊感を与える女神的な存在に向けて書かれるミューズ詩（muse poem）であるとし、そのモデルとして世紀末のアーネスト・ドーソン（Ernest

Dowson）やスウィンバーン（Swinburne）を挙げ、さらに女神のモデルとしては伝統的にアイルランドを表象するキャスリーン・ニ・フーリハンおよびシャン・ヴァン・ヴォフトの可能性も指摘している（1968, 477）。ギフォード（Gifford）によれば、スティーヴンがヴィラネルを生み出す美学的土壌はペイター（Walter Pater）やイェイツ、ダヌンツィオ（Gabriele D'Annunzio）らの作品であり、とくにイェイツについては初期の幻想的短編および「世界の薔薇」（"The Rose of the World"）をはじめとする薔薇をモチーフとした三つの詩を挙げている（259）。このうち、「世界の薔薇」については語彙において本論で取り上げる「彷徨えるアンガスの詩」に共通する部分がある。

こうした作品が書かれた一八九〇年代、イェイツはモード・ゴン（Maud Gonne）への満たされぬ想いとオリヴィア・シェイクスピア（Olivia Shakespeare）との「友情」の間で不安定な精神状態にありながら、その一方で、アイルランド文芸復興運動の推進役として旺盛な創作活動を続けていた。ゴンがイェイツをロンドンの自宅に訪ね、彼が一目惚れし、彼女のために『キャスリーン伯爵夫人』（*The Countess Cathleen*）を書くことを提案したのは一八八九年初頭のことであるが、ゴンとの出会いを契機に、イェイツの作品においてオカルトとナショナリズムの融合が始まるのである。ロイ・フォスター（R. F. Foster）によれば、それはアイルランド独立の闘志ゴンの関心を引くためであり（1997, 122）、彼が彼女に最初の求婚を行なうのもこの頃である。スコールズの言葉を借りれば、まさにゴンはイェイツのミューズとなったのだ。アンソニー・ブラッドリー（Anthony Bradley）は、この時期のイェイツの恋愛詩の根底にゴンおよびシェイクスピアの存在を認めながらも、決して特定の女性を暗示するものではなく、「世紀末的倦怠感と憂鬱、運命的失恋が、オカルトや神秘主義、混乱したエロティシズムと混じり合い、一般化された」（19）と述べている。作品を介した作家の私的な体験の普遍化である。このような芸術家像はすでにロマン派において顕著であったから、最後のロマン派と言われるイェイツがそれを再生産したとも言えよう。換言すれば、イェイツにとってゴンがミューズであったということは、両者の関係は単なる私的領域に収まらない文化的ディスコースの一部として機能していたと考えられる。

若きジョイスにとって、敬愛する同郷の先輩詩人が生み出すこのような文化的ディスコースは特別な意味をもっていたはずである。私的な恋愛を一般化（あるいは普遍化）する試みそのものがロマンチックな「若き芸術家」のモデルとして意識化されたと思われるのだ。少しばかり先走ったことを言えば、それは後に彼が『肖像』を執筆する上で重要な役割を担った。スティーヴンのヴィラネルは彼の意中の女性（エマ・クレアリとされる）を意識したものだが、詩に描かれる女性は聖と性の混濁した妖婦（temptress）としてイメージされ、小説中でときおり客観的に垣間見える彼女の真の姿とは必ずしも一致しないのである。この齟齬は、教養小説の語りのフォルム、すなわち知的で自意識過剰な若い男性によって語られる物語に少なからず緊張感をもたらし、語り手に自己懐疑を生じさせるのだが、それはモデルとなったイェイツに向けた懐疑、アイロニーとしても読むことができるであろう。

『肖像』ではヴィラネル製作の第五章二節の直後、スティーヴンの意識に、一八九九年五月八日にダブリンでイェイツの『キャスリーン伯爵夫人』が初演された際の混乱が、フラッシュバックとして蘇っている。ジョイス自身がこの歴史的イベントを一人の観客として目の当たりにし、ドラマに惜しみない拍手を送ったことはエルマンの伝記等でよく知られており、しかもヴィラネルが収められた『光と闇』（*Shine and Dark*）と名付けられたジョイスお手製の詩集は、イェイツの強い影響を受けた作品がほとんどだったので（1982, 81）、小説内でヴィラネルとフラッシュバックを続けて提示したのは、ジョイスなりのイェイツへのオマージュだったのかもしれない。ちなみに、エルマンはスタニスロースの記述をもとに、ジョイス自身がヴィラネルを書いたのは一九〇〇年から一九〇一年の間と判断している。

いずれにしても、この時期はイェイツにとってもジョイスにとっても、ひとつの転機であった。三五歳のイェイツはアベイ座設立に向けてアイルランド文芸復興運動を加速させ、同時にゴンへの求婚を立て続けに行なったのであり（いずれも断られた）、文字どおり公私において精力的に活動していた。一方、十八歳の大学生であったジョイスはそれまでのイェイツへの態度を一変、「喧噪の時代」を発表し、文芸復興運動を大衆迎合的なナショナリズムであるとして猛烈に批判、イェイツを「裏切り者」呼ばわりしたのであった（*CW* 71）。

二つのミューズ詩

ここで「彷徨えるアンガスの詩」に話を移そう。詩は三連から成り、語り手の「私」が、ケルト神話において愛と青春を司る神アンガスである。[3] 第一連では、「頭に火が宿った」（"a fire was in my head"）ため森に出かけた「私」は、ハシバミの枝を切って釣り竿を作り、糸に木の実を付けて餌とし、夜の森を流れる小川で一匹の銀色の鱒を釣り上げる。第二連で、「私」はその魚を家に持ち帰ると「火をおこし」（"blow the fire aflame"）食べようとするが、見ると魚は美しい少女に変身、「私」の名前を呼びながら白み始めた戸外へ駆け出して姿を消してしまう（"faded through the brightening air."）。最終連では、消えた少女を捜して世界中を「放浪し年老いて」（"old with wandering"）しまった「私」が、それでも必ず彼女の居場所を突き止め、彼女を腕に抱いて口づけをし、永遠の時の中で「月の銀の林檎」（"The silver apples of the moon"）と「太陽の黄金の林檎」（"The golden apples of the sun"）を二人で摘むのだと語り、詩は終わる。

「火」という言葉が二回出てくる。この言葉は二つのことを暗示するだろう。ひとつは明らかに性的な欲望であり、もうひとつは詩的インスピレーションである。この場合アンガスは若き詩人の謂いであり、創造的な情熱が彼を駆り立て、生涯かけて理想の美（少女）を追求するのだ。少女が「白み始めた戸外へ消えた」こと、すなわち明るい日の光の中に消えたことは、古代アイルランドの美（ケルトの薄明）が近代化（英国による植民地支配）の中で失われたことを暗示するはずである。最終的に得られるはずの性的満足は地上の肉体や物質性を超越した不滅の価値へと転換されるが、それは朽ちることのない「月の銀」と「太陽の金」というイメージによって示されている。限りあるものを永遠なものに変えることは、正にイェイツが真剣に信じようとした錬金術に他ならない。ここで、スティーヴンがヴィラネルの第二連において、「貴女の眼は男の心に火をつけ／そして彼を意のままにした」（"Your eyes have set man's heart ablaze / And you have had your will of him."）（*P* 5. 1561-62）とミューズ＝エマに訴えること、また詩作の終盤におけるよく知られた一節において、自らを「糧としての日々の経験を、輝ける不滅の命としての身体へと化体させる永遠なる想像力の司祭」（*P* 5. 1677-79）に譬えることを想起したい。けだしケルトの錬金術師アンガスに、美の司祭スティーヴンが対置されるのである。

二つの詩の間に見られるこうした相同性あるいは間テクスト性は、イェイツの詩が潜在的にミューズ詩としての側面を持っていることをあらためて明らかにする。おそらくジョイスはそれを見ぬき、自らの若き芸術家像を造形する上で、作品の中の作品という形で取り込んだのである。だが、その際ジョイスは、アンガスを単純にスティーヴンに置き換えることはしなかった。彼はそこにある仕掛けをしたと思われるのだ。それを示すのが、それぞれの詩における心的状態（mood）の違いである。とりわけ「彷徨」（"wander"）と「倦み疲れた」（"weary"）あるいは「倦怠」（"weariness"）という二つの言葉に注目したい。イェイツの「彷徨えるアンガスの詩」は、そのタイトルが示すように文字どおり「彷徨」の詩であり、語り手としての「私」は諸国を巡って彷徨い、年老いる。だが彼にとって老齢は、すくなくとも表面上は彷徨を妨げる理由にはならない。彼は消えた少女（古代アイルランドの美）を必ず見つけ出すと言い、したがってこれからも彷徨い続けることが暗示されるのである。アンガスがケルト神話の愛と青春の象徴であることを考えれば、このロマンチックな超人的意志もあながち不思議ではない。

これに対して、スティーヴンのヴィラネルに漂うのは「倦怠」である。「倦み疲れていないのか」という問いが執拗に繰り返されるのだ。仮に問いかけの主がスティーヴン自身であるとすれば、彼は二十歳に満たない若者であるにもかかわらず、魅惑する女性の「熱情のそぶり」（"ardent ways"）に疲れ果て、そのような関係から解放されることを望むのである。つれない女性への不平（lover's complaint）は文学史的にはひとつのコンベンションと言えよう。しかし、ミューズ詩という文学ジャンルの枠組みにおいてこれをイェイツの詩と比較し、かつジョイスが意識的にそれを利用した仮定すると、二つの詩における心的状態の違いから興味深い問題が見えてくる。先に、ヴィラネルに描かれる妖婦と、そのモデルとしての「現実の」女性エマとの間に齟齬があり、それが単にスティーヴン自身の自己懐疑を促すにとどまらず、イェイツへのアイロニーとしても機能しうることを指摘した。同様に、もしイェイツが必ず見つけ出すと宣言する「消えた少女」が、失われた古代ケルトの美を象徴するなら、「倦み疲れていないのか」というヴィラネルのリフレインにも、そうしたイェイツの「熱情のそぶり」に向けたジョイスの冷ややかな視線を読み込むことが可能に思われるのである。

「倦怠」と「彷徨」のリズム

教養小説の伝統から『肖像』を論じたブレオン・ミッチェル（Breon Mitchell）は、この小説が、主人公の成長を描く中心的なストーリー展開と、五つの章それぞれにおける落胆（下降）と高揚（上昇）のリズムによって成立していることを指摘した（70）。「倦怠」と「彷徨」という二つの言葉は、このリズムとほぼ重なるように用いられている。「倦怠」が最初に現われるのは、一章二節において、幼いスティーヴンが宇宙の果てにあるものは何かと自問し、神について思案する場面である。答えの出ない問いに窮した彼は、教科書に描かれた緑の地球の絵を「疲れ果てて」（"wearily"）眺めるのだ（*P* 1. 334）。この後、誤解に基づく体罰の不正をコンミー校長に直訴し、高揚したムードで一章が終わり、二章では父の事業の行き詰まりと思春期の不安が、彼を未知なる女性との出会いを求めるダブリン「彷徨」へと駆り立てるが、結局それは娼婦体験という皮肉な結果を招く。物質的・肉体的欲望がもたらす「倦怠」で幕を開けた三章では、アーノル神父の地獄の説教がスティーヴンを追いつめる。彼は人知れず小さな教会で姦淫の罪を告白し、「老いて疲弊した」（"old and weary"）神父から一時の平安を得るものの、確信が持てず、校長から示される聖職者への道も最終的に拒否することになる。海岸での鳥のような少女との邂逅というドラマチックな場面がこの彼の決意を演出するが、これに先立つ彼の家の描写の場面で、まだ幼い弟妹たちがすでに「人生に倦み疲れている」（"weary of life"）姿は示唆に富んでいる（*P* 4. 600-01）。それはアイルランドの当時の閉塞感、とりわけカトリック教会の（したがって聖職者の）無力を暗示するはずであり、結果的に聖職拒否の伏線になるとも考えられるからだ。こうして、四章は芸術家になるために「世俗の罠の間を彷徨」（"wandering among the snares of the world"）し、「この世の果てまでも突き進む彷徨への熱情」（"a lust of wandering …… that burned to set out for the ends of the earth"）（*P* 4. 816-18）を抱くスティーヴンの熱い想いで幕を閉じる。

以上、第四章までの『肖像』のストーリーを「倦怠」と「彷徨」の反復が作り出すリズムという観点から概観した。このうちとくに二つの場面について、さらに詳しく検討したい。ひとつ目は、二章四節の終わりで描かれるコーク旅行において、スティーヴンがシェリーの未完の詩「月に寄せる」を口ずさむ場面である。事業に失敗した父サイモンはその後始末のために息子スティーヴンを伴ってコークに帰郷する。その主な目的は事業の後始末だが、かつて自分が青春時代を過ごした街コークで旧交を温め、それを息子に見せることで崩れかけた父親としての体面をなんとか維持することがもうひとつの目的である。旧友たちと楽しげに杯を交わす父たち。しかしスティーヴンはそうした光景になんら共感することができず、むしろ孤立感を深めていく。そして彼の心に件のシェリーの詩句が浮かぶのである。

おまえは倦み疲れ青ざめているのか
天に上り地上を眺めることに
道連れもなく彷徨し　(*P* 2. 1269-71)

空に浮かぶ孤独な月の姿はスティーヴン自身の心象風景であろう。彼の孤独感は、父が提示するアイルランドの中産階級としての生き方——それはサイモン自身が父から受け継いだものである——が、もはや彼の人生のモデル足りえないことを示している。これは彼に、一時的にアイデンティティの危機と日常言語の機能不全をもたらす。彼は街の看板の文字が判読できなくなり、現実感覚と過去の記憶が曖昧になってしまうのである。

ここでは詳しく述べることはできないが、こうした一連の危機が示すのは、社会の価値（意味）の体系が言語の構造と連動しており、それが機能するためには言語の恣意性と超越的意味の不在（最終的な言葉の意味はつねに先送りされる）が隠蔽されなければならないということである。(4) 当時のアイルランドの中産階級（それはイギリス中産階級をモデルとした）にとっての超越的意味とは「父の声」が体現する父権的権威であるが、父サイモンの事業の失敗ははからずもその本来的な不在を暴露してしまったのである。換言すれば、スティーヴンが「倦み疲れ」るのは、彼にとって中産階級の成功物語がすでに形骸化しているにもかかわらず、父がその継承を執拗に求めるためと考えられる。したがって、シェリーの詩にある「道連れもなく彷徨」する月の姿は、形骸化した物語への幻滅と、そこからの逃走を暗示するはずである。

二つ目の場面は、四章二節でスティーヴンが聖職を拒否する場面である。面白いことに、コーク旅行で起きたのとほぼ同じことがここでも起きている。校長室へ招かれた彼は「『神父たち』の判断が少しばかり子供っぽく聞こえるようになった」（*P* 4. 329）と感じ、聖職者への道を勧められると、それを誇りに思うと同時に、ミサにおいては司祭ではなく、あくまでその補佐役として仕事をしたいと考える。なぜなら、「すべての曖昧なる威厳（vague pomp）が、彼自身において完結してしまうこと」（*P* 4. 409-10）が気に入らないからである。彼はすでにこの時点で、カトリック教会における権威の体系が超越的な意味（ロゴス）を担保できないことに半ば気づいているのだ。したがって、校長との話を終え部屋を出たとき、突然聞こえてきた卑俗な歌声によって彼の「精神の見事な構造」（おそらく聖職者となる心構え）は「波に洗われる砂の城のように崩され」、「彼の理詰めの思考が意味のない言葉の響きによって翻弄されし」（*P* 4. 487-89）てしまうのはむしろ当然であろう。超越的意味の不在の暴露は、ここでも日常的な言語使用に混乱をもたらすのである。上述したように、校長のもとから帰宅する彼を待つのは、「倦み疲れた」弟妹たちである。彼らの姿はスティーヴンが教会に対して抱く懐疑の換喩として解釈できるだろう。校長が語るカトリック教会および聖職者の威光という物語はすでにスティーヴンにとっては価値を喪失しつつあったにもかかわらず、校長は彼に聖職者になることを勧めたのであった。したがって、この後、浜辺で出会った少女からインスピレーションを得た彼が「彷徨への熱情」に捉えられるのも、形骸化した物語からの逃走という意味において、父サイモンとの関わりで示された逃走のパターン（リズム）の繰り返しなのである。

このように考えると、シェリーの未完の詩が『肖像』において持つ役割はきわめて大きいことがわかる。ナラトロジー（物語論）においては、物語をストーリーとプロットに分けて分析することがしばしば行なわれる。この場合、ストーリーとは時間軸に沿った出来事のつながりのことであり、プロットとは出来事の配列あるいはその提示の仕方のことである。教養小説としての『肖像』において、ストーリーが文字どおり成熟に向けた彼の成長過程を時間軸に沿って追うことであるとすれば、プロットに相当するのは、まさにシェリーの詩によって提示される「倦怠」と「彷徨」のパターンが生み出すリズムに他ならない。*OED* によると、英語の "weary" は語源的に "wander" と同じ意味の古英語の語幹 **wōr-** を共有するので、一種の二重語（doublet）のような関係にある。[5] 長い彷徨は身体の疲弊を伴うことを考えれば、両者が不可分の関係にあるのも頷ける。バーンズ（Robert Burns）やワーズワース（William Wordsworth）にも両者を一緒に使った例が見られるので、シェリーに限らずロマン派にとくに好まれた言葉の組み合わせなのかもしれない。「倦怠」と「彷徨」は、まさに若きロマン派スティーヴンに相応しいリズムなのである。

『肖像』の「原テクスト」

冒頭で触れたように、イェイツ自身、「世界の薔薇」という作品の中で、「倦み疲れ」（"weary"）と「彷徨える」（"wandering"）という言葉を使っている。

天使よ　頭を垂れよ　ほの暗き住処で
おのらが前に　またすべての心もつ者の前に
倦み疲れし優しきひとは　去りかねし神の傍ら
神は世界をして　草生す道となした
そのひとの彷徨える足の前に　（Larrissy, 18. 11-15）

ここで「倦み疲れし優しきひと」とは擬人化された薔薇であり、美の象徴である。薔薇は神と共に世界の始まりからすでにあり、神は彼女のために瑞々しい草の道（おそらく美の勝利を暗示する）を整えた。このイメージは「彷徨えるアンガスの詩」において、いつの日か「消えた少女」と二人で「高きまだらの草の中を歩み」（"walk among long dappled grass"）という詩句に生かされる。また、「天使よ　頭を垂れよ」は、ギフォードも指摘するように（259）、スティーヴンのヴィラネルにおいて「天使を誘い堕落させしひと」（"Lure of the fallen seraphim"）（*P* 5. 1553）という言葉に反響している。こうしたイメージのつながりを踏まえれば、「世界の薔薇」は「彷徨えるアンガスの詩」とヴィラネルを結ぶ位置にあると言えるだろう。

しかし、詩の完成度という意味では、「世界の薔薇」は「彷徨えるアンガスの詩」には到底及ばない。前者の詩的言い回しは華麗ではあるが陳腐な感を否めないのに対し、後者の単純な言葉と言い回しによる「私」の語りは、単純であるがゆえに素朴な力強さを持ち、かえって読み手の想像力を喚起するのである。さらに先に概観した『肖像』のストーリーに関して言えば、「彷徨えるアンガスの詩」はシェリーいわば小説として書き直したものとして読むことができるからだ。

の「月に寄せる」に劣らぬ解釈の可能性を持っている。なぜなら、二章で始まり四章の最後でひとつの決着をみる未知の女性との出会いを求めるスティーヴンの彷徨は、詩でうたわれたアンガスの彷徨を、いわば小説として書き直したものとして読むことができるからだ。

スティーヴンの彷徨への渇望は、デュマ（Alexandre Dumas）の『モンテクリスト伯』（*The Count of Monte Cristo*）の登場人物メルセデスへの憧憬として発動する。「彼女のイメージを考えていると、彼の血が奇妙な興奮をおぼえた。時には熱が彼の中で高まり、彼は突き動かされるように夕闇の静かな通りを歩き回った」（*P* 2. 167-68）、「彼は来る日も来る日も彷徨い続けた、あたかも彼から逃去る誰かを追い求めるかのように」（*P* 2. 240-42）。こうした言葉は、思春期の性の目覚めのリアルな描写とも言えるが、頭に火が宿り夜のハシバミの森へ出かけるアンガスを想起させる描写でもある。さらに海岸でスティーヴンの前に姿を現わす少女は「魔法によって奇妙な美しい海鳥に変身したような」姿であり、「彼女の眼が彼に呼びかける」（*P* 5. 884-85）のだが、アンガスが捕まえた鱒は「輝く少女」に変身、おなじく彼の名を呼びながら戸外へと消える。その結果、すでに述べたように、アンガスは彼女を探し求めて諸国を彷徨することになり、一方、スティーヴンは取り憑かれたように浜辺を歩き続けるのである。言うまでもなく、このスティーヴンの彷徨は小説の終わり近くで引用される彼の日記に書かれた高揚した言葉「ああ、来れ人生よ！僕は旅たち何万回でも現実の経験と出会い、我が魂の鍛冶場で未だ創られぬ我が同胞の良心を鍛えるのだ」（*P* 5. 2789-90）へとつながっている。

ここには、先に「彷徨えるアンガスの詩」とヴィラネルを比較した際に明らかになった、錬金術師アンガスと美の司祭スティーヴンの対比が再び見いだされる。前者は失われた美を探し求め、後者は未だ存在しない美を創ろうとするのである。あらためて述べるまでもなく、それぞれイェイツとジョイスの芸術観であった。おなじく日記の別の箇所で、彼はイェイツの初期の物語作品に登場するマイケル・ロバーツ（Michael Robartes）が「忘れられた美を思い出し」それを腕に抱擁したと述べ、自分が求める美はそのようなものではなく、「未だこの世に存在しない美なのだ」（*P* 5. 2725-27）と書いている。しかし、ここで私が強調したいのは、ジョイスがイェイツを批判し、あるべき芸術の姿を彼とは逆の方向に求めたということではない。そのようなことは文学史的に言えばすでにひとつの常識になっているからである。私のここまでの議論を踏まえるなら、むしろ強調すべきは、イェイツの作品がスティーヴンのヴィラネルという形に変換され、それが「倦怠」と「彷徨」というキーワードをシェリーの「月に寄せる」と共有しながら『肖像』のプロットを生み出し、ひいてはこの小説のストーリーを前に進める原動力として欠くべからざる役割を果たしているということなのだ。

もちろん、すでに述べたように、ゴンとの出会いを契機としてイェイツがよりナショナリズムに傾斜して行ったことへのジョイスの強い失望を考えれば、自伝的小説である『肖像』において、そのような彼の批判が表明されること（日記に書かれたロバーツへの批判のように）は不思議ではない。だが、こうした表面上の批判を額面通りに受け取ることは、ジョイスとイェイツのより本質的な関係性を見誤ることである。それぞれの作品の言葉がもつ意味の可能性すなわち間テクスト性をたどることによって、作品創造の過程における作家の意識および無意識のありようが立ち現われてくるのであり、『肖像』においては、イェイツの「彷徨えるアンガスの詩」は単なる否定の対象ではなく、むしろ作品を成立・機能させる上で不可欠な存在、誤解を恐れずあえて言えば、『肖像』にとっての隠れた「原テクスト」としての役割を持っていたとさえ思われるのである。

おわりに

「倦み疲れていないのか熱情のそぶりに」。ヴィラネルにおいて繰り返されるこの問いかけは、一義的には魅惑する女性への不平の表明であり、女性はエマのことだと考えられている。確かに、『肖像』の語り手によれば、これのもとになった詩はE─C─に捧げられたものであり、研究者の間では、それはこの小説の前身（原テクスト）『スティーヴン・ヒアロー』に登場するエマ・クレアリのことだとされる。私もこれを否定するつもりはない。だが、ひとつ疑問なのは、少なくとも両作品に描かれるエマには「熱情のそぶり」（"ardent ways"）があまり見受けられないということだ。彼女は明らかに真面目なカトリックの信者であるが、当時のアイルランドにおける平均的な女性にみえる。もし、そのような真面目さを「情熱のそぶり」と表現しているとすれば、スティーヴンの主観が作り出した過剰な表現ということになろう。いずれにしても、「情熱のそぶり」が何を意味するのか曖昧さが残るのである。

仮に『肖像』のもうひとつの「原テクスト」としてイェイツの「彷徨えるアンガスの詩」を認めるなら、この曖昧さの原因をある程度説明できるように思われる。つまり、この問いかけが生まれた創作の起源には、イェイツ自身によるゴンへの問いかけが反響しているのではないだろうか。本章で述べたように、スティーヴンのヴィラネルがイェイツの「彷徨えるアンガスの詩」と「薔薇の世界」からインスピレーションを得ているとすれば、結果的にヴィラネルの妖婦にはゴンの影が落ちていることになるからだ。この時、問いかけの主であるスティーヴンには、ゴンに対する満たされぬ想いに苦しむイェイツの姿が重なるのである。空想が過ぎるだろうか。もちろん、ジョイスがそれを意識していたというつもりはない。しかし、ゴンがアイルランドの愛国者として独立運動に身を投じ、かつ女性参政権運動家としても活躍した歴史的な事実を考えると、彼女にこそ、「熱情のそぶり」という言葉は相応しく思われるのであり、そのような女性に魅せられてしまったイェイツの心情は、疲れを知らない彷徨者アンガスよりも、倦怠感ただようヴィラネルの語り手としてのスティーヴンにおいてこそ、よく反映されていると思われるのだ。

ヴィラネル創作の終盤でスティーヴンが語る以下の一節は、はからずもイェイツとゴーンの濃密で創造的な関係を言い得て妙である。

> ぼくの魂が恍惚から倦怠へと変化したとき、彼女は何処にいたのか。もしかすると、スピリチュアルな生がもつ神秘的な方法で、彼女の魂は、この間、僕の礼賛に気づいていたのではないか。(*P* 5. 1736-39)

ここで用いられる「スピリチュアルな生がもつ神秘的な方法」("the mysterious ways of spiritual life")とは、単にスティーヴンがエマとの関係において夢想したものにとどまらず、イェイツがゴンとの関係において夢想したものではなかったろうか。ただし、この平行関係が成立するためには、先ずはイェイツとジョイスの作品の間にこれと似た関係性があったことを認めなければならない。私はそれを間テクスト性の問題としてとらえ直したいのである。

註

(1) ブースの問いかけの原文は "[We] can only ask here which tap has been tuned on. Are we to swoon--or laugh?" (329) アンダーソン (Chester G. Anderson) 編によるヴァイキング・ペンギン版『肖像』は、「論

争－美学的距離の問題」と題した序論を付して、ブースとスコールズの論文を続けて掲載している。

（2）本論考は、拙論 "Stephen Dedalus's Villanelle Revisited--'The Mysterious Ways of Spiritual Life' between Yeats and Joyce," *The Yeats Journal of Korea* 48（2015）: 125-134. を大幅に加筆修正し、日本語に書き直したものである。

（3）イェイツの詩の引用はすべてラリッシー（Edward Larrissy）編に拠る。

（4）この点については、拙論「スティーヴンの "weariness" をめぐって─言葉の反復からみた『肖像』論」、*Joycean Japan* 4（1993）: 21-32. を参照のこと。

（5）二重語に関しては、愛知教育大学の同僚で、英語史を専門とする小塚良孝氏より助言を得た。

ニューマン・ハウス

ニューマン・ハウス

『肖像』第五章で描かれるスティーヴンの大学生活、その舞台となったのがニューマン・ハウスである。この名称はオックスフォード運動で知られるニューマン枢機卿に由来するが、彼はプロテスタントのトリニティー大学に対抗し、一八五四年、アイルランド・カトリック大学（現在の国立ダブリン大学の前身）を創立、十八世紀に私邸として建てられたこの建物を校舎としたのである。ジョイス自身は一八九八年から一九〇二年の四年間ここに在学し、現代語の学位を得ている。

現在、大学本体はダブリン郊外の広いキャンパスに移転しているが、スティーヴンズ・グリーンの南側に位置し、ジョージ王朝風の歴史的建造物として知られるニューマン・ハウスは、ダブリンの観光名所の一つとなっていて、さまざまな文化的イベントにも使われている。私自身、この建物に初めて入ったのは、一九八九年七月末から八月初旬に開催されたジェイムズ・ジョイス・サマースクールに参加したときであった。オーガスタン・マーティン教授主催で、講師にはバーナード・ベンストック、シャリ・ベンストック、デクラン・カイバード、リチャード・ブラウン、それに作家のアイリス・マードックやジョン・バンヴィルも含まれていた。宮田恭子先生も参加されていて、ジョイスのお陰でヨーロッパ各地を巡っていますと言われたことが印象に残っている。

最終日、ホールの前の石の階段で記念撮影をしたとき、たまたま通りかかった初老の男性が私のそばにやってきて、この建物がいかに古くて市民の自慢であるか語り始め、「これを見なさい」と足下の玄関縁石を指差した。その大きな大理石は中央部がすり減り、大きくえぐれていた。ここを通過した多くの人たち。若きジョイスもその一人であった。

（道木一弘）

第八章　象徴の狡知

――『若き日の芸術家の肖像』あるいはジョイス版「実践理性批判」

カジミール・マレーヴィチ「シュプレマティスム」（1917年）

第八章　象徴の狡知

――『若き日の芸術家の肖像』あるいはジョイス版「実践理性批判」

中山　徹

はじめに――自由のアポリア

『若き日の芸術家の肖像』（以下『肖像』と略す）では、二種類の道徳律とそれに対応する二種類の倫理的主体のあり方が提示されている。ひとつは第三章で主題化される宗教的道徳律。これにとらえられた主体は全知全能の神を前にして、この神が与える想像を絶する罰におののきながら「あらゆる罪を告白」（*P* 3.1354）しなければならない。もうひとつは第五章で主題化される自由の道徳律。これに忠実であろうとする主体は、エドワード・W・サイード（Edward W. Said）が「知識人のいだく自由の信念」（17／四六、以下サイードからの引用は原書／訳の順にページ数を示す）の表明と呼んだ有名な一節でいわれているように、あらゆる因果性にしばられた経験的自己とは別の自己、自由な存在としての自己を思い描き、それを表現しなければならない。「ぼくは自分がもはや信じていないもの、それを家庭と呼ぼうと祖国と呼ぼうと教会と呼ぼうと勝手だけれど、そうしたものに仕えるつもりはない。ぼくは生のあるいは芸術のなんらかのモードを通じて自己をできるかぎり自由に、できるかぎり完全なかたちで表現してみようと思う。そのとき自分をまもるために使う武器は、沈黙、亡命、狡知にかぎることにする」（*P* 5.2575-80）。この二つの道徳律はそれぞれの主体をある種の苦境に置く。宗教的道徳律では主体は罪の告白を要求されるが、この要求には終わりがない。生きているかぎり罪が消えることはないからである。自由の道徳律の苦境はこれとは対照的である。宗教的道徳律の主体が自分のなすべきこと（罪の告白、欲望の断念など）を知っているのに対し、自由の道徳律の主体はそれをあらかじめ確定できない。自由であれという命令はあっても、どうすれば自由が実現するのかは明らかではない。自由の実現のためにどういった行為の規範をたてるかは、完全に主体にゆだねられている——主人公スティーヴン・デダラスが自由な自己を守る「武器」として「沈黙、亡命、狡知」という法をみずから定めたように。「彼はいまだ知られざるわざに心を打ちこむ」という、オウィディウスの『変身物語』からとられた作品のエピグラフが示唆するように、自由の実現の方法は、スティーヴン＝ダイダロスが自分で発見すべき「いまだ知られざるわざ」なのである。

だが自由の主体はこれ以上に根源的な苦境をかかえている。それは自由をどう実現するかという問題以前の問題、自由はそもそも実現可能なのかという問題である。スティーヴンは「民族」「国」「生活」（*P* 5.1027）としてのアイルランドが自分という存在を生み出したこと、つまりアイルランドと自分とのあいだには原因と結果という関係が成立していることを自覚している。この因果関係から逃れることはできない。そこから「飛翔」しようとする「魂」があれば、アイルランドはそれに「ナショナリティ、言語、宗教」といった「網」——宗教的道徳律はいうまでもなくそのひとつである——をかけて連れもどすからである（*P* 5.1045-49）。しかし彼はこの「飛翔」を求める。それが彼にとっての自由だからである。そうだとすれば、この飛翔する自己はアイルランドという名の因果律に規定された自己とは別物でなければならない。後者が外的な原因に規定された自己だとすれば、前者はあらゆる外的な原因を排した自己、いわばみずからによってみずからを生みだす自己原因的な自己である。要するに、ここで問題となっているのはカントの定義した自由、「ある状態を自ら始める能力」（二〇〇三、一二三二）としての自由であって、スティーヴンの友人クランリーが邪推するような侵犯行為（「冒瀆行為」や「泥棒」）としての自由（*P* 5.2546-47）、カント流にいえば「感性的動因《パトロギッシュ》による」自分勝手な行為ではない。

真の問題はここにある。自由という「純粋な超越論的理念」は「第一に経験から借用されたものを何ごとも含まず、第二にこの理念の対象はいかなる経験においても規定的に与えられえない」（カント、二〇〇三、一二三三）。つまり、いかなる行動や表現も経験的なものである以上、自由を実現する行動や表現は不可能なのである。しかしそれでも自由を表現するという若き芸術家の意志は消えることがない。この途方もないアポリアは解決可能なのか。可能であるとすれば、そこにはまさになんらかの「狡知」が介入せざるをえないだろう。それはいかなる「狡知」なのか。本論はその答えを、カントのいう意味での象徴とその弁証法に求めることになる（弁証法は「狡知」というヘーゲル的な語そのものに含意されている）。それによって（たとえばエドマンド・ウィルソンが『アクセルの城』で採用したような）象徴主義的な象徴概念からは導きえない、自由を表現するための「芸術のモード」が明らかになるだろう。

崇高と道徳律

この問題を考えるうえで有効な出発点となるのは崇高論である。道徳律の問題と崇高という美学的＝感性論的問題はいっけん無関係にみえるが、けっしてそうではない。両者の結びつきは、「わが内なる道徳法則」を「わが上なる星しげき空」に喩えたカント自身によって示されているし（二〇〇〇、三五四）、フロイトも「道徳的要求の権化」である「超自我」の峻厳さを説明するためにカントのいうこの崇高な「内なる道徳法則」に言及している（八〇—八一）。『肖像』においてこの崇高な「超自我」に相当するものがあるとすれば、それは内面化された神の存在だろう。スティーヴンの「地理」の教科書の見返しには（ちなみにカントは地理学者でもあった）次のような語句が縦にならべて書きつけられていた。「スティーヴン・デダラス／初等クラス／クロンゴウズ・ウッド・コレッジ／サリンズ／キルデア州／アイルランド／ヨーロッパ／世界／宇宙」（*P* 1.300-08）。自分を取りまく空間は感性のとどく範囲（クラス、コレッジ）からはじまり、やがて感性の対象とはなりえない無限定の空間（宇宙）へ広がっていく。では「宇宙」の先は――「なにもない」（*P* 1.318）。つまり「宇宙」は現象のすべてを含んでいる。彼は思う、「あらゆるもの、あらゆる場所について考えるのはたいへんだ。それができるのは神様だけだ」（*P* 1.321-23）。こうして神の認識能力は（数学的崇高の最たる例である）「宇宙」という絶対的な全体性に比せられる。またスティーヴンが第三章できく説教においては、神の力が、罪びとに課せられる地獄の責め苦の「永遠性」によって、すなわち「はてしない苦悶の永遠、ひとすじの希望の光も一瞬の休止もない、はてしない肉体と精神の苦痛の永遠、広がりにおいてかぎりなく、強さにおいてかぎりない苦悶の永遠、無限につづき無限に変化する苦痛の永遠、永遠にむさぼり食らいつづけながらその相手を永遠にとらえて離さぬ責め苦の永遠、肉体を痛めつけながら精神を永久にえじきにする苦悩の永遠」（*P* 3.1106-12）によって喚起されている。神の与える「苦悶」――それは神の力を表わす――は「広がり」においても「強さ」においても「かぎりない」。つまり数学的にも力学的にも崇高なのである。終わりなき罪の告白を命じる宗教的道徳律の基盤にあるのは、超自我にも共通するこの崇高性である。

「網」としての宗教的道徳律から自由になることは、それゆえ美学的なレベルでいえば、こうしたかたちで表象される崇高性からの自由を意味する。しかし自由の道徳律は崇高の論理から完全に切り離されるわけではない。それはむしろ崇高の論理に、宗教的道徳律とは別のかたちで基づくことになる。崇高が非感性的なものの感性化をめぐる問題である以上、それが非経験的なものの経験的実現という自由の道徳律の問題と密接にかかわることは当然だろう。では、われわれはこのかかわりをどこに求めればよいのか。

そもそも崇高とはなんだろうか。われわれはみずからの「経験的表象能力」を超えた、構想力をその限界まで緊張させる自然を前にしたとき、それを超感性的な理念の表示と思いこみ、ある種の高揚感を覚えることがある。カントはこのような思いこみを生じさせる対象を崇高なものと呼んだ。それゆえ崇高の第一条件となるのは外界の自然ではなく、理念とその源泉である理性、構想力に感性化不可能な理念を感性化することを命じる理性である。「真の崇高性は判断者の心のうちにのみ求められなければならず、この［崇高なものに関する］判定は判断者のこうした心の調和を惹起する自然客観のうちに求められてはならない」（カント、一九九九、一二八）。

フレドリック・ジェイムソン（Fredric Jameson）はこの「カント的崇高」をふまえて、モダニズム小説の「スタイル」の問題を「帝国主義」という歴史的条件から考察している。くりかえしていうと、崇高は現象《フェノメノン》（感性的経験の領域）の彼方（思惟されたもの《ヌーメノン》、物自体）や構想力によっては総括できない現象の全体を理念として思い描く理性の欲求から生まれる。このことを「帝国主義」という歴史的文脈にそっていえば、こうなるだろう。理性は「帝国」という想像を超えた広漠たる空間、あるいは英国本国の生活にとってのヌーメナルな外部（「植民地の人々」）を表象することを要求する、と。モダニズム小説はこの要求に応えようとする。これは構想力にとってみずからの無力に直面する不快な事態であるが――おそらくモダニズムの美学が崇高を回避するのはそのためである（中山、二八二―八三）――モダニズム小説の美学的達成はまさにここから生じる。E・M・フォースターの『ハワーズ・エンド』（*Howards*

End）において「カント的崇高」を「惹起する自然客観」、「無限」という理念を表出する「グレート・ノース・ロード」を例にとりながら、ジェイムソンはその原理をこう説明する。「表象および認識地図そのものは『全体性への意志』に支配されているので、そうした限界は表象システムへと折り返されねばならない。そのシステムはそうした限界をあるイメージ、無限としてのグレート・ノース・ロードというイメージによって刻印する。かくして新たな空間的言語——モダニストの『スタイル』——が表象不可能な全体性の……しるしおよび代理物となる」（2007, 163、中略は筆者）。

崇高においては、表象の不可能性が表象のシステムそのものに折り返されて不可能性の表象として刻印される。これと同様のことが「自由」の実現＝表現の場合にも起こるとしたら、どうだろうか。物自体を表象することが不可能であるように、「自由」を経験的に表現することは不可能である。しかし崇高の論理の場合と同じように、この表現の不可能性が表現自体に刻印され、表現不可能な自由の「しるし」を残すとしたら、どうだろうか。スティーヴンは「自己」——飛翔する自由な自己——を「生のあるいは芸術のなんらかのモードを通じて、できるかぎり自由に表現する」と宣言したが、そのような「モード」があるとすれば、それは自由を直接表現するものではなく——それは不可能である——その表現の不可能性を表現するものであるほかないだろう。ジェイムソン流にいえば、表現行為そのものは「自由への意志」に支配されているので、自由の表現不可能性は表現行為そのものへと折り返されねばならないのである。先にみた宗教的道徳律と関連した崇高の表現は、こうした自己関係的な否定性とは無縁である。無限や永遠という非感性的な概念を空間の漸進的な拡大によって表現しようと、執拗に反復される「永遠」や「無限」といった言葉で直接指示しようと、そこにはこうした再帰的な否定性はない。

このことは『肖像』という作品そのものにはね返ってくる。『肖像』は自由の実現の客観的相関物たりうる芸術あるいは美の「モード」について語り思考する小説であるが、この小説自体がこの「モード」にふさわしい言語芸術であることを望むなら、それはこの実現の不可能性を──『ハワーズ・エンド』が表象の限界をあるイメージによってみずからに刻印したように──みずからのテクストに刻印しなければならないはずである。『肖像』はこの要請にどのように応えることになるのか。そしてそれはどのような「スタイル」、つまり「モード」の生成につながるのか。

自由の象徴化と……

カントは「理念［理性的概念］には適合して直観が与えられることはまったくできない」（一九九九、二五八）といった。これはもちろん自由という理念にも当てはまる。しかしカントは「理性のみが考えうるだけで、感性的直観はそれに適合できない概念の根底にある種の直観が置かれる」（二五九）ことを認めている。カントはそのような直観を「象徴」と呼んだ。カントのいう象徴は、概念と直観とのあいだの感性的、知覚的な類似性に基づくものではない。象徴においては、ある概念に関する「反省の形式」とある直観に関する「反省の形式」とが合致するのである。たとえば『肖像』において自由という理念の「根底に置かれた」「飛翔」という隠喩は、まさにそうした意味での象徴である。「自由」は思惟することは可能であるが経験の対象ではない。「飛翔」は人間にとって想像可能なことであるが実現可能なことではない。「飛翔」が「自由」の象徴であるのは、両者が似ているからではなく、それぞれの対象に関する「反省の形式」のあいだにこうした「類比《アナロジー》」の関係が成りたつからである。

「自由」を直観的に表示するにはこうした意味での象徴によるしかないとすれば、「自由」の実現もひとつの象徴あるいは象徴的行為とならざるをえない。『肖像』には「飛翔」という隠喩以外にも、そうした象徴あるいは象徴的行為としての地位を得ているものがある。それはほかでもない、この作品とその主人公の最大の関心事、美と芸術的創造である。

　このことは、あの有名な美的認識の三つの位相に関するスティーヴンの理論から確かめられる。この理論によれば、われわれは美的認識をする際、まずある対象をそれが埋めこまれた「無限の背景」から切りはなし、それをそれ自身の境界をもった「ひとつの全体」としてとらえる（全一性の位相）（*P* 5.1363-67）。次にこの「ひとつの全体」を「分析」し、そこで諸部分とその総和とが「調和」していることを認識する（調和の位相）（*P* 5.1371-76）。そして最後にこの二つの位相を「綜合」し、その対象の「本質」を知る（*P* 5.1389-95）。これは「美的イメージが芸術家の想像力のなかにはじめて宿る」（*P* 5.1396）瞬間と一致する（光輝の位相）。これだけであれば、この認識論はモダニズムの美学から逸脱してはいない。それはたとえば、イマジズムとヴォーティシズムの事実上の祖と目されるT・E・ヒューム（T. E. Hulme）が有名な講演「ロマン主義と古典主義」において述べた「美的観照」の過程と基本的に一致する。ヒュームは例としてこんな話をしている。「通りで女性のうしろを歩いていますと、女性のスカートがかかとのところで、なんともおもしろい具合にはずんでいるのに気づきます。この独特の動きが、これにぴったりあった形容語句がみつかるまでなんとか探してみようと思わせるほどみなさんの関心を惹いたならば、みなさんはそのとき、美学的と呼ぶにふさわしい感情を手にしていることになります」（136）。これをスティーヴンの美的認識の三つの位相にそっていいかえれば、こうなるだろう。「観照者」はまず「通り」という「無限の背景」から、前を歩く女性のスカートのすその部分を「それだけで枠づけられた」ものとして「分離」し、次いでその「はずみ」方、「独特の動き」を「分析」し、最終的にそれに「ぴったりあった形容語句」、「美的イメージ」をみつけだす、と。スティーヴンは「光輝」を「美的快楽の、光り輝く沈黙の静止状態」(*P* 5.1401-02)と表現したが、これはヒュームの美の定義を想起させる。「美とは足踏み、静止した振動、それ本来の目的に到達できないまま動きをとめられた衝動の架空のエクスタシーである」(266)。しかしスティーヴンの美学論においては、ヒュームであれば「ロマン主義的」なものとして切りすてる要素、知覚も直観もできない要素が加えられる。「光輝とは、どんなもののなかにもひそむ神意の、芸術による発見および再現である」(*P* 5.1385-86、強調は筆者)。感性的なものである美は、「光輝」の段階にいたって非感性的なもの、「神意」の表象となるのである。こうして美は非感性的なものの感性化として、「自由」およびその実現を象徴するものとなる。美はカントにおいてそうであったように、『肖像』においても「人倫的に善いもの」の象徴なのである(カント、一九九九、二六一)。この美に対する倫理的関心(それは理性からくる)は、モダニズムの美学からジョイスを分かつひとつの重要なポイントである。

この直後に語られる文学形式論も、非感性的なものの象徴化という視点から読み直すことができる。スティーヴンは文学の形式を段階論的に三つに分けている。簡単にいえば、芸術家の個性が(一)そのまま発露される段階(抒情詩)、(二)説話によって客観的に語られる段階(叙事詩)、(三)脱個性化され消滅する段階(劇)である。注目したいのは、最後の段階で芸術家は実存としては消滅するものの、実存から純化された「不可視」の存在、神のごときヌーメナルな存在として作品の彼方に置かれることである。「芸術家は創造神のように、みずからの制作物の内部か、背後か、彼方か、上方にとどまっている——不可視のまま、実在という存在様態から純化され、無関心の状態で、爪の手入れでもしながら」(*P* 5.1467-69、強調は筆者)。これは、「制作物」としての芸術作品はみずからの感性的な媒体を通じて非感性的なもの(創造神としての芸術家)を喚起する、といっているに等しい。だとすれば、ここでは「光輝」と同じことが起こっている。「光輝」において「神意」が美的なものを通じて「発見」されたように、ここでは「創造神」が芸術作品を通じて喚起される。スティーヴンは芸術が「自由」を表現する「モード」であることを望んだが、彼の芸術論ではまさにそのことが別のかたちでいわれている。芸術（美）は非感性的なもの（自己原因的な神、神としての芸術家）をみずからの感性的媒体を通じて表示する、と。芸術が自由を表現する媒体たりうるとすれば、それはこの意味において、芸術的創造が自由とその実現の象徴であるかぎりにおいてである。

……その失敗

しかしこの芸術的創造という象徴は、成功した象徴ではない——というか、成功した象徴であってはならない。再度カントの言葉に耳を傾けよう。象徴とは類比を通じて理念の「根底に置かれた」直観であって、理念に「適合した」直観ではない。それゆえ厳密にいえば、象徴とはつねに無根拠で不可能な直観的表示、直観的表示の失敗なのである。だとすれば、理念の象徴は、それが真正なものであるかぎり、象徴の不可能性の象徴とならざるをえない。実際これはいま引用した一節で起こっていることではないか。芸術家と自由な存在との類比を可能にしているのは、「創造神のように」という比喩（直喩）である。だがこの比喩は、類比を可能にすると同時にそれを不可能にしてしまう。芸術家とは違い、神は文字どおり不可視なのであって、不可視であることを示すために比喩を必要としない。神の不可視性があらゆる経験的対象との比較が不可能であることを意味するなら、そもそも比喩の使用は神の存在様態と矛盾するのである。「創造神のように」という比喩は、それゆえ比喩の廃棄を志向する比喩といえよう。こうしてここでは、類比の構築がそのまま類比を不可能にする行為となる。つまり象徴の構築がそのまま象徴化を失敗させる行為となる。「全体性」のアポリアにおいて表象の限界が表象システムに折り返されたように、ここにおいては象徴の不可能性が比喩形象を通じて象徴行為そのものに刻印される。

こうしてわれわれは、自由の表現たりうる「芸術のモード」――象徴の不可能性の象徴という自己関係的な否定性のうちにとどまる象徴――の具体的な現われをひとつの簡潔な例を通じて手にしたわけだが、この否定性が『肖像』という作品の核にあることは、それが作品のもっとも重要な場面のひとつ、主人公が芸術家の使命を認識する場面において発揮されていることからも明らかである。そしてこれは、非感性的なものである自由が「飛翔」によって象徴化される場面でもある。ここではそれは象徴されている。芸術家の創作行為は「自由」の実現を象徴するものであるが、ここでの象徴は二重化されている。芸術の創作行為の象徴、それはいうまでもなく「伝説の工匠」ダイダロスのわざであるものでもある。芸術家が「触知不可能な(impalpable)」「飛翔する」生命体、ヌーメナルな自由な存在を創造するのに対し、「伝説の工匠」は経験的には不可能な(これにより結果的に後者は「自由」の実現の象徴の象徴となる)。芸術家が「触知不可能な(impalpable)」「飛翔する」生命体、ヌーメナルな自由な存在を創造するのに対し、「伝説の工匠」は経験的には不可能な「飛翔」を可能にする翼をつくる。「これまでとはちがい、このとき彼には自分の奇妙な名前が予言のように感じられた。……伝説の工匠の名前で呼ばれたこのとき、彼はくすんだ波の音を聞いたような、波のうえを飛び、ゆっくりと天に向かって上昇してゆく翼をもった人影を見たような思いがした。これはどういうことだろうか。……自分の仕事場で鈍重な地上の物体を鍛え直し、天がけるあらたな触知不可能な不滅の存在をあらたにつくりあげる芸術家の象徴なのか」(P 4.767-81、中略は筆者)。スティーヴンは、「伝説の工匠」は芸術家の「象徴」なのかと問うているが、この一節において入念に構築されている両者の類比を考えれば、答えはイエスであろう。だが、この問いにはノーと答えることもできるのではないか。スティーヴンは「工匠の名」に、波の響きを聞き、その波のうえを上昇していく飛翔体を見たような思いがした。つまり工匠のわざと芸術家の創造との類比は、前者を「工匠の名」を通じて感性的、知覚的に経験することに支えられているのである。(「彼には自分の奇妙な名前が予言のように感じられた」というくだりも、こうした名前の現象化と切りはなすことはできない。予言とはまさに言葉が経験的事実になることなのだから。)だとすれば、ここでの類比は成立しなくなる。第一に、芸術家とその創造とは、工匠の名とわざの内容とのように感性的、知覚的に結びついているのではない。そもそも芸術家は「触知不可能な存在 (a[n] impalpable being)」を創造するといわれているのである。第二に、名前のこのイメージ化は、類比とは——それゆえ象徴とも——相いれない。象徴化の条件である類比は本来、芸術的創造と工匠的わざとの類比がそうであるように、感性的な類似性ではなく、反省の形式の合致に基づくからである。

このように工匠のわざ(飛翔)と芸術家の創造行為とのあいだの類比は、形式的な反省とは相いれない感性的な経験によって支えられている。要するにこの類比は、成立すると同時に破綻をきたしているのである。フロイトが否定に関して述べたこと(「夢の中の女性は母ではありません」という患者の否定は、その女性が彼の母親であることを逆に示している)はここでも当てはまる。知覚的な直接性は象徴の無根拠性を否認あるいは糊塗しているが、その身振り自体が象徴の無根拠性を物語ってしまう。のちにスティーヴン自身が「音の響きというのは詐欺ですよ……名前と同じです」(*U* 16.362-63、中略は筆者)と指摘するように、名前はまさに詐術ともいうべき機能をもつのである。この名前の詐術を強調するかのように、先の知覚的経験を誘発した「工匠の名」は、スティーヴンが自己と「工匠」とを類比に基づいて同一化する場面においても介入してくる。「そうだ、そうだ、そうなのだ。ぼくは自分と同じ名前をもつ偉大な工匠のように、魂の自由と力から誇らしく創造しよう——生けるものを、あたらしく天がける美しいもの、触知不可能な不滅のものを」（*P* 4.810-13、強調は筆者）。

　ここでは潜在的といえなくもない、類比を補うように導入される知覚的経験への志向は、この直後の場面になると明白なものとなる。スティーヴンは海辺の少女を観照し、彼女を「一風変わった美しい海鳥の類似物」（"the likeness of a strange and beautiful seabird"）（*P* 4.856）としてとらえるが、この同一化は両者の視覚的類似性を丹念に構築することで進行する。「海鳥」は「彼女」の象徴ではなく、まさしく「イメージ」（*P* 4.883）なのである（もちろんこのイメージはジェイムソンがいう意味でのイメージとは別物である）。そして夕暮の景色が観照されるこの場面の結びになると、イメージへの志向性は決定的なものとなる。「彼は砂丘のいただきにのぼり、あたりを凝視した。日は暮れ落ちていた。灰色の砂に埋めこまれた銀の輪（rim）のような新月の弧（rim）が、荒涼と広がる薄暮の空を切り裂いた」（*P* 4.917-20）。ここにみられるのは、だれもが理解できる視覚的類似性にもとづく直喩である。この「灰色の砂に埋めこまれた銀の輪」というイメージはきわめて明確であり、ヒューム流にいえば「かたく、かわいた」ものであるかもしれない。しかしこうしたイメージは、いかに詩的であっても、反省ではなく知覚に、類比ではなく類似に基づく以上、けっして自由を表現する「芸術のモード」にはなりえない。

　この一連の場面においては、このように象徴とその不可能性との同時的な発生が、象徴とイメージ、類比的反省と知覚的経験とのせめぎあいというかたちをとって現われている。そしてこのせめぎあいは、イメージ側の勝利によって終結するようにみえる。スティーヴンは「海鳥＝彼女のイメージ」に「エクスタシー」を覚え、彼女の「目」に「呼び声」、創造への呼びかけを知覚するのである。「彼女の目が彼に呼びかけ、彼の魂はその呼びかけに応えて踊っていた。生きよ、躓け、堕ちよ、打ち勝て、生から生を再創造せよ。荒々しい天使が彼の前に現われ……一瞬のエクスタシーのうちに躓きと栄光のあらゆる道へ通ずる門を開いていた」（*P* 4.884-89、中略は筆者）。しかしこの興奮状態は本当にイメージの勝利を意味するのだろうか。ほかならぬ「呼び声」自体がそれを否定していることは、その驚くべき矛盾から明らかではないか。それは「打ち勝て」と呼びかけるだけでなく「躓け」と呼びかけ、「飛翔せよ」ではなく「堕ちよ（fall）」と呼びかけ、「栄光」だけでなく「躓き＝あやまち（error）」への道を開く。なぜか。『肖像』というテクストをひとつの象徴行為として読んできたわれわれにとって可能な答えはひとつだろう。自由という理念を「芸術のモード」において表現しようとすれば、われわれは象徴を用いるしかない。それはすでにみたように、象徴の不可能性の象徴という、きわめて過酷な実践を芸術に強いる。イメージへの帰依や知覚的な直接性への志向は、象徴の不可能性の克服という意味では「勝利」かもしれないが、この過酷さ――自由の道徳律の命令の過酷さ――からのまやかしの逃避という意味では「躓き＝あやまち」なのである。

　これまでの議論をふまえれば、象徴に背を向けイメージに喜悦を感じることは、「自由」の実現という理性の実践的要求からの逃避を意味する。それゆえイメージの偽りの勝利によってもたらされた第四章における高揚感のようなものが、自由が本格的に主題化される第五章に見いだせないとしても、それは不思議ではない。とはいえ、第五章においても象徴の苦境を脱しようとする身振りは存在する。スティーヴンは作品の結びを構成する日記のなかで「ぼくのたましいの鍛冶場で、いまだ創られていないわが民族の良心を鍛え上げる」（*P* 5.2789-90）ことを決意する。「鍛冶場」や「鍛え上げる」という言葉が示すように、ここでも「伝説の工匠」とスティーヴンとは類比によってむすばれている。ところがこの直後、最後の日記、つまり作品自体の末尾では、類比とは原理的に相いれない修辞法が導入される。頓呼法《アポストロフィ》である。「いにしえの父よ、いにしえの工匠よ、今より永遠《とわ》にぼくの助けとなりたまえ」（*P*

5.2791-92)。類比において二つの対象は反省的、形式的に比較されるだけで（だから片方ないし両方が現前していなくてもかまわない）、経験的な場で共存するのではない。だが頓呼法はまさにこの共存を可能にする。それは二つの対象を、存在論的差異を超えて話し手（呼びかける主体）と聞き手（呼びかけられる主体）の関係に置くことで、両者が同時に現前するかのような空間を生み出すのである。これは先のイメージへの逃避と同様、象徴の論理からみて「あやまち」であるだけでなく、作品自体（スティーヴン自身）が語る芸術論（それはすでにみたように非感性的なものの表出としての芸術を語るものであった）からみても「あやまち」であろう。頓呼法は一般的に抒情詩的な文彩として位置づけられている（Culler）。実際『肖像』の末尾の文が抒情詩の一節であるといわれても違和感はない。だが『肖像』の芸術論において抒情詩は、文学形式の最下位に置かれていたのではなかったか。それは劇のような自由の実現の象徴にはなりえない、その意味で劣った形式である。頓呼法は「イメージ」のように象徴の苦境をいっとき癒してくれるものであっても、その解決にはなりえない。

自由は非感性的なものであり、それゆえ表現不可能なものである。しかしテクストの象徴行為は、この自由を象徴化することの失敗そのものによって、こういってよければパフォーマティヴに自由の非感性性を表現する。自由を表現できる「芸術のモード」があるとすれば、それはこの二重の否定の運動、弁証法的な否定の否定の運動のなかにある象徴以外にない。われわれが『肖像』に見いだすのは、この象徴の弁証法、いわば象徴の「狡知」であり、さらにはこの弁証法からの逃避がもたらすつかの間の歓喜と最終的な自己矛盾である。

おわりに——モダニズムの理性

ジェイムソンは先に言及した議論の帰結として、帝国モダニズム（フォースター、ウルフ）と植民地モダニズム（ジョイス）との差異を、後者における「全体性への意志」の不在という視点からとらえている。なるほどジョイス文学の舞台ダブリンは、植民地の都市である以上、帝都ロンドンとは違い原理的に現象の彼方（物自体）としての帝国主義をもたない。ジェイムソンの考えでは、それゆえ『ユリシーズ』にはモダニズムの「スタイル」を規定する「空間の詩」（すなわち崇高）が欠けることになる。「『ユリシーズ』において空間は象徴化されなくとも閉じられ、意味を得られる。空間は植民地という状況下にあるため客観的に閉じられているからである。詩とスタイルの不在というジョイスの言語の特性がここから生まれる」（2007, 165）。

ジェイムソンのこの主張に対しては、二つの批判的応答が可能であろう。第一に、『ユリシーズ』において「空間の詩」つまり空間的な崇高が見いだせないとしても、それでただちにあらゆる意味での崇高性が否定されるべきではない。別のところで論じたように、『ユリシーズ』にはそれ特有の「全体性への意志」があり、しかもそれは空間的な崇高性とは異質の崇高性をテクストにもたらしている（中山、二九六―三〇〇）。第二に、『ユリシーズ』に空間の象徴化が見いだせないとしても、それでただちにジョイス文学における別種の象徴化の実践までが見落とされてはならない。『肖像』の核心には、主題的、物語的なレベルはもとより修辞的レベルにおいても、これまでみてきたように自由の象徴化、自由の表現としての象徴行為がある。しかもそれは自己関係的な否定性をおびた象徴行為という文学的「スタイル」――表象の不可能性の表象を「スタイル」と呼んでよいなら、象徴の不可能性の象徴もそう呼んでよいだろう――を生み出しているのである。

ジェイムソンの明察はこのようにある種の死角をかかえているのだが、ここではそれを批判することよりも、彼の議論がもたらした画期的な問題設定に注目することのほうが重要である。それはモダニズム文学における理性とその政治的、美学的意味という問題である。ジェイムソンは「全体性への意志」という概念をルカーチから借りうけたわけだが、それは――「われわれの理性のうちには実在的理念としての絶対的総体性への要求がある」（一九九九、一二〇―一二一）というカントの言葉からも明らかなように――理性の認識的要求の別名にほかならない。また「認識地図」が、ジェイムソンの論文“Cognitive Mapping”をふまえてわたし流にまとめれば、知覚的経験と概念的理解、感性と悟性を媒介する構想力《イマジネーション》の産物、要はカントのいう「超越論的図式」のことであってみれば、崇高を生じさせるようなかたちでこの図式を「支配」するものは理性以外にありえない。このことをふまえれば、帝国モダニズムとジョイスとの差異は次のようにいいかえられるだろう。前者において作動している「全体性への意志」が理性の認識的要求であるとすれば、後者を支配する「自由」の実現への意志は理性の実践的要求である、と。「実践理性は、自分だけで、思弁理性と申し合わせることもなしに、因果性のカテゴリーの超感性的対象、すなわち自由に、実在性を与え［る］」（カント、二〇〇〇、一二七）。

モダニズムのなかに息づくこの理性の要求（認識的にせよ、実践的にせよ）に注目したとき、われわれはモダニズムにおける政治と美学（文学、芸術）の関係に関して重要な認識を得ることになる。政治と美学は二者択一的な問題ではない。両者を切りはなすことはできない。だがそういえるのは、たんに文学や芸術において政治的なテーマが扱われるからではない。モダニズム小説の美学的な達成（カント的崇高、カント的象徴）は、「全体性」の認識や「自由」の実現といった政治的にならざるをえない理性の関心がつきつけるアポリアに対する、ある種の解決として生成されるからである。その意味で、芸術はつねにおくれてやってくる、理性の要求のあとにやってくる。これはいいかえれば、シェイマス・ディーン（Seamus Deane）が主張するように「スティーヴンは書きはじめるまえに芸術に関する哲学的認識《エピステモロジー》を得なければならない。……なんびとも芸術家であるためには、まず知識人であらねばならない」（1985, 80、中略は筆者）ということであり、さらにこれを受けてサイードが指摘するように「スティーヴンは地方都市で暮らす若者であり、植民地的環境の申し子でもあって、そのため、芸術家になる以前に、反抗する知識人の意識をはぐくまねばならなかった」（16／四五）ということである。したがって「知識人」は、「芸術家」に時間的に先行するという意味で後者よりも「若い」といえる。ジョイスの「知識人」小説が「若き日の芸術家の肖像」でなければならない理由はここに求められるだろう。ただしディーンやサイードには「知的自由」が「知識人の行動における重要課題」（Said, 17／四七）であるという認識はあっても、その自由が理性的理念であり、それゆえアポリアを発生させるということが問題化されていない。それは結局、そのあとにくる「芸術のモード」に関する理解を困難にしてしまう。

　晩年のフロイトは「理性の独裁」ということにユートピア的な希望を見いだしていた。「私たちが未来に託しております一番の希望は、知性――科学的精神ないし理性――が、やがては人間の心の独裁権を獲得するようになってくれることです。そうなったとしましても、理性は、人間の感情の蠢きや、それに規定されているものに、しかるべき場を与えてくれることを怠りはしないはずです」（二二五）。「全体性への意志」や「自由」の実現への意志といった理性の要求をその核心にすえたモダニズム文学は、「未来」に先だって「理性の独裁」を獲得したといえるかもしれない。われわれが理性の要求の美学的＝感性論的相関物として享受する、カント的崇高やカント的象徴といったモダニズム文学の「スタイル」ないし「モード」は、理性は「人間の感情の蠢き」に「しかるべき場を与える」というフロイトの主張の正しさを、やはり「未来」に先だって証明しているように思われるのである。

アプリとしてのジョイス作品

勤務先の大学のキャンパスを歩いていて、建物のまえで記念写真を撮ったり建物自体を写真に撮ったりしている人たちを目にしたことがある。「○○という建物はどこでしょうか」と尋ねられたこともある。最初は「なんだろう」と思ったが、「ああ、これが聖地巡礼というやつか」と理解するまで時間はかからなかった。キャンパスはよくドラマ撮影のロケ地に使われていたし、自分がみたあるアニメーション映画でも勤務校とおぼしき大学の校舎やその周辺の街並みがほぼそのまま使われていたからである。わたしは当初「巡礼者」たちに軽い好奇の目を向けていたが、すぐに彼らの姿が二十年前の自分と重なることに気がついた。はじめて訪れたダブリンでブルームやスティーヴンの足跡を追って街を歩いていたわたしは、基本的に彼らと同じことをしていたからである。

ジョイスが一時住んでいたマーテロ塔

『ユリシーズ』第一挿話の舞台であるマーテロ塔のなかに入ったとき、わたしは目の前の物理的な空間を一種のスクリーンにして、そこにスティーヴンやマリガンといった登場人物の姿を投影していた。そのときわたしが心の目を通して見ていたのは、現実の風景と虚構的形象の合成であり、今日の言葉でいえば「拡張現実（ＡＲ）」のようなものだろう。それは構造的にはスマートフォンのカメラを通して、現実のなかに現われたポケモンを見るのに似ている（ただし登場人物は不規則に現われるのではないが）。ジョイスの作品はいわば、わたしの脳内にダウンロードされた、ダブリンを見るためのアプリ、「Dublin GO」とでも呼んでみたいアプリであったのかもしれない。

（中山　徹）

第九章　スティーヴンでは書けたはずがなかろう

——ヒュー・ケナー『肖像』論における作者ジョイスとスティーヴンの関係性

ヒュー・ケナーの著作

第九章　スティーヴンでは書けたはずがなかろう
——ヒュー・ケナー『肖像』論における作者ジョイスとスティーヴンの関係性

下楠昌哉

はじめに

二十代で発表した学会誌デビューに等しい論文がまたたくまにその分野の必読論文との評価を得て、折に触れて改稿の機会を与えられたうえ、以後半世紀以上にもわたって何度となく論文集に収録され続ける。若き学者なら誰もが抱くそんな夢をあっさりかなえてしまったのが、ヒュー・ケナー（Hugh Kenner、一九二三〜二〇〇三）が『ケニヨン・レヴュー』（*The Kenyon Review*）に一九四八年に発表した「『肖像』・イン・パースペクティヴ」（"The *Portrait* in Perspective"、以下「パースペクティヴ」と略。ジョイスの『若き日の芸術家の肖像』については以下『肖像』と略す）である。数学の才能にも恵まれ、マーシャル・マクルーハン（Marshall McLuhan）の愛弟子にして、ジョン・クロウ・ランサム（John Crowe Ransom）に見いだされ、クリアンス・ブルックス（Cleanth Brooks）の指導の下で博士論文を書いた後の碩学は、そのデビューの仕方からしてスケールが違った。ただし、ケナーの一九四八年の論文が大きく注目されだすのは、改稿されて『ダブリンのジョイス』（*Dublin's Joyce*）の一部として一九五六年に出版されてからである。

この論文の概要およびその批評史的な価値については、マーク・A・ウォリージャー（Mark A. Wollaeger）が、自ら編集した『肖像』の論集に付した序文で簡潔かつ明快に論じている。ウォリージャーはケナーの「パースペクティヴ」を論集の巻頭論文とし、作品の生成からイメージ、イディオム、アイロニックな様式に至るまで作品を包括的に論じていること、『肖像』の最初の二ページに対する指摘の重要性、後にスティーヴンに対する作者の態度が議論を呼んだことなどを論集収録の理由として挙げている。注目に値するのは、『ダブリンのジョイス』の基となった、一九五〇年にイェール大学に提出された博士論文についての言及である。イェールは一九四〇年代にジョイスの作品を大学教育において取り上げた、アメリカの最初の大学であった（Wollaeger, 16）。一九四〇年代よりアメリカの大学においては、新批評の台頭を支えに文学研究の成果が「産業」のように生み出され、大学の教育カリキュラムにおいて決定的な地位を確保してゆく。そうした流れのなかで、ジョイスは一九五〇年代から六〇年代前半にアメリカの学会において研究対象として「天文学的な飛躍」（"astronomical rise"）を果たし（Benstock, 1966, 215）、「ジョイス産業」という言葉がアメリカの研究者の間では目立って使われるようになっていった。[1]（ケナー自身も、早くも一九五七年の書評のタイトルで、ジョイス関連の研究書が陸続と生産される様子を「煙無き産業」と呼んでいる［Kenner, 1957, 8］。）つまりケナーの「パースペクティヴ」は、このようなアメリカの大学教育における、ほぼ最初期の果実だったのである。それでいながらこの論は、改稿されて決定版が出た後ではあるが、半世紀以上にわたって複数の論文集の巻頭に据えられ続けるだけのクオリティーを有していた。出版された時期、過程、中身の重要性が批評史的にこれだけ明確な論文は、そうあるものではない。しかしながら、「パースペクティヴ」はスティーヴン・デダラスを、落ちることが運命づけられた失敗した芸術家と断じていたがために、ケナーはスティーヴンに批判的な見方を先導した者という烙印を押されることになる（Benstock, 1985, 10; Bloom, 1-2; Gibson, 129）。とりわけウィリアム・エンプソン（William Empson）は、「ケナーの中傷」（"the Kenner Smear"）（204）という言葉を使い、スティーヴンに対するケナーの辛らつな評価に真っ向から反駁した。[2]

このように、スティーヴンに対する厳しい見方が脚光を浴び続けることになってしまった「パースペクティヴ」であるが、後に『ダブリンのジョイス』の再版の序でケナーは、ジョイスをどうにかしてスティーヴンとはっきり区別しなくてはならないと感じていたのが論文執筆の動機付けであり、それこそが「パースペクティヴ」のテーマだったのだ、と述懐している（Kenner, 1987a, xii）。実際、一九六五年に、ケナーはこの点にターゲットを絞って『肖像』を再考した論文を発表する。

本章の目的のひとつは、「パースペクティヴ」を、作者ジョイスと登場人物スティーヴン・デダラスの関係性の見直しを同時代の研究者たちに促そうと企図していた論文として読み直すことである。先に引用したケナーの言葉は、過去の論を書き直すにあたっての一種の釈明である、との解釈も可能かもしれない。しかしながら、議論を尽くさず作者ジョイスとスティーヴンを同一視する風潮に一石を投じるのが若きケナーの意図だったと考えると、「パースペクティヴ」においてケナー一流のアクロバティックな論の展開（あるいはその萌芽）と見える部分には、ある種の必然性が見いだせるように思われる。

マーゴ・ノリス（Margot Norris）はケナーの死の翌年に現代言語協会の大会で組まれたケナーのモダニズム論をめぐるパネルにおいて、ケナーの一九七〇年代初頭の仕事はジョイス研究におけるある種の「批評的無意識」をつくりあげた、と論じた（2005, 484）。「パースペクティヴ」はその時代より前の論だが、発表以来、複数の論集に頻繁に収録され続け、ジョイス研究者の批評的意識・無意識を刺激し続けてきた。この『肖像』研究必読文献において、一読したところではっきりとその姿を現わさないものの、後に筆者本人が、これがテーマであったのだ、と言明する主題に関して再検討をすることには、批評的意義があるだろう。

本章の後半においては、ケナーが作者ジョイスとスティーヴンの関係性に焦点を絞って『肖像』を論じ直して一九六五年に発表した論考を検証する。「パースペクティヴ」でやり切れなかったことをそこで果たしているのか、その時点で新たになされた考察なのか、その判断は困難だが、自分への批判に対するケナーのこの批評的回答を精査することで、ややアナクロニズム的ではあるが、「パースペクティヴ」から読みとるべきケナーの批評哲学についての考察を深めることができるだろう。

日本語で編まれるこの論集に寄せた本章がケナーを取り上げるのには、もうひとつ理由がある。日本には、ケナーの仕事を翻訳して受容してきた歴史がある。しかしながら、ケナーの業績についての網羅的でたいへんな労作である、ウィラード・グッドウィン（Willard Goodwin）による書誌からは、ケナーに関する日本語文献についての情報は抜け落ちている。ケナーの著作の日本への紹介に関しては、高山宏が果たした役割が大きい。高山が自らの「ネタ本」（1998, 161）と呼ぶ *The Stoic Comedians* は、ベケットの章が大橋洋一訳で『現代思想』一九八五年二月号に、ジョイスの章が富山英俊訳でおなじく『現代思想』一九九二年三月号に訳出された。[3] その後、富山は、この書籍の全訳を『ストイックなコメディアン』として一九九八年に出版した。富山の訳書に寄せた解説で高山が高く評価した *The Mechanic Muse* は、『機械という名の詩神』として、二〇〇九年に松本朗による全訳が出版された。（なお、*The Mechanic Muse* の第一章のエリオット論については、加藤光也による翻訳が『現代詩手帖』一九八七年十月号に掲載されている。）そして、ケナーが執筆した『肖像』の論のなかではもっとも論点が絞られてまとまっており、本章でも取り上げられる論文は、「キュービズムとしての『肖像』」として、文芸雑誌『すばる』二〇〇三年十月号に結城英雄によって訳出され、学会を越えた広範な日本の読者の目に触れる機会を得ている。本章も、ケナーの仕事を日本に紹介する研究の系譜に連なることを目指したい。

一　「『肖像』・イン・パースペクティヴ」

「パースペクティヴ」を掲載した『ケニヨン・レヴュー』第十巻第三号巻末の執筆者紹介欄には、掲載論文に加筆したヴァージョンが『ジェイムズ・ジョイス――批評の二十年』（*James Joyce: Two Decades of Criticism*）に収録されることがすでに告知されている。前述のようにこの論文は一九五〇年に提出された博士論文の中心となり、その後、『ダブリンのジョイス』の第八章として再び日の目を見ることとなった。その際、論文タイトルの「『肖像』・イン・パースペクティヴ」は、章のタイトルとしてそのまま採用された。以後、ケナーの代表的な論文として論文集に収められているのは、ほとんどの場合『ダブリンのジョイス』版の「パースペクティヴ」である。ジョイスの業績を包括的に扱う書物の一章となったこのヴァージョンは、元の論の端々から角が取れたような印象になっているものの、基本的に雑誌に掲載された内容と変わりはない。したがって本章では『ダブリンのジョイス』収録版を中心に扱うが、別のヴァージョンについても適宜言及する。

まず三つのエピグラフがあり、続いて『肖像』が完成するまでの過程を主に『スティーヴン・ヒアロー』との関連を取りあげて論じた序がある。その後は小見出しがつけられて、八つのセクションに分けられている。これらのセクション分けは、『ダブリンのジョイス』に収録される以前のヴァージョンにはない。『肖像』を取り扱う論考がまだ少なかった時期に出された論考のせいか、論点は多岐にわたっている。小見出しをつけたセクション分けのおかげで、『ダブリンのジョイス』版ではそれ以前のヴァージョンよりも論考に盛り込まれた内容が把握しやすくなっている。

最初のセクションである「章をつなぐ主題」（"Linking Themes"）で強調されるのは、『肖像』と『ユリシーズ』、そして『フィネガンズ・ウェイク』とのつながりである。スティーヴン・デダラスという登場人物は、『肖像』と『ユリシーズ』、どちらにおいてもダブリンから逃亡できなかった人物として論じられる。続いて、スティーヴンが僧職に勧誘される場面の濃密な象徴性が、『フィネガンズ・ウェイク』や『ユリシーズ』との共通点として挙げられる。続く「対位法の幕開け」("The Contrapuntal Opening") では、『肖像』の冒頭の二ページが『ユリシーズ』と『フィネガンズ・ウェイク』二作品の縮図になっている、と指摘され、父親の描写に『フィネンガンズ・ウェイク』とのつながり、母親の描写に『ユリシーズ』とのつながりを見る。「主題語」("Theme Words") では、様々なイメージや感情を喚起する媒体としての言語の在り方そのものから説き起こし、"suck" という単語に注目して言語のシンボリックなイメージの連鎖が劇的な運動性を示す様を論じ、かつそれが登場人物の心理の動きを模倣してゆく過程を示す。[4]スティーヴンの心の動きが言葉に縛りつけられている有様を理解しないでは、『フィネガンズ・ウェイク』を読めはしない、という道破は印象的である。

『肖像』と『ユリシーズ』、さらには『フィネガンズ・ウェイク』とのモチーフやテーマ、技法を介した連続性を論じることとは、現代ではとりたてて特別なものには見えないかもしれない。しかしながら、ジョイス批評における初期の論考であるこの論では、アプリオリに自伝的とされる『肖像』を『スティーヴン・ヒアロー』やジョイスの生い立ちとではなく、後続の作品との関係性を中心に扱うということ自体が、新しい批評的アプローチとして意識されているのだ。ここで、『ケニヨン・レヴュー』収録版の書き出しを見てみよう。こちらは書籍の一部ではなく『肖像』を扱った単独の論考であるので、論文を書くにあたっての意図がより明確に示されている。「誰も疑うべきではなかったことが、ますます輝くほどに明白 (glaringly obvious) となっている。『肖像』と『ユリシーズ』は質問と答え、砦と攻城砲を成す、分割不可能な美的総体なのだ」(361)。このように、論の狙いが『肖像』と『ユリシーズ』との関係性であることが明示されている。論文の終わり方も、『ケニヨン・レヴュー』版の最後の四つのパラグラフ、および『ジェイムズ・ジョイス——批評の二十年』に収録されたヴァージョン(5)の最後の五つのパラグラフで再確認されるのは、『肖像』と『ユリシーズ』、および『フィネガンズ・ウェイク』とのつながりであり、『ダブリンのジョイス』の第八章の終わり方とは異なっている。とくに『フィネガンズ・ウェイク』については、『肖像』の重要な部分は第二部第一章のミックとニックとマギーたちのマイムのセクションで書き直しがなされた、と結論づけられている。

『ダブリンのジョイス』版に戻ろう。その四つ目のセクション「抒情詩としての肖像」(“The Portrait as Lyric”)は、「パースペクティヴ」をスティーヴンに対する中傷とみなすならば、最重要のセクションである。『肖像』は新世界に羽ばたく青年のイメージに満ちているが、『ユリシーズ』のスティーヴンを鑑みるに、スティーヴンはそうはなるまい、とされる。そもそも、イカロスは落ちたのだ。「スティーヴンは、不注意な読者が思い込むように、教会と祖国を拒むことによって芸術家になったりはしない」(121)。(『ケニヨン・レヴュー』版では、芸術家になったのではなく唯美主義者になったのだ、と論じられている [369]。)その結果として、『肖像』第四章を経てもスティーヴン自身の立場も心も安定することはなく、第五章の終結部で獲得されたかに見える平衡も仮初《かりそめ》のものにすぎない。曖昧なままになったスティーヴンの姿がはっきりした像を結ぶとするなら、それは『ユリシーズ』でしかないだろう、とケナーは結論づける。

ここで議論の補助線として、マーゴ・ノリスの前述の論を再度引用してみる。「『ユリシーズ』から失われたとケナーが仮定した場面は、彼の議論によってあまりに生々しく確かなものとされてしまうので、われわれはそれがあると感じてしまうのだ（we feel it is *there*）――それをジョイスのテクストで読んだかのように」（486）。このケナーの『ユリシーズ』論に関する指摘は、「パースペクティヴ」についても適用可能だ。ケナーの言葉によって作品に書かれていないことが語られるとき、その内容は、実際にテクストで描かれている事象と同等の強度でもって読者に感得される。ケナーの批評に親しんだ者であれば誰もが首肯するであろうこの指摘は、ケナー批評に時に見られるアクロバティックな論の展開をほのめかしている。そもそも『肖像』には、スティーヴンが後にどのような芸術家になるのかは書かれていない。『ユリシーズ』にも『肖像』にもスティーヴン・デダラスという名前を持つ人物が出てきているが、この二人を同一人物とする議論は無条件にはできない。もし同一人物であると仮定できたとしても、『肖像』と『ユリシーズ』、テクストとテクストの間の断絶をまたいでひとつの人生を送り続けていたと仮定するには、そうとうな議論が必要となるはずだ。もちろん本章の目的は、テクストや語りをめぐるさまざまな理論が登場する以前の偉大な先行研究の議論のあら捜しをすることではない。ここの議論に、ケナーが後に表明した、作者ジョイスとスティーヴンを区別する、というテーマを読み込んでみよう。実際、『ケニヨン・レヴュー』版には、明確に作者ジョイスとスティーヴンとの差異を意識した文言がある。「スティーヴン・デダラスとかいう輩（a Stephen Dedalus）が『肖像』や『ユリシーズ』を書いたと仮定するのは、しつこく繰り返されている誤謬（a persistent and recurrent fallacy）である」（370）。この苛烈な文言は、『ダブリンのジョイス』では削除されたものの、後発の研究者たちに公然と反駁されることとなった[6]。だが、反応すべきはスティーヴンが『肖像』や『ユリシーズ』を書いた／書くかどうかという点ではなかったのだ。ケナーが読者に注目を促そうとしていたのは、スティーヴンはジョイスと全く同一の存在ではない、という点だったのである。

以下、『ダブリンのジョイス』版「パースペクティヴ」の残りの部分を簡単にまとめておく。作品全体の構造がようやく言及されるのは、論も半ばになった「主題イメージ――クロンゴウズとベルヴェディア」（"Controlling Images: Clongowes and Belvedere"）からで、これを含む後半の四つのセクションにおいて『肖像』の第一章から第五章までが順を追って論じられる。五章立ての『肖像』には各章ごとに対立する二つの要素が描かれており、前章の対立主題は次の章でも引き受けられて物語は進んでゆく。『肖像』の五章すべての共通点は、こうした対立項がひとつのジンテーゼを見いだして終幕を迎える構造だ。ただしそのジンテーゼは、続いての章においてつねに破壊される。この構造を指摘したのはおそらくケナーが最初である（Riquelme, 2004, 121, n11）。「パースペクティヴ」最後のセクション、「最後の調和」（"The Final Balance"）では『肖像』の第四章・第五章が扱われる。そこでも、芸術家として自由に飛翔する若者としてではない、スティーヴンの姿が強調されている。本章ではこのように要約してしまったが、『肖像』という作品そのものの分析に関しては、後半こそが本論、ととらえることもできる。作品内で複雑さを増しながら展開してゆく種々の弁証構造が、複数のイメージ・モチーフ・語句にわたって検証されているからである。このように、とくに論文の後半に見られるように、「パースペクティヴ」には多岐にわたる内容が盛り込まれている。その結果、読者が注目し、消化すべき論点も多岐にわたる。もしそのひとつが作者ジョイスとスティーヴンの区別であったとするならば、ケナーが後に行なった論文執筆の動機付けについての釈明を知りえない読者にとっては、それを第一の論点としてとらえるのは困難であったろう。

二 「ジョイスの『肖像』――ある再考」と「キュービズム的『肖像』」

『ダブリンのジョイス』出版後、自らの論におけるスティーヴンの評価にばかり言及され、ケナー自身も消化不良の感がつのったのだろう、一九六五年、『ウィンザー大学評論』(*The University of Windsor Review*)に、ケナーは再び『肖像』を中心に据えた論、「ジョイスの『肖像』——ある再考」("Joyce's Portrait—A Reconsideration")(以後「再考」)を発表する。小見出しを駆使して広範な題材を扱った「パースペクティヴ」に比べると、こちらの論では明らかに、作者ジョイスとスティーヴンの関係性にターゲットを絞っている。この論は改稿後、バーナード・ベンストック(Bernard Benstock)が一九七六年と八五年に編纂した二冊の論集に、「キュービズム的『肖像』」("The Cubist *Portrait*")と題されて収められた。ベンストックは、一九七六年出版の論集に付した序文で、ケナーの新しい『肖像』論においては、『肖像』と作者ジョイスの伝記的事柄との関係性が論の中心であると指摘している(Benstock, 1976, 10)。

ここまで何度か言及したように、『肖像』の論集にケナーの論が含まれる場合、「パースペクティヴ」を選ぶ編者が圧倒的に多い。ただし現代においては、「再考」の影響力もまた大きい。なぜなら、『肖像』のスタンダード・エディションのひとつ、二〇〇七年出版のノートン版に、編者のジョン・ポール・リケルムが、わざわざ雑誌掲載版である「再考」を収録したからである。[7] よって本章でのケナーの新たな『肖像』論の内容の検討は、現在多くの研究者の手に取られているであろうノートン版『肖像』収録の「再考」で行なう。論の中で読者に強い印象を与える一文は、論の序盤に登場し、後に論文そのもののタイトルの一部にもなる、「『肖像』はおそらく、芸術史上、最初のキュービズムの作品(the first piece of cubism)かもしれない」(350)、である。論の終盤でケナーは論じる。『肖像』は、二十年分の時間が作品内で経過する「動く題材」("the moving subject")につねに「動く視点」("the moving point of view")(358)が密接したうえで、作者が十年という時間をかけて執筆した作品である。そして、結末においてスティーヴンに与えられる「形態」（"shape"）（360）は、一面的な見方を許す単純なものではない。キュービズムは複数の視点から同一の対象をとらえる芸術である、という基本線を意識するならば、確かに『肖像』はキュービズム的と言えるかもしれない。ただし本章では、そのような論点とともにケナーが強調している別の論点に、より注目したい。ケナーは、過去の彼の『肖像』論のタイトルに入っていた"in perspective"という言葉には、絵描きと題材との関係性を固定化するイメージがあるので、この論文ではそれを払拭したい、としている。(8) すなわち、作者と登場人物の関係性の再考を読者に迫るのが論の目的のひとつであることは、論の序盤において明示されているのである。

「パースペクティヴ」では読者の目を徹底的に『肖像』の後続の作品に向けさせ、作者ジョイスとスティーヴンとの間の関係性に再考を迫ったケナーだが、今回は『肖像』以前の作品やジョイスの実人生とのつながりの中でそれを試みている。そうした場合、『肖像』のスティーヴンにジョイス自身が反映しているという事実に言及しないわけにはいかない。ケナーは「再考」において、前回とは異なる戦略と戦術を駆使することになる。

論を通じて繰り返し言及され、強調されるのは、『肖像』が純然たる自然主義小説ではなく、象徴主義的な要素も含んでいる、という点である。科学的な態度をもって対象をできる限り「あるがまま」に描き出すことを標榜した自然主義文学に対して、『肖像』は一線を画しているのだ。たとえばケナーが論じるところでは、「若き日の芸術家の肖像」というタイトルは、「芸術家」をどの職業に置き換えても意味が通じる。また、ジョイスは細部に強いこだわりを持つ作家であるにもかかわらず、スティーヴン・デダラスという名前は当時のダブリンに実在した人物の名前としては、あまりに特異である。そして、そのフィクショナルな名前とオスカー・ワイルド（Oscar Wilde）が晩年に実際に使った筆名である「セバスチャン・メルモス」の共通点から導かれるのが、スティーヴンとワイルドの類似性である。ただし、この論の流れにおいて読者が注目するよう期待されているのはスティーヴンとワイルドの直接的な関係性ではなく、スティーヴンはジョイスと似ているのと同じくらいワイルドにも似ている、という間接的な関係性である。(9)

ワイルドとスティーヴンの関係性に続いて、ジョイスが登場人物を生み出すにあたって自分の経験を最大限に活用していた点が指摘され、ジョイスが自身の経験を反映させているであろう作中の人物たちが次々に挙げられてゆく。レオポルド・ブルームを論じてから、何人もの『ダブリナーズ』の登場人物たちがノミネートされてゆく。ジェイムズ・ダフィ、ジミー・ドイル、ゲイブリエル・コンロイ。とくにゲイブリエルを論じる際の調子は、たたみかけるかのようである。

　ゲイブリエル・コンロイは自分の国にうんざりし、「外国の地を少なからず訪れ」、『デイリー・エクスプレス』のために、ジョイスがしたように(as did Joyce)、書評を書き、中年の生徒に対して、ジョイスがしたように、言語を教え、縁のある眼鏡をして、ジョイスがしたように、つまらぬ体面にしがみつき、ジョイスがしたように、西国の荒涼としたボッグから妻をつれてきて、ジョイスがしたように、人々を予想もできないかたちであしらって、ジョイスがしたように、そしてジョイスがそうであったように、永遠に夢想家なのだ……(354、省略は筆者)(10)

さらに、後にケナーは主著のひとつ、『パウンドの時代』(*The Pound Era*、一九七一)において、C・P・カラン(C. P. Curran)の有名なジョイスの写真を引き合いに出しながら、「エヴリン」に登場する伊達男フランクとジョイスの類似性を書き足すことになるだろう（Kenner, 1971, 35-36）。

とはいえここまでの議論は、スティーヴン以外の実在の人物や登場人物にも比べてみればスティーヴンと同じぐらい作者ジョイスと似た要素があるのだ、という理屈であり、スティーヴンその人を論の中心に据えているわけではない。続いてケナーが援用するのは、アリストテレスが『形而上学』などで用いた「可能態」という概念である。自然主義小説と異なり、ジョイスの作品においては作者あるいは登場人物たちがなり得なかったものに対する「ペーソス」がつねに意識されているのだ、とケナーは論じる。実現したかもしれないこと、可能性があったことが、ジョイスの作品においては重要なのだ、と。ここにおいて、作品において書かれなかったことを論じる根拠が与えられる。こうしたケナーのアプローチは新批評における間接法（Indirect Method）、すなわち作者のほのめかしによって読者に想像力を活用することを期待する技法を想起させるかもしれない。しかしながら、個々の作品の境界、さらにはフィクションと現実の境界をも軽々と飛び越えるケナーの以下のようなアクロバティックな議論の展開は、新批評とはもちろん相いれない(11)。

……最初の物語「姉妹たち」の少年は、ゲイブリエル・コンロイにはならないが、なったかもしれない。エヴリンは「土」のマライアにはならないが、なったかもしれない。「下宿屋」のボブ・ドーランは「小さな雲」のリトル・チャンドラーにはならないが、なったかもしれない。その男たちはジェイムズ・ジョイスに、女たちはノーラ・ジョイスになったりはしないが、なったかもしれない。彼らはそうした可能態（potentialities）を含んでいるのだ。（357、省略は筆者）

すなわち、『ダブリナーズ』の各登場人物は、ジョイスが陥ったかもしれない悲惨な状況を反映した人々なのである。こう考えるならば、『肖像』のスティーヴンは「完璧に普通のジョイスのキャラクター」(358)である、とケナーは説く。導き出される結論は、「パースペクティヴ」と同じである。スティーヴンは落ちる運命なのであり、成功をおさめることなくうだつのあがらない芸術家で終わったかもしれないジョイスなのだ。この後、『肖像』第三章で展開される地獄をめぐる説教が、ジョイスの体験よりも同時代に入手可能であった宗教パンフレットに大きく頼っている可能性を指摘して、『肖像』への自伝的要素の過度の読み込みに対してさらに釘を刺す。論の締めくくりは、前述した作者と題材の間の関係性で、ジョイスはスティーヴンに対して共感的でも、アイロニックでもない、とされる。移動する題材を移動する視点であるがままに描き、慎重に判断を保留したまま、物語は閉じられているのである。

この論の終盤においてケナーが苛立たしげに、自分が「スティーヴンを嫌う批評家の一団の先導者」("the bellwether of the Stephen-hating school of critics")(360)として引用されることに言及しているのは、ケナーが自分への批判をはっきりと意識していたのを示しているがゆえに重要だ。[12] そこにおいて、ケナーはまたしてもスティーヴンに対して辛らつな評価を下す。スティーヴンは「ジョイス伝説」(the Joyce Legend)の引き受け手としては不適格なのだ。「天才かどうか考えてみるなら、彼はありきたりの紋切り型で、退屈で、尊大で、不毛("a tedious cliché, weary, disdainful, sterile")である」(360)。とくにスティーヴンのヴィラネルに関しては、『ケニヨン・レヴュー』版「パースペクティヴ」では「バビロンの娼婦」と「キリストの花嫁」が融合されている(380)、として一定の評価を与えていたが、「再考」では、ワイルドは褒めたかもしれないが、十九世紀末を越えては評価されないであろう「極端に因習的な詩」("an exceedingly conventional poem")(360)と断じ、かえって評価は厳しくなっている。「再考」を経た後も、ケナーにとってスティーヴンはあくまで成功の見込みのない芸術家なのであり、その評価は撤回されることはなかった。

「再考」を「キュービズム的『肖像』」に改稿するにあたり、ケナーはスティーヴンに対してさらに辛らつな言葉を付け加える。スティーヴンは、ダブリンが「芸術家」として認めたかもしれないように描かれているけれども、彼は「浪費家で、酒飲みで、たかりの餌食で、烈火のごとくかりかりとしている話し手なのだ。ジョイスもそうなったかもしれないが」（"a wastrel, a heavy drinker, a spongers' victim, a bitterly incandescent talker. Joyce might have been that"）(180)。ただしここで、「ジョイスもそうなったかもしれないが」と付け加えられているのは重要である。「キュービズム的『肖像』」は、作者ジョイスとスティーヴンを区別することが主眼だったはずである。しかしながら、ここでケナーは、ジョイスがスティーヴンとなったかもしれぬ可能性に言及している。スティーヴンがほかの登場人物と同程度ジョイスの姿を反映しているならば、スティーヴンがジョイスの「可能態」であるのは避けられないからだ。こうした論の展開は、作者と登場人物の距離が縮まったかのような印象を読者に与えてしまうが、ケナーはあえてそのリスクを冒して、論ずべきことを論じようとしている。スティーヴンはジョイスにはならない、というケナーの結論が続く議論において揺らぐことはもちろんないが、ここにおいてケナーは、作者と登場人物の関係性を論ずるにあたり特定の前提を自明とせず、綿密に分析する必要性と態度を自ら示しているのだ。[13]

最後に、「再考」と「キュービズム的『肖像』」の間の他のめだった異同についても触れておく。「キュービズム的『肖像』」は序論を簡潔にまとめており、ワイルドとスティーヴンの関係についても「再考」ほど紙幅をとっていない。論の終盤にあった宗教パンフレットについての指摘も削除されている。めだった書き足し部分は、『肖像』のラテン語の序文を引きつつなされるライト兄弟の飛行機実験についての言及である。実験の成功は一九〇三年。ジョイスがスティーヴン・デダラスに関する草稿を書き出す少し前であった。神話と現代の空に関わる名匠が重なり合う印象的なくだりで、『機械という名の詩神』の序でも取り上げている、ケナーお気に入りのエピソードである。だが、ケナーはアダライン・グラシーン（Adaline Glasheen）との文通において、それより前の時期にダブリンでグライダー飛行を試みていた教授の存在を指摘されることになる（Burns, 103-05）。ケナーは、この教授、ジョージ・フランシス・フィッツジェラルド（George Francis Fitzgerald）についてシグネット・クラシック版の『肖像』の序文で言及し、グラシーンからの指摘に報いた（Kenner, 1991, 10）。

おわりに

本章では、発表から半世紀以上にわたり『肖像』論の必読文献となってきた「『肖像』・イン・パースペクティヴ」に、筆者ケナーが後に強調することになる、作者ジョイスと登場人物スティーヴンの関係性の見直しというテーマを読みとろうと試みた。「パースペクティヴ」において明確に論じられてはいないそのテーマは、明らかに読みとるのは難しいにしても、すでに論の中に潜んでいた、と結論づけることはできるように思う。後の「再考」において、主張の変えないところは変えず、それでいて前回とは異なる論点と手法を採用して、ケナーは今度ははっきりと、作者ジョイスとスティーヴンの関係を緻密に分析する必要性を訴えたのである。

論を終えるにあたって、ケナーが後の世代の批評家に植え付けたと思われる大いなる批評的無意識について付言しておきたいことがある。ケナーの論は、スティーヴンを『肖像』と『ユリシーズ』にまたがって存在する確固たる一個人としてとらえるよう、強く働きかけてくる。脱構築の時代を経たわれわれは、『肖像』を文体も長さも話法もまちまちなさまざまな言説の集積として読む手法を与えられている。そうした形態の言説空間に、それでも「人間」スティーヴンの姿を、作品を終えた後もユリシーズのようにダブリンに帰還する人物として認めること。ケナーが揺るぎない自信をもって前提とするこうしたスティーヴンの在り方は、どの作家を論じたものであれ、作者がつねに生き生きとした「人間」として立ち現われるケナー批評においてまさにふさわしい。ケナーによって芸術的に、文学的に、アクロバティックに論じられたスティーヴンの姿を検証することは、それ自体がケナーの膨大な著作を読み継いでゆくうえで必要とされる、批評的営為となるだろう。

註

(1) たとえば、Mercier や Benstock, 1966 を参照のこと。Kelly, 254-55, n97 に当時のジョイス研究の状況に関する文献が多数紹介されている。

(2) エンプソンの「ケナーの中傷」については、ハロルド・ブルーム(Harold Bloom)が、自らが編集した『肖像』論集の序で引用し、エンプソンに与するとした(1988, 1-2)。ただし、ブルームが論集に収めたのはケナーの論のほうである。エンプソンとケナーは、他の文学的主題に関しても激しいやり取りをした(Pritchard, 387-86 and n3)。

(3) 大橋洋一がケナーのベケット論の翻訳に付した解説は『ユリシーズ』論になっている。

(4) 『ダブリンのジョイス』以前の二つヴァージョンでは "belt" という単語をまず論じている。

(5) 「パースペクティヴ」の『ジェイムズ・ジョイス——批評の二十年』収録のヴァージョンを以後に再録

した論集は、一九六二年出版のトマス・E・コノリー（Thomas E. Connolly）が編纂した『ジョイスの『肖像』――批評と評論』だけである（Goodwin, 103）。本章執筆にあたっては『ジョイスの『肖像』』に収録された版を参照した（Connolly, 1962）。

（6）スティーヴンをもっとも明確に『肖像』と『ユリシーズ』の「作者」として論じた例としては、Rubinを見よ。ただし、ケナーはRubinの論の参考文献に挙がっていない。

（7）実際、このフレーズには「遠近法」の意味もあり、「パースペクティヴ」では『肖像』を後続の『ユリシーズ』や『フィネガンズ・ウェイク』と並べて「遠近法的」に論じる視座も提示されていた。

（8）二十世紀末から二一世紀にかけて『肖像』に関して数々の目覚ましい業績を残したリケルムの仕事のいくつかには、ケナーへのオマージュが溢れている。以下、適宜注釈を付す。

（9）リケルムは『肖像』におけるスティーヴンとワイルドとの関係性の主題を『ケンブリッジ版ジェイムズ・ジョイス必携』（*The Cambridge Companion to James Joyce*）第二版収録の論文において、より深化させて論じた。Riquelme, 2004を見よ。

（10）前述のリケルムの論文には、以下のような一節がある。「スティーヴン・デダラスは作家としてのキャリアのために大陸を選んだ。ジョイスがしたように（"as did Joyce"）」（Riquelme, 2004, 104-105）。

（11）ケナーの読みが新批評的に見えても決してそれは時代遅れのものではないという指摘は、Gillespie, 148を見よ。

（12）ほぼ同じ文言を、『ダブリンのジョイス』の再版の序でケナーは繰り返している（Kenner, 1987a, xii）。

（13）『肖像』における作者と登場人物の関係性を作品における語り手と語りの在り方に着目して詳細に論じた後続の学者の一人が、リケルムである。彼はケナーの「再考」とともに、ノートン版『肖像』に自らの論を一部省略して収めている。その原典については、Riquelme, 1983, Ch.2を見よ。

モランのオイスター・コテッジ

アイルランドのおもてなし

アイルランドでなじみと愛着がある場所はダブリンなのですが、本書「ゲーリック・リヴァイバル」の項目でアイルランドの田舎にある家が出てくる場面について触れましたので、西部の都市ゴールウェイにある、昔ながらのアイルランドの住居のたたずまいを残したレストランを紹介します。京都で言えば町屋をレストランに改装したイメージかもしれません。ですが中は奥行きがけっこうあり、地下はパブになっています。

アイルランド文学の学会事務局をやったり、京都という外国の方の多くが訪問を希望される街に職場があることもあり、これまでにそれなりの数のアイルランドの学者や詩人のみなさんを日本でお迎えしました。アイルランドの人々は人懐っこくてフレンドリーだとよく言われます。民族的なステレオタイプを誘発するこういった言い方はあまり好きではないのですが、一度日本でお世話をさせていただいたみなさんとアイルランドで再会したときに、それは暖かく迎られてきたことを思い出すに、「いやほんとそうなんだよ」と言いたくなる気持ちを抑えるのはほとんど不可能です。

二〇一一年に一か月ほど、アイルランド国立大学ゴールウェイで客員研究員として過ごしました。その際、国際アイルランド文学協会（イアシル）元会長のリアナ・オドワイヤー教授と旦那様にお連れいただいたのが、アイルランドで最高の牡蠣（オイスター）が食べられると評判の、モランのオイスター・コテッジでした。家族と共においしいシーフードに舌鼓をうった後（ちなみにアイルランドで温かい貝料理を頼むとバケツに一杯ぐらいでてくるので覚悟が必要です）、オドワイヤー先生の旦那様がおっしゃいました。マサヤ、マサヤ、下のパブに行ってみな、驚くから。そこには、日本のさる高貴な方々がこちらで食事をなされていたときの写真が飾られておりました。

（下楠昌哉）

第十章　スティーヴンと「蝙蝠の国」

——『若き日の芸術家の肖像』における「アイルランド性」

トマス・ムア像

第十章　スティーヴンと「蝙蝠の国」
──『若き日の芸術家の肖像』における「アイルランド性」

田村　章

はじめに

ジョイスにとっての「アイルランド性（Irishness）」を論じることは容易なことではない。かつて長い間、ジョイスはモダニズム文学を代表する世界的作家の面が強調され、作品に見られる思想や技法の先進性が注目を集めてきた。一方、ジョイスとアイルランドの関わりについては、どちらかと言えば背後に追いやられていた。そのため大半のジョイスの読者や研究者は文学思潮や文学理論には造詣が深いものの、「アイルランド文化については基本的に不案内」（Tymoczko, 189）と指摘されるほどであった。

こうした状況が続いたことには、ジョイス自身がとってきた立場にも一因がある。すなわち、リチャード・エルマン（Richard Ellmann）による伝記に「ぼくはあらゆる熱狂というものを信じない」（1982, 135）と述べたと記されているように、ジョイスはアイルランド文芸復興運動に対しておおむね冷淡であった。また、『ユリシーズ』第十二挿話では、アイルランド・ナショナリストの偏狭さが誇張されており、このような描写に注目すると、ジョイスがアイルランドの国民的作家であると言うのは難しくなる。とはいえ、アイルランド抜きにジョイスを考えることもできない。ジョイスを取り巻くこのわかりにくい事情は、『若き日の芸術家の肖像』（以下『肖像』と略す）で、若き日のジョイス自身を投影しているスティーヴン・デダラスに友人のダヴィンが発した次の質問に端的に示されている。

——君のことがよくわからないよ、とダヴィンは言った。あるときはイギリス文学の悪口を言って聞かせるし、今度はアイルランドの密告者の悪口を言っている。君の名前や考えからすると……君はいったいアイルランド人なのかい？（*P* 5.997-1000）

しかし一九九〇年代以降のポストコロニアル批評の興隆の中で事情は一変し、ジョイスの「アイルランド性」にかんする再検討の機運が急速に高まる。シェイマス・ディーン（Seamus Deane）の論文「アイルランド人のジョイス」（1990）やマライア・ティモツコ（Maria Tymoczko）の論文「私の文化とは何か？誰が私の文化を語るのか——ジェイムズ・ジョイスの作品におけるアイルランド性を問いただす」は、こうした研究の代表例であろう。その後ジョイスのポストコロニアル研究について数多くの論考が発表され、このような趨勢についてティモツコは次のように述べている。

ポストコロニアル研究によって明らかにされたすべての主題がジェイムズ・ジョイス研究に関して探究されたわけではないが、ジョイスはますますポストコロニアル作家としてみなされるようになってきており、批評研究はポストコロニアルの観点からジョイスに取り組んでいる。ジョイス研究におけるこのような方向転換は歓迎されるべきものである。何といってもアイルランドはイングランドの最初の植民地であり、二十世紀にイギリスの支配から袂を分かち、イギリスの文化的支配権に異議を唱えた最初の植民地なのだから。（181）

ポストコロニアル批評の重大な関心の一つが文化の異種混交性(hybridity)である。アイルランドでは、一一六九年のウェールズ・ノルマン連合軍の侵入によって、土着のアイルランド人とノルマン人の混交がはじまった。これをきっかけに以後、現在に至るまで宗主国イギリスと植民地アイルランドとの間に多様な混交形態が言語、宗教、政治、生活様式をめぐって生じていた。本章では、『肖像』について、とくにアイルランドの文化混交状態におけるスティーヴンの人格形成に焦点をあてながら、ジョイスにとっての「アイルランド性」について考えてみたい。あわせて、『肖像』における蝙蝠とミノタウロスの象徴的意味についても明らかにする。

アイルランドの現実との出会い

『肖像』において、スティーヴンのアイルランドとの関わりから考えていくと、このテクストの特徴が一つ浮かび上がる。すなわち、スティーヴンは、自らがアイルランド生まれの生粋のアイルランド人であることを一方で確認し、またもう一方でこの国が抱える文化混交の現実に直面していくということである。主人公の成長がテクストの縦糸であるとすれば、アイルランド人であることの確認とこの国の文化混交との直面という両極を彼が往復することは、テクストの横糸となっている。第一章は、「むかしむかしとてもたのしいときのこと　うしモーモーがみちをやってきました　そしてみちをやってきたこのうしモーモーはかわいいちっちゃなおとこのこにあいました　なまえはタックーぼうやといいました」(*P* 1.1-4)と昔の幸福な時代に牛が坊やに出会う話を父サイモン・デダラスが息子スティーヴンに語り聞かせることに始まる。「モーモー」とは、ギフォード(Gifford)によれば、アイルランドを表わす象徴的形容語「もっとも美しい牛」(silk of the kine)を連想させ(131)、また「タックー坊や」とはスティーヴンのことである。このように『肖像』は、主人公とアイルランドの出会いに始まる。

しかし、現実にはスティーヴンはこのお話のようにアイルランドと幸福に出会うわけではない。彼は家庭教師ダンテのブラシに付けられた二色のベルベットによってこの国の政治的問題に気づく。ダンテのブラシには、土地同盟の指導者マイケル・ダヴィット(Michael Davitt)を表わす栗色の布地とアイルランド国民党党首チャールズ・スチュアート・パーネル(Charles Stewart Parnell)を表わす緑色の布地が貼られていた(*P* 1.23-25)。彼女は、アイルランドの独立を祈願してこのような布地を貼りつけていた。スティーヴンが直面するもう一つの問題は、宗教的問題、すなわち、キリスト教における新教と旧教の対立である。彼は、幼なじみの娘と結婚するつもりであることが知られると、カトリック信者の母親には叱られ、ダンテからワシに目をくり抜かれるよと脅される。娘の家がプロテスタントであるからだ。その後、彼が寄宿制のクロンゴウズ校の生徒となったあと、目の前にアイルランドの厳しい現実がはっきりと突きつけられる。一八九〇年にパーネルが姦通問題で失脚するのだ。

パーネルが失意の中でまもなく亡くなった直後にスティーヴンは帰省する。クリスマス・ディナーの最中に、パーネルを擁護する父サイモンと父の友人のケイシーに対してダンテが真っ向から対立する。テクストに、「ケイシーさんはアイルランドとパーネルの味方でお父さんもそうだ。でもダンテもそうなのだ」(*P* 1.1069-70)とあるように、三人はもともと祖国とパーネルの味方であった。しかしダンテはカトリック教会がプロテスタント出身のパーネルを見捨てたことに追随して彼に批判的になっており、「(パーネルは)裏切者で姦通者ですよ! 司祭様たちがあの男を見捨てられたのは正しいんです」と罵り「司祭様たちはいつもアイルランドのほんとうの味方だったんです」(*P* 1.1095-97)と教会を擁護している。反対にサイモンとケイシーはカトリックに批判的で、ケイシーは、「併合のときにアイルランドの司教たちはわれわれを裏切りませんでしたか？　あのときラニガン司教はコーンウォリス侯爵に忠誠を誓ったのに。一八二九年にはカトリック解放と引きかえに司教や司祭は祖国の悲願を売りわたしませんでしたか？　フィニア会の運動を説教壇からや告解室の中で非難しませんでしたか？」（*P* 1.1101-06）とカトリックの聖職者が独立を目指すアイルランドにいかに不誠実であったかを列挙して反駁している。このようにスティーヴンは、アイルランド人同士が祖国の独立とカトリシズムをめぐって対立するのを目の当たりにする。この国が抱える大きな矛盾に遭遇するのである。

文化混交状態の中でのスティーヴンの人格形成

第二章ではベルヴェディア・カレッジの生徒となったスティーヴンの人格形成期が描かれている。ジョイスの実人生に照らし合わせると、ベルヴェディア・カレッジに在学したのは一八九三年から九八年にあたり、この時期には学校教育もイギリスに支配されていたことがはっきりと示されている。たとえば、級友の間で、一番偉い作家は誰かということが話題になると、キャプテン・マリアット（Frederick Marryat、海洋小説を書いた軍人）、テニスン（Tennyson）、バイロン（Byron）の名が挙がる。それに対してスティーヴンはとりわけ、ジョン・ヘンリー・ニューマン（John Henry Newman）の文体が一番よいと言う。スティーヴンはニューマンの文章を好んでおり、何度か引いている。たとえば、娼婦と関係をもった罪に悩むときに捧げる祈り（*P* 3.1304-15）もニューマンの引用ではじめている。ニューマンはスティーヴンに大きな影響を与えていた。

学校教育がイギリスに支配されていた状況は、まもなくアイルランド文芸復興運動によって大きく変化する。このことはテクストで「アイルランド復興運動の気運が学校で感じられはじめると、さらに別の声が母国に忠実であるように、母国のすたれてしまった言語と伝統の高揚を手伝うようにと彼に命じた」（*P* 2.846-49）と示されており、スティーヴンが祖国アイルランド文化の再生に向けた教育方針の大転換を経験していくことが窺える。

文芸復興が始まった後のアイルランドの変化は、第五章で詳細に描かれることになるが、第二章についてもう少し考えておきたい。この章でもスティーヴンは自分のアイルランド人としてのルーツを確認することになる。それは、故郷の財産を処分するために父と向かったコークへの旅をとおしてである。スティーヴンは、父の母校クイーンズ・カレッジの解剖学教室で、机上に彫りつけられた「胎児」（*P* 2.1050）という文字を見つけ、父が若い頃の学生たちの生活を思い浮かべる、さらに彼は、「自分の心のなかだけの獣欲的で個人的な病癖と思っていたものの痕跡」（*P* 2.1066-67）を外界に見てしまったと感じ衝撃を受けている。マイケル・ベグナル（Michael H. Begnal）が「スティーヴンは、自分の解剖学的構造や自慰の罪が、父のものとおそらく同じであると悟ってぞっとしている」（108）と解説しているように、この場面では、彼自身の性の目覚めについて、父と重ねながら端的に描写されている。コークで彼は父の若き日のことを知り、さらには祖父や曾祖父についても知らされていく。このような文脈を読みこめば、ここでの「胎児」とはコーク出身の父親の息子であるスティーヴン自身の発生を仄めかしていると解釈することもできるだろう。つまり、この箇所はスティーヴンがアイルランドの南西の奥深くにルーツを持つ存在であることを暗示しているのである。コークへの夜汽車の旅は、アイルランド全体を母に喩えたとき、その狭くて暗い産道をさかのぼっていく旅でもあったのだ。ダブリンに戻ったスティーヴンは、いわば第二の誕生を迎えることになる。彼は、はじめての性交渉を娼婦との間に持つのである。

つづく第三章ではこの体験がもたらす彼の苦しみが詳述されている。第四章はスティーヴンが芸術家になる決意を取り上げている。この章では、彼に影響を与えた二人の人物に言及している次の場面に注目したい。

暖炉の向う側から末の弟の声が「いくたびか静かなる夜」の節を歌いはじめた。ひとりずつ他の者たちもその節に合わせ、とうとうみんなが合唱になって歌いつづけた。……

彼は台所のこの合唱の歌声が、果てしなく続く幾世代もの子どもたちの合唱の果てしない反響をとおしてこだまし、倍加するのを聞き、それらすべてのこだまのなかにくりかえ返される疲れと苦しみの調べのこだまを聞いていた。すべての者が人生に登場する前にさえ人生に疲れているように思われた。彼は思い出した。ニューマンもまたウェルギリウスの断章のなかにこの音を聞いていた。「あらゆるときに自然の子たちが経験してきたあの苦しみと疲れ、さらによりよきものへの希望を、自然そのものの声のように、語っている」（*P* 4.586-605、中略は筆者）

この箇所では次の状況が描かれている。スティーヴンは、帰宅すると一家が経済的な事情で再び引っ越しをしなければならなくなったことを知る。この苦しい状況の中で、スティーヴンのきょうだいは、トマス・ムア（Thomas Moore）の「いくたびか静かなる夜」（*Oft in the Stilly Night*）を歌いはじめ、この歌の調べにスティーヴンは幼いきょうだいの苦しみと疲れを感じとる。そしてニューマンもウェルギリウス（Vergilius）の断章の中に、苦しみと疲れの反響の音を聞いたことに思いを馳せる。ここで重要なのは、スティーヴンの心の中でムアからニューマンへと連想が進んでいったことである。ムアとニューマンの経歴を調べてみると興味深いことが浮かび上がる。彼ら二人とも、アイルランドとイギリス両国にまたがって生きたのである。ニューマンは前述のように、スティーヴンに影響を与えた作家兼聖職者である。もともと彼は英国国教会の牧師であったが、ローマ・カトリックに転じ、アイルランドに移ってダブリン・カトリック大学（ユニヴァーシティ・カレッジ・ダブリンの前身）の初代学長になった。ニューマンの改宗に際しては、大きな混乱や騒ぎがあったことが、第五章でのスティーヴンの大学の学監（dean）に関する記述から読みとることができる。ちなみにこの学監はニューマンよりずっとあとにカトリックに改宗したので、ニューマンが味わったような改宗の苦しみは味わうことはなかった。

彼の慇懃な態度にはいささか偽りめいた響きがあり、スティーヴンは聖書の喩え話の長男が放蕩者の弟に向けたかもしれないのと同じまなざしをこのイングランド生まれの改宗者に向けた。騒々しい改宗騒ぎのあとを追ってつつましく従った男、アイルランドにいる哀れなイングランド人。彼は、陰謀と受難と嫉妬と苦闘と侮辱のあの奇妙な劇がほとんど終わったころにイエズス会の歴史の舞台に登場したように思われた──遅参者、遅れてきた霊なのだ。（*P* 5.523-30）

いっぽうトマス・ムアは一七七九年にダブリンに生まれ、カトリックであるにもかかわらず、プロテスタントの大学であるトリニティ・カレッジに学ぶ。彼はカトリックには認められていない奨学金を得るためにプロテスタントとして志願した貧しい学生であった。大学での親友はユナイテッド・アイリッシュメンのメンバーのロバート・エメット（Robert Emmet）であった。卒業後ロンドンで法学を学び、バーミューダ島の裁判所に勤めたりもする。一八〇四年には残りの生涯を過ごすことになるロンドンに戻る。

一八〇七年にはじめた『アイルランド歌曲集』(*Irish Melodies*) で一躍有名になり、アイルランドの国民詩人として知られるようになるが、プロテスタントの大学に学び、プロテスタントの女性と結婚し、さらにイギリスに暮らしたことで、カトリックの民族主義者からは批判されていた。

第五章にスティーヴンがトリニティ・カレッジのそばでムアの銅像に目を留める場面がある。

左手のトリニティ・カレッジの灰色の建物が、無骨な指輪にはめられた光沢のない宝石のように町の無知の中に重々しくはめられているのを目のあたりにして、彼の心は沈みこんだ。そして宗教改革派の良心の足かせから自分の足を引き抜こうとあれこれもがいているうちに彼はアイルランドの国民的詩人のおどけた銅像の前に出た。

彼はその像を見て怒りを覚えることはなかった。というのは、肉体と魂の怠惰が眼には見えない虱のようにその上を、引きずった足から外套の襞をつたって卑屈な頭のまわりを這っていたが、像はつつましくその屈辱を自覚しているように見えたからだ。ミレジア族から借りた外套を着たファーボルグ族という感じだった。(*P* 5.212-221)

ウィラード・ポッツ (Willard Potts) は、この箇所に見られるムアに対するスティーヴンの思いを詳しく説明している。ポッツによると、スティーヴンは一見ムアを軽蔑しているようであるが、大志に燃える詩人として、また貧しいカトリックとしてムアに共感する立場にあった。そしてムアがイギリス人にへつらって生きなければならなかった宿命に自分の姿を重ねているのだ (117)。スティーヴンはのちに、イギリスから来た支配階級であるアセンダンシー (Ascendancy) の優雅な生活を想像しながら、「どうすれば彼らの意識に一撃を加えることができるのだろうか」(P 5.2265)と考えているが、ポッツによれば、ムアは実際にイギリス人の前でアイルランド歌曲を演じて、彼らの意識に訴えていたのだ(122)。先の引用に戻ると、ムアの人生におけるアイルランドとイギリスの二重性は、古代アイルランドへの侵入部族である「ミレジア族」(Milesian)から借りた外套を着たアイルランドの先住民族「ファーボルグ族」(Firbolg)の像によって示されている。[1] ただしここにジョイスの仕掛けた皮肉を見逃してはならない。「ミレジア族」とは、今では、「アイルランド人」と同義に用いられる語であるということである。すなわち、今のアイルランド人が「土着」を主張したとしても、彼らももとを正せば侵入民族であったのだ。

ニューマンはイギリスからアイルランドに移り、そして英国国教会からカトリックに改宗した。他方ムアはアイルランドからイギリスに移り、カトリックでありながらプロテスタントの環境で生きていた。彼らは全く正反対の方向で生きていったのだが大きな共通点を有している。イギリスとアイルランド、国教会またはプロテスタントとカトリックという区分を超えて、混乱の中、受難に耐えて信念を貫いたという点である。スティーヴンが成長過程の中で徐々に意識していくのは、「アイルランド=カトリック」、「イギリス=国教会・プロテスタント」といった固定的な枠組みにとらわれない人物である。このことは、彼が注目するアイルランドの革命家にもあてはまる。第五章で描かれる文芸復興運動開始後のアイルランドにおいて、彼が「トーンやパーネルのアイルランドは空間的にも遠のいてしまったように思われた」(P 5.376-77)と述べているように、これら革命家の名が忘れられていく時代にあってもスティーヴンはとりわけ彼らのことを思い出している。パーネルやウルフ・トーン(Wolfe Tone)は、アイルランド人でありながらプロテスタントであり、純粋なアイルランド人というよりはむしろ「雑種」のアイルランド人であった。「雑種」に対して「純粋」なアイルランド人、すなわち愛国心に燃え、なおかつカトリックである人物としてダンテがいた。

第五章では、大学生となったスティーヴンの親友としてダヴィンという人物が登場する。彼は農民出身の民族主義者で、国語復興運動のゲール語同盟（Gaelic League）の一員であり、ハーリングというアイルランド式ホッケーの選手でもある。ファーボルグ族に喩えられているダヴィンの人柄や人格形成は次のように詳しく説明されており、スティーヴンのとは大きく異なることがわかる。

　この若い農民は、運動選手の叔父マット・ダヴィンのすばらしい功績の記憶とともに、アイルランドの悲しい伝説を崇拝していた。学生仲間たちは単調な大学生活に何とかして彩りをつけようと、彼はフィニア会の若き会員だというゴシップを好んでつくりあげていた。乳母は彼にアイルランド語を教え、アイルランド神話の断片的な知識で彼の粗けずりな想像力が形作られた。これまで誰ひとりこの神話に基づいて美しい詩行を書いたことはなかったが、この神話に対して、そして伝説群を経るにつれて枝分かれしていくその厖大な物語に対して、彼はローマ・カトリックの信仰に対するのと同じ姿勢で向かっていた。頭の鈍い忠実な農夫の態度だった。イングランドからあるいはイングランド文化を経由して伝えられるいかなる思想や感情に対しても彼の心はある合言葉に従って武装して立ち向かっていた。イングランドの向こうにある世界について知っているのは、彼が参加したいと話しているフランスの外人部隊のことだけだった。（P 5.243-58）

このようにダヴィンは、敬虔なカトリックであると同時に、アイルランドの神話に忠実に接していた。いっぽうイングランドから入ってくる文化については身構えていた。

文化混交状態の中でのスティーヴンの芸術創造

ダヴィンは、スティーヴンに次のような話を打ち明けている。彼はコーク近郊にあるバッテヴァントという町に試合のため出かけたあと、帰りの汽車に乗り遅れて歩いて家路につくことになる。その時に途中のバリフーラ丘陵で立ち寄ったある田舎家で一人の女に誘惑されそうになる。女は妊娠している様子で夫は留守であった。彼は誘惑を避けそのまま家路についたという。この話はスティーヴンに強い印象を残し、彼はこの女をアイルランドの典型だと考える。

> ダヴィンの話の最後の言葉が彼の記憶に鳴り響き、その話の女の姿が以前クレインで学寮の馬車が通りすぎるとき家々の戸口に立っているのを見たことのある別の百姓女たちの姿と重なり合って浮かびあがった。それは彼女の民族の典型、そして彼自身の民族の典型だ。蝙蝠のような魂で、暗黒と秘密と孤独の中で自己の意識に目覚めて、下心なく女の目と声と身ぶりで、見知らぬ人を自分のベッドに誘うのだ。（*P* 5.326-34）

この女がダヴィンを誘惑する物語の意味をメアリアン・アイディ（Marian Eide）が分析している。アイディによれば、この女は母としてのアイルランドと娼婦としてのアイルランドの両方の役割を演じている（309）。すなわち妊娠しているという点で母を表わしており、ダヴィンをベッドに誘うという点で娼婦なのである。この女がお腹に子を宿していることは、スティーヴンがコークで見た「胎児」という文字を連想させる。この女はスティーヴンを宿した母としてのアイルランドそのものの象徴なのである。

そしてさらにこの女は、ジョイスのテクストにおいて、次の二点でアイルランドの娼婦のような性質も象徴している。

一つは、アイルランドの転覆のきっかけとなったのが姦通であったという、この国の歴史に対する非難をジョイスがテクストで取り上げていることである。たとえば、『ユリシーズ』第二挿話では、デイジー校長は、「一人の不誠実な女が最初にここわれわれの陸によそ者どもを引き入れた。マクマローの妻と、その情夫ブレフニーの領主オロークのことだよ。一人の女がまたパーネルを失脚させた」(*U* 2.392-94)と述べている。これらの台詞は次の史実を反映させたものである。まずアイルランドがイングランドによって植民地化されるきっかけとなったのは、十二世紀にレンスターの王ダーモット・マクマロー(**Dermot MacMurrough**)と彼と勢力を二分していたブレフニー領主ティアノン・オローク(**Tighearnán O'Rourke**)の妻ダーヴォギラ(**Dervorgilla**)の姦通であったということである。そのために二人の王は紛争を起こし、マクマローはイギリス王ヘンリー二世(**Henry II**)に助けを求め、その結果、ノルマン人の侵攻がはじまった。(2) これについては、「あの姦婦と情夫がサクソン人の泥棒どもをここに連れて来たんだ」(*U* 12.1157-58)という第十二挿話における「市民」の台詞においても触れられている。さらに、十九世紀末にはパーネルがオシェー大尉夫人(Mrs. O'Shea)との姦通事件をきっかけに失脚し、独立運動を大きく後退させる破目になった。

もう一つは、アイルランドという国がすでに「雑種化」してしまっていることである。すなわち、この国では、十二世紀に異民族の侵攻が始まってから、「娼婦」が他人を床に入るのを許すように異民族の侵入を許し混交が進んでいった。十三世紀には、イギリスからの入植した騎士たちが先住のケルト系首長一族との婚姻を通じて同化していくことをはじめ、アイルランドでの混交は年毎に進んでいく。娼婦としてのアイルランドのイメージは、スティーヴンの「蝙蝠のような魂」(batlike soul)という語句によって示されている。アイルランドでは、蝙蝠は娼婦を表わす俗語でもあるからだ(Henke, 1990, 79)。『肖像』における蝙蝠の象徴的な意味について、ここで幅広く考えておきたい。ジョイス・E・ソールズベリー(Joyce E. Salisbury)は、『われわれの中にある獣』(*The Beast Within*)で、境界線上にいる動物の代表例として蝙蝠を挙げている(122)。蝙蝠は鳥と獣との間に人為的に引かれた境界線上に位置づけられる動物なのである。ソールズベリーは蝙蝠の位置づけに関するイソップの有名な寓話を二つ挙げている。[3] 一つは、蝙蝠が二匹のイタチに食べられるのを免れた話である。蝙蝠は鳥を探しているイタチには自分はネズミだと言い、ネズミを探しているイタチには自分は鳥だと言って難を逃れたのである。もう一つの寓話では、鳥と獣が戦争になったとき蝙蝠は巧みにその立場を繰り返し変え、つねに勝者の側についていたという。蝙蝠が「狡猾さ」を象徴するのはこれらの寓話に由来するところが大きい。ただし、鳥と獣が和解したとき、蝙蝠は居場所を失って孤独な存在になってしまう。蝙蝠が動物分類における境界線上に位置づけられているのと同様に、バリフーラ丘陵の女性に代表されるアイルランドの女性たちも植民地と宗主国の境界線上に置かれてきた。そして、アイディのことばを借りると、見知らぬ入植者たちとの間に宿した子孫たちが「現代アイルランドのハイブリッドの国民」(310)になったのだ。ゲルト・ハインツ＝モーア(Gerd Heinz-Mohr)の『西洋シンボル事典』(*Lexikon der Symbole*)によると、蝙蝠は「鳥とねずみの雑種としてユダヤ人のシンボル」である(ハインツ＝モーア、一一七)。ユダヤ人と言えば、『ユリシーズ』の主人公レオポルド・ブルームが思い出される。彼はダブリンにあってユダヤ人ともアイルランド人ともみなされない境界線上の孤独な人物なのである。

さて、スティーヴンがアイルランドをこのような雑種化した国として受け入れているのに対して、ダヴィンには受け入れることはできない。彼が女の誘惑を拒んだことは、愛国者である彼には雑種化したアイルランドの現実が受け入れられないことを示しており、さらに、民族の純粋性を求めるアイルランドの民族運動と、雑種化が進んだこの国の現実とは相いれないものであることを暗示している。ダヴィンらが信奉する民族運動は、アイルランドの文化混交化、雑種化の進行という現実とは裏腹に、より偏狭な姿勢を取るようになる。こうした姿勢は、カトリックの民族主義者たちが、W・B・イェイツ（W. B. Yeats）による文芸復興運動の一環である一八九九年の『キャスリーン伯爵夫人』（*The Countess Cathleen*）の初演に対して激しい批判を浴びせたことにも現われており、『肖像』ではこの劇に野次が飛ぶ様子が描かれている（*P* 5.1853-59）。

スティーヴンが求める芸術とは、文化混交の進んだアイルランドの現実のための芸術である。かつて彼は、あこがれの女性E—C—に詩を書いていた。E—C—は芸術創造の動機を与えていたのである。今では彼は、E—C—を理想化したりしない。彼女の現実を直視するようになり、彼女についても「蝙蝠のような魂」をもつアイルランド女性として捉えている。

> 彼女の民族の秘密は、長い睫毛がすばやく影を投げるその黒い目の後ろにたぶんひそんでいると感じたのだ。彼は街の通りを歩きながら苦々しげに自分に言い聞かせたのは彼女がアイルランドの女性の典型だということだった。暗闇と秘密と孤独のなかで自己の意識に目覚める蝙蝠のような魂で、自分の温厚な恋人のところに愛情も罪も感じることなくしばらく留まって、それから別れると格子の向こうにいる司祭の耳に無邪気な過ちをささやくのだ。（*P* 5.1663-71）

スティーヴンは、アイルランドの文化混交を意識してはいるものの、アイルランド人であるという自らのアイデンティティを失っているわけではない。ダヴィンの「君はいったいアイルランド人なのかい？」(*P* 5.999-1000) という問いに、彼は、「この民族と、この国と、この生活がぼくをつくったんだ」(*P* 5.1027) と答えている。彼はさらに、「人間の魂がこの国に生まれると、いくつもの網が投げかけられて、飛ばないようにと抑えられる。君はぼくに、国家や、国語や、宗教のことをいつも話してくれるね。ぼくはそういう網の目を抜けて飛び立とうとしているんだ」(*P* 5.1047-50) と述べ、伝説の工人ダイダロスのようにアイルランドから脱出することを宣言する。ただしここでわれわれは、ダイダロスは脱出するための翼を作っただけではなく、半人半牛の怪物ミノタウロスを幽閉するためにこの迷宮を造ったことにも注目しなければならない。スティーヴンの芸術創造の目的は、自らがつくるテクストという迷宮の中にミノタウロスという怪物を閉じこめてしまうことにあるのではないだろうか。

ここでもう一度、蝙蝠のもつ象徴的な意味について説明を加えておきたい。ジョン・ミルトン (John Milton) の『失楽園』(*Paradise Lost*) の主人公、反逆天使セイタン (Satan) が蝙蝠の翼をつけていたことはよく知られている。また、ジャン＝ポール・クレベール (Jean-Paul Clebert) は『動物シンボル事典』(*Dictionnaire du Symbolisme Animal*) で、レオナルド・ダ・ヴィンチ (Leonardo da Vinci) が「こうもりの翼をもったイカロスの飛行のスケッチを書き残している」(クレベール、一四九) と指摘している。『肖像』でスティーヴンは、「ぼくは仕えることをしない」(*P* 5.2575) とセイタンと同じ台詞を口にしている。結城英雄が述べているように、彼は後日談となる『ユリシーズ』で、ダイダロスではなく海に失墜したイカロスの姿として登場する (一一八)。スティーヴンにも蝙蝠のイメージがつきまとっていると言える。ハインツ＝モーアが述べている蝙蝠の「鳥とネズミの雑種」のイメージと関連して、ガストン・バシュラール（Gaston Bachelard）は『空と夢』（*L'Air et les Songes*）で、十九世紀の鳥類学者アルフォンス・トゥースネル（Alphonse Toussenel）の「軽信家たちの想像力のなかに、イポグリフやグリフォン、ドラゴン、シメール等の多少とも寓話的な神話を植えつけるのに何よりも力があったのは蝙蝠である」という見解を引用している（バシュラール、一〇六）が、ここで言及されている怪物に、牛と人のハイブリッドであるミノタウロスを加えてもよいだろう。

おわりに

それでは、この半人半牛のハイブリッドの怪物はジョイスの作品において何を象徴しているのであろうか。この怪物のイメージとジョイスのテクストを重ねると、われわれはそこに「モーモー」（moocow）によって表わされる生粋のアイルランド、ジョン・ブル（John Bull）である大英帝国、ペイパル・ブル（Papal Bull）に象徴されるローマ・カトリック教会等、さまざまな「牛」を読みとることができる。ミノタウロスはアイルランドの矛盾した状況そのものであり、ジョイスはこの怪物をテクストという迷宮の中で生け捕りにするかのように描こうとした。ミノタウロスが植民地アイルランドの矛盾した状況の表象であるとすれば、蝙蝠は植民地で生まれた人々の生き方の象徴となる。植民地で人々は、時には狡猾に、時には孤独に、またあるときには娼婦のように生きなければならないのだ。

スティーヴンはアイルランドを脱出するからといっても、祖国を捨てたわけではない。出発直前に彼は「タラへ行く一番の近道はホリヘッド経由だ」（*P* 5.2702-03）とダヴィンに述べ、最終目的地は古代アイルランドの中心地タラであると明言している。これは彼が今後もアイルランドを描き続けることの決意表明でもある。

スティーヴンの成長過程を描いたジョイスにとって、「アイルランド性」とは何か。それは、植民地化されたアイルランドで人々が抱いていた失われた過去へのノスタルジーにあるのではない。彼にとっての「アイルランド性」とは異民族や異文化の衝突と混交、及びそこに必ず生じる矛盾との格闘の中にある。作家としてのジョイスは、アイルランドを描くために「一握りの外国人」の「別の国語」(*P* 5.1031-32)、すなわち英語と絶えず格闘することになった。『ユリシーズ』第十四挿話の「アイルランドという牡牛に手を出せば、いくつものジレンマの角《つの》にひっかかるだろう」(*U* 14.578-79) という箇所は、ジョイスのアイルランドとの格闘を象徴している。

註

本稿は、拙論「ジェイムズ・ジョイスの「アイルランド性」再考——『若き日の芸術家の肖像』における文化混交性」『アングロ・アイリッシュ文学の普遍と特殊』(大阪教育図書、二〇〇五) を改題の上、稿をあらためたものである。

(1) ミレジア族などアイルランドに渡来した多様な民族について、ジョイスは評論「アイルランド、聖人と賢者の島」で詳細に解説している。

(2) 以上の経緯については、たとえば R. F. Foster, 1989, 45-49 を参照。

(3)『フィネガンズ・ウェイク』第Ⅲ部第一章に「蟻とキリギリス」をもとにしたエピソードがあり、ジョイスはイソップの寓話に精通していたようである。彼は自分の書庫にヴァーノン・ジョーンズ (V.S. Vernon Jones) 訳の『イソップの寓話集』(*Aesop's Fables*) を保有していた。Hulle, 154 を参照。

ギネス工場展望パブからの眺望《ながめ》

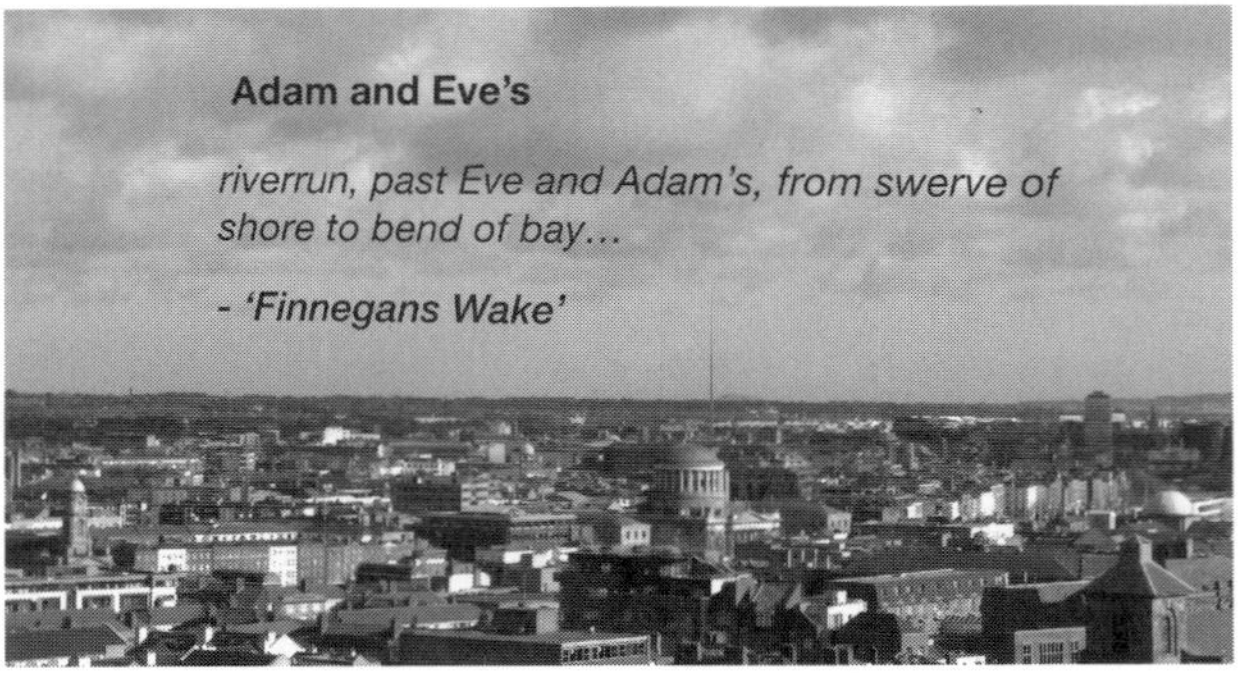
Adam and Eve's
riverrun, past Eve and Adam's, from swerve of shore to bend of bay…
- 'Finnegans Wake'

ギネス工場展望パブからの眺望

ダブリンの人気観光スポットを二つ挙げるとすればトリニティ・カレッジでの「ケルズの書」の展示とギネスビール工場になるだろう。この工場に少し高めの入場料を払って入ると、ここはまさにギネスのテーマパーク。名高い黒ビールの歴史や製造工程を学んだり、ショップでお気に入りのギネス・グッズを探したりしながら上階へと昇っていくことになる。見学のあとのお楽しみは、最上階のパブで一杯サービスされる出来たてのギネスのクリーミーな味わいと市内三六〇度の絶景パノラマである。ここは地上四六メートル、現在ダブリンでもっとも高い場所で、晴れた日には、東はホウスの丘、南はウィックロウ山地まで見渡すことができるのだ。全面の窓ガラスの随所に、さまざまな風景にちなんだジョイス作品からの引用文が書かれているのは、愛読者にはまことに嬉しいことである。

　リフィー両岸の古い街並みの景観を『フィネガンズ・ウェイク』の冒頭に重ねながら眺めているとジョイスやアイルランドへの想いが自然に湧き上がる。落ち着いた街の景色の中で異彩を放っているのが、ここからは針のように見える建造物だ。これは尖塔《スパイア》と呼ばれる高さ一二〇メートルのモニュメントで中央郵便局《ジーピーオー》前に二〇〇三年に建てられたものである。中央郵便局《ジーピーオー》前には、もともとネルソン記念塔なるものがあり、約三三メートルの高さにある展望台からダブリンの全景を楽しむことができた。しかし、一九六六年に塔はＩＲＡによって破壊された。『フィネガンズ・ウェイク』は最後が再び最初に戻るという円環構造を持つ作品である。円環と尖塔《スパイア》が示す直線、この二つの組み合わせがアイルランド文化の基本を構成しているのかもしれないと思ったところで、ギネスのグラスが空になった。

（田村　章）

『若き日の芸術家の肖像』を読むための二一項

ダブリンの本屋ホッジス・フィギス　ショーウィンドー

1　ジョイスの伝記とスティーヴンの伝記

スティーヴンの経歴は、ジョイスのそれとほぼ対応するとされているため、ジョイスの伝記を参照しながら『若き日の芸術家の肖像』を読む人も少なくはないであろう。確かに、学校教育や家族関係、住居など二人のバックグラウンドは類似する。しかしながら、数あるジョイスの伝記を参照すればするほど、『肖像』を読めば読むほど、スティーヴンとジョイスの重ならない部分——時間軸のずれ、人物名の不一致、架空の出来事など——が顕在化する。ゆえに、『肖像』をジョイスの自伝として読むこと（多くの人がそうしてしまうが）は避けたほうが良いであろう。

スティーヴンとジョイスの時間をまとめるならば、それぞれ本書第三章拙論の表1・表2（［八六・八七頁］）のようになる。これ以降は、ジョイスの伝記とスティーヴンの伝記が一致しない具体的出来事に少し触れてみる。興味深い違いとして、クロンゴウズ時代におけるジョイスとスティーヴンのあり方がひとつ挙げられる。弟スタニスロースが伝えるところによると、ジョイスはクラスに馴染み、文武両道に優れていた。家にはジョイスが競技会で獲得した賞杯や景品がたくさんあったそうだ（*MBK*, 61-62）。スティーヴンの方はと言うと、クロンゴウズが舞台の第一章で柔弱な少年として描かれる。スポーツは得意ではなく、級友たちとの身体的違いを嘆き、郷愁にかられ、友人からいじめられるスティーヴン。彼の弱々しさは際立つ。

スティーヴンが友人から受けるいじめのひとつに、ウェルズから「四角の溝」（"the square ditch"）（*P* 1.123, 265-66, 507, 3.241）に突き落とされる出来事があるが、実はこれも事実とは異なるらしい。直接的な資料がない上に、ブルース・ブラッドリー（Bruce Bradley）が述べるようにウェルズの在籍していた組と時期が『肖像』とは合致しない（21-22, 58-59）。リチャード・エルマン（Richard Ellmann）著の伝記では、事実として扱われている出来事だが（1982, 28）、エルマンのジョイスの少年期の記録は『肖像』に頼ったとされており、その根拠はやや弱い。『肖像』で描かれるベルヴェディア時代でもっとも印象的な場面と言えば、アーノル神父による「地獄の説教」

(the Hellfire Sermons) であろう (本書第四章小林論文参照)。物語中のアーノル神父のモデルはパワー神父 (Father Power) とされているが、説教者としてのアーノル神父はパワー神父ではないという点において伝記作家たちは意見を一致させている。また、この説教はジョイスが一八九六年十一月末に参加した静修の中で行なわれたものとするのが通説だが、ピーター・コステロ (Peter Costello) のように、一八九八年に弟が受けた「地獄の説教」を基にしたとする説もある (141)。そうなると「地獄の説教」もまた、スティーヴンの伝記とジョイスの伝記の不一致を示す一例になろう。

ところで、説教者アーノル神父のモデルは誰なのかについて、伝記作家によって挙げる名前が若干異なっている点は興味深い。『肖像』のスティーヴンとジョイスの比較において参照すべき伝記作家は、エルマン、B・ブラッドリー、スタニスロースに加え、ハーバート・ゴーマン (Herbert Gorman)、チェスター・G・アンダースン (Chester G. Anderson)、ケヴィン・サリヴァン (Kevin Sullivan)、ゴードン・バウカー (Gordon Bowker)、ヴィヴィアン・イゴー (Vivien Igoe) などが挙げられる。彼らのうちのほとんどが、静修時の説教者をカレン神父 (Father Cullen) と考える。とくにエルマンは、その裏付けとして言葉遣いや服装、性格の描写がカレン神父と酷似すると述べるトマス・ボドキン (Thomas Bodokin) の証言を参照する (1982, 48-49)。一方でスタニスロースは、兄も自分と同じようにジェフコット神父 (Father Jeffcott) の説教を受けたと回想し (*MBK*, 97)、コステロの主張も先に述べた理由から、スタニスロースと同じ神父と捉えていることになろう。そしてバウカーは、これら二人の名前を同時に挙げる (53)。

このように、実はジョイスの伝記間でも一致しないことが少なくはない。他にも、たとえばコーク旅行の時期はコステロとバウカー、エルマンとイーゴでは異なっているし、一八九七年に受けた奨学金の期間も一致してはいない (本書第三章拙論の表2参照)。ベルヴェディア入学年月日についてでさえ、エルマンとブラッドリー:一八九三年四月六日、バウカー:一八九三年四月二日と微妙にずれている。また、ジョイスが一八九六年初めに転居した住所と期間についてコステロは、ノース・リッチモンド通り十三番地に数か月と主張し、初期の伝記ではノース・リッチモンド通り十七番地に数年と間違っていたことを指摘する（134）。十七番地に一八九八年に死去したジョン・ジョイスというジョイスの父と同姓同名の人が住んでいたことが間違いの原因らしいが、ノース・リッチモンド通りはジョイスも通った（スティーヴンの在籍はあいまいにされている）クリスチャン・ブラザーズ校があり、『ダブリナーズ』の「アラビー」でも描写されているなどジョイスにとって印象深い場所であったことを鑑みると、この些細な間違いは大きな誤解を生んでいたのかもしれない。このようにコステロが指摘しているにもかかわらず、ジョイスの家と住んだ時期を詳細に記したイーゴ著 *James Joyce's Dublin Houses and Nora Barnacle's Galway* でさえも初期の伝記作家たちと同じ間違いに陥っている（50-52）。

以上のように、ジョイスの伝記とスティーヴンの伝記には多数の相違点が見受けられ、ジョイスの伝記間でも食い違いや誤植がみられる。もちろん、ジョイスの伝記は、どれをとっても著者独自の視点が生かされていて得ることは多い。違いを比べながらジョイスの人生に思いをはせる楽しみ方もあろう。ただ、ジョイスとスティーヴンの伝記間となると、そこに違いを組み込んだジョイスの意図に留意しなければならない。ジョイスは、自身が関わったゴーマン著の伝記にさえ事実を正確には反映させていないように、スティーヴンの伝記も自伝として記したわけではない。自分と似ているようで似ていない主人公をジョイスはなぜ描いたのか。そこにあるジョイスのアイロニーの鋭さと面白さを発見したとき、われわれはジョイスが造った『肖像』の迷宮《ラビリンス》から一歩抜けだせるのかもしれない。

（田中恵理）

2　地図

アイルランド全図（現在北の六州は北アイルランドで英領）

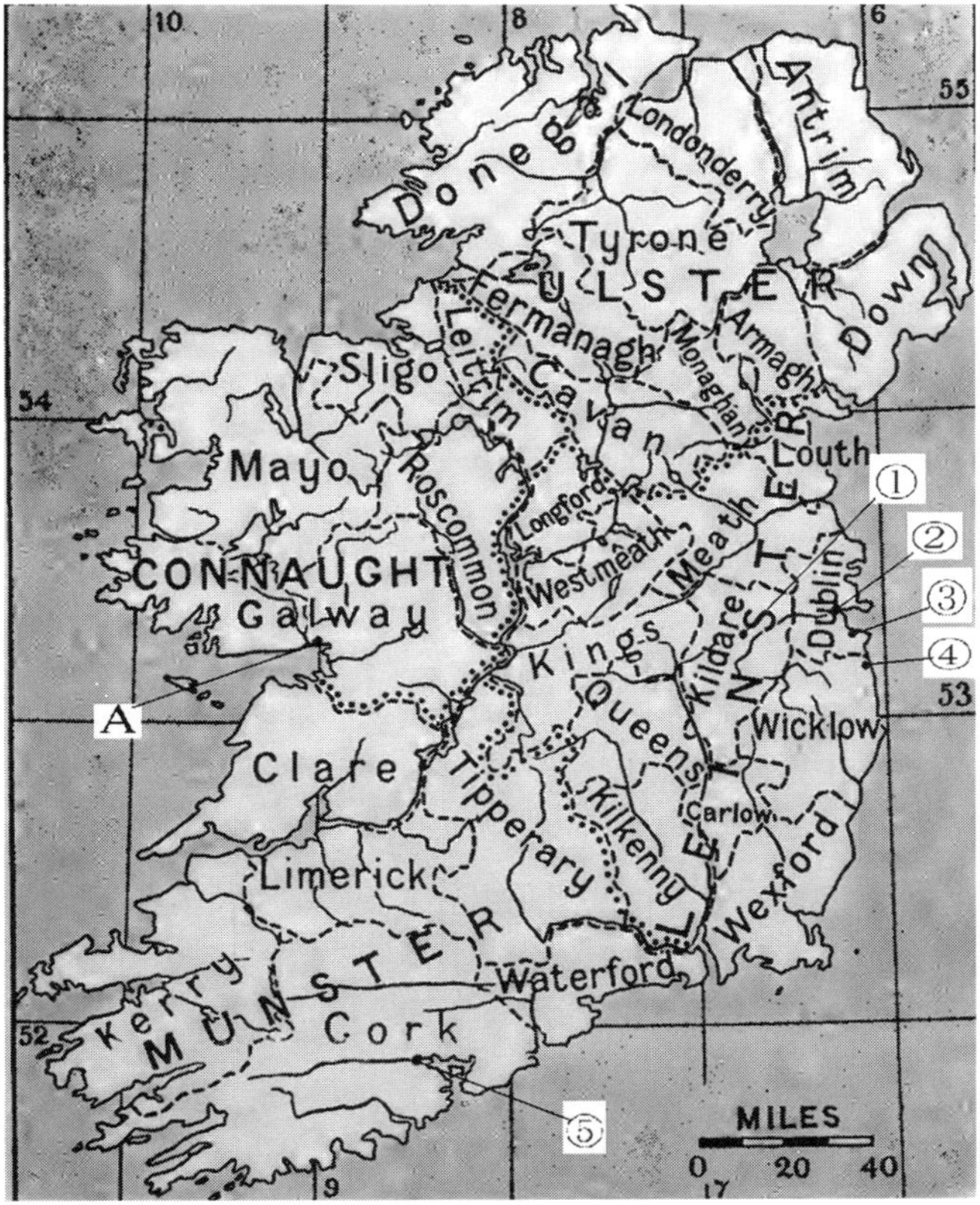

アイルランド全図（地図は Howarth, 89 を使用）

アイルランドは北緯五一・五～五五・四度に位置し、緯度は高いが（日本は最北端の宗谷岬で北緯四五度）、暖流のメキシコ湾流に囲まれているため気候は温暖。また夏は緯度が高いので遅くまで明るい。西のゴールウェイ（A）はジョイスの伴侶となるノーラの出身地。

①クロンゴウズ　ダブリンから西南西に三八キロのところにある。第一章でスティーヴンが通ったイエズス会が運営する寄宿制の学校がある。

②ダブリン　スティーヴンが第二章から住む街（現在のアイルランドの首都）。

③ブラックロック　家計が傾いたデダラス家が第二章でブレイから引っ越してくる場所。

④ブレイ　羽振りのよかった頃のデダラス家（第一章）が住んでいた場所。

⑤コーク　第二章で父が財産を処分に行く場所。

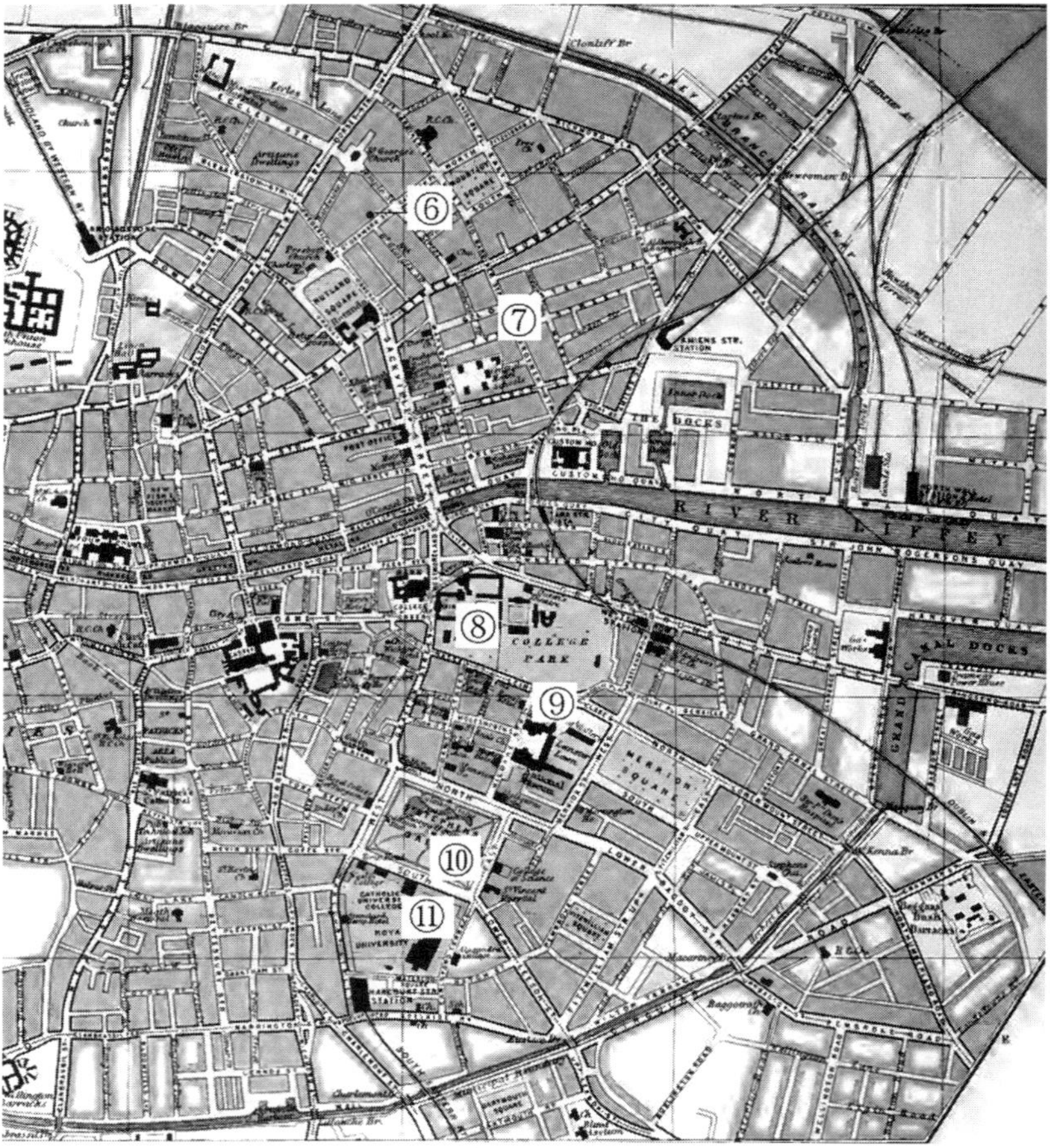

ダブリンの地図（地図は Baddeley, 6 を使用）

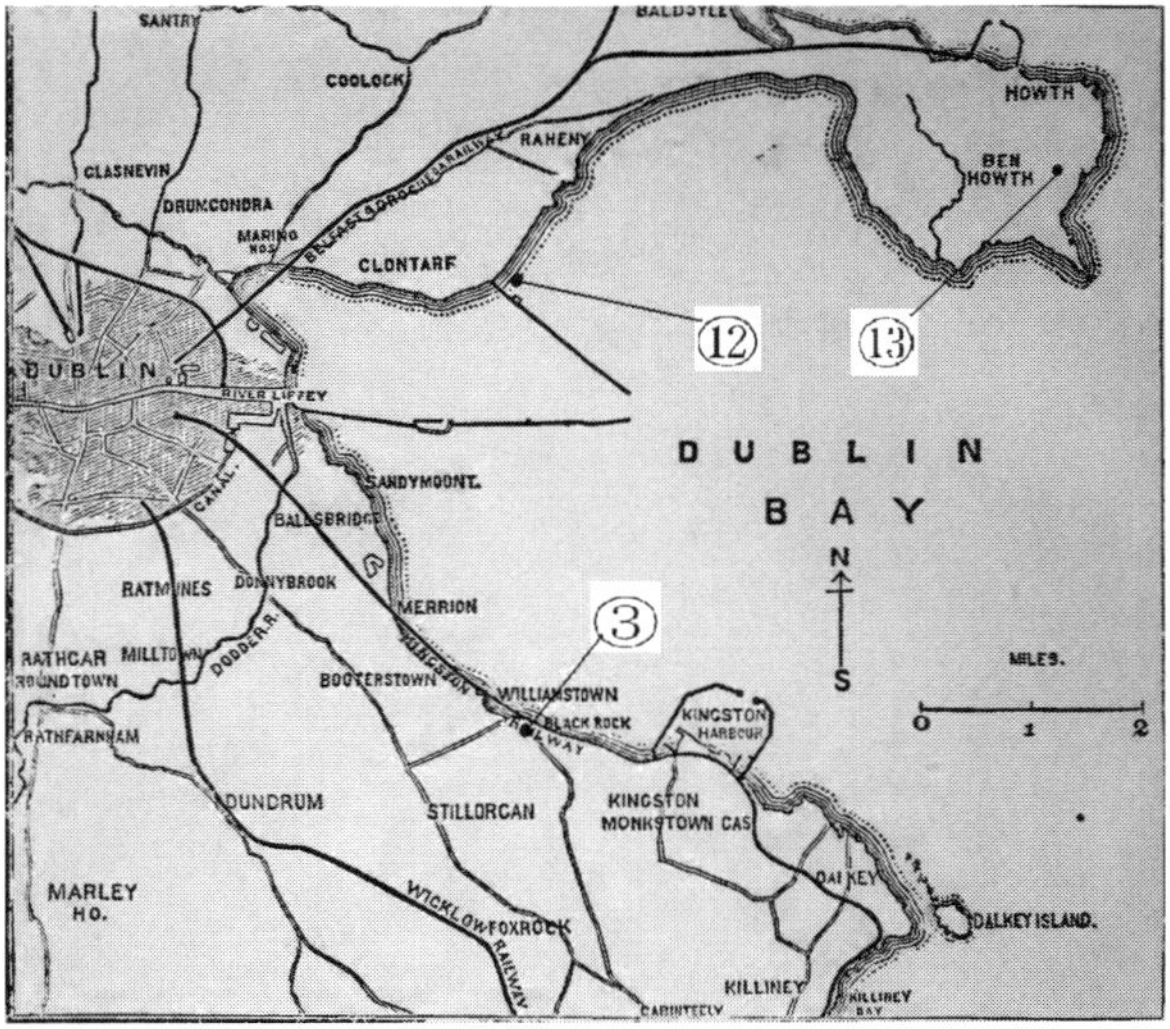

ダブリン湾の地図（地図は Black, 53 を使用）

ダブリンの地図（右頁）

⑥ベルヴェディア校　第二章途中から授業料免除で通うことになったダブリンの学校。イエズス会が運営。成績優秀なスティーヴンは中間試験で報賞を受ける。

⑦スティーヴンが第二章末尾、第三章で通った売春宿があった地域。

⑧トリニティ大学　ダブリン中心にある一五九二年エリザベス朝時代に作られた大学。もともとプロテスタントの子息のための大学。

⑨国立図書館　ユニヴァーシティ・カレッジの学生はここを大学の図書館代わりに使った。

⑩セント・スティーヴンズ・グリーン　ギネス家がダブリン市に寄付した公園。

⑪ユニヴァーシティ・カレッジ　今はダブリン郊外にあるが『肖像』当時は街中にあった。

ダブリン湾の地図

⑫ドリーマウント　このあたりでスティーヴンは自分の名前に由来する天啓を受け、「バード・ガール」を見かける。

⑬ホウス岬　第四章で北の方角を見ると目に入る、ダブリン湾を見下ろす丘。

（金井嘉彦）

3　『若き日の芸術家の肖像』ができるまで――三つの〈肖像〉

『若き日の芸術家の肖像』（*A Portrait of the Artist as a Young Man*）の最後は、スティーヴンの日記の記述「【推定一九〇二年】四月二七日　古代の父よ、古代の工匠よ、今より永遠に我が力となりたまえ」に続き、「ダブリン一九〇四年／トリエステ一九一四年」という都市名と西暦年の二行で終わっている。初読者からすればその二行が何を意味するのか、また小説内と同じ時空間を共有しているのかどうか判断に迷うかもしれない。実に『ユリシーズ』の最後にも「トリエステ―チューリッヒ―パリ／一九一四年―一九二一年」（*U* 18.1610-11）、そして『フィネガンズ・ウェイク』の最後にも「パリ、一九二二年―一九三九年」（*FW* 628）とあって、ジョイスが長篇小説を書く場合、その末尾には必ず作品の執筆が開始・終了した都市名と西暦年が示されるのである。いわば生きられた時間の署名とでも言えよう。『肖像』の場合、完成に十年間もの歳月が費やされたことが作品の最後に明かされるわけだが、私たち読者はその意味を充分に噛みしめる必要がある。ジョイス自身の言葉――「小説の長さに多くの人が驚くのは、その作家の途方もないエネルギーと忍耐力を知るからこそである」（*L* II, 83）――は歳月の長さにも当てはまる。たとえば作品が書きはじめられたときに生まれた子供は完成時には十歳に、二二歳の青年であれば三二歳を迎えているのだ。とくに伝記的な解釈を施そうとする場合、タイトルにある「若き日の」と合わせ、十年間という長い歳月は大きな意味をもつであろう（この点に関してはKenner, 1965, 1-5を参照）。

一九〇四年一月七日、ジョイスは短いエッセイを一日で書き上げ、弟の提案に応じて「芸術家の肖像」（"A Portrait of the Artist"）（以下「原＝肖像」と省略する）と題名を与え、雑誌『ダーナ』（*Dana*）の創刊準備をしていたジョン・エグリントン（John Eglinton）とフレデリック・ライアン（Frederick Ryan）に送付する。しかし内容が理解不能であることにくわえ、性的な記述が含まれるという理由から掲載を拒否される（*DD* 11; Ellmann,

1982, 144-47）。編集者たちの判断は妥当だったと言えよう。ジョイス自身「自分のことばかり」書いていることには自覚的であったようだが（*DD* 11）、芸術へ強い意志を燃やす青年が自身の思想の表明自体を先行させてしまい、読み手側の理解が度外視されているのだ。とはいえ、しばしば引用される冒頭箇所――「幼年期の特徴は青年の肖像には再現されないのが普通である……過去は紛れもなく流動する現在の継続、発展する実在であり、現前するわれわれの現在はその中のひとつの相にすぎない……しかしかかるものとしての肖像とは一片の人物証明書ではなくむしろ感情の曲線なのである」（永原訳、三七六頁、二〇一四年、省略は筆者）――はジョイスの〈肖像〉概念を探る上ではきわめて有用である。（「原＝肖像」の原文ほか、完成した作品に利用された数々のサブテクストについては*WS*を参照のこと）。

　この「原＝肖像」の掲載拒否から、二つめの〈肖像〉が生まれることになる。一九〇四年二月二日の二二歳の誕生日、ジョイスはそのエッセイを小説に仕立てあげる決心をする。現在『スティーヴン・ヒアロー』（*Stephen Hero*）（以下『ヒアロー』と省略する）と呼ばれている自伝的小説の開始である（タイトルには他に二つの候補――『ヒアロー』とおなじく弟が提案した「芸術家の肖像」［"A Portrait of the Artist"］と、ジョイス自身が提案した「若き生の断章」［"Chapters in the Life of a Young Man"］――が存在した）。以後『ダブリナーズ』の短篇の執筆と並行して『ヒアロー』の執筆は続けられ、一九〇六年三月時点で原稿は本全体のほぼ半分となる九一四枚（二五章分）を数え（計六三章の構想があった；*L* II 83）、総語数にして約十五万語にまで達していた（Ellmann, 1982, 131-32）。しかし折からの短篇集出版にまつわるトラブルゆえに「現在の状況では小説の続きを考えることも書くことも不可能だ」として（*L* II 133-34）、執筆開始から二年も経たないうちに、ジョイスはそれ以上の執筆を放棄してしまう。無論これを表向きの理由と考えることもできて、『ヒアロー』がもつ単線的な物語構造や旧来的な方法論の限界はいずれ突破される必要があったのかもしれない。また、若干二二歳から二四歳という青二才がそれまでの人生を自伝的に利用することの難しさも指摘できるだろう。自らの生や過去を振り返って書くときに必要なそれなりの年齢差、物語る自分と物語られる自分の間にいくらかの距離が開くのを待たなければならなかったのかもしれない。ただしこうした見方は、未完成で不出来な『ヒアロー』と完成したモダニズム作品の『肖像』、といった優劣の構図を招きやすいこともあり、安易な目的論的整理は避けるべきである。いずれにせよ私たちの前にある事実としては、これらの期間に書かれた原稿のうちで残存している「大学時代のエピソード」と呼ばれる章群（推定十四章および十五章から二五章まで）が『スティーヴン・ヒアロー』という名を冠してまとめられ、二つめの〈未完の肖像〉となってジョイスの死後に出版されたということである。

ジョイスがこの長篇小説の執筆を再開したのは、一九〇七年に短篇「死者たち」を完成させた直後からであるが、ハンス・ヴァルター・ガブラー（Hans Walter Gabler）がこの再開から一九一四年の完成に至る時期を「失われた七年」と呼んだように、物語の生成過程の詳細がほとんど判明していない時期でもある（Gabler, 1976, 25-60）。それでも入念な資料渉猟によって判明したことには、第一章は一九〇七年九月から十一月の間にかけて書かれ（ただし第一章第一節は含まない）、一九〇八年四月までに物語は第三章まで書き進められた。またジョイスは『ヒアロー』を書いていた頃は弟スタニスロースの助言を聞き入れていたが、今回は下読み役として、ベルリッツ・スクールで英語を教えていた生徒エットーレ・シュミッツ（Ettore Schmitz）（作家イタロ・ズヴェーヴォ［Italo Svevo］のこと）が重要な役割を果たし、彼からの助言と指摘を受けて執筆を進めていったという。こうして当初の六三章という膨れ上がった構想は——ある伝記作家たちはその想定上の完成体を「ベヒモス」（旧約聖書に登場する巨大な怪物で、途方もなく大きなものを表わす比喩表現で使われる）と呼んだ（Gorman, 208; Costello, 275）——大幅に切り詰められ、三つめの〈肖像〉はシンプルな五章構成へと姿を変えた。一九一一年には『ダブリナーズ』の出版遅延にまつわる苛立ちから、ジョイスが『肖像』の原稿三一三頁を火に投げ込むという事件も起きたが、幸い原稿は損傷することなく無事家族の手によって救出され（*L* I, 136）、以後三年あまりをかけて作品は練度を高め、完成へと向かってゆく。

そして遂にその期が熟す。当時各方面で文学的才能を発掘すべく尽力していたエズラ・パウンド（Ezra Pound）の仲介を経て、ジョイスの新しく生まれ変わった長篇小説『若き日の芸術家の肖像』は『エゴイスト』誌（*Egoist*）の一九一四年二月二日号から――つまりゲン担ぎのジョイスにとって嬉しいことには、ちょうど彼の三二回目の誕生日から――翌年の九月まで一時的な休載をはさみながら分割掲載されることになる（この辺りの経緯についてはEllmann, 1982, 349-56および本書「『エゴイスト』に掲載された『肖像』」の項を参照）。これが『肖像』末尾に書かれた「ダブリン一九〇四年／トリエステ一九一四年」の歳月である。時代は第一次世界大戦の最中。ニューヨーク、ロンドン、チューリッヒ間での持続的な大陸横断的交渉を経て、ジョイスはようやくヒューブシュというニューヨークの出版社に『肖像』の書籍化の道を発見する。本論集の発行年である二〇一六年から、ちょうど百年前のことである。

（南谷奉良）

4　ジョイスの弟の日記・ジョイスの書簡からの抜粋

◎一九〇四年三月二九日付　弟スタニスロースの日記

『ダーナ』（*Dana*）というタイトルで今度出る新しいレヴューにこの前の二月に載せてもらおうと送ったジムの投稿エッセイのタイトルを提案したのは僕だ。もうすぐ四月だがそのレヴューはまだ出ない。「芸術家の肖像」というタイトルのそのエッセイは、その中で性的経験が語られているという理由で――少なくとも彼らが挙げる理由のひとつはこれだ――、編集者のマギー（Magee）「ジョン・エグリントン」（"John Eglinton"）とF・ライアン（F. Ryan）から断られた。ジムはそのエッセイを僕がこれまた提案したタイトル――『スティーヴン・ヒアロー』――の小説に書き直している。十一章まで書き上げている。それらは、自分が見るところでは、まったく独創的な文体で非常によく書かれている。これは偽りの自伝であり、過去を掘り返す諷刺だ。知り合いをほとんどすべて登場させている。カトリック教会は居心地の悪い思いをすることになる。僕は擬音法の原則で登場人物の名前をたくさん提案した。(*DD* 19-20)

◎一九〇五年一月十三日付　ジョイスのスタニスロース宛の手紙

(『スティーヴン・ヒアロー』の)第十二、第十三、第十四章を送る。第十五章が終わって今第十六章を書いているところだ。(*L* II, 76)

◎一九〇五年二月二八日付　ジョイスのスタニスロース宛の手紙

僕が思うに、小説の長さの何が多くの人を驚かせるかと言えば、その作家の途方もないエネルギーと忍耐力だ。短い小説を書こうとするなら、書くことは簡単だ。しかしこの小説に僕が書くことで減らしたいと思っている自分の中にたまっているものは、絶えず少しずつ書き落としていくことしかできないんだ。ゴガティに章の数がいくつになるかを伝えたら、あいつは高い音の口笛で「シックスティスリー(六三)」と吹いていた。『スティーヴン・ヒアロー』という題名にはまったく満足がいっていない。今はもとの「芸術家の肖像」('A Portrait of the Artist')に戻すか、あるいはひょっとするともっとよい題名として「若き生の断章」('Chapters in the Life of a Young Man')を考えている。(*L* II, 83)

◎一九〇五年三月十五日付　ジョイスのスタニスロース宛の手紙

(『スティーヴン・ヒアロー』の)第十五章、十六、十七、十八章を書き終えた。読みたければ送るよ。これから十章くらいユニヴァーシティ・カレッジ時代のエピソードが続く予定で、それが終わるまでは全部手元に置いておこうと思う。(*L* II, 86)

◎一九〇五年六月七日付　ジョイスのスタニスロース宛の手紙

(『スティーヴン・ヒアロー』の)第二四章を書き終えた。一週間くらいで送るよ。(*L* II, 91)

◎一九一四年一月十七―十九日付　エズラ・パウンドのジョイス宛の手紙

私は散文のことを大してわかっていませんが、貴兄の小説（『肖像』）は素晴らしくよいと思います——おそらく貴兄は私以上によくわかってらっしゃるのでしょうが——メリメのように明快にして率直です。すぐにそれを『エゴイスト』へ送ります。それに対してお金が払われないとしたら残念ですが、どんな出版社も難しいことを言ったり、騒ぎを起こすものということはおわかりいただけると思います。『エゴイスト』が貴兄が使っている言葉のひとつふたつに文句を言わないことを願っていますが、面倒なやりとりの重荷が貴兄にかからないよう努めたいと思います。（*L* II, 327）

（金井嘉彦）

＊本コラム執筆に際しては、南谷を参考にしている。

5　エピファニー

ジョイス文学を読みとく鍵となるこの語は、もともと「神の顕現」を意味する宗教用語であった。それをジョイスは文学活動の最初期、一九〇〇年代のはじめごろに、みずからが書きためていた断片的スケッチに当てはめ、『スティーヴン・ヒアロー』では「ごく卑俗な会話や仕草、もしくは精神の忘れられない瞬間に訪れる突然の精神的顕示」（*SH* 216）と定義する。「エピファニー集」として集められた断片を見るかぎり、ジョイスは日常の何でもない場面——ひとりでふける瞑想のときもあれば、家族間や友人間でのさりげない会話のときもある——に、その場の文脈を飛びこえる意味の出現を経験し、それを「エピファニー」と呼んでいたようだ（次項「『エピファニー集』からの抜粋」参照）。ジョイスはその後この語を使わなくなるが、放棄されたはずの概念はしぶとく生き残り、やがてひとり歩きを始めることになる。

「エピファニー」の語はまずジョイス批評において重要な位置を占めるようになったが、それにはジョイス文学全体の評価を最初に試みたハリー・レヴィン（Harry Levin）の影響が大きかったとされる（Scholes, 1998, 27）。

その後、イレーナ・ヘンドリー・チェイエス（Irene Hendry Chayes）やS・L・ゴールドバーグ（S. L. Goldberg）らの仕事を経て概念は精緻化、やがてモリス・ベジャ（Morris Beja）の『現代小説におけるエピファニー』（*Epiphany in the Modem Novel*, 1971）においてモダニズム小説、さらには現代小説全般を貫く創作原理へと昇格される。結果、この語はたとえばデイヴィッド・ロッジ（David Lodge）の『小説の技巧』（*The Art of Fiction*, 1992）が扱う五十の小説技法のひとつに数えられ、そこではジョン・アップダイク（John Updike）の『走れ、ウサギ』（1960）の一節がこの概念を使って説明されることになる。曰く、「この用語は今ではゆるやかに、外的現実が見る者にとって一種超越的意味を帯びるような描写であれば何にでも適用される。物語やエピソードに山場や解決を与えるなど、伝統的な物語では何か決定的な行為が引きうけていた役割を、現代小説ではエピファニーが引きうけることが多い」（Lodge, 146-47）。

ロッジの再定義は、単にジョイスの定義を焼き直しているようでいて、実は驚くべき洞察を示している。彼によればエピファニーは、伝統的な物語の文法に代わりうる、まったく別の駆動原理を表わしているのだ。たしかに、二十世紀初頭のいわゆるモダニズム小説の実験が行なわれていた時期、明らかに何らかのかたちで物語の文法は変わった。それは話法や文体の革新、神話的手法や心理学的知見、はたまた新しい技術や政治状況との接触などから説明されるたぐいのものではない。簡単に言うと、一読してオチがピンと来ない作品が増えたとでも言おうか。物語の快楽はプロットの中に用意されているものではなくなり、それとは別の次元に飛躍して初めて得られるものになった。その飛躍をもたらす契機が「エピファニー」という用語で鮮やかに説明されることを、ロッジは見ぬいたのだ。

筆者はこうした新しい小説の駆動原理が立ち現われてくる瞬間を、いま一度原点に立ち戻ってジョイスのイプセン読解に求めてみたい。イプセン文学こそは、室内劇というリアリズムの極北からエピファニーの認識および実践へと、ジョイスを文学の大きな曲がり目に立ち会わせた導きの糸だったのである。さすがに若き日に傾倒しただけあって、イプセンの徹底したリアリズムを凝視するジョイスの眼差しは鋭い。「ふとした表現にも精神が問題を抱えて苦悩していることがあり、一瞬のきらめきのうちにも長い人生の眺望がパッと開けることがある。だがそれも、われわれが立ち止まって熟考しないかぎり束の間の視覚に終わる。イプセンはそうした熟考をあえて妨げるために、上演というかたちを求めるのだ」（*CW*, 67）。ところが、そうしたイプセンの求めに反して上演を止め、熟考＝飛躍の時間を持ちこんだとき、ジョイスはリアリズム演劇から現代小説の次元に移行したと言うべきだろう。実際、彼がイプセンの戯曲から切りとり評論「イプセンの新しい劇」（1900）に散りばめた断片の数々は、前後の文脈から切り離され、その場に現前しない意味への熟考を促すことで、彼が「エピファニー集」で試みたエピファニー実践に酷似している。この不思議な暗合の中にこそ、現代小説の起源と論理を解き明かす鍵が眠っているように思われてならない。

（横内一雄）

6 「エピファニー集」からの抜粋

ジョイスは一群のエピファニーを書きため、それらを「エピファニー集」（"The Epiphanies"）と呼んでいた。ロバート・スコールズとリチャード・M・ケイン（Robert Scholes and Richard M. Kain）が示すところによれば、もともとあったエピファニーの数は七十以上にものぼっていた（3-5）。ジョイスはそれらを『スティーヴン・ヒアロー』の構想にそって並べ替え、ナンバーリングを施し、それらに肉付けをして『スティーヴン・ヒアロー』を書き上げようとした（5-6）。現存しているエピファニーはその数にして四十になる（3）。

◎「エピファニー集」一番

ヴァンス氏——（ステッキを持って入ってくる）……奥さん、彼には謝ってもらわないといけませんな。
ジョイス夫人——そうですね……ジム、聞こえた？
ヴァンス氏——さもないと——謝らないなら——鷲がやってきて彼の目をくりぬくことでしょう。

ジョイス夫人——ええ、でも彼は謝りますわ。
ジョイス——（テーブルの下で、自分に向かって）

——彼の目をくりぬけ
謝罪せよ、
謝罪せよ、
彼の目を目をくりぬけ。

謝罪せよ
彼の目を目をくりぬけ
彼の目を目をくりぬけ、
謝罪せよ　（*WS*, 11）

◎「エピファニー集」三番

一番遅くまで残っていた子供たちも自分の持ち物を持って家に帰ろうとしている。というのもパーティーは終わりだから。これが最後の乗合馬車《トラム》だ。痩せた栗毛の馬にもそのことがわかっており、警告としてベルを振り、澄み渡った夜に響かしている。車掌が運転手と話をしている。二人はランプの緑の光に照らされながらしきりにうなづいている。近くには誰もいない。僕たちは二人とも耳をそばだてている様子。僕は上のステップで、彼女は下のステップで。彼女は僕のいる上のステップに何度もやってきてはまた下へと戻ってく。話す言葉と言葉の合間に。そして一度か二度降りるのを忘れて僕のそばにとどまり、それから降りていく……そのままにしておこう、そのままにしておこう……。彼女はもう自慢のもの——きれいなドレスと飾り帯と黒の長いストッキング——を見せびらかしたりしない。というのも（子供なりの智恵で）こういう終わりのほうが二人がなんと

かしようとしていたほかの形より二人にとって喜ばしいということがわかっているように思えるから。(*WS*, 13)

◎「エピファニー集」二八番

月のない夜に波が弱々しく光る。船が港に入ってきている。そこにはいくらか光がある。穏やかではない海は、飛びかかろうとしている動物の目のような鈍い怒りを帯びている。容赦のない空腹の犠牲。陸は平らで木はまばら。多くの人が岸に集まって自分たちの港に入ってこようとしている船がどんな船か見ようとしている。(*WS*, 38)

「エピファニー集」に収められたエピファニーは、スコールズとケインの分類によるなら、「物語的エピファニー」(narrative epiphany)と「劇的エピファニー」(dramatic epiphany)に大別される(3-8)。前者は物語形式でエピファニーを描くものであり、後者は劇の会話形式で描くものを指す。前者には、さらに「夢のエピファニー」(dream-epiphany)と呼ばれる、文字通りジョイスが夢で見たエピファニーも含まれる。この分類で言うなら、右に挙げた一番は「劇的エピファニー」となる。(これは『肖像』冒頭において登場人物を入れ替えて使われることになる。)三番は「物語的エピファニー」に相当する。(『肖像』の第二章および第五章でE―C―の思い出に使われることになる。)二八番は「夢のエピファニー」の例となる。(これは『肖像』第一章で医務室で横になっているスティーヴンが幻視するパーネルの死の場面で使われる。)

(金井嘉彦)

7 ジョイスの創作ノート「パリ・ノートブック」からの抜粋

◎一九〇三年二月十三日付 パリ・ノートブック

欲望とはわれわれがなにかへと赴くことを促す感情であり、嫌悪とはなにかから遠ざけることを促す感情である。これらの感情を引き起こす芸術は、喜劇であろうと悲劇であろうと、非本来的なものである。喜劇についてはあとで書く。悲劇はわれわれの中に憐憫と恐怖の感情を引き起こすことを目的としている。この恐怖というのは、われわれが人間の運命にどのようなものであれ厳粛なものを感じる前にわれわれをとらえ、そのひそかな原因とわれわれとを結びつける感情であり、憐憫はわれわれが人間の運命にどのようなものであれ厳粛なものを感じる前にわれわれをとらえ、われわれをその苦しむ人間と結びつける感情である。次に嫌悪は、非本来的な芸術が悲劇にならって喚起を目指す感情だが、今から示すように、悲劇的芸術に本来的な感情、すなわち恐怖と憐憫とは異なる。というのも嫌悪はわれわれをなにかから引き離すことを促すがゆえにわれわれを静止させることがないのに対し、恐怖と憐憫はわれわれを、言ってみれば魅了によって静止させる。……

続いて喜劇について。非本来的な芸術は喜劇にならって欲望を喚起しようとするが、喜劇的芸術に本来的な感情は喜びである。欲望は、すでに書いたように、われわれをなにかへと赴くことを促す感情であるのに対し、喜びはなにか善なるものを有することがわれわれの中に引き起こす感情である。非本来的な芸術が喜劇にならって引き起こす感情である欲望は、今から示すように、喜びとは異なる。……このことから次のことがわかるだろう。悲劇は不完全な芸術様式であり、喜劇は完全な芸術様式である。すべての芸術は、繰り返すが、静的《スタティック》だ。というのも、一方では恐怖と憐憫の感情が、他方では喜びの感情がわれわれをとらえるからである。この静止が美――悲劇であれ喜劇であれ、すべての芸術の目的――をとらえるのにどれほど必要かはのちほど明らかになる。というのもこの静止こそが、われわれの中に恐怖や憐憫、あるいは喜びを引き起こすイメージが、われわれに本来の性質にそって提示され、本来の性質にそって目にされる唯一の条件だからである。美はなにか目にしたものの性質であるが、恐怖や憐憫や喜びは心の状態だからである。（*WS*, 52-54、省略は筆者）

◎一九〇三年三月六日付　パリ・ノートブック

……芸術には三つの様式がある――叙情的、叙事的、劇的――。芸術家が自身との直接的な関係においてイメージを提示する芸術は叙情的である。芸術家が自身と他者と仲介的な関係においてイメージを提示する芸術

は叙事的である。芸術家が他者との直接的な関係においてイメージを提示する芸術は劇的である。（*WS*, 54）

◎一九〇三年三月二五日付　パリ・ノートブック

リズムとはある全体の部分と部分の、あるいは全体とその一部あるいは部分部分との、あるいは部分とそれが一部をなす全体との、第一の関係、あるいは形態的関係のように見える。……部分部分は共通の目的を持つかぎり全体を構成する。（*WS*, 54）

◎一九〇三年三月二七日付　パリ・ノートブック

「ヘー・テクネー・ミーメイタイ・テーン・ピュシン」（"*e tekhne mimeitai ten physin*"）――このフレーズは「芸術は自然の模倣である」と間違って訳される。アリストテレスはここで芸術を定義しているのではない。彼はただ「芸術は自然を模倣する」と言っているだけで、芸術のプロセスが自然のプロセスのようだと言っているだけだ……。（*WS*, 54、省略は筆者）

（金井嘉彦）

8　『エゴイスト』に掲載された『肖像』

『若き日の芸術家の肖像』は最初、文芸雑誌『エゴイスト』（*Egoist*）第一巻第三号（一九一四年二月二日）から第二巻第九号（一九一五年九月一日）にかけて連載されたが、今日このことを想起する者は少ない。完成された作品があまりにも多くの問題を含んでいたことと、より早い先行形態であるエッセイ「芸術家の肖像」や長編小説『スティーヴン・ヒアロー』が注目を集めるようになったことのために、初出媒体の問題は見過ごされてきたきらいがある。また、ジョイスは『エゴイスト』のために、ましてやその理念に共鳴して『肖像』を書いたわけではないから、この観点は『肖像』批評において必須の要素ともならなかった。しかし、昨今、多くの文学作品を発表当時の環境に置き直して読む作業が進められているなか、同じ作業を『肖像』についても行なうことは無意味なことではないだろう。少なくとも、それがいかなる思惑に絡めとられて世に送り出され、またいかなる意味を帯びて受けとられたかを窺い知るためのヒントにはなる。

『エゴイスト』は、英国モダニズム文学の立役者のひとり、ドーラ・マーズデン（Dora Marsden）によって一九一四年正月に刊行開始された。前身となったのは『フリーウーマン』（*Freewoman*, 1911-12）および『新フリーウーマン』（*New Freewoman*, 1913）で、いずれも同志ハリエット・ショー・ウィーヴァー（Harriet Shaw Weaver）と連携を組み、女性参政権運動の流れをくむフェミニズム色ないしアナキズム色の強い雑誌であったが、次第にエズラ・パウンド（Ezra Pound）、リチャード・オルディントン（Richard Aldington）、ウィンダム・ルイス（Wyndham Lewis）らの寄稿を受け、実作・批評の両面から英国前衛文学を推進する舞台となっていった。『エゴイスト』の誌名は、十九世紀の哲学者マックス・シュティルナー（Max Stirner）の主著『唯一者とその所有』（英題 *The Ego and Its Own*）から来ているという（Rabaté, 2009, 276）。既成の権威に依らず、ひたすら自我の価値だけを認めるシュティルナー哲学に共鳴して発刊された雑誌に、やはり自我意識の強いジョイスの『肖像』が迎えられたのは、ある意味当然に思える（この点、ジョイスのエゴイズムを論じたラバテが力説している［Rabaté, 2001, 43-69］）。実際、五回の休載を挟んで二六回に及ぶ長期連載となった『肖像』は、初期『エゴイスト』の実作部門の目玉企画となる。これと並行してロートレアモン伯爵（Conte de Lautréamont）の『マルドロールの歌』（英題 *The Songs of Maldoror*）が載り、また『肖像』完結の一年後にはルイスの『ター』（*Tarr*）が連載を開始したことをあわせ考えると、同誌において『肖像』がどのようなカテゴリーに属するものと見られていたかが窺える。実際、ポール・ペピス（Paul Peppis）はルイスの『ター』が、個人主義小説『肖像』への応答として書かれた脱個人主義小説であることを論じていて興味深い（133-61）。

もっとも、『エゴイスト』各号の内容を具体的に眺めていくと、それとは異なる雑誌の色合いも見えてくる。発刊当初からの常連寄稿者であるルイスやパウンドは、しばしば内外の新しい芸術を紹介する美術評論を書いているが、その流れで第一巻第十四号（一九一四年七月十五日）には パウンドが「『ダブリナーズ』とジェイムズ・ジョイス氏」と題する評論を書き、ジョイスの「印象主義」を論じた。また、この時期のパウンドがいるということは、同誌がイマジズム詩の発表媒体でもあったことを意味する。実際、誌面はF・S・フリント（F. S. Flint）、H・D（H. D.）、エイミー・ローウェル（Amy Lowell）、ウィリアム・カーロス・ウィリアムズ（William Carlos Williams）、オルディントン、D・H・ロレンス（D. H. Lawrence）らの詩で飾られ、その続きで『肖像』の第一章を読むと、その技巧的な散文や随所に挟まれる韻文にイマジズムの傾向を見いだしたくもなる。また、同誌は時節柄、次第に戦争詩を掲載するようにもなる。『肖像』の連載が一時五回にわたって休載したのも、ジョイスが戦火を避けてチューリヒに逃れ、一時連絡が途絶えたからだ。しかし、その休載直前の第一巻第十七号が『肖像』第三章後半の地獄の説教で終わっていたというのは、偶然にしてはできすぎていないか。もっとも、そこに時代の絶望を重ねて読むことができたのは、『エゴイスト』読者だけの特権であったかもしれないが。

（横内一雄）

9　当時の人たちは『肖像』をどのように読んだか

一九一四年から一九一五年にかけて『肖像』を、一時の中断はあったものの、連載した『エゴイスト』誌（*Egoist*）は一九一七年六月号においてそれまでに出た『肖像』のレヴューの抜粋を載せ、まとめている（74）。そこには、『肖像』を「美しい小説」と呼び、「人生をありのままに描く」とする肯定的レヴューも見受けられるが、それはごく少数で、そのほかは否定的見解が連なる。「なんと言ったらよいかわからない本」、「排水溝についての論文にしたほうがよい」、「妻子の目に触れさせられない本」、「スティーヴン・デダラスのような人間にもダブリンは機会を与えているのに、ジョイスはそれを意図的に無視している」、「もっと堅固な、もっと一貫した、もっと明晰な文体を学ぶべき」、「リアリズムで書かれた無慈悲で容赦のないエッセイ」、「リアリスティックに書こうとしているのだろうが、リアリズムの効果を生み出すには混沌としすぎている」、「多くの人を不快にするリアリズム」、「少数の人しか読まない本に才能を費やすのは無駄」、「カトリックの学校を出たからといってスティーヴンのようになるとは限らない」、「ジョイスはほかのアイルランドの作家の足下にも及ばない」、「ケルトにあらざる想像力とユーモアの欠如を示す本」、「宗教の不敬な扱いは非難されるべき」といった調子である。これらは当時の人たちの目にどのように『肖像』が映ったかを教えてくれるという意味において興味深いのだが、『肖像』は『エゴイスト』誌がまとめるように否定的な見方しかされなかったのか。

ロバート・H・デミング（Robert H. Deming）が編纂した『ジェイムズ・ジョイス――批評の遺産』（*James Joyce: The Critical Heritage*, vol.1）を参照してみても確かに否定的な見解は多い。多く見受けられるのは『肖像』における糞便や匂いへの言及を不快とする見解である。性に触れる部分、若者特有の感性や反逆を描く点も嫌悪の対象となっている。これらを含めてありのままに描いてしまう（とりわけロシア的な）リアリズム、あるいは自然主義は、非英国性、先祖返り、間違った美学理論と結びつけられ、それらへの警戒が示される。小説自体の形のなさ（formlessness）を指摘するレヴューは、この後『ユリシーズ』が出た時に多く指摘される不満を先取りしている点において興味深いのだが、それは直接的な表現をせずほのめかす（allusive）書き方をしている点や小説の結末がはっきりしない点への不満と結びついている。

しかしデミングが載せるレヴューは概して好意的である。右の否定的なレヴューの中で批判の対象となったリアリズムは、第一級の、読者を信じさせるものとされ、表現の忠実さ、率直さ、真摯さを表わすものと解される。フォノグラフ、グラモフォン、タイプライターといった当時の最新のテクノロジーと比較されるのは、リアリズムが『肖像』に特徴的であるからこそそのことである。通常ならば不快感を与えるような汚いもの、性への言及もその文脈でとらえ直される。そのとき『肖像』は、心理描写も含め生そのものを映し出す作品ととらえられる。生き生きとして、簡潔で、正確な文体は、美しく創造的であるとされる。とくに会話の描き方はどの英国の作家よりも勝って状況を生き生きと伝えると評価される。そのときに例に挙げられるのは、『肖像』第一章のクリスマス・ディナーの場面である。文体や書き方への関心はさらに描写の特徴についての議論へとつながり、H・G・ウェルズ（H. G. Wells）は、断片が調子を変えながら描かれる中でスティーヴンの成長を完全なまでに表わすその技法を「モザイク」（"mosaic"）という言葉で表現する。ジョン・クイン（John Quinn）が「一続きのエッチング」（"a series of etching"）という言葉で表わし、ジョン・メイシー（John Macy）が「エピソード、感覚、夢、些細であったり悲劇的であったりする情念が、一貫して、あるいは一貫性もなく続く」と表現するのは、同じ要素である。（雑誌『ニュー・エイジ』（*New Age*）が「無関係な状態の単なる列挙法」（"a mere catalogue of unrelated states"）と表現するのも同じ部分についてであるが、こちらは否定的な意味で使っている。）さらには『肖像』の実験的な部分に目を向けるレヴューも出ている。プロットを用いない手法や、会話文を引用符で示さずダッシュを用いる表現法、子供には子供が話すような話し方をさせる点は、批判的なレヴューであれば伝統からの逸脱と一蹴される部分である。それは、言いかえるならば、これまでのものに対する「疑念の叫び」（"a great cry of doubt"）、反逆（"revolt"）であり、モダンな主張となる。こうして早い段階から数多く出されたジョイスの中に天才を認める声は、一九一〇年代も末になると『肖像』の創造性・芸術性の評価へとつながっていく。ほかの偉大とされる作家がこれまで使われてきた言葉を使っていたのに対して、ジョイスはこれから使われる言葉で書いているとし、これから小説は「言語の新しい次元」へと入ると予言したマーガレット・アンダースン（Margaret Anderson）は、ヴァージニア・ウルフ（Virginia Woolf）の論評――大御所のウェルズ、ベネット（Arnold Bennett）、ゴールズワージー（John Galsworthy）を物質主義者と呼び、片やジョイスに代表される新しい動きを示す作家を精神主義者と呼び、ひとつの時代が終わり新しい時代が来ていることを告げる――と軌を一にしている。このことはいわゆるモダニズムの誕生を告げていると言えよう。もちろんジョイスの中に新しい文学を志向する方向性があったのだが、ジョイスの側におけるモダニズムの誕生ではなく、それを表現しうる新しい批評の枠組みとしてのモダニズム、それに照らしてモダニズムの文学が生産されていく批評の基準ができたということである。

今ここでこうして見たこのような流れは自然にできたものというよりは、もちろん誘導的なものだ。つまりは、ジョイスの評価が定まった時点から過去を見ることができるデミングだからこそ、このような批評の配置をしているのだ。右に『エゴイスト』には否定的な見解が多く、デミングには肯定的な批評が多いと書いたが、それも同じ理由によるのであろう。『エゴイスト』のレヴューは、ジョイスの評価がまだ定まらない時期に書かれたものであるがゆえに、自然と否定的なものを含めた。それに対してデミングは、このようなレヴューが出た時期からすれば、いわば未来から振り返ることができるために肯定的な評価を多くしているのであろう。したがってデミングの編集には、無理なからぬこととはいえ、過去の編集も含まれていることとなる。

最後に蛇足ながら当時のレヴューに見られる誤読に触れておこう。スティーヴンが通った大学をトリニティ・カレッジとするのは、単純にアイルランドのことを知らないことによる間違いにしても、『肖像』第三章でスティーヴンが悩むのをマスターベーションの罪ゆえとするのは、この時代特有の読み込みによるのだろう。また『肖像』最後の日記体で書かれた部分を、スティーヴンがついに狂気に陥ったとするのは、間違いなのか、それとも新しい読みの可能性を示しているのか、興味深いところである。いずれにせよ目立つほどの誤読がない点については、今でも解釈に悩む身からすると感心させられる。

（金井嘉彦）

10「チャールズおじさんの原理」について

『ダブリナーズ』でもその片鱗は垣間見えていたが、ジョイスの革新的な小説言語が文学史上に残る技法として明確に花開いたのは、彼の初の長編小説『若き日の芸術家の肖像』においてであろう。この小説では、主人公の成長と並行するかのように成長する語り、意図的に特定の語句が反復される「機械式散文」(O'Connor, 301-02)、ドリット・コーン (Dorrit Cohn) が「意識の流れ」(stream of consciousness) に関する著名な著書『透明な精神』において指摘した「心語り」(Psycho-Narration) や「物語られた独白」(Narrated Monologue) など、さまざまな文体技法が使用されているが、そのなかでももっとも有名なものが、ジョイス研究の批評的大家ヒュー・ケナー (Hugh Kenner) が『ジョイスの声』(*Joyce's Voices*, 1978) のなかで発見・命名した「チャールズおじさんの原理」(Uncle Charles Principle) であろう。その技法だけが単独で言及されてしまうことが多いために以下のことを強調する必要があるのだが、この原理は客観主義描写の系譜において導出されたものである。すなわちケナーは (著者と登場人物の名前で密かに押韻を踏みながら) ジョナサン・スウィフト (Jonathan Swift) の『ガリヴァー旅行記』(*Gulliver's Travels*) から『オリヴァー・トゥイスト』(*Oliver Twist*) を描いたチャールズ・ディケンズ (Charles Dickens) へ、次いでシャルル・ボヴァリー (Charles Bovary) を登場させる『ボヴァリー夫人』(*Madame Bovary*) から『肖像』のチャールズおじさん (Uncle Charles) へと至る、西洋近代文学における語りの軌跡を描いているのである。

ケナーによれば、ガリヴァーの語りは順次目の前に現われるものを時間軸に沿って逐一報告する。つまり事物の観察に対して語り手の判断が先立つことはなく、出来事に次いでその報告が起こり、報告に次いで語り手の事実認定や判断が起こるという順序が優先される。ケナーはこれを「ガリヴァーの原理」と名付け、次のように定式化する——「われわれ読者はある観察者が経験したであろう物事のみを、その観察者が経験したであろう順番で告げ知らされる」(4)。外的世界をある観察者が知覚したことの一連の描写の報告として不可逆な時間のなかで伝えること。それが客観主義描写である。ガリヴァーの語り手はそのようにして物語上に必要な事実に介入することに遠慮がちであるわけだが、たとえば貧しい少年オリヴァーの物語を説く語り手は、語られた出来事や事態に関してすぐに皮肉や批判を与え、頻繁に介入的な判断を行なう性格をもつ。朗読に熱心だったディケンズを考えると、聴衆の耳を前提とした、観客主義描写とでも呼べる段階である。しかし十九世紀中盤以後に書かれた『ボヴァリー夫人』のリアリズム描写では——ディケンズとは正反対の方向に——出来事やその事実性に対して限りなく距離をとった「隔絶した語り手」が発明される。著者の反応や思想、判断といった不純物を忌み嫌う真の客観主義描写の誕生である。ガリヴァーが「左腕を顔の前に持ち上げることによってはじめて【蟻のような】小人たちが私を繋ぎ止めていた方法を知った」よりもなお客観的になり、「シャルル・ボヴァリーの名が(黒板上に)綴られてはじめて、誰もがその正しい名前を知る」(8)ほどに、事実に対する語り手の判断は遠ざけられた。ジョイスという作家が『肖像』で達成したのは、フローベールが徹底して突き詰めた客観主義描写の突破であった。一見して純銀に見える硬貨(完全に中立的な語り)でも、落として見れば鉛のような異音が混じっている。「恩寵」や「死者たち」、そして『肖像』で顕在化するのは、その異音の正体、すなわち「語りの語彙は語り手の語彙である必要はない」(6)という小説言語における革新的な発明であった。

それゆえ毎朝チャールズおじさんは屋外便所へと赴くのだが、その前にはかならず頭の後ろの髪に丁寧に油をつけてそれを丁寧にブラシでなでつけて、それからシルクハットにもブラシをかけてそれをかぶるのだった。(Every morning, therefore, uncle Charles repaired to his outhouse but not before he had creased and brushed scrupulously his back hair and brushed and put on his tall hat.)(*P* 2.12-14)

一見すると中立的な語りによる叙述と見えるだろう。しかしケナーは、引用部中にある「赴く」（repair）や「丁寧に」（scrupulously）という語にはまるで「見えない引用符」がついているようだとし、いくぶん気どった、エレガントな言い回しを好む個人の癖を聞き取る。そして彼はある原理を看破する。物語のなかで使用される語彙は語り手の語彙である必要がないばかりか、語られている登場人物が実際に話した語である必要もなく、その人物が語り手であれば言いそうな、その人物の諸特性を反映した語句や言い回し、あるいは時に統語《シンタックス》もが、語りの中に闖入するのである。ケナーの説明を使ってわかりやすく言い換えると、ジョイスの語りは通常の状態であれば、ある「均衡状態」のなかに置かれている。しかしある人物が焦点化されると、まるでその人物が重力場となるかのようにして語りの重心が引かれていき（16）、結果としてその人物が使いそうな語彙が不意に出現する。読者からすれば、人物の描写とともにそうした語彙が突然視野に入ってくるために、まるで「羽虫」（gnat）が語りに紛れこんでいるかのように見えるのだ（17）。ここでケナーが巧妙に隠していた比喩が明らかになる。ジョイスの『肖像』には、「経験の欠片からまた別の経験への欠片へと蟻のような歩みで渡り歩く」（5）語りから進化した、まるで羽虫のような語が飛び交っている。ジョイスが『ダブリナーズ』から『肖像』にかけて発展させたのは、文字通り、語の進化だったのである。

（南谷奉良）

11 神話と迷宮

T・S・エリオット（T. S. Eliot）は、「『ユリシーズ』、神話と秩序」（"*Ulysses*, Order, and Myth," 1923）で、「ジョイスが『オデュッセイア』を併せ用いたこと（parallel use）」、すなわちその「神話的手法」の意義を、「現代と古代の間に連続的な平行関係を巧みに打ち立てること」だと述べる。混沌とした現代世界（の象徴たる『ユリシーズ』）に「制御」と「秩序」を与えるのは神話であるという主張は、まさしく「古典主義者」のエリオットに相応しい（177-78）。そして、ダイダロス神話が『肖像』に与えるのも「秩序」であることは言うまでもない。冒頭に置かれたオウィディウスの『変身物語』からの引用――「かくして彼［ダイダロス］は未だ知られざる技（unknown arts）に打ち込みぬ」――は、スティーヴン・デダラスがギリシャの工匠に重ね合わせられていることを示す。そしてこの神話的手法は、『ユリシーズ』のブルームとオデュッセウス、モリーとペネロペ、スティーヴンとテレマコスのパロディ的関係においてさらなる深化を見せる。

しかし、「肖像」という絵画的モチーフに倣うのであれば、神話的手法についてはむしろ「額縁」という比喩を採用したくなる。つまり、絵画やテクストに描かれたものを文字通り縁取り、枠組みを与えるものとしての額縁である。しかしそこで一筋縄でいかないのがジョイスだ。彼は『肖像』第四章で仲間たちが冗談交じりに自分の名を呼ぶ声（「ステパノス・ダイダロス！」）に芸術家としての運命の「予言」を受け取るスティーヴンを描きつつ、同時にその仲間のひとりが「溺れちまう！」とふざける叫び声をも書き込んだ（*P* 4.764-92）。すなわちテクストの額縁にはダイダロスの名を付しながらも、その実肖像に描かれていたのはイカロスであったというわけである。だからといってジョイスは圧倒的な情熱に満ちた「若き日の」自己を全否定しているわけではない。ちょうど家鴨と兎のだまし絵のように、あるいはヒュー・ケナーがキュービズムという卓抜な比喩を用いたように、『肖像』が結ぶ像は読者の見方（perspective）によって、つねにその姿を変えてゆく。

ここで簡単にダイダロス神話を確認しておこう。ギリシャ語で「狡猾なる工人」（cunning artificer）を意味するダイダロスは、弟子である甥の才能に嫉妬し、彼を崖から突き落として殺めたかどで、クレタ島に島流し（exile）にされ、クレタ王ミノスの庇護を受けていた。その後、ポセイドンの呪いで彼の雄牛に身を焼くような恋をしていた王の妻パシパエから相談を受けたダイダロスは、木製の雌牛を創り出し、雄牛と交わった彼女はミノタウロスという半人半獣の子を産んだ。この恐るべき怪物を閉じ込めるために王がダイダロスに作らせたのが、「迷宮（ラビュリントス）」である。のちにこの怪物は、アテナイのテセウスに倒されるのであるが、その際にダイダロスは、英雄に恋するミノス王の娘アリアドネから請われて迷宮からの脱出方法——帰り道がわかるよう入り口の扉に糸玉を括っておく——を教えたことで、王の怒りを買い、息子と共に迷宮に閉じ込められる。長い亡命生活（exile）から郷愁の念にとらわれたダイダロスは、人工の翼を作って空を飛び、島から脱出しようとする。翼が海の湿気で重くならないように、また太陽の熱気で羽を繋ぐ膠が溶けないように、太陽と海の中間を通るよう父は息子に警告するが、これを無視したイカロスは太陽に近づきすぎて海に墜落してしまう。

以上の梗概からもわかるように、スティーヴンが第五章で芸術家になるために自らに用いることを許した三つの武器、「沈黙、流浪、そして狡智」（"silence, exile and cunning"）（*P* 5.2579-80）こそ彼にとっての翼であり、その三要素は、ダイダロス神話の中にすでに暗示的に書き込まれていたとも言える（「沈黙」については、ミノス王に仕える身でありながら黙って王の妻と娘に協力したことに見いだされよう）。ここで、本書のタイトルである「迷宮」についても検討するならば、もう一組のトライアッド、「ナショナリティ、言語、宗教」が思い出される。この三つの「網」（"nets"）こそ、「この国で人の魂が生まれたときに、その魂に投げ掛けられて飛翔・逃避（flight）を妨げる」ものだとスティーヴンは述べ、"I shall try to fly by those nets" と宣言する（*P* 5.1047-50）。この fly by には、先行研究も指摘するように、先に見たダイダロス（飛翔）とイカロス（墜落）と同じ二重性が書き込まれている。なぜなら fly by は一般に「〜をすり抜けて」という熟語であるが、文字通りに解釈すればこの by は「〜を用いて」という意味も含むからだ。つまり芸術家として生きるために、スティーヴンは「網をすり抜けて飛ぼうとする」が、ジョイス（あるいは『ユリシーズ』以後のスティーヴン）は「網を用いて飛ぼうとする」のである。かくして己の魂を閉じ込めていた迷宮としてのアイルランドに、芸術家は再び戻って来なくてはならない。つまり迷宮が迷宮であるための構成原理（ナショナリズム、英語、カトリシズム）と、書くことを通じて対峙することによって、迷宮の謎を解き明かさなくてはならないのだ。もしも母危篤の報を受けず一度目の「亡命」から戻ることがなかったら、ジョイスはジョイスになり得ていただろうか、と考えずにはいられない。

これはあまりにナイーヴな問いかもしれないが、母の死に対する「内心の呵責」（*U* 1.481）とノーラとの出会いなしに、文豪ジョイスは真に誕生し得なかったということは、わたしたちが何度でも噛み締めるべきことのように思える。それは同時に、『ダブリナーズ』と『肖像』だけでもジョイスは英文学史にその名を刻んだであろうが、『肖像』なしの『ユリシーズ』の完成は想定しえないことに似ている。

最後に、本エッセイは、『6月16日の花火』所収の丸谷才一の名文「若いダイダロスの悩み」（伊藤整によって編まれた日本初のジョイス研究書『ジョイス研究』（一九五五年）初出）の語り直しであることをお断りしておきたい。また、『肖像』のもうひとつの「額縁」とも言えるタイトルについては、丸谷氏による集英社文庫版の解説「空を飛ぶのは血筋のせいさ」を併せてご参照いただきたい。

（小林広直）

12 自伝／教養小説

『肖像』は一般的に自伝的小説の一例とみなされている。現に、この小説にかんする批評はもとよりそれをめぐる一般的な言説においても、主人公スティーヴン・デダラスはしばしば作者ジョイスの「他我」と呼ばれている。なるほど両者はともに「芸術家」であるし、この小説の自伝的特徴はなによりも主人公が自己を「芸術家」として認識し成型していく過程において色濃くあらわれる。だが、自伝的瞬間は、そうした自己成型が開始される以前、自己認識や自己意識などとは一切無縁の主人公の幼児期にあたる作品の冒頭においてすでに出来している。物心のまだつかない「ちっちゃなぼうや」スティーヴンに与えられる名前“tuckoo”（*P* 1.4）は、幼児期のジョイスにつけられていたニックネームであった。

「自伝的小説」というのは一種のジャンル的な規定であるが（『肖像』と同時代の自伝的小説の代表例としては、D・H・ロレンス（D. H. Lawrence）の『息子と恋人』（*Sons and Lovers*）があげられる）、『肖像』にはもうひとつ重要なジャンル的規定がある。教養小説である。「教養小説」は Bildungsroman というドイツ語の訳語であるが、英語圏の批評言語においてはこの原語が英訳されることなくそのまま使用されている。それは教養小説をめぐる主要な議論が十九世紀前半以降、ドイツ語圏を中心に展開されてきたことによる。ヴィルヘルム・ディルタイ（Wilhelm Dilthey）はゲーテ（Johann Wolfgang von Goethe）の『ヴィルヘルム・マイスター』（*Wilhelm Meister*）を範と仰ぐ小説群を記述するために「教養小説」という語を用いた（『シュライエルマッハー伝』（*Das Leben Schleiermachers*））。以後、ゲーテのこの作品は教養小説の規範的例とみなされることになる。

ディルタイの『体験と創作』（*Das Erlebnis und die Dichtung*）における有名な記述を参考にしていえば、教養小説とは個人の生にみられる普遍的な成長過程、とくに内面的な修養を描く小説をいう。成長の各段階はそれ固有の価値をもつと同時に、それに続く高次の段階の基盤となる。その際、生における不調和と葛藤は、個人が成熟と調和へ到達するために経なければならない必然的な通過点として現われる。『肖像』は、ディケンズ（Charles Dickens）の『デイヴィッド・コパーフィールド』（*David Copperfield*）とならび、英語圏文学における教養小説の代表例とみなされている。実際その物語は、主人公の幼年期・少年期から青年期への精神的成長を描いており、それぞれの成長段階はそれに固有の葛藤、不調和によって特徴づけられている。また、この成長が具体的には「芸術家」としての自己成型であることから、『肖像』は、たとえばトーマス・マン（Thomas Mann）の『トーニオ・クレーゲル』（*Tonio Kröger*）とともに、教養小説の亜種である芸術家小説（Künstlerroman）の代表例として位置づけられている。

教養小説としての『肖像』の特徴のひとつは、形式と内容の照応関係にある。この小説では、前半から後半に向かって説話技法、文体、語彙、等々が漸進的に洗練され高度なものになっていくといえるが、この形式的、言語的成長は、物語内容上の主人公の成長と対応しているのである。注目すべきは、この形式的かつ内容的な成長が、自己の名前にたいする主人公の認識の変化に反映されていることである。スティーヴンは、クロンゴウズ校の下級組のときに――これは年齢でいえば十三才にまだとどかない時期にあたり、構成的には全五章のうちの第一章にあたる――ある生徒から自分の名前の属性について「それはどういう名前なんだい」(*P* 1.60)と問いかけられるが、なにも答えることができない。しかし第四章になると、彼はこうした自分の名前に対する無知の状態から抜け出していく。「ぼくは自分と同じ名前をもつ偉大な工匠のように、魂の自由と力から誇らしく創造しよう――生けるものを、あたらしく天がける美しいもの、触知不可能な不滅のものを」(*P* 4.810-13)。こうしてスティーヴンは、自己についての認識を、名前の意味の発見と、それにもとづく名前とその指示対象(つまり自己)とのあいだの照応一致によって獲得する。つまり『肖像』は、時間のなかで生じる成長という経験的、現象的出来事と、名前という一種の言語記号に関する認識的発展とをむすびつけているのである。それゆえ、自伝的小説が作家の実人生(経験的出来事)と虚構(言語)との照応を前提とするジャンルであるとするなら、『肖像』における名前に関する認識の「成長」はその前提自体を主題化していることになる。その意味で『肖像』は、自伝的小説の成立条件について語る自伝的小説、自伝的小説のアレゴリーであるといえるだろう。(中山 徹)

13 イプセン、ハウプトマン、メーテルリンク

世紀転換期は、後にアビー劇場となるアイルランド文芸劇場の草創期にあたり、この時期に書かれたジョイスの評論は、「劇と人生」を筆頭に演劇への深い関心を示している。一九〇一年に書かれた「喧騒の時代」は、アイルランド文芸劇場が「ヨーロッパの傑作」から目を背け、地方的偏狭性にとらわれていることを非難する。その中で、ジョイスがヨーロッパ演劇の第一人者として挙げるのが、ノルウェーの劇作家ヘンリク・イプセン(Henrik Ibsen, 1828-1906)である。一八七九年の『人形の家』(*Et Dukkehjem*)で演劇シーンに名を轟かせたイプセンは、社会の偽善やご都合主義を暴く「問題劇」を書き続け、そのリアリズムはジョイスに多大な影響を与えた。一九〇〇年、

十八歳のジョイスによる批評「イプセンの新しい劇」が『フォートナイトリー・レビュー』（*Fortnightly Review*）紙に掲載されてまもなく、翻訳家を通してイプセン本人の謝意がジョイスに伝えられると、ジョイスはイプセン宛にノルウェー語（ブークモール）で感謝の手紙を認めた。この手紙は、まだきわめて若いアイルランドの青年が、晩年を迎えたノルウェーの老匠の目に留まったことに対する素直な喜びと興奮、そして自負心に満ちている。

同評論では、ほかにドイツのゲアハルト・ハウプトマン（Gerhart Hauptmann, 1862-1946）の自然主義や、ベルギーのモーリス・メーテルリンク（Maurice Maeterlinck, 1862-1949）の象徴主義が、アイルランド演劇が学ばなければならないヨーロッパの潮流として挙げられている。ジョイス自身、一九〇一年にハウプトマンの『日の出前』（*Vor Sonnenaufgang*）を英訳し、アイルランド文芸劇場での上演を申し出るが、イェイツによって却下された経験がある。アビー劇場は一九〇七年になってようやく、オーガスタ・グレゴリー（Augusta Gregory）翻訳のメーテルリンクの『室内』（*Intérieur*）をもって初めて外国作品を上演することになった。

一九〇四年に書き始められた『スティーヴン・ヒアロー』には、これら三作家への言及があるものの、『肖像』では具体的な劇作家への言及のほとんどが姿を消すことになる。だが、ジョイスが演劇への関心を失ったわけではない。むしろ、彼の演劇への関心は、少しかたちを変えて『肖像』第五章に表出しているのではないかと思われる。

一八八九年五月八日、イェイツの『キャスリーン侯爵夫人』（*The Countess Cathleen*）が初演され、ジョイスも大学の仲間とともに客席に座っていた。劇中、ある描写が観客の反感を買い劇場には野次が飛び交い、二日後には連名で書かれた抗議の手紙が『フリーマンズ・ジャーナル』（*Freeman's Journal*）紙に掲載されるという騒動に発展する。この時の様子を描いたのが以下の部分である。

［スティーヴン］はサイドのバルコニー席に一人座り、一階席のダブリン文化人、そして安っぽい垂れ幕とぎらぎらした舞台照明に縁どられた人形のような役者たちをつまらなさそうな目で眺めていた。……野次と不満と嘲

笑があちらこちらに座っていた同窓生から沸き上がり、激しい突風となって劇場を走り抜けた。

——アイルランドを侮辱するのか！

——ドイツからの輸入品だ！

——冒瀆だ！

——われわれは信仰を売ったおぼえはないぞ！

——アイルランドの女性がそんなことをするか！

——中途半端な無神論者はひっこめ！

——にわか仏教徒はひっこめ！

（*P* 5.1846-59、中略は筆者）

ここでは舞台上の役者たちは輪郭がぼやけたうつろな存在として後景に退き、観客の方こそが生き生きと描かれている。次々に発せられる舞台上の役者への野次は、さながら芝居のセリフのようであり、ジョイスは劇《ドラマ》を舞台から客席に移し、パフォーマンスをする側と見る側のダイナミズムを逆転させているのだ。一九〇七年には、ジョン・ミリントン・シング（John Millington Synge）の『西国の伊達男』（*The Playboy of the Western World*）が演劇史に残る暴動を巻き起こすが、当時ローマにいたジョイスは遠い国からニュースを待つことしかできず、スタニスロース宛の手紙で悔しさをにじませている。ジョイスが劇作品と同じだけ観客の反応にも関心を寄せていたことの証左であろう。

イプセンの『人形の家』が引き起こした騒動は、ドイツにてオットー・ブラーム（Otto Brahm）に会員制の演劇組織「自由舞台」（Freie Bühne）を結成させ、同様の騒動が心配されたハウプトマンの『日の出前』はここで初演される。「喧騒の時代」において、ジョイスは自らをこの二人の先達の後継者として位置づけるが、それはジョイスの作品が辿ることになる出版への長い道のりを、すでに予感していたからなのかもしれない。

（平繁佳織）

14　一九〇四―一九一四の文化・政治的状況

ジョイスが『肖像』を着想・執筆した二十世紀初頭の十年間は変動と変革の時代であった。世界史的に見れば大英帝国の凋落と新興工業国ドイツとアメリカの台頭があり、先進国では都市化と資本主義経済による生活の商品化・画一化が進行、貧困と格差が深刻化するなかで、民主化を求める社会的な趨勢は、英国においては女性参政権運動とアイルランド自治問題として、それぞれ新たな段階に入っていた。パンクハースト（Emmeline Pankhurst）が女性解放を目指して婦人社会政治同盟を結成したのは一九〇三年であるが、街頭での破壊活動によって大量の逮捕者が出るなど運動は過激化していった。一方、十九世紀末にグラッドストーンの努力も空しく二度までも議会で否決された自治法案が、一九一二年にアスキス自由党政権によって再度提出され、アルスター問題を抱えながらも、法案の成立は時間の問題と思われていたのである。科学技術の分野では、アインシュタインの特殊相対性理論（一九〇五）に代表される新たな知見は、それまでとは全く異なる世界観・宇宙観をもたらしたが、それは前世紀末に登場したフロイト心理学が、理性に基づく人間観を根底から覆したことに匹敵する、あるいはそれ以上の文化的・社会的インパクトをもっていた。

こうした変動と変革を仮にモダニティ（Modernity）と総称するなら、文化・芸術の分野で、これに呼応あるいは対抗する様々な運動が生まれてくるのもこの時期である。芸術家たちは十九世紀的な写実主義や自然主義、さらには世紀末の象徴主義に飽き足らず、新たなコンセプトとそれに相応しいフォルムを模索したのである。モダニティの喧噪と混乱を再現しようとした未来派を皮切りに、キュービズム、表現主義、イマジズム、ヴォーティシズム（渦巻派）等、多くの前衛運動が生まれたが、こうした運動の目指す一つの重要な方向は、世界および人間的なものとの直接的関わり（模倣的ミメーシス）を拒否し、他の芸術作品との間テクスト性を介して現実を再構成すること（創造的ミメーシス）であった（Nicholls, 176）。

エズラ・パウンド

いわゆるモダニズム文学がピークを迎えるのは第一次大戦後の一九二〇年代であるが、それはモダニティに対するこうした一連の芸術的前衛運動の成果と見ることができる。英国の文壇でそのイデオローグとして中心的な役割を担ったのがエズラ・パウンド（Ezra Pound）である。パウンドは、一九〇八年に米国からロンドンへ渡り、フォード・マドックス・フォード（Ford Madox Ford）から新しい詩のあるべき方向性を学び、イマジズム運動を主催した。一九一三年にはイェイツの紹介でジョイスを知り、翌年三月に彼が編集した詩集『イマジスト』（*Des Imagistes*）にはジョイスの詩「我、軍勢の音を聞く」（"I Hear an Army"）が収録され、さらに一九一四年からは『エゴイスト』（*Egoist*）誌上で『肖像』が連載されるように取りはからった（本書「『エゴイスト』に掲載された『肖像』」の項参照）。パウンドはイェイツと並んで、ジョイスが作家として世に出る上で大きな助けとなり、また、モダニズムの揺籃期をリードしたのである。

また、『肖像』が生まれるコンテクストを考える上で、モダニズムとフェミニズムの関わりも忘れるべきではない。『エゴイスト』の前身となったジャーナル『フリーウーマン』（*Freewoman*）は、フェミニズムの活動家ドーラ・マーズデン（Dora Marsden）が一九一一年に創刊したものである。彼女はパンクハーストが主導する婦人社会政治同盟のメンバーであったが、運動方針の対立により袂を分かち、このジャーナルを立ち上げたのであった。一年後には『新フリーウーマン』（*New Freewoman*）と改称、ハリエット・ショー・ウィーヴァー（Harriet Shaw Weaver）の後ろ盾を得て、女性のみならず、男性の解放をも視野に入れた社会変革の前衛を目指した。

パウンドはこうした状況の中で、このジャーナルの文学部門担当として仕事を依頼されたのである。ただし、マーズデン自身は文学に関心がなく、パウンドの詩もジョイスの『肖像』も読むことはなかった（Moody, 221）。『エゴイスト』という誌名が採用されたのは、『肖像』の連載が始まる直前である。フェミニズムの目指すものが、

ドーラ・マーズデン

男女両性の解放である以上、個の尊重を意味する「エゴイズム」（自己本位あるいは個人主義）という言葉がそれに相応しいとされたためである。しかし、皮肉なことに、このジャーナルがパウンドらによって、イマジズムおよびモダニズムの作品や評論を掲載するようになると、フェミニズムは次第に周縁化されていった。フリードマン（Suzan Stanford Friedman）によれば、この変節はジョイスが女性の声を取り入れた『スティーヴン・ヒアロー』を青年のモノローグとしての『肖像』に書き換えたことと軌を一にしている（42-44）。

（道木一弘）

15 パーネル、ナショナリズム、ジョイス

『若き日の芸術家の肖像』にはいくつかの名場面があるが、序盤でそのひとつに数えられるのが、アイルランドの政治指導者チャールズ・スチュワート・パーネル（Charles Stewart Paenell, 1846-91）をめぐって繰り広げられる、スティーヴンの身内たちの激しく、苦い口論の場面、通称「クリスマス・ディナー・シーン」（“the Christmas dinner scene”）である。ケイシー氏は頭を抱えながら大声で嘆く。「パーネルがあんまりだ。我が死せる王よ。」

ウィックロウ県のプロテスタントの地主の息子として生まれたパーネルは、ケンブリッジで学んだ後に政界入りし、そのカリスマ性と政治手腕で瞬く間に自治《ホーム・ルール》同盟の主要メンバーとなった。十九世紀半ばより長らく問題となっていたアイルランドにおける不在地主による小作人の搾取を解消するための運動は一八七〇年代に活発となり、一八八〇年代初頭には土地戦争へと発展して激化した。パーネルはアイルランド国民党（自治同盟をパーネル自ら改名）の党首となり、土地問題に端を発するアイルランドの自治獲得のための運動を主導し

パーネル

た。時のグラッドストーン内閣が議会運営のためにアイルランドに自治を与える可能性を模索したこともあり、自治獲得運動は一八八〇年代に大きな盛り上がりを見せることとなった。

パーネルはプロテスタントの政治家でありながら、ナショナリストやカトリックの民衆からも幅広い支持を獲得し、「エリンの無冠の王」と呼ばれた。ただし彼の政治活動に対する現在の評価は、民族主義を主導した愛国的政治家というよりは、アングロ＝アイリッシュの地主たちの代表者とするほうが一般的である。『若き日の芸術家の肖像』においては、幼いスティーヴンがデダラス家の家庭教師のダンテの二本のブラシについて、ブラシの背に緑のヴェルヴェットがついていたほうがパーネル、栗色のヴェルヴェットがついていたほうが小作人出身の政治活動家マイケル・ダヴィット（Michael Davitt, 1846-1906）、と回想する場面がある。ここでパーネルにアイルランドのナショナルカラーの緑があてられているところに、パーネルがあらゆる階級や集団から指示を集めていた当時の雰囲気がほのかに感得される。

パーネルの名を不朽のものとしたのは、皮肉なことにあまりに劇的なその失脚の様だった。長らく不倫関係にあった自らの党の議員の妻、キャサリン・オシェー（Katharine O'Shea）との関係が明るみにでて、政治家として絶頂期にあった一八九〇年に党は分裂、パーネルは党首の座を追われ、再起をかけた翌年の遊説中に雨中での演説がたたって体調を崩し、肺炎で亡くなったのである。失脚の原因が不倫であったがゆえに、クリスマス・ディナー・シーンでダンテが激高して語るように、カトリックの神父たちは強烈な反パーネル・キャンペーンを展開した。その結果、失脚後、当時のカトリックの民衆の間でパーネルの評価は大きく二分されることとなった。

この非業の死を遂げたカリスマ政治家は、十九世紀末から二十世紀初頭にかけて、ウィリアム・バトラー・イェイツを始めとするアイルランドの文筆家たちの創作意欲を大いに刺激した。アイルランドにおける文芸復興運動の始まりを考察する際、パーネルが失脚した一八九〇年は起点のひとつと考えられている。

ジョイスの創作とパーネルの関係もまた密接である。一八九一年、ジョイスが九歳の時に執筆して父親が印刷したとされる詩「ヒーリー、お前もか」（"Et Tu, Healy"）は、アイルランド国民党の主要メンバーであったティモシー・ヒーリー（Timothy Michael Healy）が、パーネルを支持しない側にまわったことを皮肉った詩と思われる。また、『ダブリナーズ』に収められた短編「蔦の日の委員会室」では、パーネルを称揚する詩が朗誦される。

パーネルの墓碑

『ユリシーズ』は言わずと知れた寝取られ男を中心に据えた名作だが、丸谷才一は『6月16日の花火』において、パーネルと〝キティ〟・オシェーとの不倫が「『ユリシーズ』の背骨」である、とした。実際、『ユリシーズ』を読むことで、ダブリンの北にあるグラスネヴィン墓地にある、大きな岩にＰＡＲＮＥＬＬとだけ雄々しく刻まれた墓を訪れ、パーネルに瓜二つであったという弟のジョン・ハワード・パーネル（John Howard Parnell）に出会い、夜になればパーネルは実は死んでいなくて帰ってくるかもしれない、という与太話を聞くことまでできるのだ。『フィネガンズ・ウェイク』においても、パーネルのスキャンダルと失墜は重要なテーマである。

ジョイスのトリエステの書棚には、キティ・オシェーのパーネルとの思い出を綴った回想録とバリー・オブライエン（Barry O'Brien）によるパーネルの伝記が並んでいた。

（下楠昌哉）

16 土地問題

平凡社の『世界大百科事典』第二版がまとめるように、「イギリスのアイルランド支配からアイルランド社会には、土地問題、宗教問題、民族の自治または独立の問題などの諸問題が残った。アイルランド人はチューダー朝期からイギリス革命期にかけてたびたび土地を没収され、十八世紀には異教徒刑罰諸法の影響も加わって、住民の大部分を占めるカトリック教徒は土地を失い、イギリス系地主（多くはプロテスタント）とアイルランド小作農（カトリック）という農村構造ができ上がった」（第一巻、五五）。

その実体はジョン・ベイトマン（John Bateman）が『大ブリテンおよびアイルランドの大土地所有者名簿』（*The Great Landowners of Great Britain and Ireland*）に示している。それをまとめた本多三郎の論文をもとに見ていくならば、連合王国全体として土地所有者は表1にあるような三種類に分類される。このうちアイルランドに土地を所有する者は表2のようにまとめられる。これによりアイルランドの実に四五％がアイルランドにのみ土地を持つ六三八人に所有され、大ブリテン島にも土地を持つ三三七人を含めたわずか九七五人によってアイルランド全体の五三％が所有されていたことがわかる。当時アイルランドの農場の七〇％以上が三〇エーカー以下であったことからすれば、アイルランドにのみ土地を持つ六三八人が平均して一四、七五二エーカー所有していたことは、大規模土地所有の状況を如実に示す。またそこには不在地主の問題もあった。その土地から得られる収入は、表3にあるように、年平均八、二八八ポンドで、農業で「まあまあ」の生活をしていたアイルランド農民の生活費四一ポンドと著しいコントラストをなす（本多、六三―六五）。

こうした土地に関する問題を抱えたアイルランドは、十九世紀後半に解決を図っていくことになるが、それは、農民側からすれば闘争、体制側からは法整備という形を取る。前者について触れるべきはパーネル（Charles Parnell）とダヴィット（Michael Davitt）による組織的な闘争であろう（本書「ナショナリズム、パーネル、ジョ

表１　連合王国における巨大土地所有者

1	アイルランドにのみ土地を所有する者	A群 B群	477人 311人	＞794人	＞975人（A…638） ＞3,016人（A…2,041）
2	アイルランド、大ブリテン双方に所有する	A群 B群	161人 20人	＞181人	
3	大ブリテンにのみ所有する者	A群 B群	1,880人 955人	＞2,835人	
	計		2,518人 1,292人	＞3,810人	
	注）A群：土地所有面積3000エーカー以上、かつ土地からの年収入£3000以上。 B群：収入£2000以上で、所有面積2000～3000エーカーまたは、所有面積2000エーカー以上で、収入£2000～3000。出所：J・ベルイマンの『名簿』より作成				

表２　アイルランドにおける巨大土地所有者の土地所有面積

群	人数	土地所有面積	%	一人平均土地所有面積
A群 B群	638人 337人	9,411,929エーカー 1,567,566エーカー	45 8	14,752エーカー 4,678エーカー
A＋B	975人	10,988,496エーカー	53	
アイルランド総土地面積		20,819,947エーカー	100	

表３　巨大土地所有者のアイルランドに所有する土地からの年収入額

群	巨大土地所有者全体	一人平均収入額
A群 B群	£5,227,264 £802,595	£8,288 £2,382
A＋B	£6,029,859	

イス」の項参照）。当時地主の多くは搾出地代（"rack rent"）と呼ばれる地代を小作人に課し、搾り取れるだけの地代を搾り取ろうとしていた。それに対し農民側が過当な地代の支払い拒否をすることで公正な地代（fair rent）を勝ち取ろうとしたのが、一八七九年に結成された「土地同盟」（Irish National Land League）である（高橋、六三）。「土地同盟」は、公正な地代に加えて小作権の自由売買（free sale）、土地保有の安定（fixity of tenure）も要求するいわゆる三Ｆを目標に掲げたが、これは一八五〇年代からの農民運動の継続であった。地代を払わない小作人に対しては地主側は農地からの追放（eviction）の脅しをかけ、またそれを実行したが，「土地同盟」はその状況でもなお抵抗を続けられるよう連帯により農民を擁護した（高橋、六三）。そのときに使われた戦略がボイコットである。劇化した闘争は「土地戦争」（Land War）（一八七九

〜八三）と呼ばれ、「土地同盟」の弾圧によりいったんは収まるが、「プラン・オブ・キャンペーン」（一八八六〜九一）という形で再燃する。

もう一方の法整備については高橋純一の『アイルランド土地政策史』を参考にしつつまとめる。それによれば、法制化は「零細借地農民の国」から「農民的土地所有者の国」への転換を果たす方向で行なわれた。そこには、①一八六九年〜八〇年代半ば、②一八八五〜世紀転換期、③二十世紀初頭の三期が認められる。第一期は地主と小作人の関係の規制に主眼を置く。第二期においては、自作農創設の本格的拡張が行なわれ、追放小作人（evicted tenants）の再設定と西部の過小農場の拡張とを主内容とする内地植民政策も開始される。第三期は全般的土地購入の時期となる（五三—五四）。主な法は以下の通り。

・**一八七〇年　地主・小作人（アイルランド）法**（Landlord and Tenant [Ireland] Act）　アルスターの小作権慣行を法制化したもの。副次的に土地の獲得に関する条項（ブライト条項）を含む。十一年で八七〇名の土地所有者を創設したにとどまる（五八—六一）。

・**一八八一年　公正地代立法**（Fair Rent Act）　土地委員会により裁定地代が決定される仕組みを整え、地代に対して国家の介入を行なったことを最大の特徴とする。土地委員会による小作人への土地代金の四分の三以内の公的融資も行なった（六九）。

・**一八八五年　土地購入（アイルランド）法**（Purchase of Land [Ireland] Act）（アシュボーン法）　土地購入代金全額を小作農に前貸し、地主と小作間の自発的土地売却を促す。一九〇二年三月末までに二五、三六七名が土地を購入。売却された土地は九四万三千エーカーに上る（七五—七八）。

・**一八九一年　土地購入（アイルランド）法**（Purchase of Land [Ireland] Act）（バルフォア法）　前貸限度額を三三〇〇万ポンドへ引き上げ、地主には現金ではなく二・七五％の利付土地債券で額面価格で支払われる。追放された小作人にも購入代金の全額を貸付。バルフォアはアイルランド稠密地方局（the Congested Districts

Board for Ireland）も設置。改定された一八九六年バルフォア法と合わせ両法下で一九〇二年三月末までに土地を購入したのは三六、九九四名。売却された土地は一一八万五千エーカーに上る。しかし土地債券の額面割れが起こり、土地売却が滞る（七九―八八）。

・一九〇三年アイルランド土地法（Irish Land Act of 1903）（ウィンダム法）　総額一億ポンドを想定した大規模な土地購入に着手。土地購入を促す誘因として年賦金を引き下げ、地主の土地売却促進のために奨励金を支給した。アシュボーン諸法とバルフォア諸法下で一九〇二年三月までに貸し付けられた金額は約二〇八〇万ポンドであるのに対し、ウィンダム法下では最初の五年で約二五六七万ポンドが貸し付けられた。「零細借地農民の国」アイルランドはこれにより「農民的土地所有者の国」へと歴史的転化を見せることになる（高橋、五三）。この後の土地の購入に強制権を持たせる一九〇九年のビレル法も含めた一連のアイルランド土地法の下で一九一六年三月までに土地を購入した小作人は、W・F・ベイリー（W. F. Bailey）によれば、三〇万人に上り、獲得された農地の面積は九九〇万エーカー、融資総額九六四〇万ポンドとなるという。小作農総数の七五％、小作地総面積の六一％が創設されたことになる（九三―九四）。

このような成果を見せる土地法政策であるが、それを単純にアイルランド救済のために行なわれたと考えてはならない。バルフォア法、ウィンダム法は、建設的ユニオニズム（constructive unionism）政策、つまりは宗主国イギリスがアイルランドに温情を示すことによってホーム・ルール（Home Rule）を圧殺する狙いがあったことも忘れてはならない（九四―九五）。

土地問題の解決はアイルランドの悲願であったが、それは大きくアイルランドの歴史と文化を変えていくことになる。地主から土地が小作農に渡ることは、要するにいわゆるアセンダンシー（Ascendancy）の凋落をもたらす。アイルランドの歴史の中心はアイルランドのカトリックを主とした農民へと移ってゆく。（金井嘉彦）

17　ゲーリック・リヴァイヴァル

――ぼくたちが話している言語は、ぼくのものである以前に彼のものだ。……こうした言葉を、魂を動揺させずにぼくは話したり書いたりすることができない。……

イングランド出身のイエズス会の司祭と、アイルランドのこのあたりでは「漏斗」をなんというのか、という問答をした後に、スティーヴンは自分が当たり前のように使っている「英」語の、自分にとっての、アイルランドにとってのあり方に思いを馳せる。

現代のアイルランドには、二つの公用語がある。ひとつがアイルランド語で、もうひとつが英語である。アイルランド語は学校教育において高校まで必修である。ただし、アイルランド語を母語とする人々は、全人口の三パーセント程度にすぎない。

アイルランド語はゲール語とも呼ばれ、現在アイルランドで国策としてゲール語が守られ使用されるにあたっては、十九世紀末に興隆したゲール文化復興運動、すなわちゲーリック・リヴァイヴァルの果たした役割が大きい。この運動が発展した大きな要因のひとつはアイルランドにおける自治獲得運動の隆盛であるが、言語学や民俗学の発展、ジェイムズ・マクファーソンの偽作（であるのが濃厚な）オシアン詩の流行に見られるヨーロッパ中を席巻したケルト文化ブームなど、様々な事象が複合的にこの運動成立の基底を成してもいる。また、ウィリアム・バトラー・イェイツやグレゴリー夫人が活躍したアイルランド文芸復興運動は、「英語」による文芸作品を中心したものであるので、ゲーリック・リヴァイヴァルとは同一視せずに考察する必要がある。

一八七七年にアイルランド語保存協会、一八八〇年にゲール組合、一八八四年にはゲール体育協会、通称GAAが発足した。『若き日の芸術家の肖像』第五章で、スティーヴンは、実在のGAAの創設者の一人の甥（！）

とも読める農村出身の友人の思い出話に耳を傾ける。彼の話の中心となる出来事はハーリングというスポーツの試合の後に起こるのだが、このハーリングというのは、ゲーリック・フットボールとならぶ、ホッケーに似たGAAの二大スポーツのひとつである。第一章の終幕でクロンゴウズの生徒たちが打ち興じているのが、大英帝国が植民地にフェアプレーと自己犠牲の精神を涵養するために活用したクリケットで、棒を振り回す二つのスポーツが作品の前半と後半で対比されているのが面白い。第五章ではGAAのもう一人の大立者であるマイケル・キューサック（Michael Cusack）の名前も言及されるが、この人物は『ユリシーズ』の第十二挿話「サイクロプス」に登場する過激な愛国者「市民」のモデルとして有名である。なお、スティーヴンの友人の物語は、田舎の暗い夜道にある小さな家に住む妊婦とおぼしき女性に誘惑されたというエロティックな挿話となっており、話を聞くスティーヴンだけでなく、この場面を読む読者もアイルランドの片田舎でインフォーマントから古くから伝わる民話を収集する民俗学者のような気分を味わえる。

ゲーリック・リヴァイヴァルのハイライトは、一八九二年に民俗学者ダグラス・ハイド（Douglas Hyde）が国民文学協会で行なった伝説的な講演、「アイルランドを非英国化することの必要性」に続く、翌年のゲール同盟（Gaelic League）設立である。初代会長にはハイドが就任した。ゲール同盟はアイルランド語、およびアイルランド固有の文化の保全、振興のために様々な活動を行ない、アイルランド語を学校教育の一環とするために尽力した。また、ゲール同盟による出版活動は、ゲール語による文学活動の場を作家や詩人たちに提供した。

学者であるハイドはアイルランド自由国成立後、政界に打って出たが、プロテスタントだったこともあり、不遇をかこった。しかしアイルランド共和国が樹立されるにあたり、一九三八年、同国の初代大統領に選出された。

（下楠昌哉）

18　移民

『肖像』の主人公スティーヴンは作品最後に国を出て行く決意を示す。国を出て他国へ移り住むことはアイルランドの伝統と言っても差し支えのないものであった。経済的理由で国を離れる者が主であったにしても、政治的・宗教的な理由で亡命する、かつて「ワイルド・グース」(wild goose)と呼ばれた者もその中にはいた。アイルランドの移民というとカトリックというイメージがあるが、十八世紀にはむしろ進取の精神に富むプロテスタントのほうが目立っていた(Miller, 103, 137)。カトリックは氏族社会を形成していたことと土地にしがみつく心性から土地を離れるのをよしとしなかった(Miller, 102, 111, 114-15)。それが十九世紀に入るとカトリックが目立って多くなるのは、国を出ざるをえない状況に追い込まれたからである。それは出国者の出身地域がアイルランド西部へと移っていくことを意味した。移住先はイギリス、オーストラリア、ニュージーランド、カナダ、アメリカ、南アフリカ、アルゼンチンなど多岐にわたるが、とくに多かったのはアメリカであった。カービー・ミラー(Kirby A. Miller)によれば、その内訳は十七世紀に五万～十万、一七〇〇年～アメリカ独立までに二五万～四〇万(137)、一七八三年～一八一四年に十万～十五万(169)、一八一五年～一八四四年に八〇万～一〇〇万(193)、それ以降約五五〇万で(Miller, Wagner, and Howell, 11)、合わせると十八世紀から二十世紀までの間に推定で七〇〇万に上る人たちがアメリカに渡ったことになる(Miller, 3)。アイルランドの人口は十八世紀半ばにおいておよそ二三〇万で、その後十九世紀半ばに八五〇万にまで増えるが、そのような人口の中からアメリカだけで七〇〇万に上る人たちが移住したとなると事の重大さがよくわかるだろう。(逆にアメリカから見れば、それだけのアイルランド系の住人が移ってきたわけだから、当然アイルランド系の住民が多くなる。)

右に示した移民の流れからもわかるように、人口の海外流出が加速するのは十九世紀に入ってからのこととなる。その流れは一八四五年以降さらに加速をし、研究者によっては「ディアスポラ」(diaspora)と表現するほどの激しい流れとなる（Gribben 参照）。そのきっかけとなったのは言わずと知れた大飢饉（一八四五―五二）であった。それ以降の海外移住者数は表１に示したとおりである。この表の、アメリカ以外の地域（オーストラリア、ニュー

表 1

年	移民総数	アメリカへの移民数	年	移民総数	アメリカへの移民数
1845	74,970	50,207	1873	83,692	75,536
1846	105,917	68,023	1874	60,496	48,136
1847	219,885	118,120	1875	41,449	31,433
1848	181,316	151,003	1876	25,976	16,432
1849	218,842	180,189	1877	22,831	13,991
1850	213,649	184,351	1878	29,492	18,602
			1879	41,296	30,058
1851	254,537	219,232	1880	93,641	83,018
1852	224,997	195,801			
1853	192,609	156,970	1881	76,200	67,339
1854	150,209	111,095	1882	84,132	68,300
1855	78,854	57,164	1883	105,743	82,849
1856	71,724	58,777	1884	72,566	59,204
1857	86,238	66,060	1885	60,017	50,657
1858	43,281	31,498	1886	61,276	52,858
1859	52,981	41,180	1887	78,901	69,084
1860	60,835	52,103	1888	73,233	66,306
			1889	64,923	57,897
1861	36,322	28,209	1890	57,484	52,110
1862	49,680	33,521			
1863	116,391	94,477	1891	58,436	53,438
1864	115,428	94,368	1892	52,902	48,966
1865	100,676	82,085	1893	52,132	49,122
1866	98,890	86,594	1894	42,008	39,597
1867	88,622	79,571	1895	54,349	52,047
1868	64,965	57,662	1896	42,222	39,952
1869	73,325	66,467	1897	35,678	32,822
1870	74,283	67,891	1898	34,395	30,878
			1899	42,890	38,631
1871	71,067	65,591	1900	45,905	41,848
1872	72,763	66,752	1901	39,210	35,535

出典：*Commission on Emigration and Other Population Problems 1948-1954*, 1954, 314-15

ジーランド、カナダ、その他）に移住した人たちをも含めた総数で言うなら、飢饉中およびその直後の時期に、優に二〇万を超える人たちが毎年連続して国を出て行っているのは飢饉の惨状を物語っている。飢饉前に八五〇万の人口だったアイルランドは、飢饉を終えたときには、そのうちの二〇〇万を失っていたと言われる。海外移住を図っても無事に目的地にたどり着けないことも多かった。定員以上の人たちが劣悪な環境に押し込められた船の中では疫病も流行しやすく、ただでさえ体力の落ちた多くの人たちが命を落とした。彼らを運ぶ船は「棺桶船」（coffin ship）とも呼ばれた。飢饉が落ち着いた後は、海外移住者数は年七万～八万を推移しながら、十九世紀末には年四万～五万へと落ち着いてゆくが、この結果アイルランドは人口が一番多かったときに比べるとその半分近くにまで落ち込むことになる。ヨーロッパで十九世紀を通じて人口が減ったのはアイルランドだけである。

海外移住は人口減だけの問題ではない。生計を保っていければ移住をしなくてもよかったであろうという意味においては、脆弱な経済の問題、とりわけ土地の問題と関わる（本書「土地問題」の項参照）。一家の生計を子供たちの移住を前提に考えなくてはならないのであれば、英語は移住先で必要な言語であり、たとえアイルランド語を話す地域であっても英語を子供たちに学ばせる圧力を生んだ（本書「ゲーリック・リヴァイヴァル」の項参照）。十九世紀に特徴的な、とりわけ西部からの大規模な人口流出は、伝統的な氏族社会を徐々に浸食し、アイルランド語の衰退を含むアイルランドの伝統的文化の衰退をもたらした。一方農業においては土地の集約化を進め、経済構造の変化を引き起こした。傷口から血が流れ続けるように人々が海外へと流出し続けることは、退廃言説が強まる十九世紀末以降において退化の不安を生んだ。

『肖像』に移民は出てこないが、このような深刻な影響を与えた海外移住がジョイスの小説の背後でも進行していた。事実同時代のジョージ・ムアやJ・M・シングには当たり前のように国を出て行く人々の姿が描かれている。姿は見えなくてもそこにある悲痛な現実として移民を忘れることはできない。

（金井嘉彦）

19 『肖像』と映画

『肖像』は、一九六七年に『ユリシーズ』を映画化したジョゼフ・ストリック（Joseph Strick）監督により、一九七七年に映画化されている。脚本はジュディス・ラスコー（Judith Rascoe）。愛くるしい幼いスティーヴンはルーク・ジョンストン（Luke Johnston）、大きくなったスティーヴンはボスコ・ホーガン（Bosco Hogan）が演じている。父親役はT・P・マッケナ（T.P. McKenna、映画版『ユリシーズ』ではマリガンを演じている）、母親役はロザリーン・リネハン（Rosaleen Linehan）が演じている。地獄の説教をするのはジョン・ギールグッド（John Gielgud）である。

『肖像』と映画について論じるときに考えるべきこととしてはおそらく四点ある。一点目はジョイスが『肖像』を書いていたときの映画がどのようなものであったか。二点目は『肖像』自体がどれほど映画的に作られているか。三点目は、『肖像』の映画版が原作をどれほど忠実に映画に再現しているかで、四点目は、原作抜きに考えた、映画としての『肖像』の評価である。一点目について言えば、投写式の映画は一八九五年にフランスのルミエール兄弟から始まる。当初は動くものをただ映しただけのもの――それでも驚きの対象であった――で、時間にしても一分にも満たない作品であったものが、二十世紀に入ると次第に作品にフィクション性が加わり、上映時間も長くなってくる。一九〇〇年代末までにはおおよその映画の文法ができあがり、一九一〇年くらいからは二時間から三時間に及ぶ大作が作られるようになる。映画館が雨後の筍のようにいたるところに作られるのもこの頃である。ジョイスは映画館によく行っていただけではなく、一九〇九年末にダブリン初の映画館ヴォルタ座（The Volta）を開いている。このことから言えるのは、ジョイスは映画をよく知っていたし、作品に映画の影響が見られたとしてもなんら不思議はないということである。それについては別に論じたことがあるので（金井参照）、ここでは深くは論じない。本書第五章横内論文もその点に若干だが触れているので参照願いたい。

原作を知っているジョイス研究者としては、原作との比較抜きに映画だけを純粋に評価することは難しい。よってここでは三点目を中心に考えてみたい。結論から先に述べるならば、映画版の『肖像』は原作とかなり異なっている。その程度は『ダブリナーズ』の「死者たち」とその映画版「ザ・デッド」よりもさらに大きい。「死者たち」より長い『肖像』を映画にするときにすべての場面を映画に忠実に再現することの難しさはわかるが、たとえば冒頭の、原作ではスティーヴンがプロテスタントの子とつきあったことについてダンテと母が、謝罪せよ、さもなくば鷲が目をくりぬくぞと幼いスティーヴンに脅しをかける場面は、映画版ではおねしょをしたスティーヴンを叱るシーンで出てくる（本書第一章南谷論文を参照）。原作の場合、将来において起こる教会との対立や芸術家として身を立てることを予言する場面だけに、改作をしたのは惜しまれる。『肖像』でもっとも有名な第四章最後のスティーヴンが「バード・ガール」を見て芸術家となるべき自らの運命を悟るシーンは、鳥のような足をした少女というよりは成熟した女性がレーキで浜辺で作業しているところをスティーヴンが一瞥するだけで、詩的要素もスティーヴンの未来を決めるだけの迫力もない。第五章のいわゆる「ヴィラネル」（本書第七章道木論文参照）は、映画ではエマとスティーヴンが連れ立って歩く中で、彼女に朗唱して聞かせる設定になっている。もちろん原作にはそういうシーンはない。

原作と異なる点はこのほかにもたくさんあるが、それはなにより『肖像』を映画にすることの難しさを示すのであろう。『肖像』の心象を現実描写に混ぜる描き方やこの作品が多用する隠喩は映画には簡単には移せない。そのこと自体が『肖像』の特徴を示す手がかりとなる。


（金井嘉彦）

20　日本における『肖像』の訳の歴史

『肖像』の日本語訳は、どのようなあゆみを経てきたのか、昭和戦前、昭和戦後、平成の三つの時代に分けて解説しておきたい。

昭和戦前は前衛的なジョイス文学受容の黎明期と言ってよいだろう。この時代には次の翻訳書が出版されている。

小野松二・横堀富雄訳『若き日の藝術家の肖像』(創元社、一九三二年)
名原廣三郎訳『若き日の藝術家の自畫像』(岩波文庫、一九三七年)

昭和七年の小野・横堀訳に先立って一九二二年(大正十一年)頃に芥川龍之介が『肖像』第一章のクロンゴウズの場面の日本語訳を書いており、部分訳を含めた場合は芥川訳が本邦初訳となる。黎明期における訳者の最大の課題は、「意識の流れ」、「内的独白」という新しい文体をどのように日本語にするかということだった。例として、第一章で少年スティーヴンが世界における自己の位置づけについて思いめぐらす箇所の原文“God was God's name just as his name was Stephen” (*P* 1.324-25) の訳をたどってみよう。本邦初の完訳である小野・横堀訳では、「神といふのはちやうど彼の名前がスティーヴンであるやうに神様の名前なんだ」(十九頁)となっており、“his name”は、「彼の名前」と原文どおりの訳である。この箇所は、その五年後に出た名原訳で、「God つて神さまの名だ、スティーヴンが僕の名であるとおんなじだ」(三〇頁)となり、「僕の名」と意識の流れの文体をふまえた訳になっている。とはいえ、以後の訳すべてが名原に倣うわけではない。後述する海老池俊治訳は「彼の名」としており、“his”にこだわった訳文となっている。一九三五年(昭和十年)には、早くも研究社現代英文學叢書の一冊として『肖像』テクストに阿部知二が詳註をつけたものが刊行されていることも付け加えておきたい。

戦後になると、昭和三十年の飯島訳以後、次の翻訳が相次いで出版される。現代かなづかいの時代になり、訳文は読みやすい。

飯島淳秀訳「若き日の藝術家の肖像」（三笠書房『現代世界文学全集・十三』所収、一九五五年）
中橋一夫訳「若き日の藝術家の肖像」（河出書房『世界文学全集（第二期）・十五』所収、一九五六年）
飯島淳秀訳『若き日の芸術家の肖像』（角川文庫、一九六五年）
丸谷才一訳『若い芸術家の肖像』（講談社『世界文学全集・三二』、一九六九年）
永川玲二訳「若い芸術家の肖像」（中央公論社『新集世界の文学・三十』所収、一九七二年）
海老池俊治訳「若き日の芸術家の肖像」（筑摩書房『世界文学大系・六七』所収、一九七六年）

この時代には今も読み継がれているジョイスの基本的研究書が相次いで出版された。たとえば一九六七年に出版されたギフォードの註釈書は、歴史的背景を翻訳に反映させる際の基本文献だったに違いない。

これらの翻訳について、安藤一郎は英潮社から出した註釈書で、飯島訳が「内容の考証や訳文などの点でもっとも優れている」と述べている。一方で、宮田恭子は、『ユリイカ』二〇〇五年一月号で海老池訳を名訳とし、「原作の持つ叙情性と古典的端正さを反映し、主人公の鬱屈した感情と気負いを文の情調によく映し出した訳である」と評価している。“Once upon a time . . . there was a moocow”（*P* 1.1-2）ではじまる『肖像』の冒頭をすべて、ひらがなで表記したのは丸谷訳が最初である。父親が語り出す物語で幼児スティーヴンが耳にしたのは、「牛」ではなく、まずは「うし」という響きであったはずで、このことが日本人の読者にもヴィヴィッドに再現されている。

平成三年、十九年、そして二一年には、それぞれ次の翻訳が出版される。

加藤光也訳『若き日の芸術家の肖像』（集英社、一九九一年）
大澤正佳訳『若い芸術家の肖像』（岩波文庫、二〇〇七年）
丸谷才一訳『若い藝術家の肖像』（集英社、二〇〇九年）

現代は、新しい批評理論、時代背景の精密な考証が続々とジョイス研究に取り入れられていく時代である。また、日本からも作品の舞台アイルランドに容易に行けるようになった。このような時代の翻訳は、ジョイス研究と訳業の高度な協同作業《コラボレーション》の上に成り立っている。日本ジェイムズ・ジョイス協会初代会長である大澤の翻訳は、長期間にわたる研究の集大成である。丸谷訳も一九五四年の『肖像』論をはじめとする研究成果の結実であるが、この新しい翻訳には、ジョイス協会現会長である結城英雄らによる正確な研究が詳細な註釈のみならず翻訳自体にも反映されている。丸谷は、新訳の付記に「名原廣三郎訳と大澤正佳訳への感謝だけはここで一言だけけして置きたい」と書いている。翻訳の歴史は、原作の受容の歴史であると同時に翻訳自体の受容と継承の歴史なのだ。

（田村　章）

21　日本におけるジョイスの『肖像』の受容

日本におけるジョイスの受容については、単著に限っても鏡味國彦、和田桂子、川口喬一の著作があるが、その先鞭を付けたのは太田三郎の一九五五年の論文「ジェイムズ・ジョイスの紹介と影響」である。奇しくも同年には、日本初のジョイス研究書である伊藤整編『ジョイス研究』が出版されており、太田氏はこの本にも「ジョイスの紹介と影響」という一文（先の論文のダイジェスト版）を寄せている。以上はいずれも大変優れた研究であるので、「ご興味のある方は是非…」とだけ述べて筆を置きたい衝動にも駆られるほどだ。だが、ここでは表題の通り「『肖像』の受容」という点に絞り、出版百周年に当たる二〇一六年において、上記の研究を踏まえた上で再考すべき論点を二点提出してみたいと思う。

まずはジョイスの受容史を簡単にまとめておく。ジョイスと共に『肖像』を日本にいち早く紹介したのは、野口米次郎が『學鐙』に寄せた「一畫家の肖像」であるというのが太田論文以降の定説である。大正七年（一九一八年）三月のことであった。その後、芥川龍之介が一九一九年六月に日本橋丸善から『肖像』（初版の一九一六年版）を購入し、一九二〇年八月に発表した「雑筆」で『肖像』の第一章が「如何にも小供が感じた通りに書」かれていることを絶賛している（龍之介は『肖像』第一章の一節を翻訳もしている）。昭和に入ると、四年（一九二九年）ごろからジョイスについての紹介文や翻訳、論説が次々と雑誌に掲載され、昭和五〜七年（一九三〇〜三二年）に「ジョイス・ブーム」が巻き起こる。これに関わった代表的な文学者を挙げるだけでも、生年順に土居光知、西脇順三郎、川端康成、小林秀雄、春山行夫、阿部知二、永松定と錚々たる人物が記録されている。だが、その中心はこれまで述べた文人たちの中では最年少の伊藤整（一九〇五―六九）であろう。伊藤が『ユリシーズ』の翻訳に着手した一九三〇年夏、彼はまだ弱冠二五歳であった（共訳者の永松定は二六歳、辻野久憲は二一歳）。彼らの邦訳は『詩・現実』での連載を経て、第一書房から前半部が一九三一年、後半部が三四年に出版されるが、一方森田草平を中心とした六名の訳者による岩波文庫版は一九三二年のうちに第十五挿話までが刊行されるが、第五冊が出たのは一九三五年であった（ここでの翻訳合戦、及び「海賊版」騒動については川口氏の著作に詳しい）。先行研究のいずれもが指摘するのは、伊藤がジョイスに見いだしたのは、あくまでもその文体、とくに「意識の流れ」という手法のみであったということである。伊藤の回想に依れば、彼が提唱する「新心理主義文学」に対しもっとも苛烈な批判を加えたのが小林秀雄であり、興味深いことに三歳年長の小林は、伊藤にとって「日本文壇全体の態度」を代表していたという。すでに慶応大学教授となっていた西脇もまた、形式や文体にのみ固執する伊藤たち芸術派に疑義を呈し、『ユリシーズ』の全体性を見なければならないと主張した。文壇とアカデミアの両者からの批判に耐え忍び、伊藤はその後もジョイスの手法を学び続けることになる。

以上が大正から昭和初期においてのジョイスを巡る本国の受容史であるが、ここで『肖像』に的を絞ったときに立ち現われてくる論点は二点である。第一に、日本に初めてジョイスが紹介されたのは野口による『肖像』についての小文であったわけだが、昭和に入ってのブームの中心はやはり『ユリシーズ』であったということである。言い換えれば、『肖像』の本格的な紹介と受容は『ユリシーズ』と共になされたということだ。これは一九二九年に土居が『改造』へ寄稿した論文「ヂヨイスのユリシイズ」に依るところが大きい。事実この論文の前半は部分訳を含む『肖像』の紹介にあてられているのだが、その目的はあくまでもスティーヴンが「作者の自畫像」であり、『肖像』は「ユリシイズの序言でもある」がゆえに、『ユリシーズ』の理解に資するがためであった。

これに関連する第二点として、『肖像』はジョイスの「自伝」として受容されたということである。日本文学における「私小説」というジャンルの影響もあるのだろう、当時の読者にとってスティーヴンの人生や思想（とくにその美学論）は、ジョイスのそれに他ならなかった（本書第六章金井論文を参照）。しかし、ジョイスの『肖像』は彼の実人生をあくまでも素材として用いた「自伝的小説」であって、彼自身の人生をあるがままに描いた自伝ではない。この差は小さくない（本書第三章田中論文を参照）。一九五五年の『ジョイス研究』でも『肖像』を自伝として解する論が並ぶ中、当時三十歳の丸谷才一が『肖像』を単なる自伝として読むことに警鐘を鳴らしているのは意義深い。ただし急いで付け加えなければならないのは、昭和初年にあっては未だリチャード・エルマンの伝記（一九五九年初版）はおろか、書簡集（一九五七―六六）も出ておらず、ジョイスの実人生を知るために唯一目にすることができたのは、H・ゴーマンの伝記（一九二四年初版）のみであったということだ。そして後の研究で明らかになるように、この伝記の執筆にはジョイス自身が関わり、「検閲」を行なっていたのである。たとえば、ジョイスがクロンゴウズ退校のあと、数か月通ったクリスチャン・ブラザーズのことはゴーマンには書かれていないし、スティーヴンもこの学校には通っていないことになっている。言うなれば、ジョイスは自身を「芸術家」としてどのように世界に提示すべきか、すなわち自己神話化にきわめて意識的な作家であった。ある意味では日本の紹介者たちは彼の「罠」に嵌まってしまったと言えよう。しかしながら、ジョイスは「意識の流れ」の作家であり、『肖像』を自伝、『ユリシーズ』と『フィネガンズ・ウェイク』をそのキャリアの頂点と見做すのは、国内外を問わず未だ英文学の「常識」でもある。出版から百年を経て、依然として私たちはジョイスの迷宮の中に閉じ込められているのかもしれない。

（小林広直）

あとがき

『ダブリナーズ』百周年記念論文集となった『ジョイスの罠――『ダブリナーズ』に嵌る方法』に次いで、『若き日の芸術家の肖像』百周年記念論文集をお送りする。

『若き日の芸術家の肖像』は、本書の中でもたびたび説明されているように、一九〇四年のエッセイ「芸術家の肖像」からスタートし、『スティーヴン・ヒアロー』を経て一九一四年から雑誌に掲載されることでようやく日の目を見た小説である。『肖像』最後に書き込まれた、完成に至るまでにかかった時間「一九〇四―一九一四」は、ジョイスがこの作品に対して抱いていた執念を示す。ジョイスにとってはこの作品を完成することなしに、次に進めない壁のような意味を持っていたように思える。そのように考えるなら、その間に書かれた『ダブリナーズ』は自身の文体を鍛えるための習作ではなかったかとさえ思えてくる。もちろん『ダブリナーズ』には『ダブリナーズ』の完成度があることは間違いないのであるが、比較をしてみるならば『ダブリナーズ』より『肖像』のほうがスケールの点で大きくなっているのが感じ取れる。その先に『ユリシーズ』や『フィネガンズ・ウェイク』といった超絶的な作品が出てくることを予感させる、全体を統一あるものへと仕上げる構成法を習得し始めていることが感じ取れるのである。ジョイスのように繊細な文体を操り、顕微鏡的なまなざしをもって微細な描写を基本とする作家にとっては、それはどうしても必要な技術であった。微細の対極にある大きな全体、その両極の一致へとジョイスはすでに向かい始めている。それは飛翔という『肖像』のテーマとなっている言葉で呼ぶにふさわしいのだろう。

しかし両極の一致は巨視的に眺める心の余裕を持てる者に事後的に現われるものだろう。作中の主人公スティーヴンにとってもそうであっただろうし、作品を読む者にとってもそうである。スティーヴンにとってそれは「一九〇四―一九一四」という時間の隔絶がなければ抜け出せない迷宮《ラビリンス》であっただろう。作品を読むわれわれもジョイス特有の罠がいたるところに仕掛けられた迷宮《ラビリンス》の中でもがかなくてはならない。本論集はその迷宮《ラビリンス》に勇気を持って立ち向かった冒険の書である。

この論集については編者による査読を行なった。その上で『ダブリナーズ』百周年記念論集と同様に、各論文に対してピア・リーディングを行なった。他の執筆者からの厳しい批判をもとに各執筆者には数度の書き直しをお願いした。結果としてよい本になったと思う。今回新たな試みとしてコラムとフォトエッセイを含めた。「『肖像』を読むための二一項」は、文字通り『肖像』を読むにあたりキーワードとなるものに簡潔な解説を付したコラムである。各章の最後につけたフォトエッセイは、これまた文字通りジョイスやアイルランドに関連する簡単な写真付きのエッセイである。ジョイスやアイルランドに馴染みのない方にも、これを見て、読んでいただければ、ジョイスやアイルランドのことをイメージしていただけるのではないか。また各章の執筆者の、論文だけではわからない人柄のようなものもぼんやり感じ取っていただけるように思う。

この論集の、執筆者全員で論文を見て、全員でコラム・エッセイを担当するという民主的な全員参加方式は、『肖像』最終部において国を出ようとするスティーヴンが口にする「わが民族のいまだ創られざる良心」という言葉を実は意識している。スティーヴンが言う良心とは、ひとりの人間としてあるべき姿をねじ曲げないことである。ひとりの人間としてということの意味は、スティーヴンがこれまた『肖像』第五章において言っているように、政治や宗教や言語といった個々人を縛るものを抜きにして、ということである。そこに簡単に自由という言葉をあてはめてもよいのだろうが、それは人間ひとりひとりが個人という枠の中でどのような有り様であってもよいことを主張する個人主義やアナーキズムと通ずる部分があるにしても、根本においては異なる。個々人でありながら人間のあるべき姿を想定した上での自由であり、それは普遍的《カトリック》な人間のあるべき姿へとゆるやかに、しかし厳しくつながる。ジョイスに関連してもしなくても、研究・学問に携わる者が持たなくてはならないもののひとつは、スティーヴンがこのように考える良心ではないかと思う。編者はいるにしても個々の執筆者はその良心に照らしてあるべき論文・本の姿を求めなくてはならない。このような理念のもと同じ心意気を有する者で継続的に本を出していきたいと思っている。この理念のもとに、今後出版される予定のジョイス研究についての本を、ジャパニーズ・ジェイムズ・ジョイス・スタディーズ（Japanese James Joyce Studies）と呼ぶ。本書はその記念すべき第一巻となる。

言叢社の島亨氏、五十嵐芳子氏には大変お世話になった。両氏抜きにこの本を出すことはできなかった。この場をお借りして御礼を申し上げたい。

二〇一六年　　金井嘉彦

執筆者紹介（論文執筆順）

南谷奉良（みなみたに　よしみ）
一橋大学言語社会研究科博士後期課程在籍。横浜国立大学・専修大学非常勤講師。著書・主要論文『ジョイスの罠――「ダブリナーズ」に嵌る方法』（共著、言叢社、二〇一六年）、「芸術と生と情熱の〈エゴシステム〉――ジェイムズ・ジョイスの『若き生の断章』（"Chapters in the Life of a Young Man"）」（*Joycean Japan* 第二七号、二〇一六年）、「「プロテウス」における恐水と救出の風景――『ユリシーズ』にみる近代的動物としての犬――」（*Joycean Japan* 第二六号、二〇一五年）ほか。

平繁佳織（ひらしげ　かおり）
ユニヴァーシティ・カレッジ・ダブリン英文学研究科博士課程在籍。著書・主要論文『ジョイスの罠――「ダブリナーズ」に嵌る方法』（共著、言叢社、二〇一六年）、"Named But Not Told: Dublin in the "Wandering Rocks" of Joyce's *Ulysses*."（東京大学大学院英文学研究会『リーディング』第三二号、二〇一一年）ほか。

田中恵理（たなか　えり）
九州大学博士後期課程在籍。主要論文"A Study of Pornographic Descriptions of Women and Molly's Artistic Monologue in *Ulysses*."（『九大英文学』第五七号、二〇一五年）、「*Dubliners* の女性――抑圧と解放――」（『九大英文学』第五三号、二〇一一年）ほか。

小林広直（こばやし　ひろなお）
早稲田大学文学研究科博士課程在籍。早稲田大学文学学術院英文学コース助手。著書・主要論文『ジョイスの罠――「ダブリナーズ」に嵌る方法』（共著、言叢社、二〇一六年）、「回想による時間の圧縮と逆行――『若き日の芸術家の肖像』第一章における時間軸の歪みについて――」(*Joycean Japan* 第二七号、二〇一六年)、"Rereading "The Dead" as Ghoststory" (*Joycean Japan* 第二六号、二〇一五年) ほか。

横内一雄(よこうち　かずお)
関西学院大学教授。著書・主要論文『ジョイスの罠――「ダブリナーズ」に嵌る方法』(共著、言叢社、二〇一六年)、「マリガンのヘレニズム考――『ユリシーズ』第一挿話における文化の政治学」(京都大学 *Albion* 復刊第五五号、二〇〇九年)、「『自我の上へ亡命して』――『フィネガンズ・ウェイク』第一部第七章におけるシェムのメランコリックな幼年期」(『英文学研究』第八二巻、二〇〇五年) ほか。

金井嘉彦(かない　よしひこ)
一橋大学教授。著書『ジョイスの罠――「ダブリナーズ」に嵌る方法』(編著、言叢社、二〇一六年)、『「ユリシーズ」の詩学』(東信堂、二〇一一年)、『ジェンダー表象の政治学――ネーション、階級、植民地』(共著、彩流社、二〇一一年) ほか。

道木一弘(どうき　かずひろ)
愛知教育大学教授。著書『物・語りの「ユリシーズ」――ナラトロジカル・アプローチ』(南雲堂、二〇〇九年)、『英文学の内なる外部――ポストコロニアリズムと文化の混交』(共著、松柏社、二〇〇三年) ほか。

中山　徹(なかやま　とおる)
一橋大学教授。著書『ジェンダーにおける「承認」と「再分配」――格差、文化、イスラーム』(共著、彩流社、二〇一五年)、『ジョイスの反美学――モダニズム批判としての「ユリシーズ」』(彩流社、二〇一四年)、『文学研究のマニフェスト――ポスト理論・歴史主義の英米文学批評入門』(共著、研究社、二〇一二年) ほか。

下楠昌哉（しもくす　まさや）
同志社大学教授。著書『幻想と怪奇の英文学Ⅱ——増殖進化編』（共編著翻訳、春風社、二〇一六年）、『幻想と怪奇の英文学』（共編著、春風社、二〇一四年）、『妖精のアイルランド——「取り替え子」の文学史』（平凡社、二〇〇五年）ほか。

田村　章（たむら　あきら）
金城学院大学教授。著書・主要論文『表象と生のはざまで——葛藤する米英文学』（共著、南雲堂、二〇〇四年）、『フィクションの諸相——松山信直先生古希記念論文集』（共著、英宝社、一九九九年）、「『フィネガンズ・ウェイク』第Ⅲ部第3章冒頭における聖パトリックの描写について」（『金城学院大学論集』（人文科学編）第十巻第二号、二〇一四年）ほか。

Japanese James Joyce Studies

ジョイスの迷宮《ラビリンス》

——『若き日の芸術家の肖像』に嵌る方法

編著者　金井 嘉彦・道木 一弘

2016 年 12 月 5 日　第一刷発行

発行者　言叢社同人

発行所　有限会社 言叢社

〒101-0065　東京都千代田区西神田 2-4-1　東方学会本館
Tel.03-3262-4827 ／ Fax.03-3288-3640
郵便振替・00160-0-51824

印刷・製本　シナノ印刷株式会社

ISBN978-4-86209-062-1　C1098

装丁　小林しおり

索引

〔ア〕
アイディ、メアリアン Eide, Marian 233, 235
アイド、ドン Ihde, Don 6, 58-74
アイルランド Ireland 4, 5, 8, 9, 23, 25, 28, 29, 37, 38, 51, 71, 79, 84, 101, 106, 110, 138, 147, 157, 158, 159, 164, 166, 167-68, 169, 170, 171, 176, 179, 183, 185, 220, 222-27, 229-40, 244-45, 262, 264, 269, 272-75, 277-88, 293, 298
アイルランド語 Irish ゲール語 Gaelic 232, 284-85, 288
アイルランド性 Irishness 8, 221-39
アイルランド文芸復興 Irish Renaissance 164, 166, 222, 226-27, 231, 236, 278-79, 284-85
アインシュタイン、アルバート Einstein, Albert 275
アクィナス、トマス Aquinas, Thomas 7, 58, 139-58, 『神学大全』*Summa Theologica* 142-43, 158
芥川龍之介 36, 54, 291, 294
浅井学 55
アサトン、ジェイムズ・S Atherton, James S. 96
アスキス、ハーバート・ヘンリー Asquith, Herbert Henry 275
アセンダンシー Ascendancy 230, 283
アダム Adam 112
アップダイク、ジョン Updike, John 254, 『走れ、ウサギ』*Rabbit, Run* 254
アナロジー 類比 analogy 143, 188, 191-96
阿部知二 292, 294
アポリア aporia 144, 182-84, 192, 198-99
アリストテレス Aristotle 151-52, 157, 214, 259
アンダースン、チェスター・G・ Anderson, Chester G. 36, 177, 243
イーゴ、ヴィヴィアン Igoe, Vivien 87, 243, 244
飯島淳秀 292
イヴ Eve 112
イェイツ、W・B Yeats, W. B. 7, 75, 161-78, 236, 273-74, 276, 278, 284, 『キャスリーン伯爵夫人』*The Countess Cathleen* 164, 165, 236, 273
イェール大学 Yale University 203
イエズス会 Society of Jesus, イエズス会士 Jesuit 25, 28, 41, 42, 103, 118, 148, 152, 229, 245, 247, 284
イカロス Icarus 5, 49, 69, 89, 112, 208, 237, 268-69
意識の流れ stream of consciousness 74, 265, 291, 294, 296
異種混交性 hybridity 8, 224
イソップ Aesop 235, 239
伊藤整 270, 293-95
イプセン、ヘンリク Ibsen, Henrik 135, 153, 254-55, 272-74
『イマジスト』*Des Imagistes* 276
イマジズム imagism 189, 261, 275-77
移民 emmigrant, emmigration 286-88
インテグリタス *integritas* 全一性 140, 141, 144, 189
ヴァーグナー、リヒャルト Wagner, Richard 65, 74
ウィア、デイヴィッド Weir, David 136
ウィーヴァー、ジャック・W Weaver, Jack W. 135
ウィーヴァー、ハリエット・ショー Weaver, Harriet Shaw 260, 276
ヴィーコ、ジャンバッティスタ Vico, Giambattista 96
ウィーラー、J・M Wheeler, J. M. 117
ヴィクトリア朝 Victorian era 40
ウィックロウ・ホテル Wicklow Hotel 47
ヴィラネル villanelle 7, 22, 29, 31, 72, 161-78, 215, 290
ウィリアムズ、ウィリアム・カーロス Williams, William Carlos 261
ウィルソン、エドマンド Wilson, Edmund 184 『アクセルの城』*Axel's Castle* 184
ヴォーティシズム 渦巻派 Vorticism 189, 275
ウォリージャー、マーク・A Wollaeger, Mark A. 202-03

失われた七年→ガブラー
『海辺の覗き魔』→メリエス
ウルフ、バージニア Woolf, Virginia 197, 263
H・D H. D. 261
エーコ、ウンベルト Eco, Umberto 142, 158
エグリントン、ジョン Eglinton, John（W. K. Magee のペンネーム）248, 251
『エゴイスト』 *Egoist* 45, 89, 251, 253, 259-62, 264, 276-77
「エテルニ・パトリス」→レオ 13 世
海老池俊治 291, 292
エピファニー epiphany 69, 72, 74, 124, 136, 253-55,
劇的エピファニー dramatic epiphany 257
物語的エピファニー narrative epiphany 257
夢のエピファニー dream epiphany 257
エプスタイン、エドマンド・L Epstein, Edmund L. 79-80, 95,
エメット、ロバート Emmet, Robert 229
エルマン、リチャード Ellmann, Richard 54, 87, 94, 102, 106, 108, 165, 222, 242-43, 248-49, 251, 295
エレミヤ書 Book of Jeremiah 111-12
エンプソン、ウィリアム Empson, William 203, 218
オウィディウス Ovid 183, 268『変身物語』*Metamorphoses* 183, 268
応用アクィナス学 applied Aquinas 7, 58, 139-58
大澤正佳 9, 293
大島一彦 101
太田三郎 293-94
大橋洋一 205, 218
オキャラハン、キャサリン O'Callaghan, Katherine 64-65
オシェー、キャサリン O'Shea, Katharine 23, 234, 278-79
オズボーン、ジョン Osborne, John 39-41
お伽話 fairytale 45, 53
オドノヴァン、ジェラルド O'Donovan, Gerald 147-48,『ラルフ神父』*Father Ralph* 147-48, 158
おねしょ bedwetting 5-6, 22, 35-55, 61, 290
小野松二 291
『オリヴァー・トゥイスト』→ディケンズ
オルディントン、リチャード Aldington, Richard 260-61
オローク、ティアノン O'Rourke, Tighearnán 234

〔カ〕

鏡味國彦 293
語り narration 3-5, 6, 37, 94, 109, 121-37, 162, 163, 165, 173, 209, 219, 265-67
加藤光也 205, 293
カトリシズム Catholicism 103, 117, 149, 150, 226, 269
カトリック Catholic 4, 6, 30, 69, 71, 106, 113, 117, 118, 146-58, 159, 176, 179, 225, 226, 229-32, 236, 262, 278, 280, 283, 286
カトリック教会 Catholic church 4, 7, 23, 41, 116, 117, 146, 149-50, 169, 171, 225, 226, 238, 252
金井嘉彦 7, 8, 30-31, 117, 122, 135, 139-59, 244-47, 251-53, 255-59, 261-64, 280-83, 286-90, 295, 297-99, 301
ガブラー、ハンス・ヴァルター Gabler, Hans Walter 37, 49, 55, 79, 88, 155, 250 失われた七年 the lost seven years 155, 250
神 God 23, 27, 43, 51-52, 100, 107-09, 112-14, 116, 129, 131, 136, 138, 143, 148, 166, 169, 173, 182, 185, 190-91, 253, 291
カラン、C・P Curran, C. P. 213
ガリヴァーの原理 Gulliverian principle 265-66
『ガリヴァー旅行記』→スウィフト
カルース、キャシー Caruth, Cathy 100-01, 110
カレン神父 Father Cullen 243
カレンズ、ジェイムズ・F Carens, James F. 89
川口喬一 293-94
川端康成 294
観照 contemplation 144, 189, 194
間テクスト性 intertextuality 7, 161-78, 275
カント、イマヌエル Kant, Immanuel 7, 144, 147-48, 150, 181-99 『実践理性批判』*Kritik der praktischen Vernunft* 181-99
キアスムス（交差配列性）chiasmus 49-50, 52
機械式散文 mechanical prose 265
喜劇 comedy 257-58
キッパー kipper 159
木ノ内敏久 117

ギフォード、ドン Gifford, Don 81, 85, 103, 135, 157, 164, 173, 224, 292
『キャスリーン伯爵夫人』→イェイツ
キュービズム Cubism 205, 210-17, 268, 275
教皇不可謬説 Papal Infallibility 117, 150
恐怖 terror 24, 27, 29, 39, 40, 43, 53, 68-69, 91, 100-01, 106-07, 113, 115-16, 126, 128, 140, 157, 258
教養小説 Bildungsroman 4, 54, 69, 165, 168, 172, 270-72
『キリスト教徒に開かれた地獄』→ピナモンティ
ギルバート、スチュアート Gilbert, Stuart 96
クーパー、ゲイリー Cooper, Gary 135
グッドウィン、ウィラード Goodwin, Willard 205, 219
グラシーン、アダライン Glasheen, Adaline 217
グラッドストーン、ウィリアム・ユーアート Gladstone, William Ewart 275, 278
クラリタス *claritas* 光輝 140, 141, 144, 157, 189-91
クリスチャン・ブラザーズ・スクール Christian Brothers' School 86-87, 93-94, 97, 244, 296
クルックス、ロバート Crooks, Robert 136
クレベール、ジャン=ポール・ Clebert, Jean-Paul 237
クロンゴウズ・ウッド・カレッジ Clongowes Wood College 21, 23-25, 30, 48, 51, 61, 63, 77, 79-82, 86-87, 90, 92-93, 96, 97, 127, 185, 210, 225, 242, 245, 248, 271-72, 285, 291, 296
ゲール語→アイルランド語
ゲール（語）同盟 Gaelic League 232, 286
劇的 dramatic 6, 141, 145, 190, 258-59
劇的エピファニー→エピファニー
ケナー、ヒュー Kenner, Hugh 7-8, 49, 69, 82, 89, 94, 106, 140, 162, 201-19, 248, 265-67, 268
『ケニヨン・レヴュー』*Kenyon Review* 202, 206-09, 215
嫌悪 loathing 257-58, 262
現象 phenomenon 148, 185, 186, 193, 197, 272,
「原＝肖像」→ジョイス「芸術家の肖像」
『現代小説におけるエピファニー』→ベジャ
光輝→クラリタス
狡知、狡智、狡猾さ→沈黙・流浪・狡智
蝙蝠 bat 8, 29, 221-39
コーエン、キース Cohen, Keith 122
コーク Cork 21, 25, 67, 86-87, 90, 170, 171, 227, 233, 243, 245
ゴードン、ジョン Gordon, John 96
ゴーマン、ハーバート Gorman, Herbert 243-244, 250, 295-96
ゴールドバーグ、Ｓ・Ｌ Goldberg, S. L. 254
ゴールマン、スーザン　アシュリー Gohlman, Susan Ashley 69
コールリッジ、サミュエル・テイラー Coleridge, Samuel Taylor 144, 158,『文学的自伝』*Biographia Literaria* 144
コーン、ドリット Cohn, Dorrit 265 『透明な精神』*Transparent Minds* 265
護教論 apologetics 149, 154-55
国立図書館 National Library 22, 29, 247
小作人 tenant 277-78, 281-83
コステロ、ピーター Costello, Peter 38, 81, 83, 87, 243-44, 250
告解 confession 22, 27, 43-44, 52, 86-87, 100, 226
ゴットフリード、ロイ Gottfried, Roy 106, 136
子供／小供 35-37, 43, 54, 70-71, 171, 228, 248, 256, 263, 288, 294,
コノリー、トマス・E Connolly, Thomas E. 89, 96, 140, 219
小林秀雄 294
小林広直 6, 9, 21-29, 42, 68, 96, 99-119, 242, 267-70, 293-96, 300
ゴン、モード Gonne, Maud 161, 164-66, 175-77
コンソナンティア 調和 *consonantia* 140, 141, 143, 144, 157, 189

〔サ〕
サイード、エドワード・W Said, Edward W. 182, 199
ザビエル、フランシスコ Francis Xavier 26, 82, 96, 97, 107, 129
サリヴァン、ケヴィン Sullivan, Kevin 80, 87, 96, 106, 243
サンディマウント Sandymount 35, 58, 119
サントロ＝ブリエンツァ、リベラト・ Santro-Brienza, Liberato 141, 143-44

シード、デイヴィッド Seed, David 117
シェイクスピア、オリヴィア Shakespeare, Olivia 164
『ジェイムズ・ジョイス』→レヴィン
ジェイムソン、フレドリック Jameson, Fredric 186-87, 194, 197-98
ジェフコット神父 Father Jeffcott 243
シェリー、ヴィンセント Sherry, Vincent 96
シェリー、パーシー・ビッシュ Sherry, P. B. 7, 163, 170-75
地獄の説教 hell sermon 6, 21-22, 26-27, 31, 68-69, 91, 99-118, 131, 169, 242-43, 261, 289
事後性 belatedness 101, 110, 114
四終 Four Last Things 21, 68, 100, 104-05, 107, 116,
自然主義 Naturalism 212, 214, 262, 273, 275
『失楽園』→ミルトン
自伝 autobiography 6, 38, 39, 77-96, 122, 140, 144, 148, 159, 175, 207, 215, 242-44, 249, 251, 270-72, 295-96
地主 landlord 277-78, 280-83
シュペングラー、オズワルド Spengler, Oswald 89, 96『西洋の没落』*The Decline of the West* 89
下楠昌哉 7-8, 201-20, 277-79, 284-85, 302
ジョイス、ジェイムズ Joyce, James,（『イマジスト』）「我、軍勢の音を聞く」"I Hear an Army" 276
「エピファニー集」"Epiphanies" 63, 253-57
「芸術家の肖像」（エッセイ）"A Portrait of the Artist" 44, 78, 88, 95, 122, 248-52, 259, 297
『スティーヴン・ヒアロー』*Stephen Hero* 37, 68, 88, 152, 153, 155, 157, 158, 176, 206, 207, 249-52, 253, 255, 259, 273, 277, 297
ダブリン自筆原稿 Dublin Holograph 45
『ダブリナーズ』*Duibliners* 8, 45, 56, 96, 155, 213, 215, 244, 249, 261, 265, 267, 270, 279, 290, 297, 298,「アラビー」"Araby" 136, 244,「エヴリン」"Evelyne" 56, 213, 214,「恩寵」"Grace" 266,「下宿屋」"The Boarding House" 214,「死者たち」"The Dead" 250, 266, 290,「姉妹たち」"The Sisters" 214,「小さな雲」"A Little Cloud" 214,「土」"Clay" 214, ゲイブリエル・コンロイ Gabriel Conroy 213-14, ジェイムズ・ダフィ James Duffy 213, リトル・チャンドラー Little Chandler 214, ボブ・ドーラン Bob Doran 214, ジミー・ドイル Jimmy Doyle 213, マライア Maria 214
『パリ・ノートブック』*Paris Notebook* 257-59
評論「アイルランド、聖人と賢者の島」"Ireland, Island of Saint and Sages" 239,「イプセンの新しい劇」"Ibsen's New Drama" 255, 273,「劇と人生」"Drama and Life" 272,「喧噪の時代」"The Day of the Rabblement" 166,「文芸におけるルネサンスの世界的影響力」"The Universal Literary Influence of the Renaissance" 89
『フィネガンズ・ウェイク』*Finnegans Wake* 56, 96, 119, 207, 208, 219, 239, 240, 279, 296, 297, ニック Nick 208, マギー Maggy 208, ミック Mick 208,
『ユリシーズ』*Ulysses* 8, 55, 56, 58, 59, 73, 82, 85, 91, 95, 96, 97, 100, 104, 108, 118, 119, 137, 158, 193, 197, 200, 207-09, 217, 218, 219, 222, 234, 235, 237, 239, 248, 262, 267-68, 269, 270, 279, 285, 289, 294-96, 297,「市民」the Citizen 234, 285, レオポルド・ブルーム Leopold Bloom 55, 108, 200, 218, 235, 268
『若き日の芸術家の肖像』（映画）*A Portrait of the Artist as a Young Man* 38, 289-90
『若き日の芸術家の肖像』（小説）*A Portrait of the Artist as a Young Man* ヒューブシュ版 Huebsh 45, 251, 連載 serialization 45, 89, 259-61, 276, アーノル神父 Father Arnal 6, 26, 30, 31, 42, 51, 100, 103-16, 127, 130, 169, 242-43, アイリーン Eileen 23, 47, 48, E―C―（エマ）E–C– (Emma) 7, 21, 24, 25, 29, 30, 31, 44, 83, 85, 86, 90, 92, 131, 165, 167, 168, 176-77, 236, 257, 290, ヴァンス家 the Vances 22-23, 47, 51, 255, 学監 dean 22, 28, 31, 142, 146, 151-52, 229, クランリー Cranly 22, 29, 31, 85, 110-11, 113-14, 184, ジョン・ケイシー John Casey 23, 30, 225-26, 277, 校長（ベルヴェディア・カレッジ）22, 26, 28, 31, 70, 83, 101,

107, 169, 171-72, コンミー神父 Father John Conmmee 21, 24, 25, 30, 50, 65, 80, 81, 97, 127, 129, 153, 169, サイモン・デダラス Simon Dedalus（父）4, 21-26, 30, 31, 42, 47, 52-54, 61, 67, 71, 81, 93, 169, 207, 224-27, 244, 245, 289, 292, 娼婦 21, 24, 26, 30-31, 82, 88, 90, 96, 100, 112, 131, 133, 169, 215, 226-27, 233-35, 238, スティーヴン・デダラス Stephen Dedalus 4-299, ダヴィン Davin 22, 28, 31, 223, 232-33, 236-38, ダンテ（リオーダン夫人）Dante (Mrs. Riordan) 22-23, 30, 38, 48, 50-51, 64, 125, 225, 232, 278, 290, チャールズおじさん Uncle Charles 21, 22, 24, 30, 94, 265-67, テイト先生 Mr.Tate 115, ドーラン神父 Father Doran 24, 30, 96, 127-30. ドノヴァン Donovan 145-46,「バード・ガール」"a bird-girl" 6, 22, 24, 28, 30, 31, 49, 53, 72, 86-87, 123-24, 133-34, 136, 169, 172, 174, 194, 247, 290, バリフーラ丘陵の女性 the women of the Ballyhoura Hills 233-36 ヘロン Heron 21, 25, 30, 83, 115, マキャン McCann 28, 31, メアリ・デダラス（母）Mary Dedalus (Mrs. Daedalus) 22-23, 26, 29, 30-31, 41, 50, 53-54, 80, 85, 93, 118, 207, 225, 289, 290, モーリス Maurice 30, リンチ Lynch 22, 29, 31, 140, 142, 145-46, 152「若き生の断章」"Chapters in the Life of a Young Man" 249, 252

ジョイス、ジョン・スタニスロース（ジョイスの父）Joyce, John Stanislaus 38, 54, 116, 244, 279

ジョイス、スタニスロース（ジョイスの弟）Joyce, Stanislaus 87, 91, 165, 242-43, 248-52, 274

ジョイス、ノーラ（ジョイスの配偶者）Joyce, Nora 101, 102, 116, 214, 245, 270

ジョイス、メアリ・ジェーン（ジョイスの母）Joyce, Mary Jane 54, 86-87, 116, 269-70

ジョイス産業 Joycean industry 203

『小説の技巧』→ロッジ

象徴 symbol 7, 42, 48, 65, 90, 106, 168, 173, 181-99, 233-35, 237, 238-39, 267,

象徴主義 Symbolism 184, 212, 273, 275

叙事的 epic 141, 145, 190, 258-59

叙情的 lyric 141, 145, 190, 258

ジョドック、ダレル Jodock, Darrell 158

『神学大全』→アクィナス

神学モダニズム religious modernism, theological modernism 7, 139-58

シング、J. M. Synge, J. M. 274, 288

新批評 New Criticism 203, 214, 219

『新フリーウーマン』*New Freewoman* 260, 276

スウィフト、ジョナサン Swift, Jonathan 265

『ガリヴァー旅行記』*Gulliver's Travel* 265

ズヴェーヴォ、イタロ Svevo, Italo 250

崇高 sublime 184-88, 197-99

須川いずみ 122

スコールズ、ロバート Scholes, Robert 162-64, 178, 255, 257

スコラ学 scholasticism 143, 146, 148-49, 154

鈴木暁世 55

スタンバーグ、ジョゼフ・フォン Sternberg, Josef von 135,『モロッコ』*Morocco* 135

『スティーヴン・ヒアロー』→ジョイス

ストリック、ジョセフ Strick, Joseph 38, 289

スピーゲル、アラン Spiegel, Alan 122

スプー、ロバート・E Spoo, Robert E. 96,

スレイン、ジェイムズ Thrane, James 103, 106, 107, 117

静修 retreat 21, 26, 31, 68, 69, 83, 100, 103, 107, 126, 131, 243

セイタン、サタン Satan 111-12, 237

静的 static 140, 190, 258

『西洋シンボル事典』*Lexikon der Symbole* 235

『西洋の没落』→シュペングラー

全体性 totality 185, 187, 192, 197-99, 294

セント・スティーヴンズ・グリーン St. Stephen's Green 179, 247

ソールズベリー、ジョイス・E Salisbury, Joyce E 235『われわれの中にある獣』*The Beast Within* 235

ソーントン、ウェルドン Thornton, Weldon 49, 136

『空と夢』→バシュラール

『ソング・オブ・マイ・ハート』→マコーマック

〔タ〕

『ター』→ルイス

ダーヴォギラ Dervorgilla 234
『ダーナ』 *Dana* 88, 248, 251
第一次世界大戦 the World War I 138, 251, 276
大飢饉 Famine 287-88
大罪 mortal sin 100, 112-13, 116
胎児 *Foetus* 21, 25-26, 90, 227, 233
ダイダロス Daidalos 4, 7, 28-29, 30, 54, 89, 101, 151, 183, 192, 237, 268-70
ダヴィット、マイケル Davitt, Michael 225, 278, 280
高橋純一 281-83
高山宏 205
脱構築 deconstruction 218
田中恵理 6, 49, 69, 77-97, 242-44, 295, 300
ダニアス、セアラ Danius, Sara 137
『ダブリナーズ』→ジョイス
「『ダブリナーズ』とジェイムズ・ジョイス氏」→パウンド
ダブリン Dublin 21, 24-29, 31, 41, 45, 54, 56, 70, 75, 78, 81-82, 86-87, 102, 119, 122, 138, 159, 165, 169, 179, 197, 200, 202-12, 216-18, 219, 220, 227, 229, 235, 240, 241, 245-47, 248, 251, 261, 273, 279, 289
ダヴェンポート、ゲイ Davenport, Guy 96
田村章 8, 9, 221-40, 291-93, 302
タラ Tara 238
ダンテ Dante, Alighieri 96, 119
「ダンテ・・・ブルーノ・ヴィーコ・・ジョイス」→ベケット
チェイエス、イレーナ・ヘンドリー Chayes, Irene Hendry 254
チェン、ヴィンセント Cheng, Vincent 117
チャーチ、マーガレット Church, Margaret 96
チャールズおじさんの原理 the Uncle Charles Principle 94, 265-67
チューリッヒ Zurich 248, 251
超自我 superego 184-85
懲罰棒→パンディバット
調和→コンソナンティア
沈黙→沈黙・流浪・狡智
沈黙・流浪・狡智 silence, exile, cunning 29, 73, 110, 153, 182-83, 269
辻野久憲 294
ディートリッヒ、マレーネ Dietrich, Marlene 135
ディーン、シェイマス Deane, Seamus 198-99, 223
デイヴィス、ジョゼフ・K Davis, Joseph K. 96
ディヴォート、クリストファー Devault, Christopher 136
ディケンズ、チャールズ Dickens, Charles 265-66, 271, 『オリヴァー・トゥイスト』 *Oliver Twist* 265-66, 『デイヴィッド・コパーフィールド』 *David Copperfied* 271
ティモツコ、マライア Tymoczko, Maria 222-23
ティレル、ジョージ Tyrrell, George 155
ティンダル、W・Y Tindall, W. Y. 89, 96,
デリダ、ジャック Derida, Jacques 125, 『盲者の記憶』 *Mémoires d'aveugle* 125
伝道の書 Ecclesiastes 103-05, 117
土居光知 294-95
ドイツ観念論 German idealism 141, 144-53, 156, 158
道木一弘 3-9, 161-179, 275-77, 290, 301
トゥースネル, アルフォンス Toussenel, Alphonse 238
ドゥエー聖書 Douay Bible 106, 112, 117,
動的 kinetic 140
『動物シンボル事典』 *Dictionnaire du Symbolisme Animal* 237
『透明な精神』→コーン
トーン、ウルフ Tone, Wolfe 28, 231,
特殊相対性理論 Special Relativity Theory 275
土地戦争 Land War 277, 281-82
ドハティ、ジェイムズ Doherty, James 117
富山英俊 205
トラウマ trauma 6, 66, 100-02, 108, 110, 114-15
ドリーマウント Dollymount 22, 72, 121, 247
トリエステ Trieste 78, 248, 251, 279
トロッター、デイヴィッド Trotter, David 122
頓呼法 apostrophe 54, 195-96

〔ナ〕

内的独白 interior monologue 291
永川玲二 292
中橋一夫 292
永松定 294
中山徹 4, 7, 181-200, 270-72, 301
ナッシュ、トマス Nashe, Thomas 134-35

七つの大罪 seven deadly sins 116
名原廣三郎 291, 293
西脇順三郎 294
ニューマン、ジョン・ヘンリー Newman, John Henry 179, 226, 228-29, 231
ニューヨーク New York 251
ヌーン、ウィリアム Noon, William 118, 140, 158
ネオ＝トーミズム Neo-Thomism 147
野口米次郎 294-95
ノリス、マーゴ Norris, Margot 204, 208-09
ノン・セルウィウム（我仕えず）*non serviam* (I will not serve) 6, 99-118

〔ハ〕
バークドール、トマス・L Burkdall, Thomas L. 122
パーネル、チャールズ・スチュアート Paenell, Charles Stewart 23, 28, 30, 48, 63-64, 67, 79, 86-87, 225, 231, 234, 257, 277-79, 280
ハインツ＝モーア、ゲルト Heinz-Mohr, Gerd 235, 237
バウカー、ゴードン Bowker, Gordon 87, 243,
ハウプトマン、ゲアハルト Hauptmann, Gerhart 272-74
パウンド、エズラ Pound, Ezra 213, 251, 252-53, 261-62, 276-77, 「『ダブリナーズ』とジェイムズ・ジョイス氏」"*Dubliners* and Mr. James Joyce" 261
バシュラール、ガストン Bachelard, Gaston 237-38, 『空と夢』*L'Air et les Songes* 238
『走れ、ウサギ』→アップダイク
「パスケンディ・ドミニキ・グレギス」→ピウス 10 世
バフチン、ミハエル Bakhtin, Mikhail 117
パリ Paris 54, 155, 248, 257-59
春山行夫 294
パワー神父 Father Power 243
『ハワーズ・エンド』→フォースター
パンクハースト、エマリン Pankhurst, Emmeline 275-76
パンディバット 懲罰棒 pandybat 21, 24, 30, 65
ピーターソン、リチャード・F Peterson, Richard F. 93
ピウス十世 Pius X 154-55 「ラメンタビリ・サネ」"Lamentabili Sane" 150, 155, 158 「パスケンディ・ドミニキ・グレギス」"Pascendi Dominici Gregis" 150, 154-55, 158
美学、美学論、美学理論 aesthetics, esthetic theory 7, 22, 29, 31, 48, 58, 72, 137, 139-58, 162, 164, 178, 184-86, 189, 190, 198-99, 262, 295
悲劇 tragedy 257-58
ピナモンティ、ジョヴァンニ・ピエトロ Pinamonti, Giovanni Pietro 42, 68, 99-118, 『キリスト教徒に開かれた地獄』*Hell Opened to Christians* 68, 99-118
批判 criticism 2, 7, 105, 107, 117, 148, 149, 150, 153, 154, 166, 175, 181-99, 205, 215, 230, 236, 262, 266, 294-95, 298
ヒューブシュ Huebsh →ジョイス『若き日の芸術家の肖像』
ヒューム、T・E Hulme, T. E. 189-90, 194
表現主義 Expressionism 275
平繁佳織 6, 57-75, 272-74, 300
ブース、ウェイン Booth Wayne 162, 177-78
ファーボルグ族 Firbolg 230-32
フィッシュ・アンド・チップス fish and chips 159
フィッツジェラルド、ジョージ・フランシス Fitzgerald, George Francis 217
『フィネガンズ・ウェイク』→ジョイス
フェミニズム feminism 260, 276-77
フェリス、カスリーン Ferris, Kathleen 136
フォースター、E・M Forster, E. M. 186, 197, 『ハワーズ・エンド』*Howards End* 186-88
フォード、フォード・マドックス Ford, Ford Madox 276
婦人社会政治同盟 Women's Social and Political Union, WSPU 275-76
ブラックロック Blackrock 21, 24, 81, 86-87, 245
ブラッドリー、アンソニー Bradley, Anthony 164
ブラッドリー、ブルース Bradley, Bruce 78, 84, 87, 97, 118, 242-43
プラン・オブ・キャンペーン Plan of Campaign 282
『フリーウーマン』 *Freewoman* 260, 276
フリードマン、スーザン・スタンフォード Friedman,

Suzan Stanford 277
フリント、F・S Flint, F. S. 261
ブル Bull 22, 53
フルーダニック、モニカ Fludernik, Monika 94
ブルーム、ハロルド Bloom, Harold 203, 218
ブレイ Bray 23, 245
フロイト、ジークムント Freud, Sigmund 110, 184, 193, 199, 275
フローベール、ギュスターヴ Flaubert, Gustav 266,
『ボヴァリー夫人』 *Madame Bovary* 265-66,
ボヴァリー、シャルル Bovary, Charles 265
『文学的自伝』 →コールリッジ
「文芸におけるルネサンスの世界的影響力」→ジョイス、評論
ベーケーシ、ゲオルグ・フォン Békésy, Georg von 62
ヘーゲル、ゲオルク・ヴィルヘルム・フリードリヒ Hegel, Georg Wilhelm Friedrich 141, 144-45, 147-48, 150, 184
ベグナル、マイケル Begnal, Michael 227
ベケット、サミュエル Beckett, Samuel 96, 205, 218,「ダンテ・・・ブルーノ・ヴィーコ・・ジョイス」"Dante. . . Bruno. Vico. . Joyce" 96
ベジャ、モリス Beja, Morris 72, 108, 135-36, 254,
『現代小説におけるエピファニー』 *Epiphany in the Modern Novel* 254
ペピス、ポール Peppis, Paul 260
ベルヴェディア・カレッジ Belvedere College 19, 21-22, 25-28, 31, 66, 70, 80-87, 90, 92, 93, 97, 100, 102, 107, 210, 226, 242-43, 247
ヘンケ、スゼット Henke, Suzette 136, 235
ベンストック、バーナード Benstock, Bernard 179, 203, 211, 218
ボイド、エリザベス Boyd, Elizabeth 103, 117
『ボヴァリー夫人』 →フローベール
ホームシック homesick 23, 50
ポストコロニアル批評 postcolonial criticism 223-24
ポッツ、ウィラード Potts, Willard 230-31
ボドキン、トマス Bodokin, Thomas 243
ホメロス Homer 119
本多三郎 280-81

〔マ〕
マーズデン、ドーラ Marsden, Dora 260, 276-77
マーティン、ティモシー Martin, Timothy 65, 74
マカート、ジョン McCourt, John 122
マギー、W・K →エグリントン
マクマロー、ダーモット MacMurrough, Dermot 234
マグラア、F・C McGrath, F. C. 141, 144-45, 158
マクルーハン、マーシャル McLuhan, Marshall 202
マコーマック、ジョン McCormack, John 138
『ソング・オブ・マイ・ハート』 Song O' My Heart 138
松本朗 205
マルヴィー、ローラ Mulvey, Laura 124, 135
『マルドロールの歌』 →ロートレアモン
丸谷才一 270, 279, 292-93, 295
ミッチェル、ブレオン Mitchell, Breon 49, 168-69
ミノタウロス Mīnōtauros 224, 237-38, 268
南谷奉良 5-6, 21-29, 35-56, 248-51, 253, 265-67, 290, 300
宮田恭子 106, 179, 292
ミラー、カービー Miller, Kerby A. 286-88
ミルトン、ジョン Milton, John 119, 237 『失楽園』 *Paradise Lost* 237
ミレジア族 Milesian 230-31, 239
ムア、ジョージ Moore, George 135, 288
ムア、トマス Moore, Thomas 22, 70-73, 221, 228-31
迷宮 5, 37, 42, 50, 52, 54, 95, 144, 146, 237-38, 244, 267-70, 296, 298
メイヌース Maynooth 148
メーテルリンク、モーリス Maeterlinck, Maurice 153, 272-74
メリエス、ジョルジュ Méliès, Georges 135
『海辺の覗き魔』 *L'Indiscret aux bains de mer / Peeping Tom on the Beach* 135
メルモス、セバスチャン Melmoth, Sebastian 212-13
『盲者の記憶』 →デリダ
モダニズム文学 modernism literature 3, 4, 7, 122, 149, 186, 189-90, 196-99, 204, 222, 250, 254, 260, 263-64, 276-77

物語的エピファニー→エピファニー
桃尾美佳 136
森田草平 294
モレッティ、フランコ Moretti, Franco 4
『モロッコ』→スタンバーグ

〔ヤ〕

『唯一者とその所有』→シュティルナー
結城英雄 9, 89, 205, 237, 293
ユニヴァーシティ・カレッジ・ダブリン Univercity College, Dublin (UCD) 28-29, 31, 84-87, 97, 119, 229, 247, 252
夢のエピファニー→エピファニー
幼年期 childhood 4, 28, 38, 249, 271
欲望 desire 124, 126, 134, 167, 169, 183, 257-58
横内一雄 6-7, 58, 121-38, 157, 253-55, 259-61, 276, 289, 301
横堀富雄 291

〔ラ〕

ライト、デイヴィッド Wright, David 80, 85
ライト兄弟 Wright brothers 217
ライトモチーフ leitmotif 65
ライバート、ウォルター Rybert, Walter 96
ラドフォード、F・L Radford, F. L. 135
ラバテ、ジャン＝ミシェル Rabaté, Jean-Michel 260
「ラメンタビリ・サネ」→ピウス 10 世
『ラルフ神父』→オドオヴァン
ランサム、ジョン・クロウ Rasnsom, John Crowe 202
リアリズム realism 254-55, 262, 266, 272,
リカビー、ジョゼフ Rickaby, Joseph 148-50, 155,
リケルム、ジョン・ポール Riquelme, John Paul 21, 89, 162, 210-211, 219
リズム rhythm 21, 23, 28, 49-50, 52, 58, 60, 62, 67, 141, 144, 163, 168-72, 259
理性 reason 7, 148, 181-99, 275,
リフ、ロバート・S Ryf, Robert S. 122, 135
リリー、アルフレッド・レスリー Lilley, Alfred Leslie 146, 154-55, 158
ルイス、ウィンダム Lewis, Wyndham 260, 『ター』 *Tarr* 260
類比→アナロジー
ルカーチ、ジョルジョ Lukacs, Gyorgy 198
ルシファー Lucifer 111-14, 116
流浪 →沈黙・流浪・狡智
『霊操』→ロヨラ
レヴィン、ハリー Levin, Harry 253
レオ十三世 Leo XIII 146, 「エテルニ・パトリス」"Aeterni Patris" 146, 150
レッシング、ゴットホールド・エフライム Lessing, Gotthold Ephraim 59, 145,
憐憫 pity 140, 157, 258
ローウェル、エイミー Lowell, Amy 261
ロートレアモン伯爵 Conte de Lautréamont 260, 『マルドロールの歌』 *The Songs of Maldoror* 260
ロッジ、デイヴィッド Lodge, David 254, 『小説の技巧』 *The Art of Fiction* 254
ロヨラ、イグナティウス Loyola, Ignatius 107, 118, 129, 『霊操』 *The Spiritual Exercises* 107
ロレンス、D・H Lawrence, D. H. 261, 270
ロワジー、アルフレッド Loisy, Alfred 155

〔ワ〕

ワイルド、オスカー Wilde, Oscar 3, 5, 75, 212-13, 215, 216, 219
『若き日の芸術家の肖像』(映画) →ジョイス
『若き日の芸術家の肖像』(小説) →ジョイス
鷲 eagle 23, 37, 38, 126, 225, 255, 290
和田桂子 293
『われわれの中にある獣』→ソールズベリー

引用文献・参考文献

＊は引用・参照文献であることを示す。付いていないものは参考文献となる。
同一著者に複数の著作がある場合は年代順に並べてある。

以下は雑誌名を示す。*ELH: English Literary History* *JJQ: James Joyce Quarterly* *MFS: Modern Fiction Studies*

《欧文》

Abblitt, Stephen. "The Ghost of 'Poor Jimmy Joyce': A Portrait of the Artist as a Reluctant Modernist." *Flann O'Brien and Modernism*. London: Bloomsbury, 2014. 55-66.

Anderson, Chester G. "The Sacrificial Butter." *Accent* 12 (1952): 3-13.

-------. "The Text of James Joyce's *A Portrait of the Artist as a Young Man*." *Neuphilologische Mitteilungen* 65 (1964): 160-200.

＊-------. *James Joyce and His World*. London: Thames and Hudson, 1967.

＊-------, ed. *A Portrait of the Artist as a Young Man: Text, Criticism, and Notes*. New York: Viking Penguin, 1968.

＊-------. "Baby Tuckoo: Joyce's 'Features of Infancy.'" *Approaches to Joyce's* Portrait: *Ten Essays*. Ed. Thomas F. Staley and Bernard Benstock. Pittsburgh: U of Pittsburgh P, 1976. 135-69.

Andreach, Robert J. *Studies in Structure: The Stages of the Spiritual Life in Four Modern Authors*. New York: Fordham UP, 1964.

＊Aquinas, Thomas. *Summa Theologica*. Tomus Primus Pars Prima: I-LXXIV. Paris: Bloud et Barral, 1880.

＊-------. *The "Summa Theologica" of St. Thomas Aquinas*. Pt.1. 1st Number (QQ. I-XXVI). Trans. Fathers of the English Domincan Province. London: R. and T. Washbourne, 1911.

＊Atherton, James S. *The Books at the Wake: A Study of Literary Allusions in James Joyce's* Finnegans Wake. Carbondale, IL: Southern Illinois UP, 1974.

Attridge, Derek, ed. *The Cambridge Companion to James Joyce*. Cambridge: Cambridge UP, 1990.

-------. "'Suck was a queer word': Language, Sex, and the Remainder in *A Portrait of the Artist as a Young Man*." *Joyce Effects: On Language, Theory, and History*. Cambridge: Cambridge UP, 2000. 59-77.

-------, ed. *The Cambridge Companion to James Joyce*. 2nd ed. Cambridge: Cambridge UP, 2004.

＊Aubert, Jacques. *The Aesthetics of James Joyce*. Baltimore: Johns Hopkins UP, 1992.

＊Baddeley, M. J. B., John Bartholomew and William Baxter. *Ireland (Part I) Northern Counties Including Dublin and Neighbourhood*. London: Thomas Nelson and Sons, 1909.

*Baines, Robert. "Hegel (and Wagner) in James Joyce's 'Drama and Life.'" *Journal of Modern Literature* 35:4 (2012): 1-12.

Balakier, James J. "An Unnoted Textual Gap in the Bird-Woman Epiphany in James Joyce's *A Portrait of the Artist as a Young Man*." *Canadian Journal of Irish Studies* 25 (1999): 483-96.

Barnett, Snowdon. "James Augustine Aloysius Joyce: A Lost Portrait (Perhaps)." *JJQ* 48 (2011): 750-55.

Barrett, Cyril. "An Introduction to St. Thomas Aquinas." *The British Journal of Aesthetics* 2 (1962): 362-64.

*Beckett, Samuel. "Dante . . . Bruno. Vico. . Joyce." Samuel Beckett et al. *Our Exagmination round His Factification for Incamination of* Work in Progress. 1929. London: Faber, 1961. 3-22.

Beckson, Karl. "Symons' 'A Prelude to Life,' Joyce's *A Portrait*, and the Religion of Art." *JJQ* 15 (1978): 222-28.

Beebe, Maurice. "Joyce and Aquinas: The Theory of Aesthetics." *Philological Quarterly* 36 (1957): 20-35.

-------. *Ivory Towers and Sacred Founts: The Artist as Hero in Fiction from Goethe to Joyce*. New York: New York UP, 1964.

*Begnal, Michael H. "Stephen, Simon, and Eileen Vance: Autoeroticism in *A Portrait of the Artist as a Young Man*." *Joyce through the Ages: A Nonlinear View*. Ed. Michael Patrick Gillespie. Gainesville, FL: U of Florida P, 1999. 107-16.

*Beja, Morris. *Epiphany in the Modern Novel*. Seattle, WA: U of Washington P, 1971.

-------, ed. *James Joyce*: Dubliners *and* A Portrait of the Artist as a Young Man: *A Casebook*. London: Macmillan, 1973.

-------. "Epiphany and the Epiphanies." *A Companion to Joyce Studies*. Ed. Zack Bowen and James F. Carens. Westport, CT: Greenwood, 1984. 707-25.

*-------. *James Joyce: A Literary Life*. Columbus, OH: Ohio State UP, 1992.

*Benstock, Bernard. "The James Joyce Industry: An Assessment in the Sixties." *The Southern Review* 2 (1966): 210-28.

*-------. "A Light from Some Other World: Symbolic Structure in *A Portrait of the Artist*." *Approaches to Joyce's* Portrait*: Ten Essays*. Ed. Thomas F. Staley and Bernard Benstock. Pittsburgh: U of Pittsburgh P, 1976. 185-212.

*-------. Introduction. *Critical Essays on James Joyce*. Ed. Bernard Benstock. Boston: G. K. Hall, 1985. 1-18.

Benstock, Shari. "The Dynamics of Narrative Performance: Stephen Dedalus as Storyteller." *ELH* 49 (1982): 707-38.

Bentley, Louise. "Beyond the Liturgy: An Approach to Catholicism as Genre in the Works

of James Joyce." *Literature and Theology* 12 (1998): 159-69.

Bidwell, Bruce. *The Joycean Way: A Topographic Guide to* Dubliners *and* A Portrait. Dublin: Wolfhound, 1981.

＊Black, Adam, and Charles Black. *Black's Picturesque Tourist of Ireland, Illustrated with a Map of Ireland and Several Plans and Views*. 15th ed. Edinburugh: Adam and Charles Black, 1877.

Bloch, Haskell M. "The Critical Theory of James Joyce." *Journal of Aesthetics and Art Criticism* 8 (1950): 172-84.

＊Bloom, Harold. Introduction. *Modern Critical Interpretations: James Joyce's* A Portrait of the Artist as a Young Man. Ed. Harold Bloom. New York: Chelsea House, 1988. 1-4.

-------, ed. *Modern Critical Interpretations: James Joyce's* A Portrait of the Artist as a Young Man. New York: Chelsea House, 1988.

＊Booth, Wayne. *The Rhetoric of Fiction*. Chicago: U of Chicago P, 1961.

-------. "The Problem of Distance in *A Portrait of the Artist*." *The Rhetoric of Fiction*. 2nd ed. Chicago: U of Chicago P, 1983. 323-36.

Bowen, Zack. *Musical Allusions in the Works of James Joyce: Early Poetry through* Ulysses. Albany, NY: State U of New York P, 1974.

＊Bowker, Gordon. *James Joyce: A New Biography*. New York: Farrar, 2011.

＊Boyd, Elizabeth F. "James Joyce's Hell-Fire Sermons." *Modern Language Notes* 75 (1960): 561-71.

Boyle, Robert, S. J. *James Joyce's Pauline Vision: A Catholic Exposition*. London: Feffer & Simons, 1978.

＊Bradley, Anthony. *Imagining Ireland in the Poems and Plays of W. B. Yeats: Nation, Class, and State*. New York: Palgrave Macmillan, 2011.

＊Bradley, Bruce. *James Joyce's Schooldays*. London: Gill, 1982.

＊Brady, Philip and James F. Carens, eds. *Critical Essays on James Joyce's* A Portrait of the Artist as a Young Man. New York: G. K. Hall, 1998.

Brivic, Sheldon. *Joyce between Freud and Jung*. Port Washington, NY: Kennikat P, 1980.

＊-------. "The Disjunctive Structure of Joyce's *Portrait*." James Joyce. *A Portrait of the Artist as a Young Man: Complete, Authoritative Text with Biographical and Historical Contexts, Critical History, and Essays from Five Contemporary Critical Perspectives*. Ed. R. B. Kershner. Boston: Bedford/St. Martin, 1993. 251-67.

-------. "Gender Dissonance, Hysteria, and History in James Joyce's *A Portrait of the Artist as a Young Man*." *JJQ* 39 (2002): 457-76.

Brockman, William S. "*A Portrait of the Artist as a Young Man* in the Public Domain." *The Papers of the Bibliographical Society of America* 98 (2004): 191-207.

＊Brooks, Cleanth, and Robert Penn Warren. *Understanding Poetry: An Anthology for College Students*. Revised and complete ed. New York: Henry Holt, 1952.

Brown, H. O. *James Joyce's Early Fiction: The Biography of a Form*. Cleveland, OH: Case Western Reserve UP, 1972.

Brown, Richard. *James Joyce: APost-Culturalist Perspective*. Basingstoke: Macmillan, 1992.

Buckley, Jerome. *Season of Youth: The Bildungsroman from Dickens to Golding*. Cambridge, MA: Harvard UP, 1974.

Budgen, Frank. *James Joyce and the Making of* Ulysses. London: Grayson, 1934.

*Burkdall, Thomas L. *Joycean Frames: Film and the Fiction of James Joyce*. London: Routledge, 2001.

*Burns, Edward M., ed. *A Passion for Joyce: The Letters of Hugh Kenner and Adaline Glasheen*. Dublin: UCD P, 2008.

Buttigieg, Joseph A. *A Portrait of the Artist in a Different Perspective*. Athens, OH: Ohio UP, 1987.

Byrne, J. F. *Silent Years: An Autobiography with Memoirs of James Joyce and Our Ireland*. New York: Farrar, Straus, and Young, 1953.

Campbell, Joseph. *Mythic Worlds, Modern Words: On the Art of James Joyce*. Ed. Edmund L. Epstein. New York: Harper Collins, 1993.

*Carens, James F. "*A Portrait of the Artist as a Young Man*." *A Companion to Joyce Studies*. Ed. Zack Bowen and James F. Carens. Westport, CT: Greenwood, 1984. 255-359.

*Caruth, Cathy. *Unclaimed Experience: Trauma, Narrative, and History*. Baltimore: Johns Hospkins UP, 1996.

Castle, Gregory. "Confessing Oneself: Homoeros and Colonial Bildung in *A Portrait of the Artist as a Young Man*." *Quare Joyce*. Ed. Joseph Valente. Ann Arbor, MI: U of Michigan P, 1998. 157-82.

-------. "Bildung and the Bonds of Dominion: Wilde and Joyce." *Reading the Modernist Bildungsroman*. Gainesville, FL: UP of Florida, 2006. 126-91.

-------. "Coming of Age in the Age of Empire: Joyce's Modernist Bildungsroman." *JJQ* 50 (2012): 359-84.

*Caufield, James Walter. "The Word as Will and Idea: Dedalean Aesthetics and the Influence of Schopenhauer." *JJQ* 35-36 (1998): 695-714.

Centola, Steven R. "'The White Peace of the Altar': White Imagery in James Joyce's *A Portrait of the Artist as a Young Man*." *South Atlantic Review* 50 (1985): 93-106.

*Chayes, Irene Hendry. "Joyce's Epiphanies." James Joyce. *A Portrait of the Artist as a Young Man: Text, Criticism, and Notes*. Ed. Chester G. Anderson. London: Penguin, 1968. 358-70.

Cheng, Vincent J. "Coda [to 'Catching the Conscience of a Race']: The Case of Stephen D(a)edalus." *Joyce, Race, and Empire*. Cambridge: Cambridge UP, 1995. 57-74.

*-------. "James Joyce and the (Modernist) Hellmouth." *Hell and Its Afterlife: Historical and Contemporary Perspectives*. Ed. Isabel Moreira and Margaret Toscano. Farmham: Ashgate, 2010. 165-74.

Church, Margaret. "The Adolescent Point of View toward Women in Joyce's *A Portrait of the Artist as a Young Man*." *Irish Renaissance Annual* I. Ed. Zack Bowen. Newark, DE: U of Delaware P, 1981. 158-65.

*-------. "Time as an Organizing Principle in the Fiction of James Joyce." *Work in Progress: Joyce Centenary Essays*. Ed. Richard F. Peterson, Alan M. Cohn and Edmund L. Epstein. Carbondale, IL: Southern Illinois UP, 1983. 70-81.

*Citino, David. "Isaac Watts and 'The Eagle Will Come and Pull Out His Eyes.'" *JJQ* 13 (1976): 471-73.

Cixous, Hélène. "Reaching the Point of Wheat, or A Portrait of the Artist as a Maturing Woman." *New Literary History* 19 (1987): 1-21.

*Cohen, Keith. *Film and Fiction: The Dynamics of Exchange*. New Haven, CT: Yale UP, 1979.

*Cohn, Dorrit. *Transparent Minds: Narrative Modes for Presenting Consciousness in Fiction*. Princeton, NJ: Princeton UP, 1978.

Comens, Bruce. "Narrative Nets and Lyric Flights in Joyce's *A Portrait*." *JJQ* 29 (1992): 297-314.

**Commission on Emigration and Other Population Problems 1948-1954*. Dublin: Stationery Office, 1954.

Conde-Parrilla, M. Angeles. "Hiberno-English and Identity in Joyce's *A Portrait*." *Language and Literature: Journal of the Poetics and Linguistics Association* 22 (2013): 32-44.

*Connolly, Thomas E. Introduction. *Joyce's* Portrait*: Criticisms and Critiques*. Ed. T. E. Connolly. New York: Appleton-Century-Crofts, 1962a. 1-6.

*-------. "Joyce's Aesthetic Theory." *Joyce's* Portrait*: Criticism and Critique*. Ed. T. E. Connolly. New York: Appleton-Century-Crofts, 1962b. 266-71.

*-------. "Kinesis and Stasis: Structural Rhythm in Joyce's *Portrait*" *Irish Renaissance Annual* II. Ed. Zack Bowen. Newark, DE: Delaware UP, 1981. 166-84

Cope, Jackson. *Joyce's Cities: Archaeologies of the Soul*. Baltimore: Johns Hopkins UP, 1981.

*Costello, Peter. *James Joyce: The Years of Growth 1882-1915*. New York: Pantheon, 1992.

Coyle, John, ed. *James Joyce:* Ulysses, A Portrait of the Artist as a Young Man*: A Reader's Guide to Essential Criticism*. Basingstoke: Palgrave Macmillan, 2000.

Cronin, John. "James Joyce: *A Portrait of the Artist as a Young Man*." *The Anglo-Irish Novel: 1900-1940*. Belfast: Appletree, 1990. 68-79.

*Crooks, Robert. "Triptych Vision: Voyeurism and Screen Memories in Joyce's *Portrait*."

MFS 38 (1992): 377-401.

*Culler, Jonathan. "Apostrophe." *The Pursuit of Signs: Semiotics, Literature, Deconstruction*. Ithaca, NY: Cornell UP, 1981. 135-54.

Curran, Stuart. "'Bous Stephanoumenos': Joyce's Sacred Cow." *JJQ* 6 (1968): 163-70.

*Danius, Sara. *The Senses of Modernism: Technology, Perception, and Aesthetics*. Ithaca, NY: Cornell UP, 2002.

*Davenport, Guy. *The Geography of the Imagination: Forty Essays*. London: Pan Books, 1984.

Davies, Stan Gebler. *James Joyce: A Portrait of the Artist*. London: Davis-Poynter, 1975.

*Davis, Joseph K. "The City as Radical Order: James Joyce's *Dubliners*." *Studies in the Literary Imagination* 3 (1970): 79-96.

*Day, Robert Adams. "The Villanelle Perplex: Reading Joyce." *Critical Essays on James Joyce's* A Portrait of the Artist as a Young Man. Ed. Philip Brady and James F. Carens. New York: G. K. Hall, 1998. 52-67.

*Deane, Seamus. "Joyce and Stephen: The Provincial Intellectual." *Celtic Revivals: Essays in Modern Irish Literature, 1880-1980*. London: Faber, 1985. 75-91.

*--------. "Joyce the Irishman." *The Cambridge Companion to James Joyce*. Ed. Derek Attridge. Cambridge: Cambridge UP, 1990. 31-53.

--------. Introduction. James Joyce. *A Portrait of the Artist as a Young Man*. London: Penguin, 1992. vii-xliii.

*Deming, Robert H., ed. *James Joyce: The Critical Heritage*. 2 vols. New York: Barnes and Noble, 1970.

*Devault, Christopher. *Joyce's Love Stories*. Farnham: Ashgate, 2013.

Dibble, Brian. "A Brunonian Reading of Joyce's *A Portrait of the Artist*." *JJQ* 4 (1967): 280-85.

Doherty, Gerald. *Pathologies of Desire: The Vicissitudes of the Self in James Joyce's* A Portrait of the Artist as a Young Man. New York: Peter Lang, 2008.

*Doherty, James. "Joyce and *Hell Opened to Christians*: The Edition He Used for His 'Hell Sermons.'" *Modern Philology* 61 (1963): 110-19.

*Doki, Kazuhiro. "Stephen Dedalus's Villanelle Revisited–'The Mysterious Ways of Spiritual Life' between Yeats and Joyce." *The Yeats Journal of Korea* 48 (2015): 125-34.

Drong, Leszek. "God's Manicured Fingernails: Self-Fashioning and Self-Engendering in James Joyce's *A Portrait of the Artist as a Young Man*." *Counterfeited Our Names We Have, Craftily All Thynges Upright to Save: Self-Fashioning and Self-Representation in Literature in English*. Frankfurt, Germany: Peter Lang, 2010. 45-56.

*Eco, Umberto. *The Aesthetics of Thomas Aquinas*. Cambridge, MA: Harvard UP, 1988.

*-------. *The Aesthetics of Chaosmos: The Middle Ages of James Joyce*. Trans. Ellen Esrock. Cambridge, MA: Harvard UP, 1989.

-------. *The Open Work*. Trans. Anna Cancogni. Cambridge, MA: Harvard UP, 1989.

* *Egoist: An Individualist Review*. Ed. Dora Marsden and Harriet Shaw Weaver. 1914-19.

* Eide, Marian. "The Woman of the Ballyhoura Hills: James Joyce and the Politics of Creativity." *James Joyce's* A Portrait of the Artist as a Young Man*: A Casebook*. Ed. Mark K. Wollaeger. Oxford: Oxford UP, 2003. 297-317.

* Eliot, T. S. "*Ulysses*, Order, and Myth." *Selected Prose of T. S. Eliot*. Ed. Frank Kermode. London: Faber, 1975. 175-78.

Ellmann, Maud. "Disremembering Dedalus: *A Portrait of the Artist as a Young Man*." *Untying the Text: A Post-Structuralist Reader*. Ed. Robert Young. Boston: Routledge, 1981. 189-206.

Ellmann, Richard. *James Joyce*. New York: Oxford UP, 1959.

* -------. *The Consciousness of Joyce*. London: Faber, 1977.

* -------. *James Joyce*. New and rev. ed. New York: Oxford UP, 1982.

-------. "James Joyce In and Out of Art." *Four Dubliners*. Washington: Library of Congress, 1986. 53-78.

Empric, Julienne H. *The Woman in the Portrait: The Transfiguring Female in James Joyce's* A Portrait of the Artist as a Young Man. San Bernardino, CA: Borgo, 1997.

* Empson, William. *Using Biography*. London: Hogarth P, 1984.

* Epstein, Edmund L. "James Joyce and *The Way of All Flesh*." *JJQ* 7 (1969): 22-29.

* -------. *The Ordeal of Stephen Dedalus: The Conflict of the Generations in James Joyce's* A Portrait of the Artist as a Young Man. Carbondale, IL: Southern Illinois UP, 1971.

Fairhall, James. *James Joyce and the Question of History*. Cambridge: Cambridge UP, 1993.

Fargnoli, A. Nicholas, and Michael Patrick Gillespie, eds. *Critical Companion to James Joyce: A Literary Reference to His Life and Work*. New York: Checkmark Books, 2006.

Farrell, James T. "Joyce's *A Portrait of the Artist as a Young Man*." *James Joyce: Two Decades of Criticism*. Ed. Seon Givens. New York: Vanguard P, 1948. 175-90.

* Ferris, Kathleen. *James Joyce and the Burden of Disease*. Lexington, KY: UP of Kentucky, 1995.

Feshbach, Sidney. "A Slow and Dark Birth: A Study of the Organization of *A Portrait of the Artist as a Young Man*." *JJQ* 4 (1967): 289-300.

* Fludernik, Monika. *The Fictions of Language and the Languages of Fiction: The Linguistic Representation of Speech and Consciousness*. London: Routledge, 1993.

Fogarty, Anne. "'Where Wolfe Tone's Statue Was Not': Joyce, 1798 and the Politics of Memory." *Études Irlandaises* 24 (1999): 19-32.

Fortuna, Diane. "The Labyrinth as Controlling Image in Joyce's *Portrait of the Artist as a Young Man*." *Bulletin of the New York Public Library* 76 (1972): 120-80.

* Foster, R. F., ed. *The Oxford History of Ireland*. Oxford: Oxford UP, 1989.

* -------. *W. B. Yeats: A Life. I: The Apprentice Mage 1865-1914*. Oxford: Oxford UP, 1997.

Friedman, Alan Warren. "Stephen Dedalus's *non serviam*: Patriarchal and Performative Failure in *A Portrait of the Artist as a Young Man*." *Joyce Studies Annual* 13 (2002): 64-85.

Friedman, Melvin. *Stream of Consciousness: A Study in the Literary Method*. New Haven, CT: Yale UP, 1955.

*Friedman, Susan Stanford, ed. *Joyce: The Return of the Repressed*. Ithaca: Cornell UP, 1993.

Froula, Christine. *Modernism's Body: Sex, Culture, and Joyce*. New York: Columbia UP, 1996.

*Gabler, Hans Walter. "Pull Out His Eyes, Apologise." *JJQ* 11 (1974): 167-69.

-------. "Towards a Critical Text of James Joyce's *A Portrait of the Artist as a Young Man*." *Studies in Bibliography* 27 (1974): 1-53.

-------. "The Christmas Dinner Scene, Parnell's Death, and the Genesis of *A Portrait of the Artist as a Young Man*." *JJQ* 13 (1975): 27-38.

*-------. "The Seven Lost Years of *A Portrait of the Artist as a Young Man*." *Approaches to Joyce's* Portrait*: Ten Essays*. Ed. Thomas F. Staley and Bernard Benstock. Pittsburgh: U of Pittsburgh P, 1976. 25-60.

*-------. "The Genesis of *A Portrait of the Artist as a Young Man*." *Critical Essays on James Joyce's* A Portrait of the Artist as a Young Man. Ed. Philip Brady and James F. Carens. New York: G. K. Hall, 1998. 83-112.

*Gibson, Andrew. *The Strong Spirit: History, Politics, and Aesthetics in the Writings of James Joyce, 1898-1915*. Oxford: Oxford UP, 2013.

*Gifford, Don. *Joyce Annotated: Notes for* Dubliners *and* A Portrait of the Artist as a Young Man. 2nd ed. Berkeley, CA: U of California P, 1982.

*Gilbert, Stuart. *James Joyce's* Ulysses*: A Study*. 1930. Harmondsworth: Penguin, 1963.

*Gill, Denis. "Enuresis through the Ages." *Pediatr Nephrol* 9 (1995): 120-22.

*Gillespie, Michael Patrick. "Kenner on Joyce." *Re-viewing Classics of Joyce Criticism*. Ed. Janet Egleson Dunleavy. Urbana, IL: U of Illinois P, 1991. 142-54.

Gillett, Peter J. "James Joyce's Infernal Clock." *MFS* 34 (1988): 203-06.

*Gilliam, D. M. E., and R. W. McConchie. "Joyce's *A Portrait of the Artist as a Young Man*." *Explicator* 44.3 (1986): 43-46.

Gillis, Colin. "James Joyce and the Masturbating Boy." *JJQ* 50 (2013): 611-34.

*Glicklich, Lucille Baras. "An Historical Account of Enuresis." *Pediatrics* 8 (1951): 859-76.

*Gohlman, Susan. *Starting Over: The Task of the Protagonist in the Contemporary Bildungsroman*. New York: Garland, 1990.

*Goldberg, S. L. *The Classical Temper: A Study of James Joyce's* Ulysses. London: Chatto and Windus, 1961.

Goldman, Arnold. *The Joyce Paradox: Form and Freedom in His Fiction*. Evanston, IL: Northwestern UP, 1966.

*Goodwin, Willard. *Hugh Kenner: A Bibliography*. Albany, NY: Whiston, 2001.

Gordon, Caroline. "Some Readings and Misreadings." *Joyce's* Portrait*: Criticisms and Critiques*. Ed. Thomas E. Connolly. New York: Appleton-Century-Crofts, 1962. 136-56.

*Gordon, John. *Joyce and Reality: The Empirical Strikes Back*. Syracuse, NY: Syracuse UP, 2004.

Gordon, William A. "Submission and Autonomy: Identity Patterns in Joyce's *Portrait*." *Psychoanalytic Review* 61 (1974): 535-55.

Gorman, Herbert. *James Joyce: His First Forty Years*. New York: B. W. Huebsch, 1924.

*-------. *James Joyce: A Definitive Autobiography*. London: Bodley Head, 1941.

*Gose, Elliott B., Jr. "Destruction and Creation in *A Portrait of the Artist as a Young Man*." *JJQ* 22 (1985): 259-70.

*Gottfried, Roy. *Joyce's Iritis and the Irritated Text: The Dis-Lexic* Ulysses. Gainesville, FL: UP of Florida, 1995.

-------. *Joyce's Comic Portrait*. Gainesville, FL: UP of Florida, 2000.

*-------. *Joyce's Misbelief*. Gainesville, FL: UP of Florida, 2008.

*Gribben, Arthur. *The Great Famine and the Irish Diaspora in America*. Amherst, MA: U of Massachusetts P, 1999.

Halper, Nathan. *The Early James Joyce*. New York: Columbia UP, 1973.

Hancock, Leslie. *Word Index to James Joyce's* Portrait of the Artist. Carbondale, IL: Southern Illinois UP, 1969.

Harkness, Marguerite. "The Separate Roles of Language and Word in James Joyce's *Portrait*." *Irish Renaissance Annual* IV (1983): 94-109.

-------. A Portrait of the Artist as a Young Man: *Voices of the Text*. Boston: Twayne, 1990.

Harris, Claudia W. "Caught in the Nets: James Joyce's Intimate Portraits." *Literature and Belief* 24 (2004): 135-55.

Hayman, David. "Daedalian Imagery in *A Portrait of the Artist as a Young Man*." *Hereditas: Seven Essays on the Modern Experience of the Classical*. Ed. Frederick Will. Austin, TX: U of Texas P, 1964. 31-54.

*Henke, Suzette. "Stephen Dedalus and Women: A Portrait of the Artist as a Young Misogynist." *Women in Joyce*. Ed. Suzette Henke and Elaine Unkeless. Urbana, IL: U of Illinois P, 1982. 82-107.

*-------. "Stephen Dedalus and Women: A Portrait of the Artist as a Young Narcissist." *James Joyce and the Politics of Desire*. New York: Routledge, 1990. 50-84.

-------. "Stephen Dedalus and Women: A Feminist Reading of *Portrait*." James Joyce. *A Portrait of the Artist as a Young Man: Complete, Authoritative Text with Biographical and Historical Contexts, Critical History, and Essays from Five Contemporary Critical Perspectives*. Ed. R. B. Kershner. Boston: Bedford/St. Martin's, 1993. 307-25.

Hochman, Baruch. "Joyce's *Portrait* as Portrait." *Literary Review: An International Journal*

of Contemporary Writing 22 (1978): 25-55.

Holland, Norman N. "*A Portrait* as Rebellion." James Joyce. *A Portrait of the Artist as a Young Man: Complete, Authoritative Text with Biographical and Historical Contexts, Critical History, and Essays from Five Contemporary Critical Perspectives.* Ed. R. B. Kershner. Boston: Bedford/St. Martin's, 1993. 279-94.

*Hope, A. D. "The Esthetic Theory of James Joyce." *Joyce's* Portrait: *Criticisms and Critiques.* Ed. Thomas E. Connolly. New York: Appleton-Century-Crofts, 1962. 183-203.

*Howarth, O. J. R. *A Geography of Ireland.* Oxford: Oxford UP, 1911.

Howes, Marjorie. "'Goodbye Ireland I'm going to Gort': Geography, Scale, and Narrating the Nation." *Semicolonial Joyce.* Ed. Derek Attridge and Marjorie Howes. Cambridge: Cambridge UP, 2000. 58-77.

*Hulle, Dirk Van. *James Joyce's 'Work in Progress': Pre-Book Publications of* Finnegans Wake *Fragments.* London: Routledge, 2016.

*Hulme, T. E. "Romanticism and Classicism." *Speculations.* Ed. Herbert Read. London: Routledge, 1924. 113-40.

*Hurl, Chris. "Urine Trouble: A Social History of Bedwetting and Its Regulation." *History of the Human Sciences* 24 (2011): 48-64.

*Igoe, Vivien. *James Joyce's Dublin Houses and Nora Barnacle's Galway.* Dublin: Wolfhound, 1997.

*Ihde, Don. *Listening and Voice: Phenomenologies of Sound.* 1976. Albany, NY: State U of New York P, 2007.

*Jackson, John Wyse and Peter Costello. *John Stanislaus Joyce: The Voluminous Life and Genius of James Joyce's Father.* London: Fourth Estate, 1997.

Jacobs, Joshua. "Joyce's Epiphanic Mode: Material Language and the Representation of Sexuality in *Stephen Hero* and *Portrait.*" *Twentieth-Century Literature* 46 (2000): 20-33.

Jaillant, Lise. "Blurring the Boundaries: Fourteen Great Detective Stories and Joyce's *A Portrait of the Artist as a Young Man* in the Modern Library Series." *JJQ* 50 (2013): 767-96.

*Jameson, Fredric. "Cognitive Mapping." *Marxism and the Interpretation of Culture.* Ed. Cary Nelson and Lawrence Grossberg. Urbana, IL: U of Illinois P, 1988. 347-60.

*-------. "Modernism and Imperialism." *The Modernist Papers.* London: Verso, 2007. 152-69.

*Jodock, Darrell, ed. *Catholicism Contending with Modernity: Roman Catholic Modernism and Anti-Modernism in Historical Context.* Cambridge: Cambridge UP, 2000.

Jones, David E. "The Essence of Beauty in James Joyce's Aesthetics." *JJQ* 10 (1973): 291-311.

Jones, Ellen Carol. "History's Ghosts: Joyce and the Politics of Public Memory." *Journals of Irish Studies* 25 (2010): 3-17.

Jones, Paul. "'A Tame Bird Escaped from Captivity': Leaving Ireland in George Moore's *The Lake* and Joyce's *A Portrait of the Artist as a Young Man*." *Joyce Studies Annual* (2012): 154-73.

Joyce, James. *A Portrait of the Artist as a Young Man*. New York: B. W. Huebsch, 1916

*-------. *Exiles*. London: Jonathan Cape, 1952.

*-------. *The Critical Writings of James Joyce*. Ed. Ellsworth Mason and Richard Ellmann. London: Faber, 1959.

*-------. *Letters of James Joyce*, I. Ed. Stuart Gilbert. New York: Viking, 1966.

*-------. *Letters of James Joyce*, II. Ed. Richard Ellmann. New York: Viking, 1966.

*-------. *Letters of James Joyce*, III. Ed. Richard Ellmann. New York: Viking, 1966.

*-------. *Finnegans Wake*. London: Faber, 1975.

*-------. *Selected Letters of James Joyce*. Ed. Richard Ellmann. London: Faber, 1975.

*-------. *Stephen Hero*. 1944. Ed. Theodore Spencer. London: Jonathan Cape, 1975.

*-------. *A Portrait of the Artist as a Young Man: A Facsimile of the Final Holograph Manuscript Chapters I and II*. Preface and Arranged by H. W. Gabler. New York: Garland, 1977.

*-------. *Ulysses*. Ed. H. W. Gabler. New York: Garland, 1984.

*-------. *Poems and Shorter Writings including Epiphanies*, Giacomo Joyce, *and* A Portrait of the Artist. Ed. Richard Ellmann, A. Walton Litz, and John Whitter-Ferguson. London: Faber, 1991.

*-------. *A Portrait of the Artist as a Young Man*. Ed. H. W. Gabler with W. Hettche. New York: Garland, 1993.

*-------. *Occasional, Critical, and Political Writing*. Ed. Kevin Barry. Oxford: Oxford UP, 2000.

*-------. *Dubliners: Authoritative Text, Context, Criticism*. Ed. Margot Norris. New York: Norton, 2006.

*-------. *A Portrait of the Artist as a Young Man: Authoritative Text, Backgrounds and Contexts, Criticism*. Ed. John Paul Riquelme. New York: Norton, 2007.

*Joyce, Stanislaus. *My Brother's Keeper*. Ed. Richard Ellmann. London: Faber, 1958.

*-------. *The Complete Dublin Diary*. Ed. George H. Healey. Ithaca, NY: Cornell UP, 1971.

Kain, Richard M., and Alan M. Cohn. "Additional Joyce Portraits." *JJQ* 13 (1976): 215-17.

*Kavanagh, Patrick. *The Green Fool*. London: Penguin, 1975.

*Kelly, Joseph. *Our Joyce: From Outcast to Icon*. Austin, TX: U of Texas P, 1998.

*Kenner, Hugh. "The *Portrait* in Perspective." *The Kenyon Review* 10 (1948): 361-81.

*-------. *Dublin's Joyce*. Bloomington, IN: Indiana UP, 1956.

*-------. "Smokeless Industry." *Prairie Schooner* 31 (1957): 8-10.

*-------. "The *Portrait* in Perspective." *Joyce's* Portrait: *Criticisms and Critiques*. Ed. Thomas E. Connolly. New York: Appleton-Century-Crofts, 1962. 25-60.

*-------. "Joyce's *Portrait*—A Reconsideration." *The University of Windsor Review* 1 (1965): 1-15.

-------. Introduction. James Joyce. *A Portrait of the Artist as a Young Man*. New York: Heritage P, 1968. v-xiii.

*-------. *The Pound Era*. Berkeley, CA: U of California P, 1971.

*-------. *The Stoic Comedians: Flaubert, Joyce, and Beckett*. Berkeley, CA: U of California P, 1974.

*-------. "The Cubist *Portrait*." *Approaches to Joyce's* Portrait: *Ten Essays*. Ed. Thomas F. Staley and Bernard Benstock. Pittsburgh: U of Pittsburgh P, 1976. 171-84.

-------. "The Pedagogue as Critic." *The New Criticism and After*. Charlottesville, VA: U of Virginia P, 1976. 36-46.

*-------. *Joyce's Voices*. Berkeley: U of California P, 1978.

*-------. *Ulysses*. London: George Allen and Unwin, 1980.

*-------. *Dublin's Joyce*. 1956. New York: Columbia UP, 1987a.

*-------. *The Mechanical Muse*. New York: Oxford UP, 1987b.

*-------. *Ulysses*. Rev. ed. Baltimore: Johns Hopkins UP, 1987c.

*-------. Introduction. James Joyce. *A Portrait of the Artist as a Young Man*. New York: Signet Classics, 1991. 7-18.

*-------. "Joyce's *Portrait*—A Reconsideration." James Joyce. *A Portrait of the Artist as a Young Man: Authoritative Text, Backgrounds and Contexts, Criticism*. Ed. John Paul Riquelme. New York: Norton, 2007. 348-61.

Kearney, Colbert. "Stephen's Green – The Image of Ireland in Joyce's *Portrait*." *James Joyce: The Artist and the Labyrinth*. Ed. Augustine Martin. London: Ryan, 1990. 101-20.

Kershner, R. B. "Time and Language in Joyce's *Portrait of the Artist*." *ELH* 43 (1976): 604-19.

*-------. "The Artist as Text: Dialogism and Incremental Repetition in *Portrait*." *ELH* 53 (1986): 881-94.

-------. "A Critical History of *A Portrait of the Artist as a Young Man*." James Joyce. *A Portrait of the Artist as a Young Man: Complete, Authoritative Text with Biographical and Historical Contexts, Critical History, and Essays from Five Contemporary Critical Perspectives*. Ed. R. B. Kershner. Boston: Bedford/St. Martin's, 1993. 221-34.

-------, ed. James Joyce. *A Portrait of the Artist as a Young Man: Complete, Authoritative Text with Biographical and Historical Contexts, Critical History, and Essays from Five Contemporary Critical Perspectives*. Boston: Bedford/St. Martin's, 1993.

-------. "History as Nightmare: Joyce's *Portrait* to Christy Brown." *Joyce and the Subject of History*. Ann Arbor, MI: U of Michigan P, 1996. 27-45.

Klein, Scott. "National Histories, National Fictions: Joyce's *A Portrait of the Artist as a Young Man* and Scott's *The Bride of Lammermoor*." *ELH* 65 (1998): 1017-38.

*Knowles, Sebastian D.G, ed. *Bronze by Gold: The Music of Joyce*. NY: Garland, 1999.

*Larrissy, Edward. *W. B. Yeats*. Oxford: Oxford UP, 1997.

Lateiner, Donald. "The Epigraph to Joyce's *Portrait*." *Classical and Modern Literature: A Quarterly* 4.2 (1984): 77-84.

Lawrence, Karen. "Gender and Narrative Voice in *Jacob's Room* and *A Portrait of the Artist as a Young Man*." *James Joyce: The Centennial Symposium*. Ed. Morris Beja, et al. Urbana, IL: U of Illinois P, 1986. 31-38.

Leigh, David J., S.J. "From the Mists of Childhood: Language as Judgment of the Emerging Artist in Joyce's *A Portrait*." *JJQ* 12 (1975): 371-79.

Lemon, Lee T. "*A Portrait of the Artist as a Young Man*: Motif as Motivation and Structure." *Twentieth-Century Interpretations of* A Portrait of the Artist as a Young Man: *A Collection of Critical Essays*. Ed. William M. Schutte. Englewood Cliffs, NJ: Prentice-Hall, 1968. 41-52.

*Leo XIII. *Aeterni Patris*. http://w2.vatican.va/content/leo-xiii/en/encyclicals/documents/hf_l-xiii_enc_04081879_aeterni-patris.html

*-------. *The Great Encyclical Letters of Pope Leo XIII*. New York: Benziger, 1903.

Leonard, Garry. "When a Fly Gets in Your I: The City, Modernism, and Aesthetic Theory in *A Portrait of the Artist as a Young Man*." *Advertising and Commodity Culture in Joyce*. Gainesville, FL: UP of Florida, 1998. 175-207.

Lernout, Geert. *Help My Unbelief: James Joyce and Religion*. London: Continuum, 2010.

Levenson, Michael. "Stephen's Diary in Joyce's *Portrait* – The Shape of Life." *ELH* 52 (1985): 1017-35.

-------. "Stephen's Diary in Joyce's *Portrait* – The Shape of Life." *James Joyce's A Portrait of the Artist as a Young Man*. Oxford: Oxford UP, 2003. 183-205.

*Levin, Harry. *James Joyce: A Critical Introduction*. London: Faber, 1941.

-------. *James Joyce: A Critical Introduction*. 1941. Norfolk, CT: New Directions, 1960.

*Levy, Antoine. "Great Misinterpretations: Umberto Eco on Joyce and Aquinas." *Logos: A Journal of Catholic Thought and Culture* 13:3 (2010): 124-63.

Lewis, Pericles. "The Conscience of the Race: The Nation as Church of the Modern Age." *Joyce through the Ages: A Nonlinear View*. Ed. Michael Patrick Gillespie. Gainesville, FL: UP of Florida, 1999. 85-106.

Lewis, Wyndham. *Time and Western Man*. 1927. Ed. Paul Edwards. Santa Rosa, CA: Black Sparrow P, 1993.

*Lilley, A Leslie. *The Programme of Modernism: A Reply to the Encyclical of Pius X., Pascendi Dominici Gregis*. London: T Fisher Unwin, 1908.

*Lodge, David. *The Art of Fiction*. Harmondsworth: Penguin, 1992.

Loucks, James F. "'What an awful power, Stephen!': Simony and Joyce's Medieval Sources in *A Portrait*." *Papers on Language and Literature: A Journal for Scholars and Critics*

of Language and Literature 28 (1992): 133-49.

Lowe-Evans, Mary. "Joyce's *Portrait of the Artist as a Young Man*." *Explicator* 48 (1990): 275-77.

-------. "Sex and Confession in the Joyce Canon: Some Historical Parallels." *Journal of Modern Literature* 16 (1990): 563-76.

-------. *Catholic Nostalgia in Joyce and Company*. Gainesville, FL: UP of Florida, 2008.

*Loyola, Ignatius. "The Spiritual Exercises." Trans. George E. Ganss. *Ignatius of Loyola: The Spiritual Exercises and Selected Works*. Ed. George E. Ganss, R. Divarkar, Edward J. Malatesta, and Martin E. Palmer. New York: Paulist P, 1991. 113-214.

MacCabe, Colin. "The End of the Story: *Stephen Hero* and *A Portrait*." *James Joyce and the Revolution of the Word*. London: Macmillan, 1979. 39-68.

*MacGregor, Geddes. "Artistic Theory in James Joyce." *Joyce's* Portrait: *Criticism and Critique*. Ed. T. E. Connolly. New York: Appleton-Century-Crofts, 1962. 221-30.

Macksey, Richard. "The Kenner Era: Hugh at Eighty." *Modern Language Notes* 117 (2002): 1098-105.

Maddox, Brenda. *Nora*. Boston: Houghton Mifflin, 1988.

Magalaner, Marvin. *Time of Apprenticeship: The Fiction of Young James Joyce*. New York: Abelard-Schuman, 1959.

Magalaner, Marvin, and Richard M. Kain. *Joyce: The Man, the Work, the Reputation*. New York: New York UP, 1956.

-------. Review of *Dublin's Joyce*, by Hugh Kenner. *Comparative Literature* 9 (1957): 254-55.

Mahaffey, Vicki. *Reauthorizing Joyce*. Cambridge, MA: Cambridge UP, 1988.

-------. "Pere-version and Im-mere-sion: Idealized Corruption in *A Portrait of the Artist as a Young Man* and *The Picture of Dorian Gray*." *Quare Joyce*. Ed. Joseph Valente. Ann Arbor, MI: U of Michigan P, 1998. 121-38.

Manganiello, Dominic. *Joyce's Politics*. London: Routledge, 1980.

-------. "Reading the Book of Himself: the Confessional Imagination of St. Augustine and Joyce." *Biography and Autobiography: Essays on Irish and Canadian History and Literature*. Ed. James Noonan. Ottawa, ON: Carleton UP, 1993. 149-62.

*Martin, Timothy. *Joyce and Wagner: A Study of Influence*. Cambridge: Cambridge UP, 1991.

Martin, William. "The Sensation of Rhythm in James Joyce's *A Portrait of the Artist*." *Literature and Sensation*. Ed. Anthony Uhlmann, Helen Groth, Paul Sheehan, and Stephen Mclaren. Newcastle upon Tyne: Cambridge Scholars, 2009. 204-14.

-------. *Joyce and the Science of Rhythm*. New York: Palgrave Macmillan, 2012.

Mathews, Carolyn L. "Joyce's *A Portrait of the Artist as a Young Man*." *Explicator* 50 (1991): 38-40.

McCourt, John. *The Years of Bloom: James Joyce in Trieste, 1904-1920*. Dublin: Lilliput P, 2000.

*-------, ed. *Roll Away the Reel World: James Joyce and Cinema*. Cork: Cork UP, 2010.

McGarrity, Maria. "Primitive Emancipation: Religion, Sexuality, and Freedom in Joyce's *A Portrait of the Artist as a Young Man* and *Ulysses*." *Irish Modernism and the Global Primitive*. New York: Palgrave Macmillan, 2009. 133-49.

*McGrath, F. C. "Laughing in His Sleeve: The Sources of Stephen's Aesthetics." *JJQ* 23 (1986): 259-75.

McLuhan, Herbert Marshall. "Joyce, Aquinas, and the Poetic Process." *Renascence* 4 (1951): 3-11.

*Mercier, Vivian. "In Joyce's *Wake*, a Booming Industry." *The New York Times Book Review* July 30, 1961: 5, 20.

*Miller, Kerby A. *Emigrants and Exiles: Ireland and the Irish Exodus to North America*. New York: Oxford UP, 1985.

*Miller, Kerby A., Paul Wagner, and Catherine Howell. *Out of Ireland : The Story of Irish Emigration to America*. Niwot, CO: Roberts Rinehart, 1997.

*Mitchell, Breon. "*A Portrait* and the *Bildungsroman* Tradition." *Approaches to Joyce's* Portrait*: Ten Essays*. Ed. Thomas F. Staley and Bernard Benstock. Pittsburgh: U of Pittsburgh P, 1976. 61-76.

*Moody, A. David. *Ezra Pound: Poet – A Portrait of the Man and his Work* I. Oxford: Oxford UP, 2007.

Moore, George. *Confessions of a Young Man*. London: Swan Sonnenshein, 1888.

Moretti, Franco. *The Way of the World: The* Bildungsroman *in European Culture*. London: Verso, 1987.

Morin, Bernard. "Joyce as Thomist." *Renascence* 9 (1957): 127-31.

Muller, Jim. "John Henry Newman and the Education of Stephen Dedalus." *JJQ* 33 (1996): 593-603.

Mullin, Katherine. "'True Manliness': Policing Masculinity in *A Portrait of the Artist as a Young Man*." *James Joyce, Sexuality and Social Purity*. Cambridge: Cambridge UP, 2003. 83-115.

Mulrooney, Jonathan. "Stephen Dedalus and the Politics of Confession." *Studies in the Novel* 33 (2001): 160-79.

*Mulvey, Laura. "Visual Pleasure and Narrative Cinema." *Film Theory and Criticism: Introductory Readings*. Ed. Leo Braudy and Marshall Cohen. New York: Oxford UP, 1999. 833-44.

Murphy, J. Stephen. "How Geen Is the Portrait?: Joyce, Passive Revision, and the History of Modernism." *Joyce Studies Annual* (2011): 64-96.

Murphy, Neil. "Sin and Redemption in James Joyce's *A Portrait of the Artist as a Young Man*." *Sin and Redemption*. New York: Bloom's Literary Criticism, 2010. 223-30.

Naremore, James. "Style as Meaning in *A Portrait of the Artist*." *JJQ* 4 (1967): 331-42.

Nicholls, Peter. *Modernisms: A Literary Guide*. 2nd ed. New York: Palgrave Macmillan, 2009.

Nolan, Emer. *James Joyce and Nationalism*. London: Routledge, 1995.

*-------. "'The Tommy Moore Touch': Ireland and Modernity in Joyce and Moore." *Dublin James Joyce Journal* 2 (2009): 64-77.

*Noon, William T. "James Joyce and Catholicism." *James Joyce Review* 1.4 (1957a): 3-17.

*-------. *Joyce and Aquinas*. New Haven, CT: Yale UP, 1957b.

-------. "James Joyce: Unfacts, Fiction, and Facts." *PMLA* 76 (1961): 254-76.

-------. "*A Portrait of the Artist as a Young Man*: After Fifty Years." *James Joyce Today: Essays on the Major Works*. Ed. Thomas F. Staley. Bloomington, IN: Indiana UP, 1966. 54-82.

Norburn, Roger. *A James Joyce Chronology*. New York: Palgrave Macmillan, 2004.

Norris, Margot. "Stephen Dedalus, Oscar Wilde, and the Art of Lying." *Joyce's Web: The Social Unraveling of Modernism*. Austin, TX: U of Texas P, 1992. 52-67.

*-------. "The Voice and the Void: Hugh Kenner's Joyce." *Modernism/Modernity* 12 (2005): 483-86.

O'Brien, Darcy. *The Conscience of James Joyce*. Princeton, NJ: Princeton UP, 1968.

*O'Callaghan, Katherine. "Mapping the 'Call from Afar': The Echo of Leitmotifs in James Joyce's Literary Landscape." *Making Space in the Works of James Joyce*. Ed. Valerie Bénéjam and John Bishop. London: Routledge, 2011. 173-90.

*O'Connor, Frank, *The Mirror in the Roadway: A Study of the Modern Novel*. New York: Knopf, 1964.

*O'Donovan, Gerald. *Father Ralph*. London: Macmillan, 1913.

*Osborne, John. *A Better Class of Person: An Autobiography 1929-1956*. London: Faber, 1981.

Osteen, Mark. "The Treasure-House of Language: Managing Symbolic Economies in Joyce's *Portrait*." *Studies in the Novel* 27 (1995): 154-68.

Parrinder, Patrick. *James Joyce*. Cambridge: Cambridge UP, 1984.

Peake, C. H. *James Joyce: The Citizen and the Artist*. Stanford, CA: Stanford UP, 1977.

Pearce, Donald R. "'My Dead King!': The Dinner Quarrel in Joyce's *Portrait of the Artist*." *Modern Language Notes* 66 (1951): 249-51.

*Peppis, Paul. *Literature, Politics, and the English Avant-Garde: Nation and Empire, 1901-1918*. Cambridge: Cambridge UP, 2000.

Perloff, Marjorie. Review of *A Passion for Joyce: The Letters of Hugh Kenner and Adaline Glasheen*, ed., by Edward M. Burns. *Modernism/Modernity* 16 (2009): 837-39.

*Peterson, Richard F. "Stephen and the Narrative of *A Portrait of the Artist as a Young Man*."

Work in Progress: Joyce Centenary Essays. Ed. Richard F. Peterson, Alan M. Cohn, and Edmund L. Epstein. Carbondale, IL: Southern Illinois UP, 1983. 15-29.

*Pflugbeil, Henry Joseph. *St. Thomas Manual: Devotion of the Six Sundays in Honor of the Angel of the Schools, St. Thomas of Aquin*. New York: Fr. Pufset, 1887.

*Pinamonti, Giovanni Pietro. *L'Inferno Aperto al Cristiano Perchè Non V'entri: Considerazioni delle Pene Infernali Proposte a Meditarsi per Evitarle: Opera*. Bologna: Antonio Pisarri, 1688.

*-------. *Hell Opened to Christians: To Caution Them from Entering into It*. Dublin: James Duffy, 1889.

*Pius X. "Lamentabili Sane." http://www.papalencyclicals.net/Pius10/p10lamen.htm

*-------. "Pascendi Dominici Gregis." http://www.papalencyclicals.net/Pius10/p10pasce.htm

*Potts, Willard. *James Joyce and the Two Irelands*. Austin, TX: U of Texas P, 2000.

Prescott, Joseph. "James Joyce: A Study in Words." *Exploring James Joyce*. Carbondale, IL: Southern Illinois UP, 1964. 3-16.

*Pritchard, William H. "Hugh Kenner's Achievement." *The Hudson Review* 56 (2004): 383-400.

Rabaté, Jean-Michel. *James Joyce: Authorized Reader*. Baltimore: Johns Hopkins UP, 1991.

*-------. *James Joyce and the Politics of Egoism*. Cambridge: Cambridge UP, 2001.

*-------. "Gender and Modernism: *The Freewoman* (1911-12), *The New Freewoman* (1913), and *The Egoist* (1914-19)." *The Oxford Critical and Cultural History of Modernist Magazines: Volume I, Britain and Ireland 1880-1955*. Ed. Peter Brooker and Andrew Thacker. Oxford: Oxford UP, 2009. 269-89.

*Radford, F. L. "Dedalus and the Bird Girl: Classical Text and Celtic Subtext in *A Portrait*." *JJQ* 24 (1987): 253-74.

Reddick, Bryan. "The Importance of Tone in the Structural Rhythm of Joyce's *Portrait*." *JJQ* 6 (1969): 201-18.

Reid, B. L. "Gnomon and Order in Joyce's *Portrait*." *Sewanee Review* 92 (1984): 397-420.

Reppke, James A. "Journalist Joyce: *A Portrait*." *JJQ* 45 (2008): 459-67.

Rice, Thomas Jackson. *Joyce, Chaos, and Complexity*. Urbana, IL: U of Illinois P, 1997.

*Rickaby, Joseph. *The Modernist*. London: Catholic Truth Society, 1908.

*Riquelme, John Paul. *Teller and Tale in Joyce's Fiction: Oscillating Perspectives*. Baltimore: Johns Hopkins UP, 1983.

*-------. "*Stephen Hero* and *A Portrait of the Artist as a Young Man*: Transforming the Nightmare of History." *Cambridge Companion to James Joyce*. 2nd ed. Ed. Derek Attridge. Cambridge: Cambridge UP, 2004. 103-21.

-------. "Introduction to Reading Modernism, after Hugh Kenner (1923-2003)." *Modernism/Modernity* 12 (2005): 459-63.

-------. "Kenner, Beckett, "Irrational" "Man," and the Obligation to Express." *Modernism/*

Modernity 12 (2005): 499-503.

-------. "Desire, Freedom, and Confessional Culture in *A Portrait of the Artist as a Young Man*." *A Companion to James Joyce*. Ed. Richard Brown. Oxford: Blackwell, 2007. 34-53.

*-------. "The Parts and the Structural Rhythm of *A Portrait*." James Joyce. *A Portrait of the Artist as a Young Man: Authoritative Text, Backgrounds and Contexts, Criticism*. Ed. John Paul Riquelme. New York: Norton, 2007. 307-09.

-------. "Uncoiling the Snakes of Ireland in *A Portrait of the Artist as a Young Man*: From the Souls in Hell to Laocoön." *JJQ* 47 (2009): 133-39.

Robinson, K.E. "The Stream of Consciousness Technique and the Structure of Joyce's *Portrait*." *JJQ* 9 (1971): 63-84.

Roche, Anthony. "'The strange light of some new world': Stephen's Vision in *A Portrait*." *JJQ* 25 (1988): 323-32.

Rose, Ellen Cronan. "Dancing Daedalus: Another Source for Joyce's *Portrait of the Artist*." *MFS* 28 (1982): 596-603.

Rossman, Charles. "Stephen Dedalus and the Spiritual-Heroic Refrigerating Apparatus: Art and Life in Joyce's *Portrait*." *Forms of Modem British Fiction*. Ed. Alan Warren Friedman. Austin, TX: U of Texas P, 1975. 101-31.

Roughley, Alan. *Reading Derrida Reading Joyce*. Gainesville, FL: UP of Florida, 1999.

*Rubin, Jr., Louis D. *The Teller in the Tale*. Seattle: U of Washington P, 1967.

*Rybert, Walter. "How to Read *Finnegans Wake*." *James Joyce: The Critical Heritage*. Vol.2. Ed. Robert H. Deming. London: Routledge, 2007. 731-36.

*Ryf, Robert S. *A New Approach to Joyce:* A Portrait of the Artist *as a Guidebook*. Berkeley, CA: U of California P, 1964.

*Said, Edward W. *Representations of the Intellectual*. New York: Vintage, 1996.

*Salisbury, Joyce E. *The Beast Within: Animals in Middle Ages*. 2nd ed. London: Routledge, 2011.

*Santro-Brienza, Liberato. "Joyce: Between Aristotle and Aquinas." *Literature and Aesthetics* 15 (2005): 129-52.

**The SBL Handbook of Style*. Ed. Society of Biblical Literature. 2nd ed. Atlanta, GA: SBL P, 2014.

Scholes, Robert E. "Stephen Dedalus: Eiron and Alazon." *Texas Studies in Literature and Language* 3 (1961): 8-15.

*-------. "Stephen Dedalus, Poet or Aesthete?" James Joyce. *A Portrait of the Artist as a Young Man: Text, Criticisms, and Notes*. Ed. Chester G. Anderson. New York: Viking, 1968. 468-80.

*-------. "Joyce and the Epiphany: The Key to the Labyrinth?" *Critical Essays on James Joyce's* A Portrait of the Artist as a Young Man. Ed. Philip Brady and James F. Carens.

New York: G. K. Hall, 1998. 27-35.

Scholes, Robert, and Richard M. Kain. "The First Version of Joyce's *Portrait*." *Yale Review* 49 (1960): 355-69.

* -------. *The Workshop of Daedalus: James Joyce and the Raw Materials for* A Portrait of the Artist as a Young Man. Evanston, IL: Northwestern UP, 1965.

Schutte, William, ed. *Twentieth-Century Interpretations of* A Portrait of the Artist as a Young Man. Englewood Cliffs, NJ: Prentice-Hall, 1968.

Schwarze, Tracey-Teets. "Silencing Stephen: Colonial Pathologies in Victorian Dublin." *Twentieth-Century Literature* 43 (1997): 243-63.

Scott, Bonnie Kime. *James Joyce*. Atlantic Highlands, NJ: Humanities, 1987.

Scotto, Robert M. "'Visions' and 'Epiphanies': Fictional Technique in Pater's *Marius* and Joyce's *Portrait*." *JJQ* 11 (1974): 41-50.

Seed, David. *James Joyce's* A Portrait of the Artist as a Young Man. New York: St. Martin's, 1992.

* -------. "The Voices of the Church: A Dialogical Approach to the Retreat Section of Joyce's *A Portrait of the Artist*." *Literature & Theology: An International Journal of Theory, Criticism and Culture* 9 (1995): 153-64.

Seidel, Michael. *Exile and the Narrative Imagination*. New Haven, CT: Yale UP, 1986.

Senn, Fritz. "The Challenge: "ignotas animum" (An Old-fashioned Close Guessing at a Borrowed Structure)." *JJQ* 16 (1978-79): 123-34.

Seward, Barbara. "The Artist and the Rose." *University of Toronto Quarterly* 26 (1957): 180-90.

Shapiro, Harold I. "Ruskin and Joyce's *Portrait*." *JJQ* 14 (1976): 92-93.

Sharpless, F. Parvin. "Irony in Joyce's *Portrait*: The Stasis of Pity." *JJQ* 4 (1967): 320-30.

* Sherry, Vincent. *James Joyce:* Ulysses. Cambridge: Cambridge UP, 2004.

Shorer, Mark. "Technique as Discovery." *Hudson Review* 1 (1948): 67-87.

Slote, Sam. "The Medieval Irony of Joyce's *Portrait*." *European Joyce Studies 13: Medieval Joyce*. Ed. Lucia Boldrini. Amsterdam: Rodopi, 2002. 185-98.

Smith, John B. *Imagery and the Mind of Stephen Dedalus: A Computer-Assisted Study of Joyce's* A Portrait of the Artist as a Young Man. Lewisburg, PA: Bucknell UP, 1980.

Sörensen, Dolf. *James Joyce's Aesthetic Theory: Its Development and Application*. Amsterdam: Rodopi, 1977.

Sosnowski, James T. "Reading Acts and Reading Warrants: Some Implications for Readers Responding to Joyce's Portrait of Stephen." *JJQ* 16 (1978-79): 43-63.

* Spiegel, Alan. *Fiction and the Camera Eye: Visual Consciousness in Film and the Modern Novel*. Charlottesville, VA: U of Virginia P, 1976.

* Spoo, Robert. *James Joyce and the Language of History: Dedalus's Nightmare*. New York: Oxford UP, 1994.

Spurr, David. "Colonial Spaces in Joyce's Dublin." *JJQ* 37 (1999-2000): 23-42.

＊Staley, Thomas F. and Bernard Benstock, eds. *Approaches to Joyce's* Portrait*: Ten Essays*. Pittsburg: U of Pittsburg P, 1976.

＊Strand, Mark and Eavan Boland. *The Making of a Poem: A Norton Anthology of Poetic Forms*. New York: Norton, 2000.

＊Strick, Joseph, dir. *A Portrait of the Artist as a Young Man*. With Bosco Hogan and T.P. McKenna. Contemporary Films, 1977.

Sucksmith, Harvey Peter. *James Joyce:* A Portrait of the Artist as a Young Man. London: Edward Arnold, 1973.

＊Sullivan, Kevin. *Joyce among the Jesuits*. New York: Columbia UP, 1958.

Swisher, Clarice, ed. *Readings on* A Portrait of the Artist as a Young Man. San Diego, CA: Greenhaven, 2000.

Tarbox, Raymond. "Auditory Experience in Joyce's *Portrait*." *American Imago: A Psychoanalytic Journal for Culture, Science, and the Arts* 27 (1970): 301-28.

Theoharis, Theoharis C. "Unveiling Joyce's *Portrait*: Stephen Dedalus and the *Encyclopaedia Britannica*." *The Southern Review* 20 (1984): 286-99.

Thomas, Calvin. "Stephen in Process/Stephen on Trial: The Anxiety of Production in Joyce's *Portrait*." *Novel* 23 (1990): 282-302.

Thomas, Keith. *Rule and Misrule in the Schools of Early Modern England: The Stenton Lecture 1975*. Reading: U of Reading, 1976.

-------."Children in Early Modern England." *Children and their Books: A Celebration of the Work of Iona and Peter Opie*. Ed.Gillian Avery and Julia Briggs. Oxford: Clarendon, 1989. 45-77.

＊-------."Cleanliness and Godliness in Early Modern England." *Religion, Culture and Society in Early Modern Britain: Essays in Early Modern Britain*. Ed. Anthony Fletcher and Peter Roberts. Cambridge: Cambridge UP, 1994. 56-83.

＊Thornton, Weldon. *The Antimodernism of Joyce's* Portrait of the Artist as a Young Man. Syracuse, NY: Syracuse UP, 1994.

＊Thrane, James R. "Joyce's Sermon on Hell: Its Sources and Its Backgrounds." *Modern Philology* 57 (1960): 172-98.

＊Tindall, William York. *James Joyce: His Way of Interpreting the Modern World*. New York: Scribner's, 1950.

＊-------. *The Literary Symbol*. Bloomington, IN: Indiana UP, 1955.

-------. *A Reader's Guide to James Joyce*. New York: Noonday P, 1959.

Toolan, Michael. "Analysing Conversation in Fiction: The Christmas Dinner Scene in Joyce's *Portrait of the Artist as a Young Man*." *Poetics Today* 8 (1987): 393-416.

＊Trotter, David. *Cinema and Modernism*. Malden, MA: Blackwell, 2007.

Troy, Michele K. "Two Very Different Portraits: Anglo-American and German Reception of

Joyce's *A Portrait of the Artist as a Young Man*." *JJQ* 35 (1997): 37-58.

*Turner, Bryan S. "Social Fluids: Metaphors and Meanings of Society." *Body and Society* 9 (2003): 1-10.

*Tymoczko, Maria. "'What ish my Culture? Who talks of my Culture?': Interrogating Irishness in the Works of James Joyce." *Irish and Postcolonial Writing: History, Theory, Practice*. Ed. Glenn Hooper and Colin Graham. New York: Palgrave Macmillan, 2002. 181-201

Valente, Joseph. "The Politics of Joyce's Polyphony." *New Alliances in Joyce Studies*. Ed. Bonnie Kime Scott. Newark, DE: U of Delaware P, 1988. 56-69.

-------. "Thrilled by His Touch: Homosexual Panic and the Will to Artistry in *A Portrait of the Artist as a Young Man*." *JJQ* 31 (1994): 167-88.

Van Ghent, Dorothy. "On *A Portrait of the Artist as a Young Man*." *Joyce's* Portrait: *Criticism and Critique*. Ed. T. E. Connolly. New York: Appleton-Century-Crofts, 1962. 60-74.

Van Laan, Thomas F. "The Meditative Structure of Joyce's *Portrait*." *JJQ* 1 (1964): 3-13.

Vukićević, Vanja. "A Shift in Joyce's Idea of Epiphany in *A Portrait of the Artist as a Young Man*: On The Borders of (Post)Modernism." *On the Borders of Convention*. Ed. Aleksandra Nikčević Batrićević and Marija Knežević. Newcastle upon Tyne: Cambridge Scholars, 2010. 29-36.

Walsh, Ruth M. "That Pervasive Mass in *Dubliners* and *A Portrait of the Artist as a Young Man*." *JJQ* 8 (1971): 205-20.

*Weaver, Jack W. "Some Notes toward a Definition of Influence: George Moore's *Hail and Farewell* and James Joyce's Writings." *English Literature in Transition*, Special Series 3 (1985): 130-36.

*Weir, David. *James Joyce and the Art of Mediation*. Ann Arbor, MI: U of Michigan P, 1996.

*Wheeler, J. M. *The Christian Doctrine of Hell*. London: R. Forder, 1890.

Wicke, Jennifer. "Hugh Kenner's Pound of Flesh." *Modernism/Modernity* 12 (2005): 493-97.

*Wilks, Samuel. "Incontinence of Urine in Boys." *Lancet* 1 (1864): 681.

Williams, Trevor L. "Dominant Ideologies: The Production of Stephen Dedalus." *James Joyce: The Augmented Ninth*. Ed. Bernard Benstock. Syracuse, NY: Syracuse UP, 1988. 312-22.

*Wilson, Edmund. *Axel's Castle: A Study in the Imaginative Literature of 1870-1930*. 1931. New York: Scribner's, 1948.

Wollaeger, Mark A. "Between Stephen and Jim: Portraits of Joyce as a Young Man." *James Joyce's* A Portrait of the Artist as a Young Man*: A Case Book*. Ed. Mark A. Wollaeger. Oxford: Oxford UP, 2003. 343-56.

*-------. Introduction. *James Joyce's* A Portrait of the Artist as a Young Man*: A Casebook*.

Ed. Mark A. Wollaeger. Oxford: Oxford UP, 2003. 3-26.

-------, ed. *James Joyce's* A Portrait of the Artist as a Young Man*: A Casebook*. Oxford: Oxford UP, 2003.

Wollaegar, Mark A., Victor Luftig, and Robert Spoo, eds. *Joyce and the Subject of History*. Ann Arbor, MI: U of Michigan P, 1996.

*Wright, David G. "Dating Stephen's Diary: When Does *A Portrait of the Artist* End?" *European Joyce Studies 18: De-familiarizing Readings: Essays from the Austin Joyce Conference*. Ed. Alan W. Friedman and Charles Rossman. Amsterdam: Rodopi, 2009. 43-53.

*Yokouchi, Kazuo. "Optical Illusions in *A Portrait of the Artist as a Young Man*." *Albion* 47 (2001): 32-44.

《和文》

＊芥川龍之介 『芥川龍之介全集』全 24 巻, 岩波書店, 1995-1998.

------- 「「我鬼窟日録」より」『芥川龍之介全集』第 6 巻, 岩波書店, 1996, 5-12.

＊------- 「小供」『芥川龍之介全集』第 7 巻, 岩波書店, 1997, 114-15.

＊------- 「雑筆」『芥川龍之介全集』第 7 巻, 岩波書店, 1997, 351-52.

＊------- 「ディイダラス（仮）」『芥川龍之介全集』第 22 巻, 岩波書店, 1997, 351-52

アポロドーロス 『ギリシャ神話』高津春繁訳, 岩波書店・岩波文庫, 1953.

アリストテレス 『形而上学（上）（下）』出隆訳, 岩波書店, 1959.

＊浅井学 『ジョイスのからくり細工――「ユリシーズ」と「フィネガンズ・ウェイク」の研究』あぽろん社 , 2004.

＊阿部知二編注 *A Portrait of the Artist as a Young Man*. 研究社現代英文學叢書, 研究社, 1935.

＊ ------- 「「ジョイス　若き日の芸術家の肖像」序」1935. 『阿部知二全集』第 13 巻, 河出書房新社, 1975, 190-206.

荒正人 , 佐伯彰一編 『ジョイス入門』 南雲堂, 1960.

＊安藤一郎編注 『若き日の芸術家の肖像』英潮社ペンギンブック 10, 英潮社, 1969.

イーグルトン, テリー 『文学とは何か――現代批評理論への招待（上）（下）』大橋洋一訳, 岩波書店・岩波文庫, 2014.

＊伊藤整編『ジョイス研究』英宝社, 1955.

＊ ------- 「ジェイムズ・ジョイスのメトオド 「意識の流れ」に就いて」1930. 『伊藤整全集』第 13 巻, 新潮社, 1973, 112-17.

＊ ------- 「新心理主義文学」1932.『伊藤整全集』第 13 巻, 新潮社, 1973, 9-107.

＊遠藤周作他編 『ルナール、ペギー、クローデル』〈キリスト教文学の世界 3〉岸田国士訳他, 主婦の友社, 1978.

オウィディウス 『変身物語（上）』中村善也訳, 岩波書店・岩波文庫, 1981.

＊大島一彦 『ジエイムズ・ジヨイスと D・H・ロレンス』旺史社, 1988.

＊太田三郎 「ジェイムズ・ジョイスの紹介と影響」『学苑』, 昭和女子大学光葉会, 第 175 号 (1955): 14-38.

------- 『近代作家と西欧』清水弘文堂, 1977.

オーベール, ロジェ 『キリスト教史９――自由主義とキリスト教』 上智大学中世思想研究所編訳, 平凡社, 1997.

桶谷秀昭 『ジェイムズ・ジョイス』1964. 紀伊国屋書店, 1980.

＊鏡味國彦 『ジェイムズ・ジョイスと日本の文壇――昭和初期を中心として』文化書房博文社, 1983.

金井嘉彦 「二つのリズム――ジョイスとエイゼンシュテイン――」『言語文化』第 48 号 (2011): 53-68.

＊------- 『「ユリシーズ」の詩学』東信堂 , 2011.

＊カルース, キャシー 『トラウマ・歴史・物語――持ち主なき出来事』下河辺美知子訳, み

すず書房, 2005.
＊川口喬一 『昭和初年の「ユリシーズ」』 みすず書房, 2005.
＊川端康成 「藝術派・明日の作家」1931.『川端康成全集』 第 30 巻, 新潮社, 1982, 482-93.
＊カント 『カント全集８　判断力批判　上』 牧野英二訳, 岩波書店, 1999.
＊ ------- 「実践理性批判」 坂部恵・伊古田理訳, 『カント全集７　実践理性批判　人倫の形而上学の基礎づけ』 岩波書店, 2000, 117-357.
＊ ------- 『カント全集５　純粋理性批判　中』 有福孝岳訳, 岩波書店, 2003.
＊木ノ内敏久 「グレイス (“Grace”) のダブリン的受容」『ジョイスの罠——「ダブリナーズ」に嵌る方法』 金井嘉彦・吉川信編著, 言叢社, 2016, 305-28.
車谷長吉 「夜尿」『極上掌篇小説』 角川書店, 2006, 80−81.
呉茂一 『ギリシア神話（下）』 新潮社・新潮文庫, 1979.
＊クレベール, ジャン＝ポール 『動物シンボル事典』 竹内信夫・柳谷 巖・西村 哲一・瀬戸直彦・アラン ロシェ訳, 大修館書店, 1989.
桑原俊明 「ジョイスとカトリシズム——ジョイスはカトリックを捨てた！？——」『中央英米文学』 第 31 号 (1997): 26-38.
------- 「アイルランド文化とジョイスの宗教——『若い芸術家の肖像』 に見られるイエズス会の教育について」『読み解かれる異文化』 中央英米文学会編, 松柏社, 1999, 395-413.
＊ケナー, ヒュー 「どんづまりのコメディアン——ベケットの認識論的諷刺」 大橋洋一訳・解説, 『現代思想』 第 13 巻第 2 号 (1985): 187-95.
＊------- 「観察家エリオット」 加藤光也訳・解説, 『現代詩手帖』 第 30 巻第 10 号 (1987): 109-24.
＊------- 「ジェームズ・ジョイス：目録のコメディアン」 富山英俊訳・解説, 『現代思想』 第 20 巻第 3 号 (1992): 211-25.
＊------- 『ストイックなコメディアンたち——フローベール、ジョイス、ベケット』 富山英俊訳, 未来社, 1998.
＊------- 「キュービズムとしての『肖像』」 結城英雄訳・解題, 『すばる』 第 25 巻第 10 号 (2003): 132-44.
＊------- 『機械という名の詩神——メカニック・ミューズ』 松本朗訳, 上智大学出版, 2009.
＊小林秀雄 「心理小説」1931. 『小林秀雄全集』 第 2 巻, 新潮社, 2001, 46-54.
＊------- 「再び心理小説について」1931. 『小林秀雄全集』 第 2 巻, 新潮社, 2001, 97-107.
＊小林広直 「回想による時間の圧縮と逆行——『若き日の芸術家の肖像』 第 1 章における時間軸の歪みについて——」 *Joycean Japan* 27 (2016): 20-34.
------- 「ジェイムズ・ジョイス『若き日の芸術家の肖像』における歴史意識の変遷」『英文学』, 早稲田大学英文学会, 第 102 号 (2016): 13-28.
ゴルマン, ハァバアト・エス 『ジョイスの文學』 永松定訳, 厚生閣書店, 1932.
紺野耕一 「『若き日の芸術家の肖像』」『ジェイムズ・ジョイス研究集成　ジョイスからジョイスへ』 鈴木幸夫編, 東京堂出版, 1982, 107-23.

＊サイード, エドワード・W・『知識人とは何か』大橋洋一訳, 平凡社, 1998.
＊シュペングラー, オズワルド『西洋の没落』第1巻, 第2巻, 村松正俊訳, 五月書房, 2007.
＊ジョイス, ジェイムズ『「スティーヴン・ヒーロー」――「若い芸術家の肖像」の初稿断片』永原和夫訳, 松柏社, 2014.
＊-------『若き日の藝術家の肖像』小野松二・横堀富雄訳, 創元社, 1932.
＊-------『若き日の藝術家の自畫像』名原廣三郎訳, 岩波書店・岩波文庫, 1937.
＊-------「若き日の藝術家の肖像」飯島淳秀訳,〈三笠版現代世界文學全集〉三笠書房, 1955.
＊-------「若き日の藝術家の肖像」中橋一夫訳,〈河出書房世界文学全集(第二期)〉河出書房, 1956.
＊-------『若き日の芸術家の肖像』飯島淳秀訳, 角川書店・角川文庫, 1965.
＊-------『若い芸術家の肖像』丸谷才一訳,〈講談社世界文学全集〉講談社, 1969.
＊-------「若い芸術家の肖像」永川玲二訳,〈中央公論社新集世界の文学〉中央公論社, 1972.
＊-------「若き日の芸術家の肖像」海老池俊治訳,〈筑摩書房世界文学大系〉筑摩書房, 1976.
＊-------『若き日の芸術家の肖像』加藤光也訳,〈集英社ギャラリー「世界の文学」4イギリスIII〉加藤光也・中野康司・河本仲聖・小川和夫訳, 集英社, 1991.
-------『若い芸術家の肖像』丸谷才一訳, 新潮社・新潮文庫, 1994.
＊-------『若い芸術家の肖像』大澤正佳訳, 岩波書店・岩波文庫, 2007.
＊-------『若い藝術家の肖像』丸谷才一訳, 集英社, 2009.
『新カトリック大事典』Ⅳ, 上智学院新カトリック大事典編纂委員会編, 研究社, 2009.
＊須川いずみ「ジェイムズ・ジョイスとボルタ座の映画」*Joycean Japan* 22 (2011): 55-67.
＊鈴木暁世『越境する想像力――日本近代文学とアイルランド』大阪大学出版会, 2014.
鈴木幸夫「若き日の藝術家の肖像」『早稲田英文學』第五輯 (1937): 73-92.
-------「ジョイス移入の私道」『ジェイムズ・ジョイス研究集成　ジョイスからジョイスへ』鈴木幸夫編, 東京堂出版, 1982, 262-75.
鈴木良平『ジョイスの世界：モダニズム文学の解読』彩流社, 1986.
＊『世界大百科事典』改訂新版, 第1巻, 平凡社, 2007.
高山宏『メデューサの知』青土社, 1987.
＊-------「解説：電子とマニエリスム」ヒュー・ケナー『ストイックなコメディアンたち――フローベール、ジョイス、ベケット』富山英俊訳, 未来社, 1998, 161-85.
＊高橋純一『アイルランド土地政策史』社会評論社, 1997
高橋渡「受容論：ジョイスと伊藤整」『県立広島大学人間文化学部紀要』第8巻 (2013): 53-63.
滝沢玄「あとは沈黙のエクリチュール――『若き芸術家の肖像』における視覚と聴覚」*Joycean Japan* 11 (2000): 20-32.
田多良俊樹「いまだ創造されざる民族の良心とは何か―― *A Portrait of the Artist as*

a Young Man の女性表象に見る James Joyce の政治性」 *Joycean Japan* 14 (2003): 16-25.
＊田村章 「ジェイムズ・ジョイスの「アイルランド性」再考――『若き日の芸術家の肖像』における文化混交性」『アングロ・アイリッシュ文学の普遍と特殊』田村章, 風呂本武敏編著, 大阪教育図書, 2005.
都留信夫 「イギリス小説の中のギリシア神話」『ギリシア神話と英米文化』新井明・新倉俊一・丹羽隆子編, 大修館書店, 1991, 205-38.
＊デリダ, ジャック 『盲者の記憶――自画像およびその他の廃墟』鵜飼哲訳, みすず書房, 1998.
＊土居光知 「ヂョイスのユリシイズ」『改造』第 11 巻第 2 号 (1929): 24-47.
道木一弘 「父の言葉の反復及び引用の問題とアイロニカル・ナレーション――『若き芸術家の肖像』論 III ～ IV」『愛知教育大学・外国語研究』第 28 号 (1992): 61-86.
＊------- 「スティーヴンの "weariness" をめぐって――言葉の反復からみた『肖像』論――」 *Joycean Japan* 4 (1993): 21-32.
------- 『物・語りの「ユリシーズ」――ナラトロジカル・アプローチ』南雲堂, 2009.
＊道家英穂 「死者への冒瀆と愛――『若い芸術家の肖像』と『ユリシーズ』」『死者との邂逅――西欧文学は〈死〉をどうとらえたか』作品社, 2015, 204-32.
戸田勉 「パーネルの亡霊――ジョイスとイェイツの場合」『山梨英和大学紀要』第 9 号 (2010): 69-83.
＊トマス, キース 『歴史と文学――近代イギリス史論集』中島俊郎編訳, みすず書房, 2001.
＊中山徹 『ジョイスの反美学――モダニズム批判としての「ユリシーズ」』彩流社, 2014.
＊永松定 「最近のジェムズ・ジョイス」『詩・現実』第 2 冊 (1930): 289-93.
＊西脇順三郎 「ヂェイムズ・ヂォイス」『ヨーロッパ文學』第一書房, 1933, 583-97.
＊野口米次郎 「一畫家の肖像」『學鐙』第 22 年第 3 号 (1918): 6-11.
＊ハインツ＝モーア, ゲルト 『西洋シンボル事典――キリスト教美術の記号とイメージ』野村太郎・小林頼子監訳, 八坂書房, 2003.
＊バシュラール, ガストン 『空と夢――運動の想像力にかんする試論』宇佐見英治訳, 法政大学出版局, 1968.
バルト, ロラン 『物語の構造分析』花輪光訳, みすず書房, 1979.
林和仁 「伊藤整と意識の流れ」『神戸女学院大学・論集』第 32 号 (2)(1985): 73-81.
＊春山行夫 『ジョイス中心の文學運動』第一書房, 1933.
ヒュギーヌス 『ギリシャ神話集』松田治・青山照男訳 , 講談社・講談社学術文庫, 2005.
廣松渉・子安宣邦・三島憲一・宮本久雄・佐々木力・野家啓一・末木文美士編 『岩波哲学・思想事典』岩波書店, 1998.
フーコー, ミシェル 『言葉と物――人文科学の考古学』渡辺一民・佐々木明訳, 新潮社, 1974.
------- 「作者とは何か」清水徹・根元美作子訳『フーコー・コレクション２：文学・侵犯』小林康夫・石田英敬・松浦寿輝編, ちくま書房, 2006, 372-437.

福田恆存　「ジョイス」『西歐作家論』 講談社, 1966, 195-203.
*フロイト　「続・精神分析入門講義」道籏泰三訳,『フロイト全集　21』 岩波書店, 2011, 1-240.
*ベルクソン, アンリ　『記憶と生』 ジル・ドゥルーズ編, 前田秀樹訳, 未知谷, 1999.
北條文緒　「ジェイムズ・ジョイスと日本近代小説 (一)：ジェイムズ・ジョイスと伊藤整の「新心理主義」」『東京女子大學附屬比較文化研究所紀要』 第 41 号 (1980): 35-53.
-------「ジェイムズ・ジョイスと日本近代小説 (二)：『ユリシーズ』と『鳴海仙吉』」『東京女子大學附屬比較文化研究所紀要』 第 42 号 (1981): 52-70.
堀口大學　「小說の新形式としての「內心獨白」」『新潮』 第 43 巻第 2 号 (1925): 6-9.
*本多三郎「19 世紀後半アイルランドにおける土地所有関係とイギリス地主制度―― 19 世紀後半アイルランドの土地問題 (2) ――」 京都大学『經濟論叢』 第 112 号 (1973): 348-71.
*丸谷才一　『6 月 16 日の花火』 岩波書店, 1986.
-------　『丸谷才一全集』 第 11 巻, 文藝春秋, 2014.
*南谷奉良「芸術と生と情熱の〈エゴシステム〉――ジェイムズ・ジョイスの『若き生の断章』(“Chapters in the Life of a Young Man”)」*Joycean Japan* 27 (2016): 4-19.
*宮田恭子　『ジョイス研究』 小沢書店, 1988.
* -------「大アンケート　わたしの翻訳作法」『ユリイカ』青土社, 第 37 巻第 1 号 (2005): 219-20.
椋鳩十編　『ねしょんべんものがたり』〈小さな心の記録シリーズ (1)〉 画／梶山俊夫, 童心社, 1971.
望月満子　『ジェームズ・ジョイス研究序論』 山口書店, 1979.
*桃尾美佳　「『アラビー』の死角 ―― blindness をめぐって」『ジョイスの罠――「ダブリナーズ」に嵌る方法』 金井嘉彦・吉川信編, 言叢社, 2016, 77-96.
*結城英雄　『ジョイスを読む ―― 20 世紀最大の言葉の魔術師』 集英社・集英社新書, 2004.
横内一雄　「スティーヴンの濡れた魂――ジェイムズ・ジョイス『若き芸術家の肖像』」 *Zephyr* 12 (1998): 65-81.
*ロヨラ, イグナチオ・デ　『霊操』(改訂版), ホセ・ミゲル・バラ訳, 新世社, 1992.
*-------　『霊操』 門脇佳吉訳・解説, 岩波書店・岩波文庫, 1995.
*和田桂子　『二〇世紀のイリュージョン――「ユリシーズ」を求めて』 白地社, 1992.